CB032244

Necrópolis
Livro II

A Batalha das Feras

Douglas MCT

Copyright © Douglas MCT.
Todos os direitos desta edição reservados à AVEC Editora. Nenhuma parte desta publicação poderá ser reproduzida, seja por meios mecânicos, eletrônicos ou em cópia reprográfica, sem autorização prévia da editora.

Edição *Artur Vecchi*
Revisão *Camila Villalba*
Mapa *Douglas MCT*
Ilustração da capa *Ed Anderson*
Diagramação *Luciana Minuzzi*

M 478

MCT, Douglas

Necrópolis : v. 2: a batalha das feras / Douglas MCT. – Porto Alegre : Avec, 2024.

ISBN 978-85-5447-186-6

1. Ficção brasileira I. Título
CDD 869.93

Índice para catálogo sistemático:
1.Ficção : Literatura brasileira 869.93

Ficha catalográfica elaborada por
Ana Lucia Merege CRB-7 4667

2ª edição, 2024 – AVEC Editora
1ª edição, 2012 – editora Gutenberg
Impresso no Brasil / Printed in Brazil

Para Eluana, uma grande amiga,
que agora segue sua própria jornada em outro plano.

SUMÁRIO

PRIMEIRA PARTE SOMBRA

SEGUNDA PARTE ÉTER

TERCEIRA PARTE ECTOPLASMA

QUARTA PARTE SANGUE

PREFÁCIO

Tive contato com Necrópolis há alguns anos, quando o Douglas ainda procurava uma casa editorial para publicar *A Fronteira das Almas*, o volume 1 da coleção. Por um acaso desses da vida, acabei trabalhando no livro, ajudando o autor a entender melhor essa mágica que é transpor ideias para o papel e transformar as palavras em um portal irresistível para o leitor. Um portal para outro mundo, mesmo que exatamente igual ao seu.

E Necrópolis é um mundo muito mágico, em todos os sentidos. Não só pela fantasia que ele carrega em suas entranhas, na sua concepção, mas por permitir essa conexão com o leitor de maneira muito eficiente, transformando-o em um aventureiro. Antes mesmo que o protagonista Verne Vipero atravesse o portal da história, o leitor já está lá, ao lado dele, como se fôssemos amigos desde os tempos de moleque. E lá ficaremos, aconteça o que acontecer.

Eu sou conhecido por ser implicante e detalhista ao trabalhar com textos alheios. É uma das coisas que faço para viver, veja só, irritar autores e conhecer suas histórias antes de chegarem à versão definitiva no papel. Isso me permite falar "Olha, por que não vamos por esse caminho aqui?". Sendo que o caminho pode ser uma sacada de um personagem ou mesmo a posição de uma vírgula. Juro, eu gosto de vírgulas. Digo, gosto de saber a razão das coisas, de ajudar o autor a criar uma estrutura tão eficiente que o leitor não a perceba em momento algum e possa curtir cem por cento a história. É como entrar no cinema e não ter mosquitos, furos na poltrona, pessoas chatas falando no celular. Uma imersão perfeita. E eu gosto dos bastidores. Das confusões, debates, mudanças, de tudo aquilo que acontece e faz a gente suar para chegar a um produto complexo que pareça simples, mas que na verdade seja extremamente rico.

Para minha sorte, riqueza era o que não faltava em *Necrópolis 1 – A Fronteira das Almas*. Eu, que tenho alguma dificuldade de estabelecer empatia com personagens adolescentes, curti de cara o Verne Vipero e o grupo que o acompanha. Se você chegou até aqui, no volume 2, provavelmente sabe de quem estou falando: Karolina Kirsanoff, a mercenária gostosona e sarcástica que conquistou o coração dos marmanjos; Simas Tales, o ladrão mais rápido e beberrão que os necropolitanos já conheceram; e Ícaro Zíngaro, um homem-pássaro idealista, chamado no livro de corujeiro, também conhecido como o meu personagem preferido.

O Douglas MCT inventou personagens e criaturas tão interessantes que muitas vezes você lamenta o pouco tempo que passa com elas na história. Estou até hoje pedindo por uma cena mais demorada com os virleonos, os leões negros que moram nas dunas de Necrópolis. Se você também gosta deles, junte-se ao time e cobre do autor quando você o vir por aí, em um evento ou em uma sessão de autógrafo. Virleonos *for the win*.

Para ser sincero, achei que o Douglas havia ficado traumatizado de trabalhar comigo. Eu ficaria, no lugar dele. Não é difícil achar quem jure que jamais voltará a colocar um texto na minha mão. Mas então veio o convite dele não só para embarcar, literalmente, em mais uma viagem ao lado do Verne como também para escrever o prefácio deste *Necrópolis 2 – A Batalha das Feras*. E aqui estou, muito feliz pelos dois. Feliz de ver o quanto o Douglas MCT está se aprimorando como autor, dominando as manhas da fantasia. Mas isso é o profissional falando. Vou deixar esse avatar de lado e passar a minha impressão como leitor, que é bem mais interessante e, imagino, mais útil para você.

Logo de cara, posso dizer que o autor cumpriu a promessa de escrever uma aventura completamente nova, sem gosto de reciclagem, desta vez girando em torno de um conflito entre lycans e gnolls, ou lobos e hienas, se você preferir; duas raças que valem cada página que ocupam. Eu, que sou fã de lobisomens, não pude deixar de curtir as novidades, inclusive os vilões. O Douglas joga bem com essa coisa de se apropriar de criaturas que já são referências e entregá-las com um sabor diferente que renove o interesse do leitor. Rufus e Lupita têm tudo para entrar na galeria de personagens marcantes da saga, você irá conhecê-los em breve. E tem também os piratas — ah! Meus candidatos a virleonos da vez.

Meu lado turista de mundos fantásticos gostou bastante dos novos lugares que o autor apresenta neste volume. Além das paisagens naturais que ficaram marcadas no livro anterior, Douglas agora explora mais aspectos da vida em sociedade, mostrando isso tanto no dia a dia das tribos lycans quanto nos já tradicionais passeios pelo mundo de Necrópolis. Difícil não curtir o caótico e multicultural Mercado do Mundo, com suas tendas e bares estranhos, e que tem até um hipódromo de equinotrotos, onde o vencedor será aquele que conseguir manter a cabeça no lugar.

Assim como o Verne Vipero, a história também está mais sombria. O lado filosófico e sonhador de *A Fronteira das Almas* deu lugar a um clima tenso e dinâmico, com a iminência da guerra que dá nome ao livro, fazendo lobisomens e leitores roerem as unhas. Como você pode imaginar, a sensação de insegurança é constante. Os inimigos são fortes, ágeis e enormes, e Verne é só um garoto no meio deles. Todo cuidado é pouco.

Se no volume 1 Verne tinha medo de falhar com seu irmão, em *A Batalha das Feras* Verne tem medo de falhar consigo mesmo. O peso das responsabilidades está aumentando, os inimigos não estão de brincadeira (o autor muito menos!) e o tempo para se preparar para o confronto final é cada vez menor. Verne precisa aprender a dominar sua aura misteriosa e, ainda mais importante, aprender a domar seus medos. Ninguém sai incólume de uma batalha. Ela nos deixa marcas físicas e psicológicas, nos faz entender que os tempos de inocência ficaram para trás.

Como um viajante, ali, bem ao lado de Verne e de seus velhos e novos amigos, a batalha também me deixou marcas, e é isso o que um bom livro faz com o seu leitor. Quando uma história vale a pena ser contada, ninguém termina o livro igual ao que começou.

E o melhor de tudo é saber que não demora muito, seja como copidesque, amigo ou simplesmente leitor, eu estarei lá de novo. De pé no cais, esperando o próximo barco para Necrópolis partir.

Eric Novello
Autor de *Ninguém Nasce Herói*,
Neon Azul e *A Sombra no Sol*

A *Batalha das Feras* é o segundo volume de uma série de quatro livros intitulada *Necrópolis* — que eu bem sei, em um passado não tão distante assim, afirmei que seria composta por seis publicações, mas isso, ao longo do percurso, se consolidou em quatro mesmo. Acredite, a história ganhou com essa decisão e você, leitor, terá o próximo e o último volume em mãos muito antes do que imagina.

O primeiro volume desta série, *A Fronteira das Almas*, conta como Verne Vipero, um cara comum da Terra, morador de Paradizo, na Itália (quando eu criei esta história em 2003, quis homenagear meu bisavô, que veio lá da sola da bota, mas considere nosso protagonista como uma figura universal, que você pode encontrar em qualquer lugar), perdeu o irmão mais novo de maneira muito trágica e descobriu, através de um homem misterioso chamado Elói Munyr, que existia a possibilidade de resgatar a alma do garoto, ou *niyan*, do Mundo dos Mortos, também chamado de Necrópolis. Depois de algumas situações que foram o suficiente para convencê-lo dessa fantasia absurda, o rapaz chegou até esse local, onde contou com a inusitada ajuda de três figuras improváveis: um ladrão velocista (sim, com supervelocidade), uma mercenária deslumbrante (existe uma razão para tal) e um homem-pássaro acusado de

um crime que ele não diz não ter cometido (será?). Nessa jornada sombria e fantástica, Verne ainda descobriu o segredo d'Os Cinco ladrões; conseguiu um passe para Elói, o monge renegado, retornar para aquele mundo; e enfrentou harpias e um minotauro no Labirinto de Espinhos, até se deparar com o vampiro conde Dantalion, que lhe entregou o athame e revelou algumas das intenções de Astaroth, o Príncipe-Serpente, responsável por muitas das mazelas de Necrópolis e que também acometeram o próprio Verne. No final, o rapaz reencontrou a alma do irmão no Niyanvoyo e a enviou para algum lugar desconhecido após a batalha contra o Guardião do Abismo. Ele, então, retornou para a Terra, onde reassumiu a rotina ao lado do amigo imaginário Chax, do melhor amigo Ivan Perucci, da tutora Sophie Lacet e do amor de sua vida, Arabella Orr, sem saber que seu ectoplasma vermelho, manifestado algumas vezes ao longo da história, preocupava Elói.

Eu mantive a escrita e a narrativa tal qual como ela foi apresentada em sua primeira edição, de 2012, com todos seus acertos e erros, em partes por respeito aos leitores do passado que continuam por aqui, e também em respeito ao Douglas de antes, que não é mais como o de hoje, mas ainda me orgulha bastante. Então, vamos lá.

NECRÓPOLIS
ERMO
BALOR
ARVOREDO
LYCAN
CAMPOS DE SOÍSILE
FERAL
GOLGOTHA
CATEDRAL
PASARGADAE
ANIMA
GARGÂNTUA
LAGO DOS PECADOS
RIO NJORD
CEMITÉRIO DOS DRAGÕES
ESPARTOS
DECARABIA
GEMINA LEGNA
BASE DOS MERCENÁRIOS
AUSAR
AL-QADIM
REINO DE FÊNIX
CAPITAL DE NÉDE
ALVORADA
TORRE GELADA
CIDADELA
REINO DA NEVE
NARAKA
GELEIRAS INÁBEIS
RIO KOLDA
ISTMO DE BOANERGES
HEFESTUS
GRENDEL
CARLISLE
MORAX

Necrópolis é um mundo de fantasia ao mesmo tempo parecido e diferente do nosso. Os necropolitanos trabalham, constituem famílias e também morrem. Contudo, o deserto é azul, uma ilha flutua no ar, a magia é praticada normalmente e no céu brilham dois satélites, oito horas para o dia, treze para a noite. O Mundo dos Mortos, outro nome pelo qual é chamado, possui uma organização política estabelecida pela Supremacia, que congrega a maior parte das áreas habitadas, e também pela Esquadra de Lítio, que rege as leis. Necrópolis é um dos dois mundos de Moabite, o sétimo Círculo de oito da existência. É dividido em 15 regiões, possui sete reinos e dezenas de raças inteligentes além da humana. Este é um mundo com clima temperado no centro, polar a centro-oeste, desértico e muito quente a leste, árido a sudeste, mediterrânico a sul, equatorial a noroeste, tropical a nordeste, e alpino e semiárido a norte. Possui cinco milhões de habitantes, tem como principal idioma o necropolitano e, entre as moedas correntes, o ouro real, o ouro, a prata e o bronze.
TALESTRYS
TERRAS MÓRBIDAS
ILHAS WODEN
ILHA TÂNTALO
ÉREBUS
OCEANO TÁRTARO
NEBULOUS
ARENA
FINTAL
THORIN
MUNIN
HUGIN
VILAREJO LESTE
FORTE IXION
RAÍZES DE GAIA
HELGARDH
AELOS

PRÓLOGO

VILA DE VERSIPELIUS, NECRÓPOLIS, ERA REAL

Arisbe terminou de pentear sua filha, ainda hesitando em enviá-la para as entranhas da floresta.

A Vila de Versipelius se localizava bem ao norte dos Campos de Soísile, na divisa entre a região e o Arvoredo Lycan. O destino da menina Ariel era a casa da avó, em Óboroten, condado que ficava na fronteira entre a mata necropolitana e Ermo. A floresta estava no meio do caminho.

E o perigo também.

— A cesta não está muito pesada, filha? — perguntou Arisbe enquanto afagava os cabelos curtos e loiros de sua menina.

— Nem tá, mãe. — Ariel sorriu, inocente, arregalando seus enormes olhos azuis. — Aqui dentro parece que não tem só coisas de comer pra vovó, né?

— Pois é, não. — A mulher engoliu em seco, demonstrando um medo maternal. — Há outros itens que sua avó entregará a outro alguém.

— Entregar o quê, pra quem?

— Isso não importa, filha. — Ela fingiu sorrir, como se estivesse tudo bem. — São assuntos de adultos, apenas leve para ela. Sua avó disse que, quando você chegar lá, terá um bolo de amêndoas silvestres lhe esperando, com chá-quimérico quentinho.

— Huumm... delícia! — A menina lambeu o beiço, empolgada.

Arisbe Loup verificou pela sétima vez se tudo o que era importante constava na cesta e depois a fechou, colocando um guardanapo sobre a tampa e transmitindo seus conselhos para a filha, novamente e novamente. Havia três dias repassava com ela o caminho que deveria fazer, mas a menina já tinha entendido tudo na primeira ocasião e possuía um mapa. Não era complicado, só no coração da mãe.

Ariel finalmente colocou o capuz antes de sair. Havia ganhado do tio, um lenhador da região, e o tinha como objeto de estimação e amuleto da sorte: não ia para lugar algum sem ele. Seu capuz era vermelho como o sangue que a menina descobrira havia alguns dias, no desabrochar para a adolescência.

Versipelius era uma vila pequena, tranquila e humilde, com flores-gargulescas e pétalas-de-visgo abrindo o caminho até a divisa. Solux, o dia em Necrópolis, desapareceu no instante em que a menina pisou na grama escura do Arvoredo Lycan. As árvores altas de copas cheias cobriam toda a luz natural, permitindo que pequenos feixes alcançassem o solo, dando um visual cristalino na mata abaixo, como se fosse um grande diamante verde-escuro. Como toda criança daquela vila, Ariel não conhecia o medo, por isso nunca hesitava nem cogitava, apenas seguia seu caminho. A inocência juvenil colaborava para a ingenuidade, que seria sua ruína.

Uma hora havia se passado desde que tinha chegado à floresta, seguindo o trajeto seguro. A cesta já começava a pesar no braço magro e ela ofegava, mas não reclamava.

Foi quando ela o viu.

A criatura a encarava com fúria e desejo. Todos os pelos negros se eriçaram e ele se pôs de pé nas duas patas traseiras para urrar em sua bestialidade. Babava pela bocarra repleta de dentes prontos para estraçalhá-la e mexia freneticamente suas orelhas pontudas acima da cabeça. O gigantesco lobo negro uivou pela última vez antes de avançar.

Ariel correu pela mata, apavorada e trêmula, sentindo seu coração explodir por dentro. Ela suava sem piscar, prendendo a cesta junto ao peito, vagando sem coordenação e em grande velocidade pelo Arvoredo Lycan. Havia muito seu caminho seguro tinha sido deixado para trás. Mesmo desequilibrada pelo medo, ela usou de sua esperteza para tentar escapar do lobo e atravessar boa parte da floresta por dentro de um tronco oco, que lhe serviu de túnel, onde o perseguidor não cabia. Minutos depois, quando saiu escorregando de dentro da árvore morta, caiu em um pântano, de onde viu a divisa com Óboroten. A criatura estava próxima, presa no musgo que retardava seus movimentos, mas perto o suficiente para desferir um golpe com sua garra sobre a vítima, cegando-lhe um olho.

Ainda assim, a menina conseguiu chegar até o casebre da avó. Estava suja, chorava e sangrava, gritando em desespero. A velha Amice veio em auxílio da neta, tensa e confusa. Quando viu Ariel naquele estado quase desmaiou, recolhendo a menina para dentro, usando todas as trancas e cadeados disponíveis. As duas berravam aos prantos.

— Querida, o que aconteceu?

— Um lo-lobo! Ele tá me seguindo. Vai... me-me... matar! Vai me matar, vovó!

Amice abraçou, beijou e acariciou sua neta, tentando lhe confortar. Ariel era tão doce, boazinha e não merecia tanto medo e sofrimento, pensou compassiva.

— Manda um ekos pra mamãe! Por favor, vovó, manda um ekos pra mamãe. Manda!

— Calma, querida. — A senhora pegou a cesta e verificou seu conteúdo. Tudo que precisava passar adiante estava ali. — Não tem como o lobo entrar nesta casa, a madeira de brutus-negreiro é resistente o suficiente para aguentar a força de bestas desse tipo.

Era verdade, mesmo assim Amice não conseguia compreender um detalhe: lobo. Por que justamente eles? Não fazia nenhum sentido, em especial na situação em que se encontravam os acordos de paz naquela região. Algo de muito errado estava acontecendo. Para Ariel, era apenas um animal com fome, mas a realidade era mais terrível do que sua ingenuidade lhe permitiria descobrir em sobrevida.

Uma, duas, três batidas deixaram a velha e a jovem Loup paralisadas de medo. Mais uma, duas, três batidas, e Amice tomou coragem de olhar pelo pequeno orifício na porta, avistando um homem magro e maltrapilho. Estava lamacento, cansado e aparentemente doente.

— Quem é? — ela indagou com receio, ainda que o visitante não lhe apresentasse perigo.

— Juan Remo — respondeu o homem, a voz fraca. Ele ofegou e pareceu tossir sangue. — Fui atacado por um lobo solto e descontrolado pela floresta! — Caiu de joelhos, com a mão circundando o estômago. Nesse momento, a senhora conseguiu ver seu rosto e confirmar ser de seu amigo. — Preciso... de ajuda... Amice...!

Amice logo recolheu o antigo vizinho para dentro do casebre. Levou Juan até sua cama, o deitou e lhe preparou doses de pólen-de-fada. Os três cuidaram uns dos outros àquela noite e conversaram brevemente; o lobo não apareceu.

— Minha nossa! — gritou a velha pela manhã.

Juan Remo estava abraçado junto a Ariel Loup na cama reservada aos doentes, e os lençóis, antes limpos, estavam sujos de sangue impuro. A menina queria chorar, com medo, mas não se movia. Amice pensou que fosse enfartar e caiu sentada sobre uma cadeira.

— Estou satisfeito, amiga — murmurou Juan enquanto afagava os cabelos da menina.

— Não... não! — A senhora tremia com as mãos à frente do corpo, desacreditada com a cena. — Seu lycantropo desgraçado! Por quê?

— Porque ela é linda e doce. — Lambeu os beiços, rachados pelo tempo, e a velha começou a chorar, sem saber o que fazer. — Tenho a noite Nyx por testemunha.

— Desgraçado!

— Não se ressinta. Nenhum começo é fácil, ela se acostumará.

A menina estava envergonhada e chorosa, sentia dor.

— Devolva minha neta, seu maldito! — Amice desferiu um tapa na face de Juan, tão forte, mas tão forte, que lhe fez voar uma presa.

Ela tomou a neta para si e a cobriu com seu manto vermelho. As duas começaram a chorar abraçadas. Juan limpou o sangue da boca com as costas da mão peluda, já furioso. Sua raça não aceitava desaforo de fêmeas, de nenhuma espécie.

— Querida, quero que pegue a cesta que me trouxe e saia daqui! — ordenou a velha, tentando manter-se firme. — Corra, sem olhar para trás. E não tenha medo, querida. Não tenha medo!

— Mas, vovó... o que vai acontecer?

Numa excitação descontrolada, Juan Remo subiu na cama e começou a se transformar de forma rápida.

— Eu só quis proporcionar prazer. Nenhuma fêmea deve partir antes de perder sua pureza. Mas bem sabemos que toda fêmea pode guerrear, então também pode morrer!

— Eu cuidei de seus ferimentos, sempre acreditei em você, mesmo quando ninguém mais acreditou, maldito! — Amice berrava na esperança de ser ouvida por algum lenhador ou outro lycan na floresta. Ninguém a ouviu.

O homem parecia não mais compreender suas palavras, finalmente assumindo a forma bestial. O coração da velha congelou, esfriando a espinha: o gelo fúnebre subia garganta acima.

— Então era você o lobo que perseguiu minha neta?

A criatura mordeu a garganta de Amice e a jogou para o canto do quarto, partindo um guarda-roupas ao meio.

— Você... descumpriu o... *Tratado*... — A velha cuspiu sangue e dentes. — Quebrou a... trégua — foram suas últimas palavras.

A menina não conseguiu se mover naquele momento e assistiu a sua avó ser devorada viva pela fera enquanto berrava para que o lobo parasse, mas nada adiantou. Ela se lembrou das palavras de Amice, pegou a cesta e voltou para a floresta, sem rumo, sem esperança, só queria sobreviver. Ariel correu muito pela mata, mas Juan, como lobo negro, a alcançou, retirando seu capuz vermelho com uma garra e decepando sua cabeça com a outra.

O cesto voou longe e rolou ribanceira abaixo, se perdendo na relva, e a criatura uivou com prazer.

Antes mesmo de ter sua cabeça arrancada pela besta, Ariel já estava morta. De medo.

Primeira Parte

SOMBRA

Os homens deviam ser o que parecem ou,
pelo menos, não parecerem o que não são.
Shakespeare

01

AUSÊNCIA

Paradizo, Itália, dezembro, presente

Um olhar vazio para a lápide.

Seu coração bradava em dor e suas lágrimas escorriam em desespero. Verne Vipero não aceitava a perda do irmão mesmo um ano depois. Era o aniversário da morte de Victor, que falecera tragicamente junto a outras seis crianças, contaminadas pela pedra mefística de Necrópolis, que mudou para sempre a vida do rapaz ali de joelhos.

Verne levou a mão ao pescoço, procurando pelo pingente de vidro com seu sangue e o do irmão, um símbolo de sua ligação eterna. Ele o apertou por um tempo e refletiu, lembrando mais uma vez de ter libertado Victor do Niyanvoyo, a Fronteira das Almas, usando o athame e o seu ectoplasma *diferente*. O niyan do menino não havia caído no Abismo e não inexistiu, ascendendo para um lugar que ele torcia que fosse bom. Para Verne, a busca não tinha terminado.

Nevava menos do que no ano anterior em Paradizo. O rapaz tirou proveito disso para se exercitar em corridas diárias desde janeiro, aumentando o ritmo a partir de então. O fim do expediente na biblioteca do Orfanato Chantal era seu gatilho para a dedicação física, e ele ignorava o frio. Elói, o monge renegado responsável pela ida de Verne a Necrópolis, havia lhe deixado os conselhos necessários antes de retornar para seu mundo. O jovem Vipero passou a realizá-los com disciplina louvável, atingindo níveis que até lhe surpreenderam. Mas seu treinamento mais concentrado e complexo começava quando ele terminava a caminhada, ao chegar ao seu quarto no orfanato.

— Estamos sendo seguidos, só para você saber.

A voz que cochichava de forma irritante em seu ouvido era de Chax, o amigo imaginário de Verne, que ainda aos 21 anos de idade o mantinha em essência incomum. O rapaz não interrompeu a corrida pelas ruelas de Paradizo e insistiu em manter o ritmo, mas não deixou de olhar para trás sobre os ombros e observar um homenzarrão andando a passos largos e apressados na sua direção. Ele engoliu em seco, pensando por um momento na possibilidade de um perseguidor. A mesma perigosa criatura de Necrópolis, responsável pela morte de Victor, queria destruir Verne. Astaroth era o nome que congelava seu espírito. Ele sabia que corria riscos, precisava ser cauteloso.

— Isso é paranoia, Chax.

— Esse cara está nos seguindo desde a Prefeitura, amo! — Chax esboçou uma careta e balançou seu rabo pontudo para os lados como um pêndulo. — Acha mesmo isso *normal*?

— Lógico. Não sou o único que corre pela cidade.

— Não sei, é que ele me passa uma energia estranha...

— Nunca saio do orfanato sem o athame. Se for abordado, eu sei como me proteger, fique tranquilo.

— Você sabe em teoria. Nunca aplicou na prática! — A criatura saltitou para o outro ombro, inquieta.

Verne suou com mais facilidade, estava se aborrecendo. Chax tinha essa habilidade: conseguia irritá-lo de forma única, precisa e rápida, mais do que qualquer outro.

— Confie em mim, droga!

O AI arregalou os olhos e se calou. O rapaz passou a ignorá-lo e continuou sua corrida. Minutos depois, resolveu olhar novamente para trás e o homem não estava mais lá. Suspirou, aliviado.

Sophie Lacet bateu três vezes na porta do quarto do jovem Vipero até que ele a abrisse. Estava sem camisa, vestido apenas com uma calça nova e sapatos brilhosos, apresentando um físico delineado que orgulhava sua tutora.

— Está cheiroso, aonde vai?

— Me encontrar com Arabella, vamos sair daqui a pouco.

— Oh sim, Arabella. — Ela pousou a mão ossuda sobre o ombro dele. — Você me parece um pouco abatido, é pelo aniversário da morte de meu docinho? — Sophie ainda chamava Victor daquela forma, como se ele não tivesse morrido.

— Também... — Inspirou fundo. — E não vejo a Arabella há quase três semanas, ela está meio estranha ultimamente. Distante, sabe? — revelou enquanto penteava os cabelos rebeldes.

— Compreendo, querido. Mas somente ela pode lhe explicar o que está acontecendo. Conversem, a moça me parece boa pessoa.

— Sim, quero entender o que há de errado.

Sophie Lacet meneou a cabeça positivamente e saiu do quarto, desejando uma excelente noite. A tutora sabia, mais do que todos, que ele merecia muito a felicidade, depois de tudo que havia passado, e ninguém melhor do que Arabella para lhe proporcionar isso.

Verne ainda tinha uma hora até o encontro e era exatamente o tempo que precisava para se dedicar ao último exercício do dia, de sua nova rotina. Retirou os sapatos desconfortáveis, trancou a porta e sentou-se no chão em posição de lótus. De uma caixa de chumbo embaixo da cama ele pegou o athame, presente de conde Dantalion, e o colocou sobre suas mãos espalmadas, posicionadas à frente do tronco, mantendo a simetria com os cotovelos para os lados. Em seguida, cerrou os olhos e passou a respirar e inspirar com mais tranquilidade, os pés para dentro próximos à virilha e os joelhos apontados para fora, exatamente como Elói havia lhe instruído a fazer.

Nesse ritual, Chax sabia que não poderia interferir, então não se manifestou.

O rapaz se concentrou. Primeiro limpou a mente de todo pensamento possível, depois canalizou a energia que sentia nascer em si, originária do estômago, queimando de dentro para fora e subindo pelo peito num nível que o levava ao êxtase, até chegar ao cérebro, onde ocorria uma microexplosão de insights poderosos. Verne percebeu seus sentidos se desprenderem das coisas materiais, absorvendo-o no enlevo, numa contemplação íntima que o deixava mais inspirado e entusiasmado. Então, o athame reluziu seu ectoplasma, conectando o usuário com o planeta e este com a lâmina, permitindo-o alcançar a egrégora.

Todos, da Terra ou de Necrópolis, ou de qualquer um dos Oito Círculos do Universo, possuíam o ectoplasma. Nos terrestres, a cor dessa energia que movia a vida era azul, mas latente, com raros casos de manifestação. Nos necropolitanos, a cor da energia que movia a sobrevida era verde, e qualquer um bem treinado era capaz de usufruir dela naturalmente. Verne era um humano da Terra, mas capaz de manifestar a essência da própria existência de forma eficaz e precisa. Segundo Elói descobrira no passado, diferente de todos, o ectoplasma do rapaz era *vermelho*. Quando se energizava, seu olho direito, que era azul, e o esquerdo, que era verde, brilhavam no mesmo tom rubro. Uma onda energética que Verne sabia ser o único capaz de sentir explodiu de seus poros para todo o espaço onde se encontrava, tremendo as bases do orfanato de forma sutil, porém significativa. O athame brilhava, despejando rajadas escarlate para os quatro cantos do quarto, como fogos de artifício estourando aleatoriamente, até ficar num estado faiscante, enquanto o rapaz entrava em frenesi.

Verne tinha aprimorado aquela disciplina ao longo do ano: já conseguia assimilar todas as sensações às quais era exposto ou que lhe eram tiradas. Assim que realizava a simetria energética com a arma, ele tinha de mantê-la por uma hora, oscilando para mais ou menos. Não era fácil, desgastava mente e corpo, mas o rapaz conseguia.

Ao fim da sessão, como sempre, ele ficava muito enfraquecido, com náuseas, e caía derrotado sobre o piso do cômodo, sem reação ou noção de tempo, ainda que mantivesse a consciência. Respirava com dificuldade e mal conseguia se mover. Naquele estado atual de sua evolução pessoal, ficava assim por dez ou quinze minutos e não mais meia hora, como antes. Ele estava mais forte, tanto física quanto psíquica e energeticamente. Recobrou-se, prendeu sua arma de forma discreta na cintura, terminou de se arrumar, tomou alguns goles de água e partiu para o encontro com Arabella. No dia seguinte, ele faria tudo de novo, como sempre.

Mas o vazio ainda estava lá.

02

MULHER DE FASES

O Disho Plezuro era um dos restaurantes mais movimentados de Paradizo. Um ponto onde todos os adolescentes gostavam de se encontrar para conversar, namorar ou partir de lá para alguma festa.

Verne precisou esperar pouco até ela chegar. A moça era pontual e surgiu na esquina como parte daquela bela e fria noite. Era como uma sombra que ia nascendo na penumbra, crescendo e tomando a desejável forma de rapariga conforme se aproximava mais. Esbelta no vestido negro como sua maquiagem, tinha os cabelos e olhos escuros contrastando com a pele pálida e um sorriso discreto. Arabella Orr.

— Oi...

Ele não teve tempo de cumprimentá-la, sendo tomado por um longo e molhado beijo. Até mesmo Chax se sentiu aquecido no frio naquele instante. Para Verne, aquele não era só um beijo apaixonado, mas algo mais. Era o beijo da garota que amava. Depois de anos alimentando um sentimento platônico, finalmente estava com quem sempre desejou e comemorava seis meses de relacionamento.

O beijo terminou longos minutos depois, deixando-o sem fôlego. Ela o abraçou por mais um bocado de tempo e permaneceu quieta.

— Você está bem? — ele perguntou, feliz, mas hesitante. A moça, rainha dos dias instáveis, o deixava assim.

— Chiu... — Fez um bico com seus lábios negros, fino no superior, carnudo no inferior, e voltou a se aquietar com a cabeça deitada sobre o ombro dele.

Ele a abraçou, também em silêncio. Realmente gostaria de compreender a situação, mas pensou melhor e resolveu deixar para depois. Aquela noite seria para aproveitar tudo o que a vida poderia lhe proporcionar de bom, ao lado dela e dos amigos.

Não demorou muito e um rapagão loiro se aproximou, acompanhado. Já eram esperados.

— Que bonitinho! — sussurrou Ivo Perucci, sorrindo, esbanjando felicidade, como de praxe. — É nítido o amor de vocês! — Soltou uma gargalhada gostosa que só ele sabia como fazer. Era contagiante.

Arabella virou-se para cumprimentá-los, mas estava desconfortável. Verne disfarçou:

— Olá, Ivo e Emma. Como vão?

Emma Pomo era a garota com quem o jovem Perucci estava namorando recentemente. Bela como o dia, com a pele bronzeada dos italianos do norte e olhos verde-claros vivazes, tinha os cabelos cacheados e castanhos lutando contra o vento, na altura do ombro. Seu nariz era comprido e fino. O vestido curto ignorava o frio e delineava poucas curvas na magreza, destacando os seios volumosos como os de Karolina Kirsanoff — Verne não pôde evitar lembrar. Dos quatro, era a mais alta, com uma imponência segura. Por alguma razão, fosse o passado colegial, fosse seu olhar, Arabella não gostava da burguesa.

Os casais entraram. Uma mesa reservada os esperava. Pediram vinho tinto e um assado de porco com batatas cozidas. Colocaram a conversa em dia enquanto esperavam, o álcool colaborando para a descontração aumentar e para alguns gelos serem quebrados. Depois disso, jantaram, quase sem assunto, e as garotas finalmente se levantaram para ir até o banheiro. Esse momento a sós era tudo que os dois precisavam.

— Você acha que elas vão ficar de conversinha lá no toalete? — debochou Ivo, já afetado pelo vinho.

— Acho que não. Você sabe que Arabella acha Emma uma sonsa.

— E você sabe que Emma considera Arabella a garota mais esquisita da cidade!

Os dois riram. Pelo menos para Ivo Perucci, aquelas gargalhadas eram sinceras. Já Verne tentava se distrair, com receio do que o esperava no fim do jantar.

— Mas tem alguma coisa errada entre você e ela, não tem?

— Comigo, não. Só com ela. Arabella está estranha, parece indecisa com algo.

— Relaxe! Ela sempre foi assim. Mas e aí, você e ela, já...? — insinuou, sem pudor.

— Não. Por duas vezes, quase. Uma na casa dela, mas os pais ficavam batendo na porta do quarto a cada meia hora!

Ivo não conseguia parar de rir. Nem de beber. O outro continuou:

— Numa outra vez estava indo tudo muito bem, quando Sophie chegou de viagem e começou a chamar por mim. Complicado, viu...

— Calma, essas coisas acontecem. Passei por isso com a Emma algumas vezes também, até que aconteceu!

— Convencido! — murmurou Chax, aparecendo como um intrometido, para variar. — Só sabe contar vantagem.

— Para! Ele só está um pouco bêbado! — disse para o seu AI, sem discrição.

— Ah, é o seu amigo imaginário. — O jovem Perucci voltou a rir e começou a mostrar a língua e fazer caretas para o vazio, onde supunha estar Chax. Os outros adolescentes no estabelecimento ignoraram o ato.

O demoniozinho no ombro de Verne pulava para cima e para baixo, inquieto, devolvendo as caretas para o melhor amigo de seu amo. O rapaz suspirava pela bobagem dos dois, mas era engraçado. As duas moças voltaram no mesmo silêncio que tinham saído. Conta paga, partiram, vislumbrando a lua gibosa no céu estrelado, celebrando os jovens com nobreza. O ar frio lhes tocava a pele como veludo, forçando-os a pedir calor humano.

— Ivo está começando a cair. Parece um mendigo miserável! — gritou Emma, tentando ser engraçada. Não conseguiu.

— Então me leve embora, meu amor — disse ele enquanto a beijava de forma bem indecente. Todos riram.

Emma limpou com carinho a baba proposital dele para lhe causar constrangimento; a paixão dos dois era nítida. Pomo e Perucci se despediram e partiram. Orr e Vipero continuaram mais um tempo em frente ao Disho Plezuro, do outro lado da avenida, encostados numa mureta coberta por copas baixas das árvores da pracinha. Suas folhas deixavam cair a neve na calçada, corujas entoavam a trilha no começo daquela madrugada, enquanto outros jovens tomavam seus rumos, dando o espaço que aquele casal necessitava para ter uma conversa.

— O Ivo realmente exagerou hoje, não? — disse ela, estudando o luar, meio distraída.

— Já o vi em situações piores. — Verne sorriu, calmo, lembrando o que nunca esquecia: o quanto a amava.

Os dois estavam de mãos dadas. Elas se apertavam como se não quisessem se separar nunca. Mas faltava algo ali, o espírito de antes, talvez.

— Você está bem? — ele finalmente perguntou.

— Percebeu que não, né? — Ficou cabisbaixa, sentimentos engasgados na garganta, a tristeza transpirando mesmo no frio.

Ele tocou com suavidade em seu queixo fino e delicado, virando-o para si. Os dois se encararam. Ele com a bolsa dos olhos pesadas, confuso e tenso. Ela, com serenidade e um olhar vazio, perdido no nada.

— Algum problema conosco? É isso que quer me falar?

— Verne... — ela começou a dizer, tomando coragem com firmeza ao inchar o peito carregado. — ...eu saí com poucos rapazes na vida e já lhe disse isso várias vezes antes e repito: *você* foi o melhor de todos! Ainda é.

Verne abriu bem os olhos, um pouco espantado, o coração palpitando forte. O espanto era bom ao mesmo tempo que não. Diferente das outras vezes que ela havia lhe dito aquilo, dessa parecia segura, esclarecida.

— Arabella... estar com você, ter essa relação... Bem, foi um dos meus sonhos realizados. — O rapaz também tomava coragem para manter o romantismo no ar. Chax observava a tudo com preocupação, sem dar espaço para a intimidade do amo. — *Você* foi a melhor coisa que me aconteceu na vida!

A moça afastou a mão dele de seu queixo lentamente. Foi quando o coração de Verne congelou como o inverno.

— Estamos juntos há um bom tempo, Arabella. Percebi que você passou a sorrir mais do meu lado e até me fez gostar de passeios em cemitérios, veja só! — Verne insistia, tentando recuperar a situação.

— Isso é verdade. Não tenho do que reclamar. — Ela deixou escapar uma lágrima e então disse de uma vez tudo o que ele tanto temia ouvir: — Mas não podemos continuar juntos, Verne. Não dá mais.

O tempo congelou como seu coração e a cidade. A vida parecia esvaecer como quando viu Victor morrer. Chax o abraçava pelo pescoço, enquanto Verne chorava por dentro. Ele tremia, levando a mão ao rosto, tentando processar a informação. Não a compreendia.

— Por quê?

— Não sei. Mas entenda, não é por sua causa, gosto de você. Gosto mesmo! O problema é comigo.

— Arabella... — O jovem Vipero postou uma mão em cada ombro dela, pretendendo reconfortá-la fosse do que fosse. Com isso, se reconfortava também. — ...eu sei que posso te ajudar. Eu *quero*. Seja qual for seu problema, quero sempre estar ao seu lado, lhe apoiando.

— Obrigada. — Ela pareceu sorrir. — Mas não está ao seu alcance. Me sinto deslocada, sabe, de tudo isso. — Espalmou os braços para os lados, obrigando-o a retirar as mãos de seus ombros. — Sou assim desde criança, não consigo entrar em sintonia com nada, como se eu não fizesse parte disso tudo. — Ela voltou a encarar o céu, depois cerrou os olhos. — Não pertenço a este lugar, me sinto sufocada, não aguento mais!

— Calma, Arabella! Acredite, me sinto assim como você, não somos diferentes. Você não é diferente dos outros.

— Sou sim. É algo muito meu e não sei como expressar isso de forma mais clara. — Suspirou, afastando-se para trás, um pé depois o outro.

— Foi por isso que você terminou com Mr. Neagu? — Ele não conseguiu evitar, já estava aborrecido.

— Também. Mas já lhe disse o motivo na época. Ele era estranho, frio, não conseguia sentir nada por Neagu. E é por isso também que nunca consigo manter um relacionamento a longo prazo, seja com quem for.

— Eu não sou *qualquer um*! – bradou, sério.

Chax se assustou com as palavras do amo e nem cogitou reagir, ficou imóvel. Arabella se mostrou surpresa e recuou mais alguns passos.

— Não disse que todos são iguais. — balançou a cabeça em negação. — Você... não entende.

— Continue comigo, eu posso te fazer feliz. Arabella... por favor.

— Eu não posso. Eu não consigo. — Virou-se, estava partindo. — Você merece alguém melhor do que eu. Mais normal.

— Você é tudo o que eu preciso — disse, sem mais esperanças. Ele cerrou os punhos, e Chax sumiu dali.

De través, Arabella Orr olhou de volta para Verne Vipero e deu seu último sorriso.

— Sabe, eu acredito que poderíamos ter dado certo. Mas não deu, sinto muito. — Apertou os olhos tristes. — Adeus, Verne.

O rapaz não respondeu, apenas abaixou a cabeça, sombrio. Segundos depois, quando a levantou, Arabella não estava mais lá. Só ele e a neve.

Então, chorou.

— Eu te amo.

03

O GUARDA-COSTAS

Verne Vipero caminhou a madrugada inteira, disputando a raiva que tinha de Arabella com o ódio que ficou de si mesmo. Estava confuso, magoado e muito bravo, perdendo-se na caminhada por qualquer ruela da cidade, despreocupado com a vida. O problema não era o término ou o fora, já tinha passado por isso antes; o problema era perder Arabella.

Paradizo contemplava sua presença na solidão. Naquele horário e naquele lugar, só os ratos passeavam pelo asfalto. Verne não queria chegar ao orfanato ainda, então sentou-se no primeiro banco que viu. Notou estar diante da velha Catedral, onde assistiu à morte de seu irmão. Um portal para Necrópolis.

Tarso Zanin, Alessio Felippo, Michela Aziani, Enrico Faccete, Pietro Concari, Dario Torino e Victor Vipero: esses eram os sete nomes gravados no mármore preto, numa estrutura triangular bem no meio da praça. O prefeito Paolo Bonfiglio tinha mandado construir esse memorial meses depois do trágico evento, e ali estavam grafados desenhos dos rostos felizes das crianças. O lugar ficava repleto de flores, cartas e fotos de parentes e amigos condolentes. Verne realmente não gostava de passar por ali; evitava a Catedral sempre que podia, não só pelo perigo que poderia vir de Necrópolis, mas principalmente pela lembrança.

— Amo... – Chax falava sério e tinha medo dele e de algo mais.

— O que foi? – perguntou, ríspido.

— Estamos sendo seguidos.

Verne cuspiu um xingamento não ouvido, franziu o cenho e apertou os olhos buscando pelo outro, mas não demonstrava preocupação. Aproximou a mão na cintura, onde escondia o athame.

— Há quanto tempo? – murmurou, cauteloso.

— Desde que saímos do restaurante.

— Pode ser um bêbado ou mendigo da Catedral...

— Não fique se enganando. Ele estava lhe vigiando de longe quando conversava com a Arabella. E quando saiu de lá, ele começou a vir atrás de você!

— Por que não me avisou, então? – levantou-se do banco discretamente.

Os passos do outro apertavam a grama fofa no início da praça e pareciam mais próximos. Verne optou por não olhar para trás quando identificou a origem do som.

— Eu... não queria atrapalhar sua conversa com ela. – Chax suspirou e agitou a cauda.

— Certo. Isso não é mesmo normal. – murmurava para o AI enquanto traçava algum plano de urgência. – Ele deve ser algum assecla enviado pelo Astaroth. – mordeu o canto da boca.

— Não tem posto policial aqui na periferia. Pegue o celular e ligue para um táxi. Vamos fugir!

— Não. – Verne retirou o athame preso ao cinto de forma sutil e manteve a mão abaixada. – Chega de me esconder! Deixe ele vir...

Chax ficou surpreso e prendeu seus braços ao corpo do amo.

Verne não ouviu mais os passos do outro, estranhou. Deu meia volta, olhou para um lado e depois para o oposto, nada. Virou-se para trás e encarou o memorial e a silhueta da Catedral, sinistra naquele horário perdido. Suspirou e respirou com um pouco de alívio, então resolveu descer o pequeno morro na direção da avenida abaixo. Antes do fim da praça, havia um corpo. Lá estava ele.

Era um homem bem alto e as sombras indicavam um porte poderoso, com músculos avantajados se revelando pela regata fina e uma calça surrada. Ele o encarava a certa distância com olhos pequenos apertados pelo frio e uma postura ereta e segura, como um sentinela da noite.

Verne sacou o athame imediatamente, energizando seu ectoplasma na ponta da arma, como havia feito no Niyanvoyo, e disparou. A rajada vermelha atingiu o peito do homem, rasgando-lhe a regata e revelando um rombo aberto que cuspia sangue. Ele foi jogado longe, de costas, e caiu. O rapaz suspirou forte dessa vez, o athame ainda apontado à frente de seu corpo. Uma mão o segurava e a outra, espalmada, indicava onde queria atingir o alvo. Sua energia cessou. Aproximou-se com cautela. O homem pardo tinha orelhas estranhas, o cabelo alcançava os ombros com fúria e se espalhava pela grama. A boca era larga e os lábios finos. Estava descalço, os pés sujos de terra, e suas mãos tinham unhas compridas e amareladas. Seria um trabalhador noturno? Verne cogitava quase arrependido.

O homem mexeu o nariz grosso e torto, como se identificasse um cheiro familiar. Rosnou algo e a boca e seu queixo quadrado se moveram para baixo e para cima, revelando os caninos. Ele abriu os olhos e logo estava em pé, fazendo o rapaz recuar vários passos. O sangue coagulou no rombo, borbulhando na ferida como um experimento malfeito, e pedaços de pele surgiram como teias, entrelaçando-se no ponto de encontro, ao mesmo tempo que, por baixo, uma camada extra de músculo nascia e aumentava para fechar aquele buraco. Uma nova pele cobriu tudo e mais pelos ressurgiam onde deviam. O homem era muito mais peludo do que qualquer outro que o jovem Vipero já tinha visto, incomum e bizarro.

Verne tentou concentrar nova energia no athame, mas não conseguiu forças para isso. Sabia que aquele era um necropolitano pelo fator de cura demonstrado. O homem estava sério, encarando seu agressor como um cão selvagem. O rapaz não conseguia ver ódio em seu olhar.

— Verne Vipero? — Sua voz era grave e poderosa. O timbre lembrava um uivo.

— Depende. — Ele não conseguia mais se mover, suava e suas mãos começaram a tremer. — Quem quer saber?

— Rufus Sanchez IV. — Cruzou o braço forte na frente do peito com o punho cerrado, mantendo o outro abaixado. Ajoelhou-se com a perna da direita e dobrou a esquerda na frente do corpo, depois inclinou a cabeça para baixo. — Às suas ordens, *patrão*. — Ele o reverenciou.

— Patrão...?

— Senhor, estou na Terra desde o começo do ano, como seu guarda-costas. Fui enviado para protegê-lo de qualquer mal que o Príncipe-Serpente pudesse fazer a você. — Seu sotaque era arrastado, falava com dificuldade.

— Quem o enviou?

— Meu mestre. Um amigo de Necrópolis, a quem devo favores e lhe quer bem e vivo. Não estou autorizado a revelar sua identidade. — Seus olhos amarelo-acastanhados, redondos e grandes como a lua, o observavam com fidelidade.

Simas? Karolina? Elói? Ícaro? Dantalion? O jovem cogitou todos naquele momento, mas depois decidiu que a questão não era relevante. Precisava entender a atual situação e aprender a lidar com ela.

— Por que não falou comigo antes, quando chegou aqui?

— Não era o momento. Precisava esperar o senhor aprimorar seus conhecimentos de ectoplasma e a sintonia com sua arma. Tive ordens específicas quanto a isso, patrão.

— Está me protegendo de... Astaroth?

— Sim, senhor. — O "senhor" lhe soava tão estranho quanto "patrão". — Não há sinais do retorno de Astaroth, mas meu mandante me alertou quanto a seguidores do Príncipe-Serpente que receberam ordens de matá-lo. E o fariam, se eu tivesse permitido ou falhado.

Verne engoliu em seco. Rufus continuou:

— Cheguei à Terra por ali. — Apontou para a Catedral. — E, desde então, protegi o senhor à distância. Apareceram reptilianos, duendes e serpentes que tentaram se aproximar, mas eu os matei. — Ele se virou de lado e levantou a regata, revelando cicatrizes nas costas. — Me orgulho das marcas que possuo em nome do seu resguardo, senhor.

— Obrigado... eu acho. — O rapaz estava confuso como Chax, mas mais tranquilo.

— Hoje pude presenciar o quão evoluído ficou no manuseio do athame. Está pronto, patrão.

— Para o quê?

— Para lutar.

Olhou para a lâmina e viu alguém inseguro no reflexo. Verne acreditava, mas ainda tinha medo de sua vida e das consequências de seus atos. Tinha consciência de que isso era errado e queria poder mudar, evoluir.

— O que acontece a partir de agora?

— Esta semana fiz uma varredura em toda região e ela não se mostra mais segura para o senhor. Há mais asseclas do Príncipe-Serpente do que eu posso lidar.

— Segundo me disse, você pode.

— Essas criaturas sabem o que fiz com seus companheiros e não têm poder para me enfrentar fora de Necrópolis, é verdade. Mas agora Érebus está enviando seres menores, que se escondem nas sombras e ficam à sua espreita. Podem matá-lo a qualquer momento sem que percebamos e isso estaria fora de meu alcance, senhor.

Chax voltou a ficar agitado. Desceu do ombro do amo e avaliou o homem dos pés à cabeça, dando voltas sobre ele.

— Venha comigo para meu mundo. Lá é mais seguro para o senhor no momento — disse Rufus.

— Como posso confiar em você?

— Não pode, patrão. Mas se eu quisesse, já o teria matado. Sabe disso.

Verne suspirou, não estava surpreso. Sempre esperou pelo dia que voltaria a Necrópolis. Não sabia bem os motivos, mas era quase um desejo. Talvez algo relacionado a Victor, pensou. E o rapaz iria para onde seu irmão estivesse, sempre. E para sempre.

— Em Necrópolis precisarei levá-lo até o meu mestre. Ele lhe dirá o rumo do seu destino, ditará o que deve fazer para poder sobreviver, patrão.

O rapaz compreendia. No Mundo dos Mortos estaria mais seguro, por mais irônico que isso parecesse. Lá, acima de tudo, ele poderia retomar sua busca por Victor e certamente não hesitaria em fazê-lo. Era o motivo de sua vida e jamais desistiria. Naquele instante, ele apertou o pingente de vidro no pescoço com força e esperança, depois prendeu o athame de volta ao cinto.

— Quando partimos? — perguntou, com um sorriso discreto.

— Agora mesmo, senhor.

— Me dê um dia. Preciso avisar minha tutora que farei mais uma viagem.

Rufus Sanchez IV concordou e seguiu seu protegido até a volta ao orfanato.

De longe, um conversível preto foi notado pelos faróis acesos naquela madrugada estranha. Verne o ignorou para não levantar suspeitas.

Mr. Neagu era um homem curioso.

04

O PORTO ASSOMBRADO

Sophie Lacet deu um abraço forte e demorado em Verne.

— Essa viagem para Inglaterra lhe fará bem, meu querido.

— Sim. Ainda mais agora, solteiro novamente.

— Aproveite bem as férias — disse, chorosa. — Mas me passe o telefone do hotel ou albergue que ficará.

— Eu farei um *mochilão* por Wiltshire, Sophie. Cada noite num lugar. Ficarei sem contato por um bom tempo.

— Ah, Verne! — a mulher lamentou e lhe deu um beijo no rosto, carinhosa. — Você, cada dia mais desapegado de tudo e de todos...

— São apenas férias, Sophie. Eu ficarei bem. Terei um Natal e Réveillon bem... diferentes — disse Verne, ajustando a mochila nas costas, um pouco desconfortável pela mentira. Não gostava daquilo, mas era necessário.

— E esse seu amigo? — Ela apontou para o outro na porta do Orfanato Chantal, disfarçando a desconfiança.

Rufus usava uma camisa e calça social pretas, compradas pelo jovem Vipero horas antes só para aquela finalidade. A história tinha de ser crível. O homem a cumprimentou da forma que achava correta para os padrões terrestres, então beijou sua mão enquanto fazia a reverência abaixando a cabeça.

— Prazer, senhora. Rufus Sanchez ao seu dispor.

— Prazer, senhor!

Sophie corou e não escondeu a satisfação pelo cavalheirismo dele. Rufus cumpriu bem seu papel: havia ganhado a confiança da mulher, era o suficiente.

— Rufus costuma viajar todo ano para Salisbury e ter seus momentos místicos em Stonehenge. Será bom para reflexão, evolução... — completou Verne.

— Eu acredito que sim, querido. Vá em paz e faça uma boa viagem. — Ela o abraçou mais uma vez e chorou. Rufus sentia-se emocionado em situações como aquelas, mas o rapaz não percebeu.

Após as despedidas, os dois cruzaram uma esquina e seguiram até a região sul de Paradizo. Verne carregava pouca coisa em sua mochila, com o athame bem escondido num dos bolsos falsos, algumas roupas, água e bolachas. Não era preciso, seria bem tratado por Rufus, mas gostava de se prevenir. Sentia um aperto no peito, mas não sabia o porquê.

— Você mente bem, patrão.

— Ah, por favor, Rufus. — Verne suspirou profundamente e balançou a cabeça. — Por que estamos indo em direção ao mar? Não deveríamos atravessar a Catedral até Necrópolis?

— Não é seguro. Há duendes e reptilianos rondando o túnel dentro dela. — O rapaz engoliu em seco. — Qualquer descuido meu, e o senhor morreria. Preciso protegê-lo, é um bom moço, e também preciso cumprir com minha palavra para com o mestre.

Verne sabia que era impossível realizar o ritual de travessia para o outro mundo como havia feito um ano antes, quando lhe cortaram os pulsos e oraram por seu niyan, pois necessitava das pessoas certas, o lugar adequado e os instrumentos específicos. Então, qual seria essa nova maneira? Existia uma terceira, ele se lembrou.

— Como iremos, então?

— Há um navio capaz de viajar entre os mundos. Ele atravessa a película da Teia com facilidade. Enviei um ekos para o capitão hoje pela manhã, contratando os serviços dele. Ele retornou com outro corvo, indicando o horário e disse que aportaria aqui. — Rufus ajustou a gola da camisa, nitidamente desconfortável com aquela veste terrestre. — Chegam em menos de duas horas, patrão.

Verne não gostou muito da ideia, mas não tinha muitas opções. Gostaria de acreditar que estava protegido ao lado de Rufus.

— Ah, o Porto Assombrado. Só podia ser — disse o rapaz.

— Senhor?

— Esse porto foi abandonado há quase duas décadas. O prefeito, no poder há oito anos, e seu antecessor do mesmo partido, construíram novas docas do outro lado da cidade para facilitar as vias comerciais. Isso oficialmente, claro. A verdade é que as pessoas sempre comentaram que este lugar era assombrado; pescadores morriam ou viam parentes mortos caminhando e arrastando correntes, o papo de sempre.

— Mas o senhor deve saber que isso tem muito fundamento, não é? Afinal, é o local escolhido para esse navio aportar. Não o faria em qualquer lugar.

— Acredita mesmo que ele é assombrado, Rufus?

— Sim, senhor. — Meneou a cabeça, seguro. — Não consegue sentir a energia, patrão? — O homem estendeu os braços para o lado. — Sinto emanações ectoplasmáticas assombrosas neste lugar.

— É, eu sinto também. — Verne levou a mão para o lado da mochila e retirou o athame. — Não vou me arriscar.

— Eles não podem lhe fazer mal. — Rufus não estava tenso. Para ele, aquela situação era normal e previsível.

O Porto Assombrado fora erguido com madeira, agora podre pela umidade e fedida de peixe. Não tinha mais a estrutura segura de antes, com o solo em risco pela erosão do tempo, rangendo a podridão a cada pisada. Era um porto solitário e sombrio, o vento sibilava entre suas frestas e o mar lambia o que restara da base do cais de forma agressiva. Era pequeno e ainda havia barcos abandonados ali, atracados na margem escura.

A cada movimento, um rangido. Cada respiração, vozes de mulheres, crianças e velhos, às vezes assovios. Eram as vozes dos mortos, lamuriando naquele purgatório. O cheiro de enxofre era mais forte em alguns cantos do que outros, mas sempre ruim.

Um balde caiu, o teto fez barulho, e a nuca de Verne ficou arrepiada. O clima esfriou. Ele tremeu. Rufus sorriu. Primeiro apareceu uma senhora, usando chapéu comprido e um vestido cheio e pomposo, dando mão a um menininho de boina e calça com suspensório. Eram quase transparentes, levemente brancos e reluzentes. Eles atravessaram o homem e o rapaz, causando efeito apenas no último. Aquele sentimento de melancolia e vazio estavam em disputa pela escalada do frio em sua espinha. O jovem Vipero reconheceu a sensação: eram fantasmas.

— Isso comprova os boatos, patrão?

— Sim — resmungou.

A mulher e a criança pararam à beira do cais, observando o mar. Talvez à espera do navio da época de suas mortes. Pareciam não terem percebido a presença dos dois visitantes.

— Notei que não precisei apresentá-los.

— Fui assombrado por muitos anos em meu quarto, Rufus. — Apertava o athame no punho enquanto suava pelo resto do corpo e respirava gelado. — Não gosto de fantasmas.

— Eles são inofensivos, senhor. Apenas almas perturbadas que, por alguma razão, não conseguiram se desprender dos planos terrenos para os etéreos.

— Não gosto deles mesmo assim.

Até Verne estava um pouco descrente de seu medo. Havia ficado cara a cara com criaturas bem piores em Necrópolis, inclusive com niyans em queda na Fronteira das Almas. Aqueles fantasmas talvez não lhe causassem medo, mas angústia.

Outro fantasma apareceu: era um moço magro, com braços e pernas ossudas e rosto longo e fino, de olhos esbugalhados, numa expressão de pavor pleno. Ele corria de um lado para o outro, agitado, como se quisesse avisar sobre algo. Passou três vezes por Verne, e ele estava começando a ficar incomodado com isso.

— A presença sombria que sentimos é outra coisa, patrão. Não são os fantasmas.

Mais vozes, mais rangidos. Objetos caíram, a madeira estalou. Veio o frio.

— Tem algo errado aqui, Rufus — disse Verne de esguelha. — Fique atento.

Duas garotas bonitas, talvez gêmeas, passaram ao longe, na entrada do porto, olhando para o rapaz e dando risadinhas.

— Obviamente a presença de vivos atraiu a atenção deles, senhor. Mas pode ser qualquer outro motivo também. Não existe um padrão.

Rufus Sanchez inclinou o corpo para frente de forma sutil e abriu os punhos. Apertava os olhos, atento a qualquer situação suspeita naquele covil fantasmagórico. Percebeu o ar gelando mais a cada respiração. Logo depois, um senhor gordo, de poucos cabelos e olhar triste, caminhou na direção deles, arrastando um longo manto. Verne imaginou que tivesse sido um padre. Parou diante dos dois e os encarou, numa avaliação gradual.

— O que deseja? — perguntou Rufus com uma voz impassível.

— Aqui não é vida — sussurrou o fantasma, e uma neblina começou a se formar no porto. — Vocês são vida. Não devem ficar.

— Aguardamos um navio. Logo sairemos — respondeu o guarda-costas, de prontidão.

— Muitos já se foram, só restamos nós. — O gordo olhou para os outros fantasmas com pena. — Há coisas ruins aqui. Faz mal para todos, tenho medo.

— Então resolva o que precisa e se desprenda deste plano, desencarnado — instruiu Rufus. Sua pelagem grossa o protegia do frio que aumentava a cada minuto. Verne não tinha a mesma sorte.

Nesse meio-tempo, a neblina ficou densa, escondendo o cais.

— Esse garoto... — disse o gordo, apontando para Verne. — Ele não deveria estar no porto. Não é o seu lugar. Nem aqui nem lá. — Caminhou para trás. Agora era o fantasma quem sentia medo.

— Rufus! — gritou o rapaz. Era tarde demais.

Um segundo depois, uma sombra atravessou o corpo dos três, parando do outro lado, num tufão negro que tomou a forma de um enorme abutre feito em vapor.

— É um espectro! — revelou o guarda-costas, assumindo uma postura defensiva. Verne ficou atrás dele, o athame preparado.

— Oh, meu Deus... — sussurrou o fantasma antes de ser destruído pelo espectro.

O abutre negro fechou suas asas sobre o corpo etéreo do pobre e o assimilou numa fusão de ectoplasma. A entidade assumiu, mais uma vez, a forma de vapor negro e avançou sobre os outros fantasmas no porto, destruindo e assimilando cada um deles. Os últimos foram mãe e filho. Ao ver o menino desaparecendo, Verne se lembrou de Victor, e seu ectoplasma brilhou.

O espectro atacou então Rufus e Verne, transpassando-os e formando um furacão negro logo à frente, sugando toda a energia local. Ele emitia gritos que morriam em ecos pelo oceano. O guarda-costas estava tenso, mas não se moveu.

— Use seu athame, patrão.

— Como? — O rapaz estava confuso.

— É intuitivo, o senhor sabe. Use agora! — Saiu como um rugido.

O espectro assumiu a forma de abutre novamente e cresceu as asas trevosas para o lado de ambos, maior do que antes. Foi quando Verne hesitou, tropeçando e caindo sentado. Rufus já não se importava mais com a entidade, mas ficou arrepiado com a ação de seu protegido. Os olhos do rapaz reluziram na mesma sintonia que sua energia e o athame também. Tudo vermelho. Então, a explosão.

A neblina ficou rubra. O porto, em silêncio.

05

BAHAMUT CARONTE

Rufus se recobrou, já tossia havia cinco minutos. Quando a neblina finalmente dissipou, ele encontrou Verne ainda sentado e o athame apontado para frente. O espectro não estava mais ali.

O rapaz tremia, sua arma continuava energizada.

— O senhor está bem? — O guarda-costas se ajoelhou diante dele.

— Sim... — respondeu Verne. Depois suspirou longamente. — Ainda zonzo, mas bem. — Pôs-se de pé, seguido do outro.

O crepúsculo havia chegado ao fim. A noite escurecia e a lua minguante estava alta no céu. Eles não ouviam mais rangidos, nem estaladas ou vozes. Só a batida de seus corações.

— O que foi... aquilo? — perguntou o jovem Vipero.

— Espectros são entidades... *ruins*. Eles se alimentam de fantasmas. — Rufus ajustou a camisa amarrotada. — Não sei o que queria conosco.

— E como você sabia o que eu deveria fazer?

— Eu não sabia, patrão. Meu mestre avisou de algumas funções do athame. Estamos em planos diferentes do espectro, não teríamos como tocá-lo fisicamente. Sua arma é especial, ele me disse.

— Mas o espectro podia nos atacar?

— Acho que sim.

Verne balbuciou mais alguns impropérios e depois foi se sentar no cais. Emburrado, encostou ombro e cabeça sobre uma pilastra, observando o horizonte e o reflexo da noite. Rufus parou atrás dele e permaneceu de pé, com braços cruzados, esperando pacientemente. A embarcação estava atrasada. Então, ele adormeceu.

Havia um labirinto, não como o de espinhos, na região escura do Alcácer de Dantalion, mas um de folhas alvas e pequenas, com moitas que formavam um trajeto circular e complexo. Verne estava lá, Victor também. Olhavam-se, próximos.

“Eu sempre estarei contigo, irmão.”

Tentaram tocar as mãos, mas uma gigantesca serpente surgiu dos arbustos e devorou o menino. Ninguém gritou.

O rapaz despertou com seu AI pulando de um ombro a outro.

— Amo, vai me deixar de novo, não vai? — Estava inquieto e incomodado.

— Não tenho opção, Chax — respondeu, ainda assustado pelo pesadelo recente.

— Pode ser impressão, mas acho que estou enfraquecendo. Apareço cada vez menos.

— Porque você é medroso. — Verne estava exausto. Usar o ectoplasma ainda lhe custava muito. — Não se preocupe.

— Sinto sua falta, amo...

— Sempre estarei aqui, Chax. Sempre. — A frase saiu familiar. Ficou emocionado.

Seu coração apertou mais um pouco, quando um estrondo no ar chamou sua atenção. Vinha de longe, de uma chaminé. O rapaz enxergou uma silhueta enorme surgindo no mar aberto, se aproximando lentamente.

— Nosso navio chegou, patrão. Devemos partir agora — disse Rufus.

Verne ajustou o athame no bolso da mochila e esta para trás, e saltou com o guarda-costas até um dos escaleres atracados. O homem começou a remar em direção ao navio. A água salpicava em seus olhos com certa hostilidade.

— Seremos recolhidos quando nos aproximarmos, senhor.

— Como sabem que estamos aqui?

— O capitão é um homem viajado. Ele pode *sentir* nossa presença.

Partiram.

A embarcação era colossal. Lembrava as velhas naus de guerra que Verne tinha vislumbrado em livros de História. Na proa, a bocarra ameaçadora de um réptil feita de madeira enegrecida cobria todo o casco. Encimada, a bandeira preta tinha um crânio humano cruzado por uma espada e um cálice.

— Morte e Vida — explicou Rufus. — Apreciam o rum como nós, o oxigênio.

— São piratas! — A surpresa o tomou, mas depois tentou esconder a preocupação. Nenhuma lenda era bela a respeito desse tipo de gente.

Depois de alçados, foram recepcionados no convés por um moço magro e de aparência lânguida que usava trapos entrelaçados, botas grossas e uma bandana vermelha sobre a cabeça. Os cabelos sujos caíam sobre o rosto sonso.

— Cê deve ser Rufus — comentou com uma voz esganiçada. — Eu sô Wiljerd, o imediato do capitão.

— Obrigado pela ajuda, marujo — respondeu o guarda-costas, diplomático.

Verne aquiesceu, tenso, e foi apresentado a ele. A tripulação os observava das sombras, num semicírculo perigoso. Totalizavam quarenta pessoas, entre jovens e homens feitos, todos fétidos, armados e sem qualquer respeito pela vida. Viviam do saque, do pilhar e do prazer.

— Vô avisá o capitão da chegada d'ocês, enquanto isso podem se alojá na jaula do terceiro porão. Só descê até... — Foi interrompido.

— Sei onde fica — disse Rufus, repentinamente. — Já estive aqui uma vez.

O jovem Vipero não parava de se surpreender. Precisava conhecer melhor seu protetor e aproveitaria aquela longa viagem para isso.

— Até que para um pirata esse aí é bem... *simpático* — sussurrou Verne.

— Só ele, patrão. Pobre coitado.

Eles desceram convés abaixo e o fedor invadiu ainda mais suas narinas. Rufus pareceu se incomodar em dobro, mas manteve-se firme. Existiam animais diversos presos em pequenas gaiolas, da Terra e de Necrópolis. O rapaz reconheceu um lêmure-das-trevas gritando atrás das grades e um filhote de unicórnio ao fundo. Os dois andaram mais um lance de uma pequena escada até o terceiro porão, onde se alojariam. Era um cômodo pequeno, bem apertado, exatamente para duas pessoas. Parecia ter sido esvaziado havia pouco tempo, ainda com calor humano, o suor impregnado nos lençóis dos colchões finos no chão. Verne usaria a mochila como travesseiro, e seu guarda-costas parecia não se importar com esses detalhes. Ambos sabiam que ficariam sem banho durante toda a viagem e sentiam asco por antecipação.

— Que horror! — disse Chax, demonstrando nojo daquele porão.

— Eu não esperava por coisa diferente — sussurrou o rapaz por cima do ombro.

— Tráfico de criaturas entre os mundos? — perguntou o AI enquanto saltava de um lado ao outro no chão, fazendo caretas.

— Só pode.

— Senhor? — interveio Rufus.

— Hãã... Rufus, você não se sente mal vendo todos esses animais presos, sem poder fazer nada? — disfarçou.

— Sinto mais do que imagina, patrão. Choro por eles todas as noites. Mas a pirataria está acima de minha autoridade e à margem da lei. É complicado — lamentou.

A conversa foi interrompida por um barulho fino e repetitivo se aproximando. Eram passinhos que lembravam gravetos tocando o solo. Uma pequena silhueta se formou na entrada do alojamento. Chax se aproximou, curioso, e, quando se deparou com aqueles dois olhinhos cruéis, saltou de volta ao ombro do amo.

— Ah! Então vocês são os convidados do capitão? — indagou uma voz rouca e estridente, que saía em curtos guinchos. Algo nele lembrava Verne de seu amigo Ícaro.

— Sim — respondeu Rufus, prontamente. — Este é meu patrão Ver...

— Já sei quem são. É que não costumamos receber muitas visitas.

— Você é...? — perguntou Verne, enfim.

Das sombras saiu um pássaro de tamanho médio, que o rapaz achou muito semelhante a um papagaio da Terra. Suas plumas cinza estavam sujas, as patas e bicos eram de um alaranjado opaco, e os olhos rubros encaravam cada um naquela jaula com um julgamento estranho. Duas linhas verdes começavam na cabeça e desciam pelas costas até as três penas que formavam a cauda.

— É um talkye — revelou o guarda-costas. — Uma criatura muito inteligente, natural de Nebulous. Mas não estranho de encontrar uma num navio pirata, geralmente são traficados no mercado ilegal.

— Não é o meu caso, cidadão — piou, com desdém. — Sirvo o capitão com honraria há muitos anos, desde que nos conhecemos no porto de Al-Qadim. Foi uma boa parceria, sempre quis viajar e conhecer o mundo.

— E o que seu capitão ganhou nessa? — perguntou Verne, que logo de imediato não gostou do talkye.

— Sei instruir para que desenhem mapas precisos e sou mais eficiente do que uma bússola. Qualquer pista de tesouro que chegue até nós, eu uso meu raciocínio lógico para desvendar. — O pássaro raspou uma das patas sobre o solo de madeira, causando aflição aos ouvidos. — Basicamente sou o responsável por boa parte da fortuna deste navio.

— Imagino... — resmungou Chax, que não podia ser ouvido a não ser por seu amo.

— Pelo visto não é só caça ao tesouro que lhes sustenta, não é? — Verne insistia na implicância. — Tráfico de criaturas também.

— Sim. Não somos idiotas, precisamos de outras garantias para sobreviver em alto-mar.

— Então o alpiste não lhe é sufi... — Verne foi interrompido por Rufus.

— Patrão, por favor. — Balançou a cabeça em negativa. — Gostaria de saber quando veremos seu capitão — questionou o guarda-costas, voltando-se para o talkye.

— Agora mesmo. Vim chamá-los por isso. — Virou-se de costas e voltou a caminhar pelo corredor de criaturas. Os dois o seguiram. — Aliás, me chamo Astonar.

No convés, o talkye deu um impulso e farfalhou no ar, voando até o ombro de seu capitão, que berrava ordens à tripulação:

— Trabalhem, seus rato do mar, ou virarão almoço de tubarão! Já fui pra cama com mulheres mais fortes que ocês!

Ao fundo, Wiljerd trabalhava com afinco, esfregando um escovão, que vez ou outra molhava num balde cheio d'água. Verne e Rufus se depararam com um velho gordo e duas belas moças, uma de cada lado, se dirigindo até eles.

— Capitão Joe Crow, prazer revê-lo e obrigado por nos transportar. — O guarda-costas fez uma mesura. — Este é Verne Vipero, meu patrão.

— Yo-ho-ho! Bem-vindos, meus caros! — disse o homem besuntado, de braços abertos, que se aproximou mancando. Verne ouvia um batuque de madeira a cada passo que o capitão dava. — Só espero que cês não fiquem enjoados durante a longa viagem, hein! — Piscou para os dois, os círculos cinza sob os olhos chamavam a atenção.

— Vamos nos comportar, como o combinado — disse Rufus, sempre sério e polido. Ele foi envolvido pelos braços roliços do capitão.

Depois foi a vez de o rapaz receber um abraço de partir os ossos. Sentiu a gordura da roupa do outro entrando em seus poros, fazendo parte dele. O terrível mau hálito feria suas narinas.

O capitão Joe Crow era um homem velho, corpulento e baixote, que exalava a rum e possuía uma farta e longa barba negra como fio de ferro que lhe cobria a face redonda. Sua boca era pequena, escondida pelas bochechas caídas, e seu nariz tinha forma de batata, o tom róseo bem distribuído pela tez. Usava uma farda escura pouco nobre, seus cabelos compridos e cacheados eram como velas negras, cobertos por um chapéu triangular grafado com o mesmo símbolo da bandeira. No pé direito, uma bota de couro imunda. No esquerdo, um emaranhado de faixas sujas escondia algo retangular que descia na vertical e causava aqueles batuques.

— Cês tão precisando de rum. Vamo tomá! — ordenou, sem demora. — Wiljerd! — E o moço correu para o interior do casco, já sabendo o que deveria trazer.

Enquanto esperavam e questionavam o quanto o imediato se assemelhava a um escravo naquela embarcação, o capitão Joe Crow apresentou suas mulheres, com orgulho e alegria:

— Boony e Mary!

A primeira mulher usava um colete marrom sobre uma camisa branca, calça e botas pretas. Seus cabelos loiros e lisos eram curtos, na altura dos ombros, e seus olhos azuis eram frios como o gelo. Séria, possuía o corpo magro e esguio, e só tinha uma mão. Na esquerda estava acoplado um mecanismo esférico prateado, com um buraco para encaixes ou próteses. Era ela o primeiro piloto em comando.

A outra mulher tinha um sorriso sutil e sedutor, lábios pequenos e um pouco carnudos. Seu olho direito e castanho percebia cada movimento dos visitantes com interesse, o outro estava coberto por um tapa-olho preto. Ela usava um vestido branco e simples, com adornos em vinho, que se arrastava pelo chão, mas ainda lhe permitia boa mobilidade. O corpo era esbelto, mais alto que o da outra, e com grandes seios. Tinha cabelos de fogo, toda glamourosa. A segundo piloto.

— Princesas! — chiou Chax, intrometido. Seu amo não lhe deu atenção.

Wiljerd retornou arrastando um barril médio até o convés, e uma sacola com canecas de porcelanas orientais, de cores e formatos diferentes. O capitão subiu com dificuldade pelas escadinhas de madeira até a ponte e retomou o leme das mãos de um pirata, voltando a conduzir com sagacidade seu querido navio para o leste da Itália. Paradizo sumia no horizonte noturno.

— Yo-ho-ho! Vamos brindar, homens! — trovejou o velho bucaneiro, retirando uma garrafa de trás da base e bebendo uma boa quantia de rum, molhando sua barba ao babar. — E cês dois, bem-vindos ao *Bahamut Caronte*! — Os piratas e as mulheres soltaram um "arrrr" em uníssono vibrante. — Agora, bora se embebedar!

O mar estava tranquilo e o navio não balançava muito, o que permitiu a Wiljerd servir bem seus visitantes. Ele postou o barril entre eles e distribuiu canecas para a dupla e para as mulheres de seu capitão. Ao ver Mary servindo-se, Verne teve a impressão de que ela se demorou nas mãos do pirata, tocando suavemente os dedos dele. O imediato disfarçou e apertou a bica do barril repetidas vezes até que todos estivessem com suas canecas cheias de rum.

— Há mui tempo nós saqueamos Sarudahiko só por causa dessas porcelanas — disse o moço, levemente exaltado.

— Na verdade, foi só por minha causa — disse Mary com doçura. — Admito ter sido um capricho meu, mas sempre admirei a cultura *diferente* daquele povo. — Bebericou delicadamente o rum. — Gosto de conhecer todas as culturas possíveis, para ser sincera. Então, pedi ao meu marido que saqueasse o porto dos sarudahikenses. — Riu.

Verne ainda estava desapontado com Arabella e se percebeu atraído por outras mulheres, como naquele instante. Zombeteiro, Chax aproveitava-se disso para importunar seu amo, que tentava ao máximo não se enfurecer.

— Vida de pirata num é fácil, senhores — disse Boony, séria. — Então, fiquem mui bêbados mesmo para suportar tantas agruras neste navio. Espero que sobrevivam à travessia. — Pareceu sorrir.

De forma desmedida, o rapaz exagerou no rum. O mundo girou e ele percebeu que seria o momento de parar, mas não queria. Bebeu mais um pouco, e Chax sumiu.

Rufus estava numa amurada do convés, apreciando o oceano com tranquilidade, e Mary e Boony tinham subido até a ponte, voltando a orbitar seu capitão. Verne se aproximou, cambaleando, e parou ao seu lado.

— Veja, patrão — indicou o homem, apontando com a cabeça para o mar. — Estamos prestes a arrebentar um pedaço de fenda da Teia e, com isso, as estrelas *reagem*.

— Como assim?

— Olhe para o céu, senhor.

O rapaz olhou. Viu estrelas, não muitas, e algumas nuvens escuras se aproximando. Tinha perdido a noção de tempo viajando no *Bahamut Caronte*. Já tinham se passado horas.

— Agora olhe para o mar. Vê a diferença?

Verne viu. O mar refletia muito, muito mais estrelas. Não havia nuvens. Levemente bêbado, sentiu a cabeça doer, apoiou-se com mais segurança na borda, respirou fundo e conseguiu perguntar:

— Como isso é possível, se estamos na Terra?

— Quando estamos para realizar uma travessia entre os mundos, ocorre um... *problema* na existência. Ela falha, e fendas da Teia se arrebentam para permitir essa passagem forçada.

— Tá. — Bufou, sentindo-se enjoado. — Mas não são as estrelas, Rufus; é o reflexo. A realidade mostra um cenário e o mar, outro.

— Sim. E ainda é a mesma coisa. Tudo faz parte de um todo. A realidade apenas se distorce. Esse é um dos efeitos da Teia quando alterada.

O rapaz piscou demoradamente e correu até a ponta da proa para vomitar nas águas. Depois se ajoelhou por lá até o efeito passar e apagou.

06

HISTÓRIAS NO CONVÉS

O guarda-costas descansava sentado e seu nariz se movia vez ou outra. Verne acordou na jaula, o fedor invadindo as narinas. Procurou pelo athame e viu que ele permanecia seguro em sua mochila. Decidiu deixá-lo guardado ali e subiu ao convés, onde encontrou as duas esposas ainda sóbrias, resistentes ao rum pelo tempo de consumo. Boony estava sentada sobre um dos vários e grandes barris de uma fileira do outro lado da proa enquanto fumava um charuto nobre da última pilhagem. Mary estava apoiada sobre outro barril ao seu lado, apreciando o firmamento com distração. A cena o lembrou de Arabella dias atrás e seu coração começou a chorar, então ele preferiu recordar a ressaca.

— Ocupadas? — perguntou, aproximando-se com cautela.

— Não. Apenas apreciamos a noite, é rotina — respondeu Boony, seguido de uma baforada.

O rapaz notou copos cheios e mais uma jarra de rum sobre os barris, sentiu o estômago revirar e pediu licença para sentar-se aos pés das mulheres.

— Onde está o capitão?

— Dormindo como um porco velho a esta hora. Mais rum? — Era Boony.

Ele dispensou e perguntou se a viagem demoraria e também se havia previsão de tormenta nos próximos dias.

— A viagem termina quando tem de acabar, e isso pode ser a qualquer momento. — A pirata maneta deu outra tragada no charuto. — Tormenta deste lado, não. Agora em Necrópolis... Bem, lá é imprevisível.

O mundo parou de rodar diante de seus olhos e Verne teve coragem de novo para ficar em pé. Apoiou-se num dos barris e ficou entre elas, ainda não plenamente recuperado.

— O que houve com sua mão? — indiscreto como um soco no estômago.

— Acidente de trabalho.

Mary se inclinou próximo ao rapaz e deu um tapinha no ombro da outra, debochada. Ele não sabia como reagir, mas achava graça da situação. Chax, idem.

— Boony sempre quis ser pirata, desde pequenina. Nasceu no norte de Necrópolis, em Okeus, e teve sua vila saqueada pelos piratas do nosso capitão. Sendo órfã, implorou para seguir no *Bahamut Caronte* e realizar seus sonhos. Anos depois, Black a deflorou. Boony é sua primeira esposa. Ela perdeu a mão contra a frota da Esquadra de Lítio há uns dez anos, não é? — A loira assentiu, despreocupada. — Parece que um soldado explodiu seu punho num disparo certeiro, ou algo assim.

— Ele tinha boa pontaria, me lembro bem — Boony finalizou, tragou mais um pouco.

Verne movia-se pouco, tentando não se desvencilhar do corpo das duas próximas dele. De longe, percebeu a silhueta de Wiljerd os observando à espreita, e depois este sumindo numa escotilha.

— E você, perdeu o olho num tiro também? — perguntou ele para Mary.

— Ha, ha! Não. — Ela cutucou com o dedo o lugar onde deveria estar seu olho morto.

— Essa aí perdeu o olho ainda no berço. A mãe derramou leite fervendo em cima. — Boony tomou para si o papel de contar a história. — É humana da Terra, como você. Há uns anos o capitão aportou na sua cidade e pediu sua mão em casamento. O dote foi alto, mas ele sempre teve muito ouro real extra.

— Não foi tão simples assim, mas algo assim. — Mary ria e ria. — Sou inglesa, Verne.

Após a revelação, ela pediu licença e saiu por uma porta, escada abaixo, avisando que necessitava ir ao banheiro. Boony continuou ali com Verne, fumando seu charuto e oferecendo rum para ele, esquecendo que o rapaz já tinha recusado antes.

— E Wiljerd e os outros piratas?

— Eu não tenho um relatório de cada um que passou por aqui, moço. — Sua rispidez congelava. — Muitos já vieram, morreram, e outros os substituíram. Pirata é pirata, não importa se da Terra, de Necrópolis ou de qualquer outro lugar.

— Entendo...

Chax se debruçou no solo de tanto rir. Verne gostaria de poder enforcá-lo.

— Mas Wiljerd, se não me engano, pertencia a outro navio, que tinha sido atacado por um monstro marinho. Foi o único sobrevivente, então o capitão o adotou.

Verne havia notado mesmo que tanto Wiljerd quanto Mary pareciam ter a mesma idade, só um pouco mais velhos do que ele. Já Boony aparentava ser uma mulher acima dos trinta. Ela o percebeu lhe avaliando e fez uma careta de escárnio, que o espantou de volta às jaulas.

Descendo pela escadaria, ainda bobo de rum, Verne brigava em murmúrios com o AI, quando se perdeu nas galerias inferiores. Havia perdido até mesmo o lance de escadas por onde tinha acabado de descer. Andou e andou sem rumo. As horas passavam e ele ficava mais enjoado. Chax o ajudou a procurar sua jaula, mas não encontrou. O rapaz passou por uma saleta escura e viu por acidente duas figuras se amando. Mary estava sobre Wiljerd, e eles gemiam numa ferocidade quase inaudível. No susto, Verne acabou apertando o passo para um corredor qualquer, andando de forma aleatória, deparando-se com uma parede no fim. Sua sombra morria ali.

— Perdido?

O guincho veio de um poleiro ao lado. Astonar não dormia.

— Desculpe, estou.

— Parece que viu um fantasma.

— Eu vi você.

O talkye riu, mas se controlou para o piado não acordar a tripulação.

— Eu não me importo com as traições que rolam no *Bahamut*, não precisa tentar esconder o que viu. Sei onde Mary está agora.

Verne balançou a cabeça para Astonar parar, mas ele continuou:

— Em cima do magricela. É toda noite isso. Copulam em segredo, traindo nosso capitão. Nem Boony sabe.

— Se sabe e é tão fiel ao capitão, por que não revelou isso ainda?

— Não sou fofoqueiro. Cada um que cuide de sua vida ou sobrevida.

Verne quase acreditou que aquele pássaro tinha bom caráter.

Adormeceu aos pés do poleiro e foi encontrado no dia seguinte por Rufus, que disse tê-lo visto com outro copo de rum na mão.

— Não é possível! Eu tinha parado de beber!

— Mas eu vi o copo, patrão.

— Pensei que estava me protegendo. Eu não estava vulnerável?

— Sim, estava. E eu sabia de cada passo do senhor, pude sentir desde que saiu da jaula. Seu cheiro característico colaborou. Como não correu riscos nem fez nada perigoso, não vi necessidade de ir até o senhor. Quis lhe preservar a privacidade.

Verne sentia-se um idiota, mas já havia passado.

— Os piratas não tomam café da manhã, mas preparei um chá verde para ajudar em sua recuperação alcoólica, patrão.

Verne agradeceu e os dois voltaram à jaula. Mais uma vez, verificou sua mochila, tudo estava lá. Enquanto bebia o chá, o rapaz aproveitou para matar sua última curiosidade naquele navio:

— Como conheceu o capitão Joe Crow?

— Bem, senhor, isso foi há muito tempo. Os piratas haviam saqueado um tesouro importante da minha cultura. Não foi fácil, mas os encontramos, lutamos e recuperamos. Na mesma ocasião, o navio do capitão foi atacado por faes de Érebus, também atrás do mesmo tesouro, por motivos escusos. Acabamos nos unindo aos piratas para defender o que tínhamos acabado de recuperar, enquanto eles precisavam proteger seu galeão. — Suspirou longamente, como se lembrar daquele dia ainda lhe fosse cansativo. — Enfim, vencemos a custo de algumas perdas. Voltamos com nosso tesouro e o capitão manteve seu *Bahamut Caronte*, grato a nós pela curta aliança. Desde então, trocamos favores, e ele permite que meu povo realize viagens em seu navio. Na maioria das vezes, eles cobram, mas Joe Crow tem um apreço por mim.

— Talvez porque você seja muito certinh... digo, muito honrado.

— Agradeço, senhor. — No mesmo instante, Rufus virou-se para o lado bruscamente. Movia o nariz de forma aflitiva, um olhar curioso.

— O que foi?

— Nada. Só o cheiro de tormenta no ar.

07

REDEMOINHO

Outra noite inquieta. Pesadelos com Victor, umidade e frio incomodando o sonhar, uma turbulência onírica, quase física e bem real. Verne acordou no meio da tarde com seu corpo sendo jogado para todos os lados dentro da jaula. Rolava na sujeira e sua cabeça batia vez ou outra na portinhola de ferro. Espantado, levantou-se e viu Rufus em pé com firmeza, apoiado sobre outra parede, não impressionado com a situação.

— Senhor?

— O que está acontecendo? — gritava, exasperado em meio ao caos.

— O *Bahamut Caronte* está passando pela Teia neste momento. Estamos indo para Necrópolis.

O navio pareceu se inclinar, e Verne tropeçou em seu colchão, indo bater as costas na parede mais atrás. Ele gemeu e protestou. Um balde passou rolando na direção contrária, indicando o quanto o *Bahamut* estava inclinado. Logo, um tanto de água passou escorrendo pelos seus pés, provavelmente do banheiro dos piratas. Ele não teve tempo de reclamar, vestiu os sapatos agora sujos e correu para cima.

— Eu preciso ver isso!

Rufus o seguiu.

No convés, Verne seguiu diretamente para a amurada e viu, com ainda mais espanto, o mar os engolindo. As águas revoltas giravam em movimentos rápidos numa espiral perigosa e, no centro da voragem, um núcleo meio azul, meio negro pulsava e disparava lampejos para os lados. O

Bahamut Caronte, segundo tinham lhe falado, era o navio mais preparado para essa travessia de mundos.

Um bucaneiro gordo e alto, encimado no ninho da gaivota, gritava para os pilotos:

— Vento a bombordo! Vento a estibordo!

Wiljerd e outros piratas em seu comando puxaram com força pesadas cordas e revelaram várias placas de cobre ao redor de todo o casco, escondidas na parte interna.

— Essas placas vão ajudar a conter os lampejos do redemoinho e facilitar a travessia — Rufus rugia alto. O mar em fúria roubava todo o som.

— Vamos mesmo ser engolidos pelas águas? — ele perguntou, apavorado, mas não gostaria de ouvir a resposta.

— Sim, senhor! Agora mesmo. Segure-se firme!

Os dois prenderam seus braços em um mastro e os demais nos outros. Apenas o capitão e suas duas esposas se mantiveram tranquilos na ponte. Chax apareceu.

— E mais uma vez eu serei deixado para trás. É aqui que eu sumo...

Independente da forma como se tratavam, amo e AI eram tão ligados quanto irmãos. Aquilo partia o coração já despedaçado de Verne, afinal Chax era parte de si. Mas eles sabiam, amigos imaginários não existiam no Mundo dos Mortos, por isso não se manifestavam lá e sumiam durante a travessia.

— Até mais, Chax. Eu voltarei.

— Adeus, amo.

Abraçaram-se simbolicamente.

— Mui bem! Vamos lá, tripulação! — urrou o capitão Joe Crow. Levou um braço para o alto, enquanto o outro girava o leme com força, determinando o destino de seu navio. Para ele, sempre uma emoção.

— Yarrr! — berraram todos os piratas, empolgados.

— Vento a noroeste! — informou o bucaneiro gordo pela última vez.

— De todas as direções?

— É um efeito da Teia, segure-se, patrão!

O *Bahamut Caronte* desceu velozmente pela espiral, os lampejos energizando o navio através das placas de cobre e fazendo tudo ali pulsar como o núcleo da voragem. Boony, Mary, Wiljerd e os demais piratas já estavam acostumados a essa rotina, mas Rufus e Verne ficaram fortemente enjoados ao girarem daquela maneira, além de temer pela situação. Ainda que firmes no mastro, o guarda-costas teve de segurar o rapaz pela gola, para que não voasse para fora da embarcação nesse processo.

O jovem viu Chax sumir.

O redemoinho então os devorou.

08

A MALDIÇÃO DO MAR

Uma pequena cachoeira despencava sobre a cabeça de Verne e seu guarda-costas, dando-lhes um longo banho frio. As águas não tinham o mesmo tom azul-anilado do mar terrestre. Ali, eram próximas do púrpura, ganhando um tom azul-escuro em algumas ondas. Logo, ele percebeu o *Bahamut Caronte* levantando-se, não como se voasse, mas como se boiasse em algo. Os piratas, o capitão e suas esposas, o talkye e até mesmo Rufus estavam suspensos no que ele acreditou a princípio ser o ar. Não era. Entrou em desespero quando percebeu que não conseguia respirar. Estavam dentro da água, presos ao núcleo formado ao redor do navio, com uma bolha gigante elevando-os para uma superfície suspeita. Todos estavam desacordados, menos ele, refletiu. Estaria sonhando ou já morto? O pavor gelado subia do peito até a garganta, enquanto as águas púrpura lhe enchiam o pulmão, roubando a vida por um fio. Seus olhos choravam sangue para cima, como se uma força gravitacional os sugasse para algo além. Não viu destroços da embarcação, nem nenhum outro tipo de dano, tudo estava no lugar. Os lampejos continuavam energizando o navio, e a espiral colossal que os havia devorado circundava a bolha onde jaziam suspensos, centrifugando-os para o destino.

O *Bahamut Caronte* surgiu no Oceano Tártaro do meio de um redemoinho voraz, cuspido pelo mar. Os lampejos sumiram junto da tormenta, subitamente. As placas de cobre no casco e toda a embarcação estavam molhadas, mas intactas. A bolha d'água explodiu, permitindo que seus tripulantes voltassem a respirar, agora, o ar amargo de Necrópolis.

Todos despertaram de uma só vez. O capitão Joe Crow jogou seus cabelos molhados para trás, sorrindo, enquanto era levantado pelas esposas. Assim que retomou o leme, ele vociferou com orgulho:

— Yo-ho-ho! Bem-vindos, meus caros! Bem-vindos a Necrópolis! Estamos no Mar do Norte.

A tripulação respondeu com "arrr" e saudou seu mundo com punhos erguidos e berreiro ensurdecedor, uma algazarra de comemoração. Eles vislumbravam a silhueta da baía de Necrópolis bem ao longe. O tempo nublado no céu, Nix dominando a noite como a Lua na Terra.

— Eu pensei... que fosse... morrer — disse Verne, molhado dos pés à cabeça, retomando o fôlego, os olhos ainda espantados.

— Desculpe, patrão. Não lhe avisei sobre o processo de travessia, falha minha.

— Tudo... bem... — Meneou a mão para tranquilizá-lo e se levantou cambaleante.

Ouviram o batuque menor de Astonar, passando por eles com um olhar de vitória, descendo em seguida para as jaulas. Wiljerd veio conferir se estavam bem, muito solícito. Os demais bucaneiros voltaram aos seus afazeres com naturalidade. Boony assumiu o leme e Mary sumiu pelas jaulas com pesar nas expressões, incomodada com algo.

Verne ouviu o capitão Joe Crow questionando seus piratas e tão logo desceu da ponte:

— Mui bem, homens, como tá o estoque?

— Em ordem, capitão — respondeu um deles, com o pescoço queimado. — Há seis barris com óleo de baleia intactos. Vamo deixá-los em Gargântua, certo?

— Isso... Mai COMO ASSIM SEIS? — o capitão vociferou, estupefato e furioso. — Tínhamos dez barris. DEZ!

— Nenhum deles se perdeu durante a travessia, capitão. Tem certeza que não eram seis memo?

— Lógico!

Rufus pediu a Verne para se afastarem, não queria se envolver nos problemas de seu anfitrião. Sem graça, Wiljerd aproveitou para assuntar a situação:

— Realmente, havia dez barris com óleo de baleia.

— Da Terra? — Verne achou relevante perguntar.

— Sim. Mercado ilegal, né? A gente saqueia lá pra vender aqui. Um mercador de Gargântua tinha encomendado essa exata quantia.

— A tensão de vosso capitão indica algo mais do que problemas com clientes. O que seria? — o guarda-costas indagou com preocupação.

— Ara... é que óleo de baleia, bem... atrai a Maldição do Mar, né? Isso é muito, muito ruim!

— A Maldição do Mar?

— Uma criatura das profundezas do Oceano Tártaro, patrão — respondeu Rufus enquanto sentia o odor no ar, algo estava vindo. — É tão antiga quanto os dragões, mas não costuma atacar embarcações.

— Não costuma, mai eu já disse: óleo de baleia atrai o kraken!

— Kraken? — Verne saltou para trás, seu pomo de adão subiu e desceu pela garganta seca, um medo maior do que passou no redemoinho o tomava. Obviamente, conhecia a criatura pelos livros de mitologia.

Um estrondo soou ao redor. O rapaz sentiu algo vibrar abaixo dos pés. O *Bahamut Caronte* estremeceu. Veio o silêncio. E de novo o som. Os ossos de seus joelhos entraram em atrito devido ao novo impacto. Ouviram um rugido abafado vindo de dentro das águas. Ondas gigantes nasceram naquele mar tranquilo após a voragem, banhando a embarcação com agressividade. O jovem Vipero não hesitou e correu para as jaulas. Rufus acreditou que fosse pela própria vida, mas permaneceu no convés. Os piratas *iam* precisar de ajuda.

Não demorou para que o capitão Joe Crow bradasse suas ordens à tripulação:

— Vamos, ratos! Içar velas! Içar velas! A Maldição do Mar chegou!

Wiljerd chegou correndo com a lâmina larga e curva, uma cimitarra enferrujada em mãos. Ofereceu uma faca para Rufus, mas ele a rejeitou.

— O capitão foi o único aqui que já enfrentô o monstro e sobreviveu. Por isso que fica tão preocupado! Sua perna foi levada por ele.

O guarda-costas assentiu e arqueou as pernas, flexionando-se numa posição selvagem.

O navio tentou tomar o curso até a baía distante, mas os impactos no casco retardavam o processo. Boony passou pela ponte e colocou o pirata de pescoço queimado para comandar o leme, enquanto buscava algo num pequeno baú. Mary gritou da proa quando viu uma tremenda sombra se formar abaixo da embarcação. Os bucaneiros tomaram suas posições, alguns trazendo canhões, outros pegando espadas e pistolas. A tensão sufocava o pequeno espaço que tinham para respirar antes do ataque.

Verne retornou ao convés com o athame. Estava sério e parecia concentrado.

— Pensei que tinha ido se proteger na jaula, senhor.

— Não adiantaria. Vamos ajudá-los aqui!

A coragem de seu protegido o surpreendeu.

— Sabe que podemos não sobreviver? Eu estaria descumprindo minha promessa...

— Não temos escolha. Vamos tentar!

De alguma forma, Rufus despertava em Verne uma coragem sobre-humana. A hesitação do desconhecido dava ao rapaz uma fúria, um desejo de reverter a situação com batalha. Esse era o espírito ao qual o guarda-costas estava habituado, por isso se orgulhou.

O último impacto derrubou a tripulação no chão, que rolou junto da água para as bordas. Ao se recobrarem, notaram as sombras de enormes tentáculos elevando-se sobre o navio e se fechando sobre ele como um punho cerrado. O material do *Bahamut Caronte* era resistente, mas os estalos revelavam sua fraqueza perante a força colossal do monstro. A âncora subiu com a corrente enrolada junto de um membro, verde-escuro e gosmento, com espinhos vermelhos na casca porosa, e caiu sobre o convés como uma bomba, explodindo no impacto, fazendo voar fiapos de madeira, cegando alguns e cortando outros. Um rombo foi aberto pela âncora perdida no terceiro andar das jaulas, um animal jazia esmagado por ela. O tentáculo preso nas correntes ficou vulnerável e foi despedaçado pela cimitarra de Wiljerd e outros piratas furiosos pela invasão. Alguns deles se feriram nos espinhos, que gotejavam veneno.

— A Maldição do Mar, meu inimigo voltou! — disse o capitão Joe Crow, de face sombria, e deu um tiro para o alto em desafio com uma escopeta saqueada.

Havia outros três tentáculos sobre o navio. O primeiro atravessou a proa com velocidade e usou de suas ventosas para capturar cinco homens no caminho, envolvidos pela substância gosmenta do membro, que depois de quebrar a amurada do outro lado subiu até destruir o ninho da gaivota e derrubar o gordo que estava lá. As vítimas presas a ele morreram com sofrimento, esmagadas por seus músculos. Enquanto choviam piratas mortos, Mary saiu das jaulas com a mesma velocidade que entrou, ajustando algo em seu tapa-olho com aflição. Wiljerd veio em seu auxílio, arranhou o segundo tentáculo sem muito efeito e caiu sobre ela, protegendo-a dos espinhos que passaram de raspão, abrindo uma fenda profunda no peito do bucaneiro. Resistente, ele continuou a perfurar a carne do kraken, gerando gemidos abafados vindos do Oceano Tártaro.

O terceiro tentáculo avançou na direção da ponte, mas recebeu tiros do capitão, abrindo pequenos buracos que expeliam pus. Rufus tomou a frente, partindo a ponta do membro em dois, rasgando a carne molhada em sangue e musgo, os espinhos inúteis perante a pele espessa do guarda-costas. Com força sobre-humana, ele puxou e puxou, até rasgar o tentáculo ao meio, como se fosse um pedaço de pão velho, e usou essa parte para bater na outra, anulando, assim, os dois tentáculos ativos. Verne assistia estupefato.

O *Bahamut Caronte* não recebeu mais golpes no casco e um silêncio súbito tomou a embarcação. O capitão Joe Crow andava em círculos, pistola em punho, atento à retomada. Mary, no convés, e Boony, na ponte, pareciam preparadas, exalando um ar selvagem. Verne limpou o suor sobre a testa, engolindo em seco, arranhando a garganta por dentro. Rufus se limpava com a gosma, despreocupado.

Uma grande onda se formou num repente e avançou sobre a popa, arrastando piratas para o mar, onde outros tentáculos os aguardavam. Quatro outros membros surgiram e atacaram o navio com ferocidade, destruindo-o gradualmente por todos os lados. Uma das velas quase caiu sobre o rapaz, mas ele conseguiu rolar no convés habilmente, parando ao lado de seu guarda-costas. Lufadas de água invadiram seus olhos e narinas, trazendo forte ardor. Rufus o olhou de soslaio e o incitou a fazer o que almejava. Verne não teve muito tempo para se concentrar, mas percebeu que, indiretamente, era como se os demais lhe dessem cobertura e tempo o suficiente para energizar sua arma.

Uma gigante sombra se projetou atrás do jovem Vipero. Um tentáculo espinhento lhe alcançava furtivo, mas explodiu em centenas de pedaços, vomitando gosma e pus. Tenso pela ação rápida, ele virou para buscar seu salvador. Mary ajustava o olho de vidro, que reluzia azul após o disparo da rajada óptica. Ela deu uma risada, depois retomou o ataque contra um dos tentáculos e, com a investida de Wiljerd, o destruiu. A segunda esposa de Joe Crow movia com graça o olho artificial, girando-o em todos os graus, e a cada ajuste um raio se projetava da pupila até o alvo e o explodia com eficácia.

Ele também viu a maestria de Boony trucidando o tentáculo que a atacava. A mulher tinha acoplado um sabre no encaixe da maneta e dançava estocando, perfurando e cortando pedaço por pedaço do membro. O monstro rugia em vão de dentro do mar. Era possível imaginar sua dor. Em um golpe de misericórdia, a primeira esposa desenhou um corte na vertical, abrindo uma ferida tão grande quanto o tentáculo, dando fim aos seus movimentos. Ela postou-se sobre ele, toda glamourosa, exaltando a vitória.

— Sua Maldição do Mar já não é mais a mesma que te arrancou a perna, amor! — provocou Boony para o capitão. O pirata no leme a saudou.

O capitão Joe Crow mal a ouviu, saltando corpos de seus ratos do mar, para ir destruir o tentáculo à frente, que prensava metade da sua população contra uma parte da proa, recheando os corpos dos piratas atingidos com veneno puro e fatal. O velho bucaneiro não errou nenhum tiro, mas as partes que atingiu estavam cobertas por cascas grossas. Ele se aproximou mancando, um passo de cada vez, e tentou abrir um novo rombo, mas não conseguiu. Praguejou. Uma rajada escarlate atravessou ao lado de seu corpo e atingiu o membro com força, destruindo tentáculo e piratas, mortos envenenados segundos antes.

— Desculpe. — Estremeceu, gelado por dentro. — Eu não pretendia fazer iss...

— Obrigado, moço. — O capitão meneou a cabeça, sereno. — Ocê evitô que a morte deles fosse mai cruel. Agora, a passagem destes pro Plano Etéreo será tranquila.

O athame ainda bruxuleava em vermelho nos punhos de Verne, atento aos outros ataques, quando aconteceu.

Eles ouviram um grito de agonia ecoar por toda a embarcação e ferir seus corações em diversas agulhadas. O rapaz olhou para Rufus. Este procurava a origem do som em Boony, que estava próxima ao capitão, com olhos atentos em Mary, berrando cada vez mais alto. Aos seus pés, jazia Wiljerd, espinhos lhe furando as coxas, tentáculo esmagando seus ossos do tórax. O coitado expelia sangue pelos olhos, boca e orelhas. A mulher não tinha mais forças para contra-atacar a criatura, pasmada diante da cena. O guarda-costas rugiu e avançou. Até mesmo Boony e Joe Crow correram em seu auxílio, mas foi o poder de Verne o responsável por afastar aquele tentáculo do morto. Sem controle de seu ectoplasma, o rapaz deixou vazar mais energia, tomando todo o navio em vermelho agressivo. Os outros interromperam seus passos, assistindo com apreensão. O grunhido se esvaiu do Oceano Tártaro e os demais membros se recolheram para dentro das águas, as ondas morrendo sobre o casco afetado.

— O kraken se foi... — refletiu Boony.

— Espantamo a Maldição do Mar? Oh, glória! — o capitão vociferou com alegria.

Os piratas sobreviventes também comemoraram, esquecendo-se por pouco da morte do amigo. Mary chorava sobre seu amado, entorpecida de fúria e tristeza, apertando seu corpo ao dele com fervor, sem se importar com qualquer pudor que um bucaneiro pudesse possuir.

Verne viu o mundo rodar novamente diante dos olhos. Enxergou Rufus correndo até ele. E encontrou o chão.

09

O ROUBO

A mulher estava enlutada. Sua seda era branca, o rosto coberto. Uma árvore sem vida jazia retorcida ao seu lado. Em um jardim repleto de estátuas que a observavam com medo, ela revelou seus olhos e neles havia a morte.

Verne despertou suado, respirando com dificuldade. Rufus o mantinha deitado no convés, com um pano umedecido sobre a testa, o capitão e Boony ao seu redor.

— Senhor...? — O guarda-costas estava visivelmente preocupado.

— Estou melhor. Obrigado. — Ele ameaçou levantar-se, mas o impediram por ora.

— Toda vez que o senhor usa essa energia, se enfraquece e fica vulnerável em seguida. Precisamos cuidar disso.

— Cuidaremos mais tarde. Preciso melhorar meu treinamento — falou, meio zonzo.

O rapaz olhou ao redor, percebeu o mar distante e o *Bahamut Caronte* preso entre as pedras compridas e pontudas que se erguiam de uma baía rochosa de Necrópolis, escura e fedorenta como havia de ser. Havia destroços da embarcação por todo o convés e além. Os piratas caminhavam perdidos entre os mortos, ainda atordoados pelo ataque.

— Por sorte não afundamos. Mas foi por pouco — disse Boony, aborrecida.

— O ataque da Maldição gerô ondas que nos jogaram até aqui. Foi sorte, sim! — Joe Crow parecia mais feliz.

O capitão voltou a cuspir ordens e impropérios aos seus bucaneiros, ainda procurando o culpado pela queda de barris com óleo de baleia no Oceano Tártaro. Boony sentou-se sobre um defunto e começou a polir a lâmina embutida com carinho, mastigando fumo enquanto falava:

— Queimaremos os mortos quando Solux aparecer. Aí, perderemos uma semana consertando a porcaria deste navio. Joe enviou dois ekos, um para o mercador do norte que espera por seus barris, e outro para Rodrik Meckos, seu amigo mecânico de frotas. — Ela cuspiu o fumo na direção das águas. Verne guardou aquele nome. — Vocês podem esperar esse tempo com a gente ou partir. Há um escaler que não foi atingido, pronto para viajar.

— Viajaremos então — findou Rufus. — Preciso retornar à minha terra, com o patrão em segurança.

Verne, recuperado, esperou um tempo enquanto seu guarda-costas vasculhava o que tinha restado de suas vestes, das jaulas e dos animais. Havia levado o athame para ser guardado em segurança na mochila. No convés, o rapaz se viu distante de todos, cada um atarefado com algo, e percebeu que ninguém chorara a morte de Wiljerd, mais um dentre vários outros piratas mortos. Ninguém além de Mary. Inconsolável, ela se entregava aos poucos, isolada na popa, encarando o mar. Ele se aproximou, querendo atrair seu olhar distante.

— Eu vi que você nos viu aquele dia — disse a piloto, assim que o percebeu a suas costas.

— Eu não contaria a ninguém.

— Já não me importo mais. Nada importa. Mas agradeço.

— Vocês realmente se amavam, não é? — Ele tomou coragem, um passo a mais, tentando encontrar seus olhos nos dela.

— Sim. Mas é sempre assim. Se você ama, você perde. — Mary deu um longo suspiro, o rosto lavado de lágrimas, soluços surgindo vez ou outra. — É tão complicado.

— Entendo você melhor do que muitos, e concordo. Passei e ainda passo por isso.

— Eu sabia que minha vida de pirata não seria fácil, nem pedi para ser. Gosto dela, sabe? — Ela virou-se para ele finalmente. — Monstros atacam, os militares atacam, outros piratas atacam, acontece. — Voltou-se para frente, perdida. — Mas por que ele, meus deuses? Por quê?

Silêncio.

O odor de enxofre de Necrópolis retomou suas narinas. Ela continuou:

— Pois é, saquear, pilhar, tesouros! Com o tempo, a vida e a sobrevida nos fazem superar. É assim que funciona! — Ela mordeu os lábios e apertou os olhos para segurar novas lágrimas.

O rapaz cerrou os punhos, tomado por sentimentos familiares. Balbuciou algo, mas não foi compreendido, então tentou de novo:

— Não tem de ser fácil, Mary.

— Você já passou por isso, não é? Não precisa me responder, eu vejo em seus olhos. Compreendo o que quer fazer e lhe sou grata. — Ela lhe deu o famoso sorriso, como se invertesse o consolo.

— Pelo quê?

— Pelas palavras, por ter a coragem de vir conversar com uma enlutada irredutível. — Ela abriu os olhos, as lágrimas ainda secavam. — E por tentar.

Verne sabia que ela se referia à tentativa dele de salvar a vida de Wiljerd quando envolvido pelo tentáculo do kraken. Ficou satisfeito por ter lhe roubado um sorriso e apaziguar seu coração.

Voltou ao convés, deixando Mary organizando seus pensamentos para trás. Rufus estava com seus trapos pendurados pelo corpo e a mochila do jovem Vipero em mãos. Sorria.

— Muito bem, patrão. O senhor fez bem.

— Conseguiu nos ouvir?

— Hã... posso dizer que tenho uma audição *aguçada*.

O rapaz atentou ao detalhe. Aprendera havia um ano que confiar nos outros não era fácil e requeria um esforço de ego maior do que imaginava.

— CADÊ O ASTONAR? — Joe Crow ressurgiu, estressado.

— Ele sumiu desde o ataque, capitão — respondeu um pirata com um gancho no lugar da mão.

— Desgraçado! Aquele talkye, eu sabia que tinha algo de errado com ele.

— Do que está falando, capitão? — indagou Rufus.

— Comportamento suspeito, eu tenho faro pra essas coisa. Já tem uns dia que Astonar vem agindo estranho com a gente.

— Eu nunca fui com a cara dele mesmo... — murmurou Verne, censurado em seguida por seu protetor.

— Mas o que ele fez de errado? Creio que tenha se escondido para se proteger do kraken — continuou o guarda-costas.

Antes que o velho bucaneiro pudesse lhe dizer, o pirata maneta respondeu por si:

— Desconfiamo que o Astonar tenha jogado os barris com óleo de baleia ao mar para atrair o monstro!

Os dois se mostraram surpresos.

— Por que ele faria isso?

— Acho que ele queria nos ferrar, aquele desgraçado! — grunhiu o capitão.

— Na verdade, eu pretendia distraí-los enquanto cumpria minha missão — piou o talkye, de uma direção que eles demoraram a identificar. — Não consegui naquele momento, o kraken causou mais caos do que previ. Mas agora, sim. — Gargalhou e então foi notado por todos no céu.

Astonar farfalhava com o athame preso às patas. Seu olhar encarava Verne com ódio.

— Astaroth — conseguiu dizer o rapaz, no que acreditou ser uma dedução óbvia.

— Sim, moço esperto! — Ele ria, inalcançável naquela altura. — Sou um seguidor do Príncipe-Serpente há anos. Muitas dádivas terei por desarmar seu inimigo.

Joe Crow voltou-se para o jovem, surpreso:

— Você é inimigo do Cobrinha? Pelas barbas dos deuses! — Depois retomou a fúria para seu antigo mascote: — Desgraçado, sacrificou meia população por causa de uma faca?

— Não, seu imbecil! Sempre quis ser pirata, isso não foi um disfarce. Vivi o que vivi por opção. Mas há dias recebi um ekos com a missão de capturar o athame do inimigo. Eu só estou cumprindo ordens!

— Você sempre fez isso! — Boony correu na direção do talkye e saltou sobre ele, avançando veloz no ar com sua lâmina embutida.

Algumas plumas se perderam, caindo no mar. Só não conseguiu atingi-lo por pouco. Astonar sangrava, assustado e irritado. A pirata quase nunca errava a mira e tentaria de novo. Ele não quis arriscar e voou para longe, uma asa falha, rumo ao sul. Piava alto conforme atingia o horizonte:

— O primeiro passo foi dado! Adeus, Verne. Adeus! — E gargalhou um pouco mais.

Enquanto Joe Crow o amaldiçoava em cinco línguas, Rufus veio acalentar o rapaz:

— Não se preocupe, uma hora vamos recuperá-lo.

— Espero que sim. — Olhou para as palmas das mãos. — Estou muito fraco, não consegui atrair o athame até mim. Sei que vou precisar dele para me proteger.

— Vai dar tudo certo, patrão — disse Rufus, sem certeza.

O escaler atravessava o escuro Oceano Tártaro. Juntos, patrão e guarda-costas ignoravam com ardor o canto das sereias famintas. Ao longe, a silhueta dos piratas. Verne viu pela última vez o *Bahamut Caronte*.

À sua frente, Necrópolis se aproximava.

Segunda Parte

ÉTER

Talvez a morte tenha mais segredos
para nos revelar do que a vida.
Gustave Flaubert

10

UIVO DE GUERRA

Havia muito, quando os selvagens mantinham as Tribos Unidas, Feral era uma região plana de gramíneas verde-musgo, com árvores vulgares e arbustos isolados. Uma pradaria ilhada pelo Oceano Tártaro, onde cresciam as quimérias, plantas responsáveis pelo torpor nos homens, e alguns cogumelos exóticos, coletados por fazendeiros em busca do chá perfeito. De solo fértil e temperatura quente e úmida, jazia em seu centro um gigantesco outeiro, local escolhido eras antes para reuniões semanais de seus principais habitantes: criaturas humanoides, arqueadas sobre duas patas, de rosto canino e pelagem amarelo-pálida repleta de pintas mal distribuídas. Os gnolls.

Nordr era o mais ordinário da raça. Andava curvado, meio manco, meio cego e babava o tempo inteiro, mordia com fervor um canto da boca e piscava seis vezes a cada dez segundos. Vestia-se em trapos, nem nobre nem selvagem, coçando as feridas que cresciam no bojo, garras sujas de pus. Dizia que queria manter a "imagem" de sua linhagem, maltrapilhos e coitados por herança. O velho gnoll se aproximou do líder gnorr no grande enlevo de terra e fez uma mesura bronca, rugindo de leve enquanto meneava a cabeça para baixo três vezes. À sombra do outro, Nordr era pequeno e desinteressante como um inseto.

— O que quer? — perguntou Hoärr, o líder gnorr. Sua voz era ríspida e rouca, como um arame raspando em solo petrificado.

— Trouxe informações da Tribo da Garra dos lycans, oh grande.

Hoärr postava-se acima dele e dos demais, centenas deles, mais distantes, assistindo-o com atenção. O gnoll dos gnolls não recebia o título de "grande" apenas pela posição, era de fato avantajado se comparado aos outros da raça. Maior do que um homem adulto, mantinha a postura ereta, emulando os humanos, era musculoso com um bárbaro sulista, e largo como um lycantropo. As lendas contavam que ele havia nascido durante a noite em que Nyx brilhou mais forte, quarenta sobrevidas atrás. Filho de um general caído e uma ama de leite das aldeias pobres, Hoärr cresceu entre os seus com facilidade, destruindo e conquistando no mesmo nível. Chegara ao poder aos quinze anos, mantendo a figura do pai presente, empalhado em seu quarto numa gruta de cristal negro ao norte da ilha.

— O líder *deles* aceitou minha proposta?

— Não. Ele deixou bem claro a impossibilidade de ceder mais de um terço do território do Arvoredo Lycan para Vossa Grandeza. Propôs um oitavo. — Nordr tinha tanto desdém pelos lycans quanto qualquer outro gnoll. Sua voz saía tímida, minúscula como uma gota atingindo o barro.

— Maldito seja... — O líder gnorr apertou os olhos verdes como crisocola, e revelou a fileira de dentes com o dobro do tamanho das bocarras dos outros. Suas orelhas chatas e grandes como metade de sua cabeça chacoalharam de frustração seguida de raiva.

— Ele impôs condições: se os trolls não viajarem conosco e o senhor admitir os erros de nossa raça no passado diante de toda a tribo lycan, o líder disse que gostaria de voltar ao sistema antigo, reestabelecendo as Tribos Unidas. Não só cedendo a metade do Arvoredo, como também lhe colocando em posição igualada na governança. O líder Lycan viu nesse problema a solução para a nossa longa desunião. — Nordr falava como um verdadeiro gnoll. E todo gnoll falava como um humano.

Feral não era mais a mesma. Os cogumelos haviam desaparecido e as quimérias eram especiarias raras. Ainda que poucas, as árvores antes vivazes e próximas ao mar agora compunham um cenário seco e retorcido, complementando outros lugares de Necrópolis com triste louvor. A pradaria se assemelhava a um escuro serrado de gramas abandonadas, e Hoärr se sentia regente mesmo ali, onde o nada já fora algo.

— Aquele lobo está de pilhéria comigo? — rugiu, afastando seus iguais um passo atrás. Era tão temível quanto um monstro da floresta profunda. O velho gnoll não se moveu, acostumara-se havia anos a esse tratamento. — Eles quebraram o Tratado Verde. *ELES!*

Nordr meneou a cabeça novamente para baixo e, depois de encarar o solo rochoso por um tempo, levantou os olhos na direção de seu líder, sutil, para demonstrar respeito:

— O que pretende fazer, oh grande? Devo enviar um comunicado de desaprovação, para que o líder lycan repense sua decisão?

Hoärr grunhiu e arrastou uma pata no chão como um touro nervoso. Depois, cerrou os punhos e arqueou a coluna à frente do corpo, abandonando a postura militar e humana para revelar as presas ao seu exército de gnolls, todos envolvidos em sua causa. O líder gnorr engolia o ar úmido com gula e velocidade, imitado pelos iguais, enquanto se movia de um lado ao outro, gemendo fúria e terror, fungando o ardor de uma sobrevida indigna. Por fim, ele explodiu seu rugido para o alto com força capaz de estremecer o solo e espantar os pássaros. Seu exército fez o mesmo.

Nordr não perguntou, já sabia da decisão tomada pelo seu líder. Um ataque gnoll seria planejado para destruir a raça inimiga.

Por isso, fora dado o Uivo de Guerra.

11

A SOMBRA DA MORTE

Aportaram em Galyntias, na região de Ermo em Necrópolis. Rufus havia dito a Verne que a cidade era acolhedora, apesar dos perigos nos becos. O cais era cuidado por pescadores, desinteressados pelo movimento das embarcações. Viviam da pesca com poucos recursos. A rota do mercado ilegal passava longe dali.

— Ouvi falar que esses pescadores caçam sereias, patrão.

O rapaz viajava coberto por um manto puído com um capuz lhe escondendo meia face. O pano exalava um odor estranho, incomodava pouco. O outro lhe disse que era para disfarçar seu cheiro, evitando, assim, ser descoberto por asseclas de Astaroth.

Ele pisou em terra firme depois de quase uma semana viajando com os piratas. Quis beijar o solo, mas achou a cena ridícula e continuou, seguindo seu guarda-costas e preocupado com o roubo do athame. Naquele momento, porém, só queria um bom banho.

— Teremos uma parada, então o senhor poderá se lavar.

Andaram por mais meia hora naquele terreno árido e rochoso de Ermo, a silhueta de Galyntias e seu cais sumindo ao leste. O ar era seco, difícil de respirar. Verne ficou sabendo que a travessia pela Teia se encarregava de cumprir as adaptações de língua e oxigênio, mas que o processo seria lento inicialmente. Pararam numa taverna sem nome, alimentando-se com pão e suco de frutas silvestres para seguir viagem. O rapaz já estava com os pés feridos, cheio de bolhas, então Rufus pagou a um velho transportador que os levasse numa carruagem puxada por equinotrotos até a Cidade Caída, Elohim. Solux tinha ido e vindo, passando o dia num piscar de olhos. Era noite, com Nyx dominando os céus, quando chegaram na antiga capital de Ermo.

À primeira vista, a cidade não tinha nenhum atrativo. Lembrava uma paisagem de centro urbano terrestre, mas da parte humilde, esquecida pela sociedade. Prédios e mais prédios sujos se amontoavam por quarteirões extensos, de calçadas curtas e ruas largas, onde não passava mais ninguém. Nas sombras, vultos de homens e criaturas perdidas os observavam com olhos curiosos. Por suas janelas abertas, as moradas revelavam o vazio, a solidão e o desuso. O vento era pesado, trazendo agressividade de todas as direções. Não havia na Cidade Caída nenhum marco ou símbolo que atraísse visitantes ou turistas. Não mais.

Antes, o centro do mundo, agora um abandono urbano.

— Caramba! — Verne lamentou. — Não há nem animais aqui.

— Não há muito mais de qualquer coisa aqui. Pouco restou — disse Rufus.

— Este lugar já foi diferente?

— Ah, sim. Muito.

Eles passaram por uma estátua no centro de uma praça morta. O rapaz achou-a familiar, depois, ao fitá-la melhor, reconheceu a figura: era a Princesa de Nyx, Senhora da Noite, Lilith, a mesma que o vampiro conde Dantalion adorava em seu alcácer. Atravessaram outras duas avenidas e viram num beco duendes brigando por um pedaço de carne com ratazanas do mesmo tamanho.

— "Volez são carniceiros como os corujeiros" — revelou o guarda-costas para seu protegido. O rapaz sentiu um frio na espinha, preocupado ao rever os duendes.

Eles seguiram, virando outra esquina deserta. Verne percebeu quantas vezes Rufus movia o nariz, como se farejasse o destino. Ele sabia exatamente para onde estavam indo. Chegaram a um sobrado insignificante, diante do qual duas figuras os esperavam sentadas sobre uma carroça rústica. O guarda-costas parou antes de se aproximar, limpou a garganta e emitiu um uivo para identificar o outro. O rapaz olhou com espanto para a cena. Na carroça, a resposta também veio na forma de um uivo, seguido de um relinchar. Por instinto, Verne levou a mão à cintura, em busca do athame.

— Confie em nós, senhor — disse Rufus, postando uma mão sobre seu ombro. — Eu jamais lhe faria mal. Estou aqui para protegê-lo.

— Eu sei... me desculpe. Eu...

— Vamos.

Seguiram. Próximos da pequena carroça, o rapaz notou um senhor forte e negro como ébano. Ele mantinha uma postura rígida e expressões duras. Já tinha visto outros como ele um ano atrás, dentro da Catedral em Paradizo. Seu torço, braços e cabeça eram humanos; da cintura para baixo era como um cavalo. Não estava sentado na carroça, como achou a princípio, mas preso a ela por cordas firmes. Um centauro, concluiu com obviedade.

Ao seu lado, uma moça jovem como Verne, de tez acastanhada e corpo esguio e voluptuoso, se revelava por baixo de panos curtos. Suas madeixas castanho-escuras eram onduladas e caíam em parte nos olhos aluarados. Estava sentada de qualquer maneira, braços para trás das costas, pernas cruzadas à frente e os pés presos em sandálias caseiras, se movendo com frequência. Um sorriso sereno estava desenhado em seu rosto quadrado e latino.

— Este é Verne Vipero, a quem protegi por um ano terrestre — Rufus começou a apresentá-los. — Patrão, estes são Equion e Lupita. — O centauro apenas acenou de leve com a cabeça.

— Lupita Lopez. Prazer, humano. — Ela se voltou para frente com delicadeza, inclinada para perto do rapaz. Lambeu sua face com naturalidade. O toque molhado lembrou a ele um beijo.

— Não estranhe, senhor — continuou o guarda-costas. — É assim que nossas fêmeas cumprimentam.

— Fêmeas...? — Pestanejou Verne, apertando depois o olho verde e arregalando o azul.

— Ah, então o Rufus não te revelou sua real identidade? — Lupita voltou a se jogar para trás, dessa vez com as mãos na nuca, sapeca. — Eu e ele somos lycans.

Lycantropos, o jovem Vipero deveria ter imaginado, pensou.

— Não quis assustá-lo, patrão.

— Tudo bem. — Balançou a mão, disfarçando o sentimento confuso. — Lycans tribais, certo? — Ele se lembrou da diferença entre as raças, explicada por Simas no passado.

— Sim, senhor.

— Os que têm *sangue quente* mesmo, sabe? — Lupita voltou a falar. Sua voz tinha presença e não demonstrava fragilidade, ao contrário de Arabella. — Os lycans civis são uns covardes, que só pensam em ler, estudar, escrever...

— Não diga isso, Lupita! — Rufus grunhiu, envergonhado. Seu corpo não tinha expressão.

— Ainda que ler não seja um problema, certo...? — perguntou Verne.

— Não tenho tempo para histórias — ela respondeu, como um soco.

— Histórias não nos fazem só viajar... — ele começou. — Histórias nos ensinam também, passam conhecimento.

— Viajo com minhas patas ou carregada por Qui. — Olhou para Equion e riu. — Eu aprendo a sobreviver. Ensino a combater.

— Você fala bonito. — Verne riu, não era uma provocação. Lupita tinha um espírito divertido que o agradava de uma forma como havia muito não acontecia.

Rufus se colocou entre os dois, pedindo desculpas ao seu protegido e sendo liberado do peso da situação pelo próprio, depois do rapaz expressar abertamente um "gostei de você" para a moça lycan. "Eu também", ela encerrou.

— Até quando ficarão nessa conversa, seus tolos? — rinchou Equion, arrastando um casco contra a terra. — Há assuntos de extrema importância que Sanchez precisa saber.

— Quais, meu amigo?

— Vou lhe contar no caminho. Precisamos partir agora. — A voz do centauro era grave, devorada por sua garganta rígida, numa rouquidão agressiva que espantava insetos para lá de sua boca.

Lupita Lopez saltou para trás da carroça, indo encontrar Verne, ali se acomodando no pequeno espaço de pó e madeira. Rufus ocupou o lugar onde ela estava, único pedaço que servia para sentar. Puxava as rédeas presas em outras cordas pelo tronco nu de Equion, que arrastava a carroça sem dificuldades pela Estrada Negra. Ele trotava com graça, contrastando com seu arquétipo rudimentar. Avançaram mais umas ruelas perdidas na noite, até saírem de Elohim. O rapaz se despedia da Cidade Caída com uma curiosidade mórbida.

— Gostaria de voltar aqui um dia — ele disse. — Saber mais do lugar, o que aconteceu para a cidade ter ficado desse jeito.

— Você é realmente diferente dos outros rapazes que conheci. — Ela parecia sempre encará-lo com aqueles olhos de cão. — Se está em Necrópolis, acostume-se a lugares assim.

— Eu realmente sou diferente. — Verne se distraiu em suas próprias reflexões. — Isso é bom, não é?

— Você é bom por inteiro, Verne!

Ele deixou escapar um sutil sorriso, depois se preocupou em não estar corado pelo elogio direto. Sentiu uma forte sintonia nascer ali. Abria a boca para responder a ela com algo no mesmo nível, quando ouviram os quase-murmúrios entre o condutor e o guia.

— Ele era maníaco, eu sempre lhes disse isso! — Era Rufus, revoltado.

— O homem tinha se redimido há eras, Sanchez. Ninguém imaginou que voltasse a assassiná-las — bufou Equion. Sua barba espetada e bifurcada, e seus cabelos compridos, ambos da cor da madeira escura, voavam para trás com o vento frio que chegava junto à madrugada.

— Minha nossa! Ela era apenas uma... pequena fêmea.

— Uma menina *humana*! — corrigiu o centauro. — Por isso estou lhe explicando a delicada situação: os lycans quebraram o Tratado Verde. Hoärr já deu o Uivo de Guerra.

— E meu irmão aceitou?

— Ainda não. Ele espera a sua chegada para tomar a melhor decisão. — Ficou cabisbaixo por um momento, nunca errando o trote. — E olha que seu irmão ainda fez propostas. Tentou de todas as maneiras compensar o erro de Juan. Ofereceu um oitavo do Arvoredo para os gnolls, mas não foi aceito.

Rufus levou as mãos ao rosto, respirando fundo por debaixo delas. Engolia sua fúria assim como a frustração perante os ocorridos dos últimos dias. Depois voltou os punhos às rédeas, expirando os maus sentimentos, e ficou em silêncio. Mesmo com a audição aguçada dos lycans, naquele instante o guarda-costas não foi capaz de ouvir os sussurros dos jovens atrás.

— O que está acontecendo? — perguntou Verne.

— É complicado. — Lupita verificou antes se os dois à frente estavam entretidos. — O Tratado Verde era um acordo de paz entre as raças da floresta. Existe há pelo menos duzentos anos. Foi assinado logo depois do fim das Tribos Unidas.

Verne juntou os dedos e colocou as mãos na frente do rosto, interessado.

— Esse tratado previa a proteção entre os povos, sem assassinatos ou saques entre eles. Então, humanos poderiam caminhar tranquilamente pelo Arvoredo sem ser devorados por um gnoll. E este poderia caçar à vontade na floresta sem ser atacado por um lycan.

— Entendi. — Engoliu em seco. — E quem quebrou esse acordo? E por quê?

— Juan Remo. Era louco, sabe? — Ela girou o indicador na ponta da cabeça, com sua língua para o lado, divertida. — Só que o deixaram morando perto de humanos por anos, depois que ele demonstrou estar completamente recuperado. Há algumas semanas ele surtou, evoluiu e matou uma criança e sua avó. Humanas! — Quase abandonou o cochicho na revelação.

— Entendi, entendi. — Voltou a pensar em Victor. Crianças mortas de forma trágica lhe causavam náuseas. — Evoluiu?

— Sim. É como chamamos a nossa *transformação*.

— Virou um lobiso... assumiu a forma de lobo, certo?

— Sim. E a morte de humanos pelas garras de um lycan significa que o Tratado Verde foi quebrado. Com isso, a raça que a quebrou precisa ser expulsa de seu território ou punida pelas demais.

— Minha nossa! Tudo por culpa de um maluco.

— Pois é! — Ela balançou a cabeça, chacoalhando seus cabelos curtos, pouco maiores que os dele. — Há poucos humanos na floresta e a maioria deles compreende que o ato foi de um assassino, que não representa os reais desejos dos lycans. Eles sempre tiveram boas relações conosco, não serão um problema.

O rapaz bateu de súbito seu ombro esquerdo contra a parede da carroça. Levantou a cabeça e colocou os olhos para fora do pano que cobria a cabine. Viu que Equion descia uma colina em direção a uma vila fumarenta no meio do nada, só treva e volez. Seu trotar pareceu mais apressado. Rufus se mantinha paralisado, procurando respostas no firmamento.

— Mas os gnolls... — continuou ela, revelando as presas por debaixo dos lábios finos ao citá-los. — Eles têm uma rixa antiga conosco. Aproveitaram a situação para chantagear nosso povo. Pediram o domínio do Arvoredo Lycan em troca de nossa rendição!

Naquele momento, Lupita já havia abandonado a sutileza, mas ninguém do lado de fora se importava com a questão. Apenas Verne, que também ouvia seu coração palpitando com força.

— Nosso líder não aceitou as condições e propôs outros acordos de divisão territorial, mas os gnolls, aqueles malditos, não aceitaram! — A moça suspirou, quase um ulular.

— Onde eles vivem?

— Em Feral, uma ilha próxima do Arvoredo.

— Agora o seu líder aguarda o retorno do Rufus para decidir o que fazer.

— Eles são irmãos.

— Vão guerrear?

— Só saberemos quando chegarmos ao Arvoredo Lycan. Tudo será decidido lá.

Verne percebia a ironia em sua vida. Na Terra, era perseguido por asseclas de Astaroth. Em Necrópolis, ia de encontro a uma guerra.

Nyx estava fosca acima daquela vila, deitada pela fumaça de incontáveis chaminés. O grupo se instalaria em Elderiin, última parada antes de continuar viagem até o Arvoredo.

Após descerem da carroça, deixada trancada próxima a um estábulo sem equinotrotos, eles seguiram a pé, patas e cascos até a estalagem Olho de Ciclope. O lugar ficava do outro lado da vila, apenas uma rua larga e extensa que cortava uma fileira de casebres velhos como seus moradores. Não havia crianças ali, apenas cavaleiros livres, alguns mercenários, fazendeiros, mulheres domesticadas, prostitutas e um ou outro jovem bandoleiro. A maioria deles se encontrava no mesmo lugar naquele momento em algazarra: a Taverna de Uh. Para Verne, ela não chegava aos pés das bizarrias do Covil das Persentes, então ele a ignorou junto de seu grupo, que pediu um quarto grande para os quatro.

Enquanto pegavam as chaves do cômodo, o rapaz se aproximou de seu protetor:

– Por favor, Rufus, preciso enviar um... ekos. É para um amigo, avisar que estou em Necrópolis.

— Não é uma boa ideia, senhor. O corvo pode ser interceptado no caminho, entregando sua localização. Preciso mantê-lo seguro.

— Estou ciente. Mas esse amigo pode nos ajudar se algo de ruim me acontecer. Ele é veloz, nos será muito útil.

— É o senhor quem manda. Espero não estar cometendo um erro.

O grupo passava pelo corredor, procurando pela porta certa, quando o homem parou e pediu que Lupita e Equion seguissem até o quarto. Ele levou seu protegido para o segundo andar da estalagem, onde havia uma única torre, quase um abrigo, cheia de plumas negras misturadas a cocô de pássaro. Dali, via-se toda Elderiin. Rufus mordeu de leve a ponta do polegar, deixando um filete de sangue escorrer pela palma. Colocou uma mão junta da outra em frente à boca, tampando-a com as duas fechadas em forma de casco. Depois, as abriu devagar, deixando o som escapar e ecoar para longe da vila e sua fumaça. Assim, emitiu o eco, repetindo o processo mais quatro vezes. Verne pensou que seu guarda-costas ladrava, mas não era um ato lycan. Era um chamado.

Não demorou para que o corvo viesse das nuvens, voando sombrio até a torre. O pássaro parou sobre o braço de Rufus.

— Encare-o de perto, patrão.

O rapaz se aproximou e recebeu uma bicada na língua. Ele saltou para trás, balançando toda a pequena estrutura. Doía, mas ao colocá-la para fora viu que não tinha nada de mais, sangrava pouco.

— Ele precisou do sangue de sua língua para efetivar a comunicação sobrenatural, senhor. É como lhe fosse o milho, um *pagamento*. Agora, olhe nos olhos deste corvo e murmure para ele sua mensagem, depois diga o nome completo da pessoa que deve recebê-la.

Sem perder mais tempo, Verne seguiu suas instruções. Fitou o corvo, seu espírito parecia roubado pelo pássaro.

— Simas, sou eu, Verne. Estou em Necrópolis. Estarei abrigado no Arvoredo Lycan, protegido por Rufus Sanchez IV, um lycan aliado. Avise aos demais com discrição, por favor. Estou sendo caçado por Astaroth, não podemos vacilar. Vamos nos ver em breve, amigo. — Voltou a verificar a língua ferida e findou: — Para Simas Tales.

O corvo farfalhou e voou para longe, de volta ao breu, grasnando lamúrias. O ekos fora dado.

Aquela noite estava úmida e quente, mas finalmente os dois puderam se banhar. O rapaz demorou mais tempo que os outros no aguário, aproveitando cada momento daquela água tão pura, limpa e familiar como a da Terra, sentindo lavar não só o corpo, mas também a alma. Vestiu-se com roupas leves, uma camisa e calção cinzas de pijama, colocou um chinelo — todos trazidos da mochila — e, ao sair pela porta, viu o centauro dormindo próximo a ela. Ele não precisava de cama, bastava ajoelhar, colocando-se sobre as quatro patas. Ainda ereto, mantinha os braços cruzados à frente do peito, olhos cerrados numa expressão pesada, de quem não deveria ser acordado. Enquanto Rufus se banhava, Verne saiu do Olho de Ciclope para encontrar Lupita sentada na calçada, admirando o satélite com serenidade.

— Por que vocês têm um centauro lhes servindo? — ele perguntou.

— Centauros geralmente trabalham em serviços pesados, é da cultura deles se prestar a isso — respondeu, sem olhar para trás. — Equion já servia ao pai do pai de Rufus, era seu Punho de Ferro, nomeado assim durante o fim da Batalha das Tribos, quando as Tribos Unidas caíram.

— Eu me lembro mesmo de algo sobre o forte apelo militar deles. — Verne estava novamente com a imagem dos centauros que o abordaram na Catedral no passado.

— Equion não trabalha para nós. Sua esposa e filhos foram salvos por Roldan Sanchez, o pai do pai de Rufus, durante um ataque traiçoeiro dos gnolls na guerra antiga. Desde então, ele vem cuidando e servindo os filhos de seu mestre e amigo, com honra. — Ela moveu uma madeixa para o lado. — Acho muito bonito isso.

— Você parece uma cronista contando histórias. — Ele riu. De fato uma pessoa mais leve após o banho. Sentia-se bem ao lado dela.

Ela soltou uma risada, encontrando os olhos dele por cima dos ombros. A luz de Nyx dava um brilho perolado às coxas de Lupita. Mais uma vez, Verne via Arabella sumindo na escuridão.

— É tão linda, né? — disse a moça, graciosa.

— Sim — ele respondeu, sobre ela e sobre o satélite. — Parece a Lua da Terra.

— Nyx e Solux brilharem ao mesmo tempo é considerado um evento. Todo o povo da floresta comemora. Acontece a cada seis anos, e acontecerá em meses.

— Talvez como o nosso eclipse do Sol — ponderou Verne, encontrando um lugar para sentar-se ao seu lado.

— Chamamos esse evento de Yin-Yang. — Ele ficou estupefato pela relação do nome com a cultura daquele povo. — Eu já disse para a tribo, seria a melhor época para guerrearmos. Se guerrearmos.

— Tomara que não. — O rapaz abraçou os joelhos próximos ao queixo. Seus olhos dançavam para o lado, às vezes, vendo o pouco pudor que Lupita se permitia, vestindo uma seda bege que cobria seios e virilha como um biquíni rústico.

Ao voltar a encará-la, percebeu que a moça o encarava de volta, sorrindo com satisfação.

— Eles também são lindos. — Ela avançou e lambeu suas pálpebras, que se fecharam assim que a língua se aproximou. — Tão exóticos seus olhos, um verde, um azul.

— Obrigado. — Pestanejou, depois abandonou a hesitação, se doando para o calor que lhe subia do umbigo. — Você é linda como Nyx, Lupita.

Os dois sorriram. A moça pôs a mão sobre a do rapaz. Olharam-se mais próximos, depois ainda mais.

Estampido no vácuo.

Um bafo gelado cobriu seus rostos num repente. O calor abandonou o corpo de Verne num átimo e o clima esfriou com velocidade. Juntos, sentiram algo se aproximando. A presença era forte e trazia tristeza e morbidez ao cenário. Por um instante, os dois não puderam mais ouvir a bagunça na taverna, nem na água banhando Rufus. Lupita apertou seus dedos nos dele e ambos procuraram por algo que não sabiam. Não demorou e Verne avistou uma figura correndo pelo deserto pedregoso não muito longe da vila. Ela planava sobre o solo em zigue-zague, mas vinha em sua direção. Era uma sombra disforme, como um enorme arminho feito de treva. Não tinha olhos nem boca, mas emitia um som estridente e choroso. Lupita e ele tiveram o mesmo sentimento fúnebre, uma vontade incrível de chorar, mesmo sem um motivo. Outra vez, por instinto, o rapaz levou a mão à cintura e frustrou-se por não ter mais o athame. Engoliu com dificuldade e seu suor frio secou no ar que congelava pouco a pouco.

— Um espectro? — ele perguntou, quase respondendo.

— Não, pior! É uma bean-si. — Lupita mostrou os dentes, mas estava apavorada.

— O quê?

— A Sombra da Morte. Tem a função de levar da sobrevida aqueles que deveriam morrer, mas ainda não morreram. Ou aqueles que jamais morrerão.

— Imortais, você diz? — O rapaz piscava, sua boca estava ressecada.

— Isso. Qualquer tipo de imortal. Ou mesmo mortais que estão demorando a *partir*.

— Inclusive vampiros... — refletiu, lembrando-se do conde Dantalion.

— Mas não se preocupe. Nós podemos vê-la, mas não a ouvir. E isso quer dizer que ela não nos levará. Sua presença é terrível, mas logo passa. A vítima dela deve estar naquela taverna.

— Espere.

— O que foi?

— Eu a ouvi.

Lupita sentiu algo ruim nascer, desfalecer e nascer duas vezes dentro de si. Ficou paralisada com a revelação.

— Eu a ouvi! O que isso quer dizer?

— Só um por vez pode ouvir a bean-si. Só a ouve quem será levado. — Ela o abraçou com sua força lycan, derramando lágrimas sobre a camisa dele. — Oh, Verne. Oh, não!

O rapaz se desvencilhou da moça e andou cambaleante para o lado, indo parar no meio da rua. A bean-si voava em sua exata direção, encarando-o sem olhos.

Rufus ouvira a conversa do banho. Desligou o aguário com pressa e se cobriu com uma toalha de trapos para sair da estalagem. Ao chegar até eles, viu a sombra em forma de um grande arminho atravessando o corpo de seu protegido com uma lufada negra. Lupita rugiu quando o jovem Vipero encontrou o chão. O ar frio se dissipou assim que a bean-si se foi. O guarda-costas uivou, lutuoso.

Verne estava morto.

12

LONGA ESPERA NA SALA DE MORS

O jovem abriu os olhos finalmente.

Verne se levantou. Vestia um longo manto branco, sem vida, que se arrastava num piso incolor. O teto e as paredes não existiam, tudo era nada. Ele caminhou do vazio para lugar nenhum, apenas com o instinto de que deveria fazê-lo. Sem perceber o tempo nem o ar, chegou a uma porta quarenta cabeças mais alta. Era branca e tinha desenhos adornados de forma curiosa, quase estátuas saltando aos seus olhos. Notou a forma de uma enorme árvore, com inúmeros galhos e em cada ponta algo familiar. Ali, percebeu Victor vivo, depois morto. Seus pais. Simas, Ícaro, Karolina, Dantalion e Elói. Os virleonos, a menina oria, Mr. Neagu e Sophie Lacet. Havia o Guardião do Abismo, cenários da Vila dos Ladrões, Capital de Néde e Ermo. Os piratas e Astonar com seu athame, Rufus e Lupita, e a vila Elderiin. Os desenhos terminavam incompletos, com o rapaz estirado numa rua. Na porta, as ramificações da história de sua vida.

Antes que pudesse tocar o batente, ela se abriu. Verne tropeçou para frente, depois retomou alguns passos atrás, vendo uma figura semelhante defronte. Ela era como ele, espelhando corpo e face, os olhos vazios. O outro era seu reflexo sombreado.

— Verne Vipero! — Até a voz era a mesma. Parecia sair em eco da garganta.

— Eu — respondeu, apático. Estranhava-se em todos os sentidos.

— Sou Orcus, o Guarda-Portão de Mors.

— O que é Mors? Onde eu estou? — Os sentimentos lhe retornavam, dúvidas e aflições.

— O Plano Etéreo. — Abriu um pouco mais a porta. — E você morreu.

O rapaz encarou as mãos com medo. Ajoelhou-se perante Orcus e começou a suar. Quis lembrar como tinha morrido, mas não conseguiu. Quis vomitar, mas não saiu água nem nada. Nem ar. Não respirava ali.

— Por... Por que eu morri? — Olhou choroso para o Guarda-Portão.

— Não tenho informações precisas ainda. Mas vou pesquisar.

Orcus ajudou Verne a se levantar e então atravessaram a porta, entrando em uma sala comum e muito larga, com bancadas extensas que iam duma ponta a outra, dos dois lados. Nelas, estavam várias criaturas sentadas, de todas as raças, de todos os mundos, à espera de algo ou alguém. Seus olhos mostravam cansaço e tristeza, uma agonia apertando o vácuo. Ele sentiu um nó na garganta, certo sufoco. Queria sair daquele lugar.

— Esta é a Sala de Mors. Sente-se e espere, vou pesquisar seu arquivo.

Verne sentou-se em uma das poucas vagas da bancada esquerda e procurou abrigo nos olhos de Orcus, não havia soluções. Tudo era novo e irregular. Tudo não era.

— É comum o estranhamento e a confusão assim que se descobre a morte, Verne. Não fique preocupado, logo se acostumará.

O Guarda-Portão saiu por um corredor adjacente à sala. Andava de forma engraçada, uma perna por vez, subia alto e descia com delicadeza, enquanto os cotovelos se dobravam com força para trás e depois esticavam os braços em riste para frente. Viu-se performaticamente bizarro.

O rapaz olhou para frente e para os lados, todos se vestiam como ele, ninguém olhava para ninguém, alheios por completo. Confuso, voltou-se para um velho sentado à sua direita e o cutucou com leveza.

— Ei. Quanto tempo devemos esperar aqui?

O anão tinha metade de seu tamanho. A barba branca e espessa como a neve nascia do nariz achatado e escondia sua boca. Era desprovido de cabelos, com bochechas rosadas e gordas, e nódoas sobre os olhos perdidos. As tinha quase do tamanho de sua mão.

— Noel Thudd é meu nome. — A voz rouca era vazia. Enquanto falava, olhava para o chão que seus pés não alcançavam.

— Certo, eu sou Verne. Quanto tempo esperaremos aqui? — insistiu.

— Tempo... não.

O jovem Vipero aguardou. A ansiedade lhe abandonou com a resposta que veio a seguir.

— Em Mors não existe o tempo. Você espera pelos *desejos*, pela vontade deles te atenderem.

— *Eles* quem?

— Os Juízes.

Verne inspirou e expirou. Foi tomado pelo desespero, mas tentou não o expressar. Fechou os olhos, refletiu, mas nada lhe veio à mente. A ideia do não tempo era difícil de conceber. Poderia ficar eternamente esperando. E esperando pelo quê?

— Por que ninguém se move? Por que não fazem nada, nem protestam?

— Não podemos.

Indignado, o rapaz se levantou e começou a atravessar a sala em direção à outra extremidade. Escorpiontes, humanos, virleonos e uma infinidade de outras raças o ignoravam, mesmo na quebra de regras. Logo, viu um balcão alto de mogno lustroso. Atrás, uma mulher que aparentava a idade de Sophie Lacet escrevia com pena em um livro quase de seu tamanho. Ela vestia uma túnica preta que lhe cobria como uma burca. Era branca como a sala e seus cabelos eram escuros como as vestes. Não tinha olhos. As longas madeixas escorriam por cima do balcão como uma cachoeira de sombra.

— Minha senhora — Verne bradou, ousado. Fazia esforço ao olhar para o alto, já que ela estava muito mais acima. — Quando serei atendido?

— Você acabou de sentar, espere que será — respondeu, mas ele não soube se a mulher o encarava.

— Estou esperando o quê?

— O Julgamento. — Sua voz era paciente. Ela devia responder isso sempre, pensou. Mas "sempre" determinava tempo, então imaginou que era só o que ela fazia. — Sente-se e fique quieto.

Verne cerrava os punhos e gemia impropérios quando viu alguém familiar.

— *Wiljerd!* — gritou para o pirata, que jazia em silêncio no meio da bancada direita. — Wiljerd?

— Verne... é ocê? — Não sorriu, apático.

Ele reparou que o imediato não tinha as feridas que haviam tirado a sua sobrevida. Certa satisfação lhe tomou ao descobrir que os mortos não carregavam as feridas no Plano Etéreo. Decidido, aproximou-se e puxou o pirata pela mão.

— Vamos sair daqui!

— Pra onde? Não podemos!

Não adiantou contestar. O rapaz o levou dali. Tentou a grande porta, mas ela não se moveu. Seguiu pelo corredor adjacente, rodeado por paredes infinitas. Aquela branquidão o lembrou do Niyanvoyo, a Fronteira das Almas. Andaram até que seus pés se cansassem, se é que poderiam se cansar, e chegaram a outro corredor com inúmeras portas, uma de frente para a outra. Uma fileira infinita se estendia até sumir no branco adiante. Ao passar por uma delas, viu Orcus fuçando papéis na gaveta de um armário de metal e foi notado.

— O que está fazendo aqui, Verne? Não deveria ter saído de lá.

— Me desculpe. Não posso esperar.

— Você deve.

— Por que se parece *comigo*? — O rapaz desconversou, queria ganhar um tempo onde não havia.

— Pergunte ao seu amigo o que ele vê.

Perguntou a Wiljerd. O pirata olhou com mais atenção a Orcus e disse:

— É como uma sombra... *minha*. Se parece comigo. — Coçou o cocuruto.

Verne pestanejou.

— Eu sou um, eu sou todos — respondeu o Guarda-Portão. — A minha forma é a unidade representada por cada porta que guardo. Cada um de vocês me vê à sua semelhança.

— Nada neste lugar faz sentido mesmo — reclamou, depois se aproximou de sua sombra. — Nos tire daqui!

— Não posso. Vocês devem esperar. — Sorriu por um lado da boca. — Mas parabéns.

— Pelo quê?

— Você conseguiu sair da sala, isso não acontece em Mors. A força de vontade se esvai com a morte, ela só volta quando vocês tomam o destino. — Colocou sua mão sobre o ombro dele. — Além disso, ninguém consegue retirar outro morto do lugar. Você é bem estranho, Verne.

— Verdade. *Eu* que sou estranho — balbuciou, balançando a cabeça, indignado.

— E, poxa, não encontro o relatório da sua vida nos arquivos. — Orcus voltou para os papéis, agora na terceira gaveta. — Está bem complicado de encontrá-lo aqui.

— Provavelmente eu não deveria estar morto, então. — Cruzou os braços na frente do corpo.

— Quem decide isso são os Juízes. E você deveria estar em seu lugar!

Verne piscou. Viu-se novamente na bancada esquerda na sala, sentado ao lado de Noel. Wiljerd não estava mais ali, provavelmente tinha voltado ao seu lugar. Ele percebeu o estômago revirar, mas a fúria e a vontade já o abandonavam. A ansiedade foi a terceira a sumir.

— Aqui é assim. Pela vontade dos deuses você *vai* esperar — murmurou o anão, indiferente.

13

O ESPIÃO QUE SABIA DEMAIS

Brun Nunez havia trepado no alto de uma cedro-negreira. De lá, podia ver toda a ilha, agora decadente pela falta de recursos.

As copas altas cobriam o outeiro aonde deveria chegar. Ele inspirou com força e saltou para o lado com leveza, alcançando o segundo tronco, depois outro e mais um. Escorregou pela quarta árvore até um lodaçal. O fedor o levou a um espirro, tão silencioso quanto seus passos de pluma. Ali, aguardou sem se mover. Ninguém passou por ele, como se evitassem aquele pedaço de Feral. O tempo avançou.

Brun era um lycantropo tido como valioso pelo Arvoredo Lycan. Atuava como espião de seu povo, antes dele seu pai e antes de seu pai seu avô, toda uma linhagem espiã.

Era graças às suas ações que alguns mal-entendidos se resolviam entre o povo da floresta, evitando conflitos desnecessários. Como espião, Brun coletava informações importantes e mantinha uma rede de contatos que colhiam pistas antes mesmo delas existirem. Em seu poder, mais seis agentes lycans teciam uma teia de comunicação, usando um código criado entre eles para transmitir novas descobertas. Tidos por infalíveis nas missões, somente seu principal espião conhecia seus rostos e também mantinha a identidade secreta, esta conhecida pelo líder lycan e pelo conselho seleto do grupo de confiança do Arvoredo Lycan.

Muito alto, mesmo em forma humana, Brun Nunez era magro e esguio, sem os músculos costumeiros da raça, ganhando em velocidade e destreza para atravessar e alcançar lugares que outros lycans jamais chegariam. Sua pele era mais clara que a de seus iguais, mas coberto pela lama voltava a ter semelhança. As orelhas, também menores, ouviam melhor, e com elas ele identificou a localização do outeiro sem precisar dos outros sentidos. Quando o murmúrio tomou forma, Brun encontrou palavras claras em meio à multidão, deixando o lodaçal e se esgueirando pelas moitas até as primeiras silhuetas se mostrarem na colina. Rastejando pela grama acidentada, o espião atravessou meio círculo do local, chegando a um tronco caído, grande e oco, onde se abrigou. As gretas lhe forneciam uma visão privilegiada. Do bolso da bata, retirou e desenrolou um papiro de feno-fintal, resistente aos desgastes naturais. Em seguida, pegou seu pincel com tinta natural de molusco-mushell e começou a anotar uma descoberta perigosa e essencial.

Uma grande tenda havia sido levantada rusticamente naquele outeiro que, segundo Brun tinha sido informado via agentes, servia como "Sala de Guerra", onde o exército gnoll discutia estratégias para o campo de batalha. Guarnecida por nove soldados armados com lanças e espadas, a tenda não era protegida na entrada, o vão de pano por onde o espião via e ouvia tudo o que precisava.

— Onde está meu odre? — rosnou o líder gnorr.

— Aqui, Vossa Grandeza — respondeu Nordr.

Hoärr estava deitado sobre uma gorda almofada entufada de penas, suas pernas e braços estavam largados para os lados e a cabeçorra deitada para trás. O conselheiro despejou um líquido que desceu num filete dourado de um odre a outro, seu odor dominou o ambiente. Brun sentiu o delicado e atraente cheiro doce diluído em água, identificando o hidromel.

— Nenhuma resposta ainda do líder lycan? — perguntou após bebericar, babando sobre os tufos do peito desprotegido naquela situação.

— Ainda não, oh grande. Devemos esperar?

— Sim. O peso da decisão de uma guerra tem de vir deles. O peso da culpa tem de vir deles. TODA A CULPA! — Permitiu-se sorrir por um curto momento.

— Temo que eles descubram nosso plano. Se torturado, Juan pode falar.

Brun estremeceu de dentro do tronco. *Juan Remo*, por que ele? A ligação de um assassino lycan com guerreiros gnolls não lhe parecia absurda se observada num todo, mas a obviedade não lhe alcançava. Por quê?

— Juan não falará — disse Hoärr, seguramente.

— Como pode ter tanta certeza, Vossa Grandeza? — Nordr esfregava as mãos ossudas e pequenas com frequência.

— Nós demos a ele a oportunidade de ter uma fêmea humana com facilidade, além da enorme quantia paga em prata. Ele não poderá usufruir disto se estiver morto. O manteremos sobrevivo enquanto preso.

— Ele poderá ser morto entre os seus — insistiu o conselheiro.

— Não é do hábito dos lycans matar um igual. Não são como nós. Nossa política é rígida pela necessidade de sobrevivência. — Bebericou mais do hidromel.

— Verdade... mas...

— Juan é louco, Nordr, não seja ridículo! Ele fez isso mais pelo prazer do que pela moeda, você sabe muito bem! — Hoärr vociferou, se inclinando na direção do outro. — A loucura de um lycan os levou a ruína!

A testa do espião ficou molhada. O suor brotejava da pele com o aumento da tensão e escorria pela face num fio delgado e quente, cobrindo seus olhos cegos de espanto. A garganta secou imediatamente diante da revelação de Hoärr. Os gnolls haviam criado uma situação para culpar os lycans e assim incitar a guerra.

— Manipulador maldito! — praguejou em sussurros para si.

Ele se lembrou de seu casal de crias que corria grande risco em tempos, até então, de paz. O jovem macho, Hierro, que tinha o rosto do pai, comprido e delgado, e também os cabelos, volumosos e espalhados para todos os cantos num semicírculo marrom; e a filhote Rosalia, herdeira de seus olhos lânguidos e lábios grandes e ávidos, além de uma curiosidade exorbitante. Depois lhe veio à mente a esposa, Enriqueta, o grande amor desde seus tempos folgazes e menos preocupantes, agora grávida novamente. Havia muito não os encontrava. Havia muito em campo, em missões de risco. Aquela, talvez, a maior de todas.

— Agora saia e traga os meus dois melhores guerreiros. Vamos! — grunhiu o líder gnorr, com um aceno desdenhoso para o conselheiro.

Brun viu Nordr colocando sua cabeça aborrecida para fora da fenda e gritando por nomes que inicialmente não compreendeu, antes de partir de lá arrastando as patas. Dois gnolls atenderam ao seu chamado. O primeiro era enormemente gordo, com inúmeras cicatrizes de guerra desenhadas pelo corpo sem pelos, e o espião perguntou se ele caberia dentro da tenda, que só tinha metade daquele tamanho. O segundo era alto como o lycan e forte como Hoärr, com o focinho mais comprido que já vira, ombros largos cobertos por ombreiras polidas, uma placa de metal sobre o peito e uma bata leve sobre o resto do corpo ereto. Carregava rudemente um grande arco de madeira da cedro-negreira e, nas costas, uma aljava com dezenas de flechas do comprimento de um braço adulto. A visão causou náuseas em Brun.

Sérios, eles entraram. Estavam de perfil no campo de visão dele, que estudava suas expressões.

— Minha elite! — bradou Hoärr, levantando-se na direção da dupla, abandonando seu odre ao chão. Abraçou-os duma vez e eles lhe fizeram a mesura bronca.

— Senhor — disse o gnoll gordo. Um corte antigo em sua boca parecia tê-la dividido em duas.

O outro não disse nada. Ambos se mantinham fitando o líder gnorr.

— Tudo está saindo como planejamos. — Limpou a bocarra com as costas da mão e passou por eles, encarando Solux que invadia sua Sala de Guerra aos poucos. — Então, agora é o momento de vocês *agirem!*

— Como pretende fazer isso? — perguntou o gordo.

— Você, Berrurru, servirá como general, comandando uma tropa na linha de frente. — O líder voltou-se para Berrurru, o gordo, e lhe cochichou ao pé do ouvido. — Não poupe fêmeas nem filhotes.

— Sim, senhor.

Brun ouviu e quase soluçou de susto. Conteve-se, bom e furtivo como era.

— Já você, siga com os outros arqueiros pelas sombras, flanqueando o inimigo, eles serão pegos de surpresa — ordenou para Amatukki, o silencioso.

O lycan anotou tudo no papiro, tomando o cuidado de não errar as palavras nem esquecer nenhum detalhe. Sabia que aquele documento não só salvaria sobrevidas, como também impediria uma guerra.

— Com isso, você será punido, maldito! — sussurrou para si novamente, a face escura de raiva.

— Estarei lá, no campo de batalha, escoltado por Lassadar e Rhakros, e verei com esses olhos quem será o assassino do líder lycan. Quero a cabeça dele empalada em meu quarto!

Os dois gnolls sorriram, os olhos apertados de prazer.

— Qualquer um de vocês, ou os dois, ou seus servos, tanto faz. Quero ele morto. Ou tragam ele até mim para que eu possa matá-lo diante dos seus! — gargalhou o líder gnorr.

O espião terminou de anotar as informações no papiro, o enrolou e o prendeu entre os dentes, saindo rastejante e de costas pelo outro lado do tronco. Não emitia nenhum som. Seu movimento era fluído, imperceptível. Rolou com cuidado outeiro abaixo até chegar num frondoso arbusto, onde se manteve abaixado para seguir até as costas de uma árvore. A tenda já estava distante, uma silhueta no horizonte. Brun pegou uma corda fina por debaixo da grama que se revelou quilométrica, puxando de longe algo grande. O objeto se arrastou com leveza, passeando pela mata como o vento, inaudível para os outros. No fim da corda, um caixote de madeira velha com um corvo dentro. Era mudo, sua língua fora cortada por conveniência, evitando, assim, que crocitasse indesejadamente. Com cuidado, ele abriu a portinhola e colocou o papiro sobre o bico do pássaro, depois o soltou por um rota segura, onde jamais seria visto pelo inimigo. Havia muito, treinara o corvo a voar baixo e lhe ensinara o destino: o Arvoredo Lycan. Essa era a maneira que o povo da floresta aplicava o ekos.

Brun se arrastou até o outro lado, de onde tinha vindo, mergulhando novamente na lama e de lá trepando na cedro-negreira. Escalou sem dificuldade pelo tronco até atingir a copa. Sua missão estava cumprida, evitaria uma guerra, uma chacina.

— Minha família está a salvo — murmurou, solitário.

Do alto da árvore capturou um longo cipó, para facilitar a fuga. Com ele, pularia até a árvore seguinte, depois outra e então a última, com destreza e graça. Ao se aproximar do quarto tronco, percebeu o solo vir ao seu encontro quando uma flecha acertou e cortou o cipó. Sem hesitar, se agarrou a um galho próximo. Em segundos, planejou escorregar pela árvore direto para o lodaçal e então sumir pela mata até a rota de fuga. Não teve tempo, seu cérebro virou migalha.

Hoärr, Berrurru e Amatukki se aproximaram das raízes, encarando com prazer o defunto ainda no alto da árvore.

— Espião bom esse. Já tinha ouvido falar — disse o gordo. — Não escapou por pouco.

— Não escapou porque cheirava a lycan. O identifiquei assim que saiu daquele tronco — grunhiu o gnoll arqueiro com desdém. Sua voz era poderosa e alta como a de um *dragão*, diminuindo até mesmo a do líder gnorr.

— Eu sempre digo: você é o melhor dentre os melhores! — rugiu Hoärr.

— Mas como faremos, senhor? O espião conseguiu enviar o ekos.

— Não se preocupe, Berrurru. Temos uma nova ave de rapina vinda do sul, pelo mercado negro: um falkor. — Sorriu com acidez, revelando a fileira de presas. — Ordenei a Nordr que a enviasse para capturar o corvo.

Brun Nunez jazia pendurado no galho, com uma flecha enterrada na cabeça.

Não podia mais ouvi-los.

14

O DESTINO DOS MORTOS

Verne Vipero morreria de agonia, se pudesse morrer duas vezes.

Pelos dedos, lembrou-se de ter contado setenta, oitenta ou talvez cento e cinquenta vezes em que havia saído de seu lugar na bancada e ido até o corredor adjacente, encontrando a fileira de portas, depois sua sala de arquivo, aborrecendo Orcus, que o enviava de volta ao assento em um mover de olhos.

Ele estava cada vez menos desesperado, menos ansioso. Já não tinha mais fúria, já não sentia coisa alguma, com o tédio dominando seu âmago. Como em Mors o tempo não podia ser medido, o rapaz gostava de pensar que meses tinham se passado, ou anos. Mas seu aspecto não mudava, não envelhecia. Em dado momento, percebeu que o anão Noel Thudd não se encontrava mais ao seu lado. Teria ido a Julgamento? E qual teria sido seu destino? E o imediato Wiljerd, onde estaria? Não o viu mais do outro lado da bancada.

Verne voltou a contar os dedos, cada vez mais absorto no Plano Etéreo.

— Ei, Verne!

Ele emergiu num repente, pestanejando, enquanto processava o chamado. Viu sua sombra sorrindo, em pé à sua frente.

— O que foi?

— Encontrei alguns detalhes nos arquivos, como você havia me pedido. — Orcus segurava uma pasta cinza e pesada na mão, com dezenas de papéis.

— Quantas vezes fui até a sala?

— Duzentas, sessenta ou nenhuma. Isso não faz diferença, é a mesma coisa.

— O que encontrou? — Enxugou os olhos desanimados.

— Você me perguntou do seu irmão e das seis crianças mortas durante aquela era terrestre. — O Guarda-Portão analisava uma folha, depois pegou outra, sortida no meio de tantas. — Também quis saber como morreu. Não lembra, né?

— Infelizmente não. Os desenhos da minha porta não deram tantos detalhes.

— É, acontece. Aqui em Mors o que vale é a morte. Não são necessários os detalhes em vida. — Verne começava a se levantar, quando Orcus o empurrou sutilmente de volta ao banco. Em seguida, levantou o indicador em riste. — Pois bem, vamos lá: as crianças Michela Aziani e Tarso Zanin reencarnaram.

— Reencarnaram? — Um ano atrás Verne não teria acreditado. Hoje, bastava ver ou, dependendo do caso, ouvir para crer. Necrópolis tinha aberto todas as suas vias de crença.

— Isso. Ela, um animal. Guepardo, pelo que consta aqui. Como filhote, nasceu há alguns meses. — Molhou o polegar com a língua e virou outra folha. — O menino deve nascer como um limoeiro nas regiões isoladas da América do Sul em cinquenta anos.

O tempo não existia no Plano Etéreo, mas era ainda mais complexo quando se tratava de reencarnações. Mesmo mortos no mesmo dia, no inverno passado, eles reencarnariam em diferentes épocas, de diferentes maneiras.

— E os demais?

— Humm... — O Guarda-Portão pressionou a sobrancelha contra um olho. — Dario Torino aguarda pelo Julgamento. — Verne pensou em procurá-lo pelas bancadas, mas algo o impedia de se mover, e a vontade logo esvaiu. — Os meninos Alessio Felippo, Enrico Faccete e Pietro Concari não existem mais. Foram engolidos pelo Abismo do Niyanvoyo.

Os olhos do rapaz se abriram com força no espanto. Ele deu um salto do banco e se sentiu zonzo, se é que isso seria possível em Mors.

Levou a mão à face, cerrando os olhos. Em sua mente, pesados minutos se passaram daquela maneira.

— Minha nossa! — gemeu, com o coração dolorido. Era uma informação pesada demais de se carregar. O Abismo, uma tragédia maior do que a morte. — E meu irmão, Victor Vipero?

— Humm... — Orcus virou mais e mais folhas, depois voltou algumas. O coração do rapaz, se existisse em sua forma espiritual, estaria escapando pela boca. — Victor, Victor... Humm... Victor Vipero... — Parou e o encarou. — Não há nada aqui sobre ele.

— COMO NÃO? — Verne estava assustado, mas com um princípio de alívio.

— Não há. Os dados não constam. Mas me lembro dele, sim.

— Lembra? — Se acalmou, queria poder chorar.

— Sim. Ele chegou aqui tão assustado, tanto quanto seus outros amiguinhos. Não juntos, claro. — Orcus sentou-se ao seu lado, no lugar onde antes estava Noel. — A porta dele tinha poucos desenhos. Mas, diferente de você, Victor ficou quietinho na bancada, esperando a vez no Julgamento.

Verne agarrou o braço do Guarda-Portão sem perceber. Seu rosto se deformava em profunda tristeza. Os olhos caíram tortos de melancolia e seus lábios foram engolidos pela boca sem palavras. Ele ficou em silêncio, perdido em velhos pensamentos. Depois, inspirou longamente e disse:

— Como ele estava quando chegou aqui? Algum machucado?

— Não, normal. Uma criança normal — respondeu Orcus. — Você sabe que o espírito não carrega as chagas da morte para cá. — Colocou a pasta sobre o colo. — Mas os arquivos de Victor se perderam depois que ele foi para o Julgamento.

O rapaz cerrou os olhos e fez um novo silêncio. Nem mortos nem funcionários da Sala de Mors emitiram algum som dentro do “Tempo de Verne”, num respeito inconsciente.

Ali ele também não sonhava. Mas as memórias em vida ganhavam força enquanto ele perdia os outros sentidos.

Gaspar havia desferido uma bofetada tão forte na face que o fez atravessar o quarto.

Em uma tarde de outono, Verne, ainda um garoto, havia manchado a camisa do pai com molho de tomate e depois justificado que esta não estava perdida, pois Gaspar, como funcionário do sr. Geanfracesco Lucceti, atuava com exploração de tumbas antigas pelo mundo e geralmente voltava sujo para casa. A desculpa não adiantou e Verne fora mais uma vez vítima do ódio do pai, ou assim imaginava. Era sua vez de manchar a camisa, agora com sangue.

Sua mãe, Bibiana, na época grávida de Victor, estava cada vez mais abatida, mas não deixava de mascarar os erros do filho, amenizando sua culpa através do amor. Com Gaspar funcionava. Só quando ela se aproximava Verne via seu pai calmo e completamente diferente do amargurado estúpido que era. O amor daquele homem por aquela mulher transcendia fronteiras e amuradas de sentimentos escondidos.

Obviamente, Verne não soube o quanto se perdera em lembranças. Elas ainda lhe doíam. Voltou a si. Orcus lhe fitava com aquele sorriso de sombra.

— Encontrei!

— O quê? — perguntou o rapaz, sobressaltado. — O destino do meu irmão?

— Não, não. — O Guarda-Portão lhe mostrou uma folha, mas ele não compreendeu o que estava escrito. — O motivo da sua morte.

Verne se pôs de pé, parecia nervoso. Orcus tentou lhe colocar sentado novamente, mas ele afastou sua mão.

— Como morri?

— Uma bean-si buscava o niyan de uma bandoleira que havia conquistado a imortalidade num ritual de magia sombria e que estava de passagem pela vila de Elderiin em Necrópolis. — O rapaz pegou o papel para si com agressividade, porém continuava sem entender as palavras. — Mas a bean-si se *enganou*. Levou sua alma em vez da outra.

Ele pegou com força o Guarda-Portão pelo colarinho e o impulso que deu para frente fez as costelas de Orcus estalarem.

— Eu morri por engano?

— Sim — respondeu Orcus, sem afetação. — Isso só acontece em casos raros. Mas bean-sis também erram, pobrezinhas. — Ele se desvencilhou de Verne sem dificuldades. — Agora, penso eu, talvez você a tenha *atraído* para si. Há algo de diferente em seu ectoplasma, provavelmente o responsável pela confusão dela.

— Não acredito! Não acredito! — Voltou a se sentar, as mãos contra o rosto, os sentimentos o abandonando mais uma vez.

— Relaxe e se acalme. A bandoleira foi pega depois pela bean-si. — O Guarda-Portão recuperou a folha e a guardou de volta a pasta. Em seguida, sentou-se mais uma vez ao seu lado. — Como pedido de desculpas em nome de toda Mors, lhe concederei uma visita a algum morto que não tenha inexistido no Abismo. O que acha?

Verne inspirou, expirou e respirou de novo. Tirou as mãos da face e abriu os olhos. Ainda apoiava seu corpo sobre os joelhos, decadente. Encarou seu *eu-espelhado* e percebeu ter os desejos lidos, não como Dantalion fazia em leitura da mente, mas uma leitura do coração.

— Sua mãe, não é? Quer ver sua mãe? — perguntou Orcus.

— Sim — respondeu seco, sem mais.

— Imaginei que fosse pedir por ela. Não que tivesse muitas opções, é claro. — Ele se levantou, e o rapaz fez o mesmo. — Venha comigo.

O rapaz seguiu o Guarda-Portão pelo corredor adjacente, que conhecia bem, até chegarem às portas pálidas sem fim. Entraram numa mais adiante, depois de sua sala, à esquerda. O lugar tinha a branquidão de Mors; adiante, um banco alvo semelhante ao das praças na Terra se projetava à sua espera.

— Sente-se ali, ela já vem.

Verne obedeceu. Movia-se com cautela, impactado demais por tudo o que descobrira.

— Pesquisei sua árvore genealógica assim que chegou ao Plano Etéreo. Bibiana Pasiono Vipero já foi julgada e espera pela reencarnação daqui a dois anos, na Romênia. — Ele fechava a porta. — Quando a conversa de vocês acabar, eu saberei. E acabará quando tiver de acabar.

Depois de um instante de silêncio, Verne disse:

— Obrigado, Orcus.

E a porta se fechou.

O rapaz olhou para frente, para o nada.

A silhueta da mulher surgiu ao longe, tomando formas claras conforme caminhava. Verne se percebeu em pé no momento em que a viu, bem próxima a ele.

— Mãe?

— Oi, meu amor.

Meu amor, as palavras lhe tocaram com força.

Ele ainda se lembrava dela. A memória do espírito se revelou ser a mesma de quando viva, o moço ainda um garoto. Linda, como todo filho acha de sua mãe. Os cabelos negros e sedosos desciam com leveza até as costas, contrastando com o resto. Os olhos eram como os de Victor, mesclando vivacidade e ternura. A pele bronzeada pelo sul da Calábria estava coberta por um longo vestido branco, que se arrastava pelo solo, fazendo dos adornos floridos um chamariz menor do que sua presença.

Verne avançou para um abraço, mas bateu contra uma parede que não via. Uma barreira invisível se levantava entre eles.

— Isso é cruel — lamentou bem baixo, para que ela não ouvisse.

— É assim que funciona por aqui, meu amor. Não tem problema. — Bibiana lhe sorriu.

Ele ficou mais leve. A situação lhe deu um *déjà-vu*, uma lembrança de seu encontro com Victor na Fronteira das Almas, com a diferença de que ali não havia o desespero.

— Mãe! — Lavou o rosto, finalmente conseguindo chorar onde não se podia. — Estou com tanta, tanta saudade.

— Eu também. De todos vocês.

O rapaz tocou o invisível como se fosse vidro. Não parava de olhá-la, queria aproveitar cada segundo, em *seu* tempo, de ter sua mãe novamente, ainda que de forma temporária.

— Você sabe, o Victor...

— Eu sei, meu amor. É muito triste isso. Uma lembrança que já superei, assim como você também deve.

— Como? — Ele socava a barreira, nenhum som se emitia. — Não era para ele ter morrido. Eu sei, você sabe, esses seres de Mors também! Victor morreu injustamente!

— Mas a vida de ninguém é justa, certo? Você sabe, Verne. Tudo é muito complicado e mortes acontecem. Dói, mas é assim mesmo.

— Era para eu ter morrido no lugar dele. EU! — Ele parecia não a ouvir. — Astaroth queria me matar.

— Se acalme, meu amor. — Ela ainda lhe sorria, os olhos tenros e cheios de amor.

— Mãe, assim como essa minha morte pela bean-si, a de Victor por Astaroth também foi por engano. Agora que morri, ele deveria ser compensado. Deveria voltar à vida!

— Você precisa valorizar a sua vida também. — Bibiana tentou tocar a barreira, mas não conseguiu. Foi quando Verne notou que os pulsos dela estavam presos por correntes prateadas. Os anéis se estendiam para o além até sumir na branquidão.

— Eu valorizo, mas não faz sentido viver sem as pessoas que amo! Já perdi você, agora Victor. Todos estão morrendo ao meu redor! Não, eu não quero! — desferiu outro soco, choroso.

— Se acalme. Não diga isso.

Ele se ajoelhou, estava desgastado. Os sentimentos perdidos na Sala de Mors voltavam com força naquele lugar.

— Me desculpe, mãe. Estou te atormentando com isso tudo. É que estou tão cansado, tão irritado e confuso.

— Desabafar é bom, meu amor. Todos nós temos um terror interno. A questão é como lidamos com ele. — Ela desceu as mãos, tilintando as correntes. — Tome cuidado, Verne. Você não tem um objetivo, mas uma obsessão. São diferentes, você pode se destruir com isso.

— Você sabe onde está o Victor, mãe? — perguntou, depois de calmo.

— Sim.

Seu espanto foi positivo e esquentou o sangue que um espírito poderia ter, fazendo-o pulsar como se vivo.

— Eu o libertei do Niyanvoyo, mas não sei o que lhe aconteceu. Eu preciso salvá-lo.

— Isso é muito bonito, filho. — Quando Bibiana sorria de olhos fechados, como agora, o mundo parecia um lugar melhor para ele.

— Então me responda.

A mulher moveu a cabeça em negativa, depois chacoalhou as correntes nos braços com suavidade.

— Não posso dizer, meu amor.

— Por quê? — perguntou, estupefato.

— Não estou autorizada. Os Juízes me deram o direito de conhecer o destino dele, mas não o de revelá-lo. — Ela mordeu um canto da boca. — O conhecimento do Julgamento não deve pertencer nem aos mortos nem aos vivos, assim me disseram. E essas correntes não prendem só meu corpo, mas minha fala. Simplesmente não conseguirei te responder.

— Droga! — Esmurrou o chão. Esmagava os próprios olhos na fúria, depois os liberava e voltava a vislumbrá-la. — Mas... mas ele... está... bem? Está?

— Desculpe, filho. — Bibiana derramou uma lágrima pelo olho esquerdo, abandonando a expressão feliz de antes. — Desculpe.

Verne gostaria muito de poder manifestar seu ectoplasma ali. Queria poder libertar sua mãe e fugir do Plano Etéreo de volta à vida, para recuperar Victor, fosse onde ele estivesse.

O rapaz se levantou aos poucos, escorregando a mão pelo invisível, ofegando forte até voltar a respirar com normalidade. Choravam em silêncio.

— Tudo bem, mãe. — Num esforço, sorriu sereno. — Eu te amo.

— Te amo, Verne. — A mulher levantou as mãos mais uma vez e as fechou como em uma oração, apertando-as contra o peito. — Te amo!

Ele desferiu outro soco sobre a barreira e então ela se rachou. Filetes de fendas desenharam um mosaico no vazio, tinindo em eco.

— Como é aí, do outro lado?

— Você já está nele, filho.

— Acho tudo tão vazio.

— Ele é o que você quiser que seja. A pós-morte é construída por desejos. — O rapaz não esperava ouvir aquilo. Bibiana emendou: — Lembre-se disso. A vontade molda.

A vontade molda.

Os pedaços do invisível caíam, percebidos pelas pequenas distorções que causavam à visão que tinha da mãe. Quando atingiam o solo, se fundiam a ele.

— Adeus, filho. Tenha uma boa vida.

Vida?

— Adeus, mãe... — Cabisbaixo por um instante, ele recuperou as forças para voltar a vê-la, agora sorrindo novamente. — Que nessa outra vida você seja tão feliz e boa como foi na outra.

Sorriram em silêncio.

A barreira desmoronou. Quando o último pedaço caiu, Bibiana havia desaparecido.

Verne deu passos para trás, até tocar o tornozelo no banco. Olhou para o outro lado, onde Orcus o aguardava, apoiado sobre a maçaneta da porta aberta.

— Vamos, Verne.

O rapaz caminhou até a saída. Um turbilhão de sentimentos rodava por dentro. Ele começava a aprender a controlá-los.

— Me diga: em que forma minha mãe reencarnará?

— Bibiana vai reencarnar como uma serpente.

A porta se fechou.

15

JULGAMENTO

De volta a Sala de Mors, Verne percebia-se apático como todos os outros à espera. Perdia um sentimento por vez, a morte lhe levando mais do que a vida. Orcus o fez sentar novamente.

— Não se preocupe, Verne. Se sua morte foi um engano, vou ajudá-lo no Julgamento.

Como era sua imagem e semelhança, o rapaz confiava no Guarda-Portão como em si próprio.

Voltou a contar os dedos, desprovido de ansiedade ou vontade, apenas uma distração.

Quando a voz da mulher ecoou pela Sala de Mors, Verne não viu Orcus ali. Levantou-se seguindo o chamado e aproximou-se do balcão do outro lado.

— Eu, Verne Vipero — respondeu, inerte.

— Você será julgado no Tribunal do Destino, Verne Vipero — disse a mulher branca de cabelos negros e manto escuro. — Sou Nideninna. Me siga, réu. — Ela se levantou. Ao descer do balcão, ele notou uma figura pequena flutuando sobre o solo, nada abaixo daquele manto.

Dirigiram-se até uma porta grande como a da entrada, com a árvore da sua vida. Esta, porém, não tinha adornos nem desenhos. Era lisa e negra como uma sombra e se abriu assim que se aproximaram. Nideninna acenou para que ele entrasse, depois fechou a porta. Verne viu-se dentro de um círculo lactoso com escadas que subiam cinco degraus na enorme circunferência. Ao redor, três mesas brancas de medidas colossais, os pés delas do tamanho de seu corpo. O teto pálido e abobadado parecia baixo e sufocante, permitindo que o lugar o enclausurasse. Os três Juízes o encaravam de perto, ainda maiores do que suas mesas, tornando os gigantes pequenos perante eles. No Tribunal do Destino, seus sentimentos voltaram como quando estava vivo, mas Verne não passava de um inseto.

— Apresente-se, réu — ordenaram.

— So... sou Verne Vipero — disse, intimidado. — Morto por uma bean-si injustamente em Elder...

— Bassta! — bradou um deles.

— Quem decide se foi uma morte injusta somos nós, réu — disse o outro.

— Apresente-nos, Nideninna — mandou o terceiro.

Verne se encolheu no centro do círculo. Deitou os ombros para baixo e raspou seu pomo de adão ao visualizar cada um dos Juízes assustadores.

A mulher de manto começou:

— Este é o Excelentíssimo Ortzadar. — Apontou para o titânico homem de pele azul. Ele usava uma toga talar preta semelhante à de magistrados mundanos e um chapéu quadrangular sobre a cabeça lisa. — O Juiz do Ciclo. — Ortzadar cofiou a barba farta e escura como o índigo. Sua cabeça era ainda maior do que o corpo de postura séria.

— Este aqui, o Magnânimo Abshe. — Ele era, do trio, o que o rapaz mais estremeceu ao notar. Como um crocodilo gigantesco, tinha escamas douradas que reluziam o vazio do Tribunal do Destino. — O Juiz da Morte. — Abshe bramiu ao ouvir o título e moveu as plumas ao ser anunciado, pesando as patas dianteiras sobre sua mesa. No lugar do rabo de lagarto, havia uma cauda de pavão, que ostentava toda a sorte de cores e joias.

— E este, o Ilustríssimo Gadrel. — Verne deparou-se com não mais do que uma criança, sentada sobre a borda da mesa, balançando os pezinhos caídos para frente como um infante faria. A pele branca era repleta de sardas, nos braços e nas pernas nuas. — O Juiz da Vida. — Menino ou menina? O rapaz não soube classificar a figura andrógina, que trajava um colete xadrez que revelava meio peito, e usava uma bermuda vermelha vivaz. Não parava de levar um ioiô para cima e para baixo, onde havia uma espiral desenhada.

Nideninna fez uma reverência e se retirou.

As mãos de Verne suavam. Conforme seus sentimentos retornavam, ele resolveu manter-se firme diante daqueles que decidiriam seu destino. Uma pequena coragem nascia de dentro para fora. Estava, de fato, entre deuses.

— Réu, você está no Tribunal do Destino, onde sua morte será decidida e sua vida, julgada — começou Ortzadar. Sua voz lembrou ao rapaz um velho professor. Era imponente e linear como a de um radialista.

— Peloss desenhoss de ssua porta e oss arquivoss disspossstoss, avaliaremoss o que fazer com você! — O bramido agressivo veio de Abshe. A voz era gutural e profunda como um fosso e ecoava poderosa pela sala.

— Verne Vipero, o rapaz do espírito perdido — disse Gadrel com sua voz uníssona, de menino e menina, uma como se fosse duas. — Juízes do meu lar, não existe nele algo de familiar?

— Também senti isso. Algo estranho emana desse morto — concluiu Ortzadar, pensativo.

— Bessteira!

Naquele instante, Verne percebeu que os três agiam como juízes e júri. Isso não tinha como ser bom.

— Senhores, como disse, minha morte foi um engan...

— Cale-sse! — gritou Abshe mais uma vez. Parecia estar sempre furioso.

— Um de nós vai decidir seu destino, réu. — Era o Juiz do Ciclo, didático. — Os outros dois precisam concordar com o veredicto ou então reiniciamos o julgamento. E, uma vez aceito pelos três, você será encaminhado para esse destino.

— Portanto, suass palavrass de nada valem aqui!

— Vamos nos acalmar! Verne está apenas querendo se salvar. — Gadrel fez seu ioiô subir bem alto e depois rolar para baixo num movimento sutil. — Nos diga, moço, você quer ir para o fosso?

Fosso, o Abismo. O rapaz conhecia bem.

— Não — respondeu com falsa calmaria.

— Os arquivos que tenho dizem que em vida você foi um humano ferrenho.

— Fui. Não sou mais. Mudei muito quando estive em Necrópolis em busca da alma do meu irmão.

— Que nobre! E conseguiu salvar o pobre? — O Juiz da Vida continuava sorrindo para ele.

— Não. — Ele o encarou sem agressividade. — *Ainda* não.

— Consta nos arquivos que tenho do réu que ele usou de meios mágicos para retirar seu irmão, cujo nome é Victor Vipero, do Niyanvoyo. Esse ato foi irregular e inaceitável.

— Não foram *meios mágicos*, senhor. — Gelou-se por dentro ao corrigir o juiz. — Usei meu athame e meu ectoplasma, mas realmente não sabia o que estava fazendo nem quais eram as consequênci...

— Ninguém deve interferir nas decisõess doss Juízess! — O Juiz da

Morte se agitou em sua mesa.

— Me desculpem, mas, assim como eu, meu irmão também morreu de forma injusta.

— É o que todos dizem quando vêm a julgamento, réu — disse o Juiz do Ciclo.

— Que singular! — Gadrel subiu sobre a mesa, girando seu brinquedo em 360º primeiro do lado do corpo, depois em volta de si. — Mas alterar o curso de um destino é algo que considero um desatino. Não podemos perdoar!

Verne apertou os olhos, aborrecido.

— Não estamos aqui para falar do meu irmão, mas de mim. A bean-si me roubou a vida, sendo que deveria ter levado a de outra pessoa. Ela se enganou. SE ENGANOU!

Seu desequilíbrio criou silêncio no Tribunal do Destino. Até mesmo Abshe se calou.

O rapaz respirava forte, como sempre fazia ao agitar-se demais. Naquele momento, preferiu não se corrigir, pois acreditava que impor sua defesa era crucial.

— Muito bem — o Juiz do Ciclo retomou, não parecia surpreso. — Era esperado isso de você. Se fosse reencarnar, preferiria animal ou vegetal?

— Não que você tenha poderess de esscolher, claro! — acrescentou o Juiz da Morte.

— Não quero reencarnar — respondeu, como um soco. — Quero ter minha vida de volta.

— Ousado! — O crocodilo gigante revelou sua fileira infinita de dentes, também de ouro. — Você dessperdiçou sua vida, atrapalhou um desstino certo e agora age com indolência na morte. Julgo-o morto em definitivo! Vamoss encaminhá-lo para o Abissmo!

— Seus argumentos, ainda que curtos, são bem fundamentados, Abshe — disse Ortzadar, cruzando os dedos na frente do rosto desproporcional. — Mas confesso que ainda não estou certo sobre eles.

— Ele é uma alma perdida! Ssua ssalvação é a inexisstência! — insistiu Abshe.

— O que acha, Gadrel?

— Acho que Verne atrai a morte, pura falta de sorte!

— A morte é inerente ao réu, convenhamos — continuou o homem azul.

— Sem achismo, creio que Verne merece o Abismo! — O Juiz da Vida saltitou sobre a mesa, passando o ioiô por debaixo das pernas com destreza.

— O Juiz da Morte te condena ao Niyanvoyo! — bramiu, movendo com agressão sua cauda de plumas.

Verne sentiu-se zonzo, mas também não quis demonstrar. Voltaria à Fronteira das Almas, dessa vez em definitivo? Temeu.

— Eu lhe ofereci a possibilidade do desejo. — Era o Juiz do Ciclo. — Você poderia ter nos convencido que seria uma boa andorinha ou um rio fluente. Sou o único dos três que enxerga a essência da alma do réu, considerando sua condição. Mas você optou pela teimosia. — Ergueu um martelo negro, proporcionalmente maior do que um ônibus. — Então não me resta escolha a não ser encerrar o veredicto com su...

— Por favor, esperem!

Os olhos de todos se encaminharam em busca do grito até encontrar Orcus, dentro da sala com a porta aberta, segurando papéis no alto.

— Tenho aqui documentos que provam a inocência de Verne Vipero!

O rapaz suspirou com grande alívio. Limpou um suor inexistente da testa e agradeceu seu reflexo sombrio com um olhar sutil. Ortzadar colocou o grande martelo de lado e aguardou, paciente, seus olhos encarando o outro com seriedade. Abshe parecia inquieto em sua mesa e Gadrel se divertia com toda aquela situação.

— Certo. O que tem para nós, Orcus?

— A bean-si que tomou a vida de Verne admitiu em depoimento seu engano. Está tudo aqui, senhores. — O Guarda-Portão seguiu até o Juiz do Ciclo e deixou a papelada sobre sua mesa. Ele leu os documentos sem pressa, analisando folha por folha, palavra por palavra, passando-os em seguida para os outros Juízes, que leram tudo também lentamente.

Verne aguardou em silêncio, evitando tremer na frente de todos. Aos poucos, foi se acalmando. Ficou satisfeito ao perceber que começava a adquirir autocontrole, e esperava mantê-lo.

Os Juízes trocaram olhares. O crocodilo colossal não parecia satisfeito.

— Está decidido, você não irá para o Niyanvoyo, réu — disse o enorme homem azul.

Ele comemorou em silêncio. Vibrava por dentro, ainda que inseguro de seu destino. Do outro lado da sala, Orcus piscou para ele, divertido.

— O reencarnem como uma erva daninha! — proferiu o Juiz da Morte.

— Não tema, se manterá em seu cargo, Abhse — continuou Ortzadar e se voltou para o rapaz. — Enquanto você, réu, não se livrou do Abismo apenas por provas documentais. Ainda terá sua importância no destino de um mundo.

— Não tenha utopia, Verne! Isso não é uma profecia — murmurou Gadrel, que, mesmo sendo o menor dentre os três, era gigantesco diante dele. O Juiz segurou seu ioiô no punho por um momento, parecendo estudar o jovem Vipero.

— Eu os agradeço, Juízes. — Verne emulou a reverência de Nideninna. — Espero que eu faça valer essa minha importância vivo, não reencarnado.

— Não é você quem decide! Não é! — Abshe causou um pequeno terremoto no Tribunal do Destino.

— Você ter um papel importante em uma existência não significa que ela será "boa". Essa condição será especificada pelos seus atos e julgada por outros pontos de vista. Você não é um herói — disse o Juiz do Ciclo.

— Nunca quis, nem penso que sou, senhor.

— Verne, mesmo com desdém, você ainda me entretém. Por isso, eu... — O ioiô soltou-se da mão do Juiz da Vida, ele boquiaberto.

— Mass o que ssignifica isssso?!

Orcus se afastou alguns passos, ficando próximo da porta negra, tenso com o que presenciava. Verne viu os Juízes se entreolharem mais uma vez. Depois, percebeu seu ectoplasma vermelho se manifestando na sala, fluindo com profusão para todos os lados. Esparramava-se pela sala inteira como uma fumaça densa e viva.

— Interessante — disse o homem azul, com seus olhos clínicos. Cofiou a barba inúmeras vezes, desconfortável em sua cadeira.

No mesmo instante, Abshe chacoalhou sua cauda de pavão e Gadrel manteve o ioiô paralisado, algo que não se lembrava de já ter deixado acontecer.

— Verne! — gritou o Guarda-Portão, e o rapaz se concentrou para fechar as vias de saída do ectoplasma, que diminuiu aos poucos até desaparecer. Sentiu-se levemente exausto.

— Me desculpem, eu não percebi. Isso acontece às vezes...

— Interessante.

— Inssolente!

— Pois é, Ortzadar, não há mais dúvidas no que isso vai dar!

— Eu ainda me preocupo, Gadrel. Mas seremos vigilantes.

— Do que eles estão falando? — sussurrou Verne para Orcus. Seu outro levantou os ombros, os braços dobrados para cima: também não fazia ideia. — E meu irmão, Victor, posso ter o direito de saber seu destino? — perguntou de volta para eles.

— Poucos têm esse direito. E você já teve o de conhecer o destino de sua mãe, réu.

— Você pode! Dizemos o desstino de sseu irmão, sse em troca você aceitar o Abissmo!

O rapaz ia abrir a boca para responder, sem hesitar. Orcus tampou seus lábios a tempo.

— Não, Verne. Eles mesmo disseram, você ainda tem um papel a cumprir em um mundo. Do que adianta saber onde está seu irmão se não existirá para usufruir disso?

— Se o destino dele foi trágico, do que adianta eu continuar existindo? — respondeu, entre os dedos de sombra.

— E se não foi? E se existe uma chance de salvá-lo? Como o fará? Inexistir é eterno.

Verne refletiu, mas não chegou à conclusão alguma. O Juiz da Vida proferiu:

— Verne, é o que tem de ser. Pelo meu veredicto, você tem de voltar a viver!

— Que sseja! — bramiu o Juiz da Morte, desapontado.

— Réu, espero não voltar a vê-lo pela terceira vez neste tribunal — disse o Juiz do Ciclo seriamente. — Por decisão conjunta dos três Juízes, o Juiz da Vida, Gadrel, lhe concede o retorno à vida que não lhe deveria ter sido tirada. — O andrógino voltou a sorrir e a mover seu ioiô. — O veredicto final é: Verne vive! — Ortzadar bateu seu grande martelo.

O impacto jogou o rapaz com força para trás. O impulso lhe deu a impressão de ter deslocado o pescoço. Ele atravessou a porta negra e rolou por todo o cenário em branquidão, sentindo a pele rasgar-se gradualmente até atingir sua porta branca. Levantou-se atordoado, sem ferimentos, mas com grande alívio.

— Voltarei... a... viver. — Olhou paras as mãos, o tempo e os sentimentos renasciam em si. Ele sorria, bobo. — Terei mais uma chance. É isso, Victor, ainda tenho uma chance de te reencontrar!

— Muito bem, Verne — disse o Guarda-Portão ao seu lado. — Eles viram em você mais do que um mero morto. E isso não foi sorte.

— Ainda bem. Obrigado, Orcus!

— Seres como você, e não são poucos, que passam por experiências pós-morte e voltam à vida, mantém uma ligação com Mors a partir de então. Um *elo forte*.

Os dois se cumprimentaram. Orcus estranhou: era mundano demais aquele ato. Mas gostou.

— Ah, e não se importe com Abshe. Ele tem uma personalidade difícil mesmo.

— Percebi...

— Thanatos foi o Juiz da Morte antes dele. Mas abandonou a função há muitas eras. Tudo que Thanatos fazia era destruir almas. Eliminar de vez ectoplasmas que ocupariam o espaço dos novos, estes que ainda nasceriam ou renasceriam. Era seu propósito na existência. — O Guarda-Portão suspirou uma saudade. — Ele se cansou disso e partiu, prometendo nunca mais voltar.

— E então Abshe assumiu seu lugar como Juiz da Morte.

— Exato. E com muita honra e prazer, para ser sincero.

— Entendo. — Tocou sua porta, ansiando por sair de Mors. — E para onde Thanatos foi?

— Ninguém sabe, nem os Juízes. Ele simplesmente desapareceu. Mas isso não lhes importa mais agora.

— Um Juiz da Morte a menos é sempre bom, não? — Riu.

Orcus riu de volta, como um espelho sombrio.

— Boa vida, Verne!

Verne acenou com a cabeça em gratidão. Abriu a porta com a árvore da sua vida e viu que um novo desenho começava a se esculpir ali. Decidiu não esperar para saber o que era, queria ir embora de uma vez, por isso a abriu e a atravessou.

Orcus voltou ao seu posto, torcendo em silêncio para que o destino do rapaz, com quem havia simpatizado fortemente, fosse menos terrível do que sua porta desenhava.

INTERLÚDIO

DÍVIDA

Verne estava em lugar nenhum.

Rodeado de neblinas pálidas, ele olhava para o grande arminho negro e fumacento à sua frente. Com os sentimentos congelados, o rapaz disse friamente:

— Bean-si?

— Sim.

— Você se enganou. Não deveria ter levado minha alma. Não deveria ter me matado.

O cenário vago tornou-se vermelho. O rubro lhe cobria a face de ira.

— Perdão. Já está tudo consertado. A imortal, morta. Você, vivo.

O arminho deitou uma pata para frente e inclinou-se diante de Verne, a cabeça prostrada para baixo, numa reverência punitiva.

— Porém, pelo meu erro, agora tenho uma *dívida* com você, Verne Vipero — sussurrou a bean-si, seguramente.

Ele hesitou.

— Como será?

— Serei seu escravo até que precise de mim. — A Sombra da Morte não tinha olhos, mas encarou o rapaz. — Até que precise que alguém morra.

Verne engoliu em seco sutilmente. Sentiu um desconforto, ajustou a gola da camiseta.

— Estarei escondido em sua sombra enquanto isso. Essa será minha dívida — findou a bean-si.

Ele não hesitou.

— Que seja.

O arminho avançou em sua lufada de vapor negro e foi engolido pela sombra de Verne. O rapaz sentiu o sangue gelar e sua alma ficar um pouco mais sombria.

Carregava a morte consigo.

16

MAGMA

O rapaz tateou no escuro o vazio em busca de luz. Abriu os olhos com leveza de maneira rudimentar. A primeira visão surgiu turva e molhada, revelando silhuetas plúmbeas de uma figura conhecida. Ele cerrou os olhos novamente, depois piscou com insistência, os reabrindo com dificuldade. Reconheceu Lupita Lopez sobre si.

— Verne — ela disse, chorosa. — Você está... vivo? — Sua voz silvava tenra.

Ele tossiu com força assim que o ar voltou aos pulmões. Sentiu enjoo e desespero. Tentou se levantar de uma só vez, mas isso lhe causou tontura e dor de cabeça. Encontrou a palha macia mais uma vez e então inspirou e expirou calmamente. A visão tomava formas claras, abandonando a lividez. A lycan ainda estava ali, chorando sobre seu corpo ressurrecto.

Verne acordou duas horas depois, rodeado por Lupita, o centauro Equion e o seu guarda-costas, Rufus Sanchez. Eles o assistiam com ansiedade, apreensão e certo espanto. Ele se sentou sobre o que acreditou ser uma cama improvisada, seus pés bem distantes do chão, palha sobre pedra retangular. Sentia-se fraco, a garganta seca e os olhos ardendo.

— Patrão, isso é um milagre — murmurou Rufus, com um sorriso discreto.

O rapaz levou uma mão à frente do rosto, encarando-a com curiosidade. A pele estava mais pálida do que em sua primeira vinda a Necrópolis como niyan havia um ano. Sentia um vazio no âmago; depois, uma tristeza súbita. Ofegou.

— O que houve comigo?

— A bean-si — respondeu Equion, seco.

— Ela levou sua alma, patrão. A bean-si o matou.

Ele continuava olhando para a mão. Os olhos ora espanto, ora confusão.

— Eu morri... e eu voltei?

— É o que parece — disse o centauro.

—Talvez Verne não estivesse morto. Mas em coma — disse Lupita, esquentando suas mãos com as dela. — Vejam, ele está bem. Está vivo e bem!

— Será que terrestres não morrem como nós? — perguntou o guarda-costas para ninguém em especial.

— Isso não faz sentido — bufou o outro, raspando um casco. — A morte é a mesma para todos.

Enquanto organizava seus pensamentos, Verne tentou se levantar e precisou do apoio da lycan para tocar o chão com seus pés descalços. Vestia apenas o surrado calção que trouxe da Terra. O corpo, peito, braços, pernas, costas das mãos e pés estavam pintados de branco, emulando traços finos que se encontravam em seus pontos de forma tosca.

— Carma? — balbuciou e cambaleou, as costas indo de encontro à pedra em forma de cama onde esteve deitado.

— Não. Linhas do Destino. — Rufus deu um passo à frente. — Está bem, senhor?

— Mais ou menos, mas ficarei.

Ele olhou ao redor e viu moitas verdes e fofas o cercando na planície. Mais adiante, centenas de velhas árvores com troncos da largura de portões subiam altas até copas cor de oliva, beijando sua tez com orvalho fresco. Pequenos montes castanhos se erguiam no horizonte esmeralda, revelando silhuetas de choças apinhadas. Nos pés, sentiu a grama úmida entre os dedos, juntamente à paz fluindo com seu sangue vivo.

— *Bean-si*... — Verne repetia para si.

— Você caiu morto há dois dias, patrão — continuou o guarda-costas. — Partimos de Elderiin imediatamente para o Arvoredo Lycan. Conservamos seu corpo com ervas virgens da montanha sobre essa rocha, o xamã lhe *marcou* e no fim desta tarde nós o cremaríamos.

Antes que Verne pudesse ficar ainda mais boquiaberto, Lupita descontraiu:

— É ritual aqui da Tribo da Garra, sabe? Mas relaxa, não vamos mais te queimar. — Sorriu, da maneira que só ela sabia fazer.

— Esse lugar é maravilhoso — refletiu o rapaz, voltando a fitar a lycan.

De repente, Equion trotou para próximo dele também. Verne tomou um leve susto pelo movimento inesperado. O centauro inclinou a cabeça para baixo, até que seus olhos estivessem alinhados.

— Você é estranho, humano — rinchou, cofiando um lado da barba bifurcada. — Mas, se Rufus lhe protegeu durante todo esse tempo, é porque você deve valer alguma coisa.

"Ainda terá sua importância no destino de um mundo", a frase ressoou em sua mente. Um lapso de memória se esforçou para voltar. Não conseguiu.

Equion se virou e seguiu mata adentro, até desaparecer no mar verde. O rapaz se soltou de Lupita e escorregou da rocha até o chão, para sentir um pouco mais da grama, que parecia lhe revitalizar. Ele viu que ela vestia novas sedas beges, que lhe cobriam pouco do corpo convidativo. Um calor lhe tomou de assalto e Verne sentiu-se ainda melhor, como se voltasse a viver aos poucos.

Rufus, que estava coberto por batas da cor da terra, leves e soltas sobre o corpo forte e peludo, pediu a Lupita que fosse até o xamã com urgência. Ela ladrou feliz e partiu. O guarda-costas sentou-se ao lado de seu protegido, um cotovelo sobre o joelho dobrado, fitando o amanhecer.

— Mais do que eu, ela passou Solux e Nyx ao lado do senhor, sem mal comer, sem mal dormir.

Verne sorriu.

— Acho que ela gosta do patrão.

O sorriso bobo se manteve.

— Mas algo curioso aconteceu nesses dois dias, tão estranho e belo quanto poderia. Muito raro, na verdade.

— Do que está falando, Rufus?

— Assim que trouxemos o senhor para a Tribo da Garra, uma criatura passou a sondá-lo e depois guardá-lo, junto de mim e de Lupita.

— Qual? — Seus olhos verde e azul brilhavam em curiosidade infinita.

— Um vulpo, patrão.

Verne tentou perguntar algo, mas sua boca ficou aberta sem emitir som, com uma expressão perdida na face, então o guarda-costas continuou:

— Não se preocupe. São criaturas dóceis e raras, como os unicórnios. — Rufus moveu o nariz três vezes e olhou para os lados com sutileza. — São criaturas mágicas, senhor.

— Há algo de errado? — perguntou o rapaz, ligeiramente preocupado.

— O vulpo está aqui. Sempre esteve, nunca o deixou durante seu leito.

De uma moita, surgiu um par de olhinhos quentes e ígneos. Verne se virou todo para frente, apoiado sobre os dois braços, encarando a criatura que saía aos poucos da mata. Primeiro a cabeça, depois o corpo, não maior do que vinte centímetros de altura, talvez quarenta de comprimento. O vulpo caminhou com cautela até ele, meio desengonçado, regougando baixinho e fino como uma buzina. O rapaz ficou encantado com o animal. Calmamente, estendeu uma mão para frente e passeou com os dedos por sua pelugem fofa como algodão e rubra como o fogo. As orelhas, grandes e pontudas como as de um morcego, quase dez centímetros para cima, se moviam para frente e para trás, animadas. Verne desceu o indicador para baixo do focinho pequeno e achatado, que lhe dava olhos rasgados e um nariz miúdo, e coçou-lhe ali, gerando ganidos baixos de prazer. O rapaz e seu protetor riram. O mais deslumbrante na criatura, porém, eram as caudas, três idênticas, com quase quinze centímetros, se movendo de maneira independente, listradas de vermelho-vivo e preto. O vulpo lembrava uma raposa feneco.

— Ele provavelmente foi atraído pelo seu ectoplasma, patrão. Uma raça assim não aparece por acaso.

— O que isso quer dizer? Que agora este vulpo é meu?

— Sim, se assim o senhor quiser.

Verne carregou o animal nas duas mãos, o levantando diante de si. A criatura deitou a cabeça de lado, parecendo curiosa. Era visivelmente dócil. Num repente, regougou, revelando as pequenas presas e se desvencilhou do rapaz, saltando para um movimento furtivo na gramínea à frente, que lhe pedia atenção. Dava pulos curtos, acompanhando o gafanhoto que lhe escapava. Depois de inúmeras tentativas, conseguiu apoiar suas patas minúsculas cobertas de pelos sobre o inseto. Ficou ali, parado, sem saber bem o que fazer. As caudas balançavam, desordenadas, num misto de ansiedade e selvageria do filhote. Não demorou até que sua vítima lhe escapasse entre os dedos, saltando alto até o outro lado. O vulpo rosnou, todo fúria, olhou para Verne com expressões curiosas, depois se voltou para a caçada e correu até o gafanhoto, que tentou voar, mas foi capturado com força, se despedaçando em dois num *crac*. O animal o devorou com empolgação, o inseto maior do que seu focinho.

Verne e Rufus se colocaram de pé, o ressurecto já se sentia revigorado. Terminaram de assistir ao espetáculo da criaturinha. Depois de almoçar, o vulpo caminhou até a dupla, dessa vez sem cautela. Seus passos eram como uma pluma dançando sutil pela grama. Ele parou próximo aos pés descalços do rapaz, sentando-se em duas patas e voltou a encará-lo de baixo para cima. O jovem Vipero ficou tocado, a magia do filhote também reanimava os sentimentos, pensou. O vulpo soltou um ganido sufocado, uma pequena tosse que depois aumentou, mais apreensiva. Levantou-se, aflitivo, até vomitar os restos do gafanhoto, que saíam como lava de sua boca. Um montinho de morte em brasa. O animal piscou os olhos, confuso.

— Ele tem um nome? — perguntou Verne, sentando-se sobre os calcanhares.

— Ainda não, patrão — respondeu Rufus.

— Então vou chamá-lo de *Magma*.

17

MEMÓRIAS DO ALÉM

Um homem e uma mulher, cobertos de escuridão, voavam baixo com suas asas pontiagudas. Uma neblina púrpura avançava com eles, escondendo todo o cenário. Juntos, carregavam algo pesado numa sacola, que pendia para baixo, arrastando no solo. Chegaram ao centro de dois troncos retorcidos, velhos como a existência e idênticos, e despejaram ali uma cabeça. A cabeça de Verne Vipero.

O rapaz saltou da palha ao despertar, mas dessa vez procurou não se exasperar como antes. Mais um pesadelo que não fazia nenhum sentido. Ou faria? Começou a refletir sobre eles e procurar significados.

Magma dormia ao seu lado, deitado de lado com as caudas servindo de coberta sobre o colchão feito de palha, ajustado na areia varrida dentro da oca onde descansava. Ela havia sido levantada horas antes por Rufus, improvisada, ainda pensada para a recuperação de seu protegido. O rapaz demorava a pegar no sono e, quando conseguia, tinha dificuldades nítidas de sonhar para quem o assistia desperto.

Do lado de fora, jazia a rocha onde tinham deitado o morto. Nyx começava a brilhar na noite, com Solux se apagando gradualmente.

— Senhor?

— Mais um daqueles sonhos. Já estou me acostumando — disse Verne enquanto afagava seu animal.

— Cuide bem dele, patrão. Magma está *ligado* ao senhor — instruiu Rufus, sentado no chão, com um ar sereno. — Essa criatura é especial, por isso merece cuidados ainda mais especiais.

— Pode deixar, Rufus. Eu precisava me apegar a algo mesmo.

Uma das orelhas pontudas do vulpo se levantou de repente. Em seguida, abriu os olhos e se pôs de quatro, com as caudas ouriçadas para o alto, rosnando e mostrando as presas. Só depois Verne ouviu o que o incomodava: um movimento vindo de fora, pela mata, chegando em sua direção.

— Ih, me desculpem pelo atraso! — sussurrou a figura rouca ao entrar pela oca.

Era um homem da cor da terra, vestindo trapos limpos que se misturavam ao seu aspecto, cobrindo-lhe apenas as partes baixas e o dorso. Andava encurvado, apoiado sobre um cajado de madeira preta, o que o deixava ainda menor do que era. Ao vê-lo, Verne se lembrou do cigano Velho Saja, pois este também era velho e exalava uma aura de sabedoria e mistério. Ele se aproximou da cama de palha e postou a mão ossuda sobre a cabeça do rapaz, desalinhando seus cabelos revoltos. Magma grunhiu, prendendo as garras na palha. Seu dono o acalmou com um afago.

— Ih, você é o morto que voltou do Plano Etéreo — constatou, levantando uma sobrancelha peluda e branca como a neve, cheia de fios tortos. Seu olhar era de interesse.

— Sim...

— Ochoa, Verne ainda não se lembra do que lhe aconteceu — o guarda-costas interferiu.

— Apenas... — O rapaz hesitou. Resolveu se sentar sobre a cama. — Lembrei há um tempo da bean-si me transpassando o corpo. Depois, me lembrei de acordar ali. — Apontou para a rocha do lado de fora.

— Ih, normal. Mortos voltarem à vida não é natural, nem que eles se lembrem da experiência nesse outro mundo — disse o velho, coçando a ponta do nariz, que era grande e gordo como uma batata. — Por isso estou aqui.

— Bem, na verdade, Ochoa está aqui para cuidar do seu espírito e do seu corpo; ele é o xamã da Tribo da Garra — acrescentou Rufus, sempre preocupado em esclarecer detalhes. — Também está aqui para avaliar a densidade de seu ectoplasma e se está tudo bem com sua saúde.

— Ih, ele está bem! — bradou Ochoa, empolgado, revelando seus poucos dentes amarelos ao sorrir por um instante para o outro lycan. — Quando coloquei a mão sobre a cabeça do morto-que-voltou, seu niyan me entregou que ele está inteiramente recuperado! — Voltou-se para o rapaz e retirou a mão, sentando-se de frente. Vulpo deu um pulo para trás, com o resto de coragem que possuía. — Que criaturinha bonita!

De fato, Verne sentia-se bem, revigorado e até tomado por certa felicidade, certamente proporcionada por Lupita e Magma, e em parte também pelo tratamento que vinha recebendo daquele povo. Não se incomodava em não se lembrar do pós-morte, apenas queria ficar bem, porque sabia que, sendo ele o azarado que era, isso não duraria muito, ainda mais com Astaroth em seu encalço.

— Ih, existe um mundo que chamamos de Plano Etéreo, onde todas as almas, de todos os círculos, vão parar. Lá, os mortos são julgados. Isso ajudou?

O rapaz fez que não. Reparava em como as pinturas vermelhas no rosto do velho eram desenhadas de forma semelhante aos traços que este havia feito em seu corpo. Ostras de diferentes tamanhos pendiam de um colar no pescoço mole e fino. A pele enrugada se retesava sobre os músculos fracos, ganhando destaque nas pernas e nos braços.

— Ih, vamos tentar de outro jeito então. — O xamã esticou seu indicador esquerdo, comprido e cadavérico, até tocar a testa do jovem, onde um traço começava a pintura que depois se distribuía pelo restante do corpo. A pintura branca brilhou alva. Verne sentiu a tez formigar, uma sensação familiar que não identificou. — Agora feche os olhos e tente limpar a mente. Não pense em nada, nem temores, nem amores. Nada!

Ele tentou. A situação não era muito diferente de sua concentração quando treinava o ectoplasma escondido no quarto do orfanato. Inspirou e expirou, abandonando os pensamentos, acalmando-se um segundo por vez, até atingir o que acreditava ser a plenitude. Mente vazia. Estava mais leve, desprendido daquele lugar. Antes de fechar os olhos, viu os traços do velho brilhando em branco, assim como os seus. Estavam em sintonia.

Verne viu seu duplo, coberto de sombras. Depois, o viu também em uma saleta, com documentos nas mãos. Viu uma mulher pequena e escura flutuando em seu capuz. Em seguida, a visão de uma sala com várias criaturas sentadas inertes. E, então, um grande salão, com deuses-gigantes de aspectos complexos. Por fim, Bibiana, sua mãe. Abriu os olhos e notou Magma e Rufuz quase fora da oca. Algo os deixava tensos. O lugar estava todo vermelho, coberto por seu ectoplasma. Ele ficou surpreso, pois não o sentia emanando. Refletiu e concluiu que o ritual xamânico devia ser semelhante ao que fazia com seu athame. Aos poucos, o rubro se dissipou e desapareceu. O velho lhe sorria com ar de satisfação, os olhos fechados de felicidade.

— Eu perdi o controle novamente? — perguntou para si mesmo, incomodado. — Me desculpem, é qu...

— Ih, não! Você não perdeu o controle, apenas o tomou para si. Se controlou! — O xamã se colocou de pé, o cajado lhe ajudando na subida com dificuldade. — Muito bom! Muito bom! — Bateu palmas, chacoalhando forte seu colar de ostras. As orelhas, tão grandes quanto o nariz, eram abertas nos lóbulos com rodelas de madeira bem talhada.

Rufuz aproximou-se e ajudou seu protegido a se levantar. Magma chegou em seguida, dando mordiscadas em seu pé.

— Patrão, o senhor se lembrou! — disse, com espanto e alegria mesclados numa só expressão.

— Como assim?

— Ih, enquanto esteve em transe, disse tudo!

Verne ficou sabendo sobre a sua passagem por Mors, Orcus, Nideninna, os Juízes e o reencontro com sua mãe. A memória lhe emocionou, mas ele se conteve. Ainda que não fossem lembranças claras, eram nítidas o suficiente para tirar daquela experiência de morte algum aprendizado agora de volta à vida.

Agradeceu ao xamã, que depois o lavou e retirou as pinturas brancas.

— Seu ectoplasma é grandioso, morto-que-voltou — lhe segredou o velho, não o suficiente para ocultar de Rufus e seus ouvidos de lycan. — Você pode fazer muito com ele se souber como usá-lo.

O rapaz fechou o cenho ao se lembrar do roubo de Astonar. Sem seu athame, sentia-se nu e desprotegido, mas prometeu ao velho que continuaria o treinamento de seu ectoplasma mesmo desarmado.

— Depois desse ritual, senti mesmo um controle maior sobre meu ectoplasma — Verne revelou a todos.

— Ih, é porque você está começando a compreendê-lo!

Ochoa virou-se, caminhando lento com seu cajado até a saída da oca, onde Lupita e Equion o aguardavam sem pressa. Ela certamente tinha ouvido tudo, o rapaz pensou, e depois comentado com o centauro.

Mas sua inquietação se voltava agora para outros dois elementos: o que ele não revelou, consciente mesmo no inconsciente, e o título gerado em seu retorno. Ninguém sabia que a bean-si habitava sua sombra. E Verne se incomodava de ser chamado de *morto-que-voltou*.

18

ALIANÇA MONSTRO

Ogres, a ilha que ficava a leste de Feral, também chamada de Terra dos Monstros, era um lugar desprovido de vegetação e verde. De terreno árido e arenoso, estava repleto de pequenas montanhas nuas e rochas cinzentas que se levantavam como espinhos no solo, desequilibrando a visão do horizonte.

Diziam os boatos do povo da floresta que foram as próprias criaturas que habitavam aquela ilha as responsáveis pelo seu desflorestamento. Naturais das cavernas e dos grandes picos teriam retirado as árvores com as próprias mãos e devorado cada planta e cada flor que ali nascia. Outros animais, que não seus semelhantes, teriam sido mortos, se tornando sua refeição diária. Ogres era uma ilha morta. Não à toa, uma Terra dos Monstros.

Nordr remava com dificuldade sobre a canoa, resmungando a cada braçada. Hoärr não se importava: estava imerso em seus próprios planos, sentado sobre a proa aguçada, com um saco enorme e fechado próximo aos pés.

— Vossa Grandeza, tem certeza que quer fazer isso? — perguntou o conselheiro, sem esconder seu medo.

O líder gnorr apenas o olhou com desdém e se manteve fitando-o seriamente por um longo tempo.

— Eles *vão* se unir a nós.

— Como pode ter tanta certeza, oh grande?

— Inteligência mais brutalidade, isso sempre funciona. Unidos, seremos imbatíveis e venceremos! — Hoärr gargalhou e se colocou em pé, balançando a canoa.

— Ouvi dizer que eles são canibais — murmurou Nordr, arrependido de estar ali.

Ogres estava a poucas milhas de Feral. Logo aportaram na praia suja e fedorenta da ilhota, mais pedras do que areia, infestada de insetos do tamanho de cães com dezenas de patas surgindo aqui e ali. O conselheiro ainda praguejava enquanto amarrava a canoa a uma rocha pontuda e arrastava o grande saco. Os dois gnolls avançaram pelos montes áridos e quentes, sem um rumo certo. Não demorou para que fossem encontrados pelos habitantes e cercados por eles em um morro pelado, dezenas ou mais.

Apavorado, Nordr se escondeu atrás de seu líder, mas eles vinham de todos os lados. Quase gigantes, apareceram alguns com mais de dois metros, outros com três. Andavam desengonçados, pesando sobre a terra dura e causando pequenos tremores a cada passo. Os braços, fortes e roliços como troncos de árvores, balançavam para frente e para trás em movimentos lentos. Cada corpo era uma muralha. Todos desprovidos de cabelos e pelos, a tez cinza como rocha, se apresentavam nus e desarmados. Eram *trolls*. Rugiam como um eco grotesco vindo da mais profunda caverna, e em uníssono, machucando os tímpanos sensíveis dos dois visitantes.

— Viemos em paz! — bradou Hoärr, postando-se ereto, com uma mão para o alto.

Os trolls se entreolharam. Para Nordr eram todos iguais, com pequenas diferenças apenas no tamanho. Um empurrou o outro, que jogou o seguinte ao chão e lhe esmurrou a face, abrindo uma cratera no chão no impacto. O atingido se levantou e começou a rir debilmente. Uns rugiram ferozes e outros riram acompanhando o primeiro. Pareciam não compreender o que o líder gnorr havia lhes dito.

— Quero falar com seu líder, Isu!

Ao ouvirem o nome, eles se calaram. Deram passos largos e pesados para trás, acertando ombradas um no outro. O círculo se abriu e um tremor maior foi sentido. O conselheiro viu a morte chegando aos poucos. Primeiro pensou que fosse uma montanha se movendo, depois percebeu que era mais um troll, colossal, três vezes o tamanho do maior deles. Certamente seu líder, concluiu.

— Isu — fragou o líder troll, em tom débil.

— Sou o líder dos gnolls, Hoärr, da ilha de Feral. Vim em paz.

— Quer?

— Uma *aliança*, para enfrentarmos os lycans. Eles quebraram o Tratado Verde.

— Não. — Isu pensou na próxima palavra por um longo período. Parecia ter dificuldade em encontrá-la. Os gnolls esperaram, pacientes. Minutos depois, quando a achou, ficou feliz, rugiu alto e os outros então comemoraram. — Paz.

— Não estamos mais em tempos de paz. Os lycans acabaram com ela! — O líder gnorr sabia que não seria fácil dialogar com aquelas criaturas, mas tinha uma carta na manga.

— Vá! — rugiu Isu, abanando a enorme mão. Os dedos gordos eram do tamanho das pernas de Nordr.

Hoärr soltou impropérios, rosnando como um cão velho. Procurou pelo outro, escondido à sua sombra, encolhido atrás do saco.

— Vamos embora, Vossa Grandeza! Eles estão ficando furiosos — implorou, tremendo.

— Não! — Lhe mostrou as presas. — Os trolls decidem seus líderes pelo mais alto e também por aquele que consegue dizer algumas palavras. São idiotas, com o cérebro do tamanho da sua coragem, Nordr! — murmurou, cuidadoso.

O líder dos gnolls deu um passo à frente, arrastando o saco que havia trazido. As criaturas não reagiram, apenas o assistiam com curiosidade. Certo da situação, ele andou um pouco mais e ficou bem próximo de Isu. Este piscou lentamente, inclinou-se para o gnoll e berrou tão, mas tão alto, que seu bafo azedo atingiu o conselheiro metros atrás e os ensurdeceu por longos segundos. Imutável e decidido, o líder gnorr jogou o saco com força até as patas do colosso, que caiu pesado e se abriu, cuspindo para fora uma cabeça de filhote de troll que rolou até tocar seus dedões.

Isu fragou choroso, se fazendo ecoar por toda Ogres, enquanto esmurrava o próprio peito como um gorila. Os outros trolls o imitaram, nitidamente tristes e revoltados. Nordr ficou estupefato: não conhecia o conteúdo do saco até aquele momento. Quando seu líder havia decapitado uma criança-monstro?, se perguntou, assustado pela determinação obcecada de Hoärr. O som que as criaturas emitiam era aterrorizante. Pássaros da região farfalharam para bem longe dali.

Antes que os trolls tirassem uma conclusão, o líder gnorr inventou:

— Os lycans mataram esse filhote troll. Vocês vão permitir isso?

— Não! — Isu esmurrou o solo, abrindo três fendas na rocha como se nada significasse. O conselheiro desapareceu na sombra de seu líder, imerso em medo. — Matar lycans! — O líder olhou para os seus, levantando o braço para o alto, e eles repetiram suas palavras, irados: — MATAR LYCANS!

Os gnolls partiam de volta a Feral, já em meio ao mar, quando Nordr questionou o outro:

— Por que tudo isso, Vossa Grandeza? Possui um grande exército armado e esses trolls não passam de vinte ou trinta ao todo.

— Minha estratégia de guerra está armada, com Berrurru liderando na linha de frente e Amatukki com os demais pelos flancos. Porém, essa formação é, de uma forma ou outra, aguardada pelos lycans. Os trolls serão nosso *elemento-surpresa*. Chegarão matando cada lobo, macho, fêmea, velho ou filhote, sem distinção nem julgamento. Destruirão toda a Tribo da Garra e todas as outras tribos. O que restar do Arvoredo Lycan será nosso! — revelou Hoärr, orgulhoso por seu plano, sentado sobre o saco com a cabeça.

O conselheiro não comemorava os modos traiçoeiros de seu líder, pois acreditava que os gnolls eram capazes de feitos incríveis sem depender de trolls, mas os aceitava em silêncio carrancudo, em respeito e fidelidade a Hoärr.

— Quando os trolls partirão para o Arvoredo, oh grande?

— Em breve, Nordr. Guardo comigo o que restou de um filhote deles. Combinei com o mais inteligente dos trolls, e sei que ele compreendeu, que, assim que essa cabeça fosse devolvida a Ogres por um de nossos salteadores, eles poderão partir. Pretendo fazer isso simultaneamente à nossa marcha de batalha — respondeu o líder gnorr, gargalhando baixo. — Então, os trolls cortarão o mar até o sul da grande floresta. Calculei tudo, levarão algumas horas. A guerra contra os lycans começará antes que esses monstros cheguem para destruí-los. Nós venceremos desta vez. Esteja certo disso, meu covarde conselheiro.

Nordr o saudou. Já sentia o gosto de sangue de lobo entre os dentes.

Terceira Parte

ECTOPLASMA

Perder o medo é se atirar no escuro,
enfrentando o desconhecido.
Léa Waider

19

A TRIBO DA GARRA

A oca onde Verne havia ressuscitado dias antes foi deixada para trás.

Escoltado por Rufus e Equion à frente, e acompanhado por Lupita e Magma, o rapaz caminhava sem muita dificuldade mata adentro. Tinham lhe dado batas leves para vestir e um chinelo feito à mão que se adequava à longa caminhada pela terra fofa e grama farta. Havia árvores jovens e antigas por todos os lados, os cercando e interferindo no caminho nunca linear. Não havia uma estrada, e a rota os fazia subir, descer e se inclinar em um trajeto inconstante. Pássaros cantavam livres pela manhã adocicada e outros animais da mata respondiam num ressoar selvagem. O ar batia morno em seus rostos, trazendo ventos seguros.

Verne já não tinha mais as pinturas no corpo, agora suado pelo calor úmido da região. Percebeu que um atleta humano teria traçado aquele caminho sem dificuldades, como os lycans faziam naturalmente e ainda eram capazes por longas horas. Era cedo para medir a resistência da raça, ele pensou, mas o vigor deles na floresta lhe parecia claro. Como se eles se complementassem. Daquela vez, o rapaz ofegou por muito tempo. Havia uma hora que tinham partido da oca, e durante os quilômetros percorridos Rufus lhe contara mais sobre Juan Remo, o Uivo de Guerra do líder gnorr e os preparativos para a batalha que viria. O guarda-costas estava tão preocupado com a segurança de sua tribo quanto a de seu protegido.

Para amenizar a tensão, Lupita o puxou para o lado, entrecruzando seus braços no dele. Fazia-se de despreocupada, enquanto sorria de olhos fechados para Solux. Rufus e Equion entenderam o recado e aumentaram a distância, deixando os enamorados para trás, mas ainda à vista.

— Sabia que a Tribo da Garra é a maior das tribos do Arvoredo? — ela perguntou.

— Imaginei que fosse a única — ele respondeu, divertido

— Não. — Olhou-o com uma careta cômica. — No Arvoredo há doze tribos. Cada uma comandada por um *Vrhovni Volkodlak*, ou seja, um "senhor lycan". Os primeiros da raça, nascidos das entranhas da floresta, antes de Necrópolis ser um mundo, filhos primeiros de *La Oscuridad*. — Verne disse com os olhos que queria saber quem era. — Deus La Oscuridad, o nosso deus lycan, o Grande Lobo.

Magma andava junto deles, passeando entre as pernas de ambos, ora saltando da tesoura aberta que formavam os tornozelos dela, ora se esticando pelos calcanhares do dono, encontrando ali uma nova diversão.

— Nós vivemos um pouco mais que os humanos, e a cada cinquenta anos um senhor lycan troca a liderança com outro, através de um combate limpo, sem mortes — Lupita continuou. — A tribo representada pelo campeão se torna a líder dentre as outras, que lhe servem amigavelmente. Mas somos todos um só, não há divergências. É mais um sistema de organização mesmo.

— Olha só, quem diria. Para alguém avessa aos livros e ao conhecimento, até que você é bem estudada, mocinha — brincou o rapaz.

Ela o mordeu no ombro sem machucar e riu. Até o vulpo regougou algo que emulava uma risada. Naquele momento, passavam pelas raízes colossais de árvores com o triplo do tamanho das lenhostrals que Verne tinha visto no Vilarejo Leste dos ladrões um ano antes. Folhas altas ondulavam quando o vento soprava e o mar verdejante os mergulhava até os joelhos em grama e flores. Solux brandia o dia com louvor sobre aquele terreno.

— O xamã nos ensinou tudo o que precisamos saber sobre nosso povo. Ele é um único xamã e muda de tribo para tribo de acordo com a mudança de liderança. Mas confesso que sou uma ouvinte interessada. — Lupita voltou a rir com seu sorriso delgado. Agora arrastava o rapaz com mais força passos adiante. Ele tropeçava com pouca firmeza. — Essas árvores, as gran-secoye, são as maiores de todo o mundo e só nascem aqui no Arvoredo. Obviamente, só não são maiores do que Gaia, em Érebus, que dizem ser a Árvore-Mãe, que sustenta os Oito Círculos do Universo sobre seus galhos.

— Sensacional — disse Verne, deslumbrado. Gostaria de ter uma máquina fotográfica ali. Seriam imagens únicas.

As gran-secoyes estavam apinhadas aos montes naquele trecho da rota, ainda que não fossem muitas, entre quinze e vinte. Lupita Lopez lhe revelou que nasceram das sementes de Gaia e que eram mais velhas do que os próprios deuses, quando o mundo ainda era um broto. O rapaz não deixava de admirar tanta crença e lenda entre o povo da floresta. Os dois tinham de pular as raízes do tamanho de seus corpos para continuar o trajeto. Magma se virava passando por debaixo dos obstáculos ou saltando sobre eles quando necessário. Com quase mil e quinhentos metros cúbicos, um diâmetro máximo de treze metros de tronco na base e uma altura próxima de cento e vinte metros, as gigantescas gran-secoyes realmente impressionavam. A casca da árvore era fibrosa, com sulcos que chegavam a quase setenta centímetros, valorizada pela resistência ao fogo. Dela, os humanos aliados construíam poderosos escudos de guerra, quase impenetráveis num campo de batalha. As folhas, como as dos pinheiros, de seis milímetros, faziam espirais nos gomos, e as trezentas sementes em média eram como cones marrom-escuros, responsáveis por curas em ferimentos complexos, muito úteis às poções do xamã, também chamado de Soberano das Grans, revelou Lupita. Não à toa, uma gran-secoye era considerada um fóssil vivo, a Rainha das Árvores.

— Caramba, vocês têm nome pra tudo! — O rapaz voltou a rir.

— Quer outra mordida? — ela perguntou, revelando as presas, sem esconder a felicidade.

— Chega de brincar, crianças. Chegamos — rinchou Equion.

No que achou ser a entrada da Tribo da Garra, Verne viu dois grandes galhos retorcidos, suas pontas se encontrando, formando um arco. Não soube se deveria, mas fez uma reverência para os lycans que os recebiam. Mesmo que, segundos depois, descobrisse não ser necessário, foi bem-visto pelo gesto de simpatia. Rufus recebeu abraços, lágrimas e cantorias pelo seu retorno, depois de tanto tempo. O guarda-costas uivou como um selvagem, surpreendendo o rapaz, e depois falou sobre seu protegido. Não demorou até alguém chamá-lo de "o morto-que-voltou".

Enquanto os quatro caminhavam pela planície verde-escura que era a Tribo da Garra, ele reparou no povoado. Mulheres, homens, velhos e crianças, não muito diferentes de qualquer outro humano de qualquer outro lugar. De rostos quadrados, pele azeitonada, cabelos e olhos cor da terra, muitos dos machos eram peludos, inclusive os jovens.

Ocas de grandes dimensões estavam por todos os lados, rodeando a planície que formava o "pátio principal" da Tribo da Garra. As medidas variavam entre cinco, quinze e trinta metros de comprimento, construídas sempre em mutirão. Suas estruturas eram de madeira e taquaras, cobertas por palhas ou folhas de lenhostrals. O lugar era mesmo grandioso, Verne constatou, mas não tanto quanto imaginava pela descrição de Lupita. Com isso, pensou que as outras onze tribos não fossem maiores do que o Orfanato Chantal.

Algumas crianças, ali chamadas "filhotes" entre os seus, foram brincar com Magma, que compreendeu a situação e correu delas por dentre as moitas. Rufus, sempre com o centauro ao seu lado, levou Verne e Lupita para próximo à sombra de três enormes pedras cinzentas, retangulares e pontudas, que despontavam do solo como lanças para o alto, lembrando dedos sobrepostos. Encontravam-se no centro da tribo, onde Solux refletia com mais vontade. Acima delas, uma haste comprida subia até um estandarte rústico, feito de pele marrom e felpuda, com três garras desenhadas em branco com uma tinta semelhante àquela que o rapaz teve em seu corpo. Ele associou as gravuras com as pedras e concluiu o motivo do nome dado à Tribo da Garra.

Os lycans amontoados que os assistiam abriram caminho para um homem ainda mais forte e alto do que Rufus. Eram semelhantes no queixo quadrado, nariz largo e torto, com olhos em forma de lua. Os cabelos escuros acobreados caíam fartos cobrindo a nuca, desgrenhados e secos. Uma barba fina e acastanhada insistia em crescer em seu rosto rígido, marcado por maçãs duras acima das bochechas, e cicatrizes menores se distribuíam aos montes na face, tronco e braços. Tinha um bigode farto muito característico.

— Meu irmão — bradou Rufus, e apanhou o punho do outro no ar, com firmeza.

— Bom que voltou sobrevivo e bem, irmão.

— Este é Raul Sanchez I, primogênito de Ramon Sanchez e líder lycan da Tribo da Garra e das outras onze tribos do Arvoredo — revelou Equion, sem delongas, e fez uma reverência, apoiando-se sobre as duas patas dianteiras.

Raul olhou sereno para o centauro e para Lupita, depois encontrou os olhos verde e azul de Verne. O rosto do lycan parecia não ter mais espaço para sorrisos.

— E você, o humano que meu irmão protegeu por quase um ano.

Não foi uma pergunta, mas o rapaz respondeu mesmo assim:

— Sim. Verne Vipero, prazer. — Fez um aceno sutil com a cabeça. — Sou muito grato ao seu irmão pela proteção. — Procurou boas palavras para dizer. — Hoje, o considero um amigo.

— Ter sua amizade é uma honra, patrão — disse Rufus, fechando a mão em frente ao peito, com o braço dobrado.

Verne teve a impressão de ouvir Lupita engolir em seco e Equion relinchar algo baixo. Seu guarda-costas mantinha a expressão de felicidade discreta, enquanto o líder lycan parecia lhe fitar com seriedade, como se avaliasse sua alma e corpo dos pés à cabeça.

— Verne, o morto-que-voltou, ainda um menino — grunhiu secamente, ajustando a bata escura presa a cintos largos no corpo.

— Já tenho vinte e um an...

— Um menino — reforçou. — Numa guerra, não duraria dez minutos.

Magma chegou correndo pela fileira aberta do povoado da tribo, abandonando os filhotes lycans para trás, que agora pareciam comportados diante da presença de seu líder. Esfregou sua cauda tripla nas pernas do dono, com carinho, mas logo saltou para frente do rapaz, revelando suas presinhas e rosnando para o grande homem diante deles.

— Acalme-se, Magma. Somos todos amigos. — Ele abaixou-se e afagou seu animal, que se aquietou aos poucos, ainda hostil.

— Não somos amigos — ladrou Raul, como um soco. — E meu irmão não é seu criado, nem de ninguém. Rufus é o segundo em comando na Tribo da Garra e tem os líderes das outras tribos como vassalos. — Sua voz era reta como uma seta, inalterável. — As posições estão invertidas aqui.

— Não diga isso, irmão — disse Rufus, gentil, intervindo entre os dois. — Você sabe, fui consultado pelo meu mestre, a quem devia muito, e me ofereci para proteger Verne, o terrestre, que corre perigo entre nossos inimigos, os reptilianos de Érebus e seu Príncipe-Serpente.

— Os reptilianos não são nossos inimigos, os gnolls são — Raul falou, sem olhar para o irmão, ainda encarando o rapaz. — Agora estamos em tempos de guerra e uma vai se iniciar em semanas. Não podemos ter um de nossos melhores guerreiros como lacaio de um humano qualquer. — Finalmente voltou os olhos para Rufus. — Precisamos de você em campo, irmão. Esta batalha será dura.

Naquele momento, Verne viu a estabilidade do líder lycan cair um milímetro, quase em tom de piedade. Compreendeu a tensão da situação, não era idiota. Sentiu o peso de ter alguém importante lhe protegendo em tempos difíceis e, por conta desse bom-senso, não conseguiu odiar Raul.

— Ih, ele não é *humano qualquer!* — ecoou uma voz rouca vinda da multidão, de súbito. O jovem Vipero a reconheceu e logo o xamã se colocou à vista, caminhando lentamente até eles, arrastando seu cajado preto pela grama da planície. — Verne é importante. Não sei no quê, mas é.

— Soberano das Grans. — O líder fez uma expressão cansada, mas respeitosa. Ochoa era pouco mais que seus joelhos em altura.

— Ih, aconselho-te a mantê-lo seguro em nossa tribo, Raul, prole de Ramon. Isso não vai impedir que seu irmão lute na guerra. Rufus estará lá. Todos nós levantaremos nossas garras contra os traidores e venceremos. Minhas árvores também ajudarão. — Sorriu seu sorriso amarelo.

Raul Sanchez I fez um aceno de gratidão. Ochoa não era só o xamã do Arvoredo, mas também o conselheiro do posto em liderança das tribos aliadas.

— Que assim seja — findou o líder lycan e se retirou.

Verne foi informado de que haveria um banquete assim que Nyx estivesse dominando o firmamento, para comemorar a volta de Rufus. Como ainda estavam no fim da manhã, ele optou por comer pedaços de pães molhados em azeite e leite de equinotrota com amoras-carmim, para depois descansar até a noite. Enquanto o guarda-costas o levava para seu abrigo, o rapaz viu pequenas cabines de madeira montadas com precisão nas copas de grandes árvores que cercavam a Tribo da Garra, silenciosas como a madrugada. Nela, sentinelas lycans vigiavam com olhos aguçados, agora com a atenção redobrada pela guerra vindoura.

— Não pude deixar de ouvir sua conversa com Lupita, patrão. Juro que evitei, mas não consegui — disse Rufus durante o trajeto. No caminho havia moitas baixas enfileiradas e um filete de riacho que se desenhava serpenteante em linha reta até o outro lado.

— Tudo bem, Rufus, não tem problema. Não falávamos nada demais. — Verne sorriu. Magma seguia na frente, como se soubesse aonde iam.

— Estamos há três eras na liderança. Entre as tribos, meu avô venceu um combate. Cinquenta anos depois, meu pai também.

— E cinquenta depois, seu irmão — o rapaz concluiu.

— Sim, senhor. Há cento e cinquenta anos que os Sanchez comandam o Arvoredo Lycan.

— E isso gera algum problema com as outras tribos?

— Não exatamente. Somos um povo unido mesmo. — Pararam por um instante, esperando o vulpo bebericar da água limpa do ribeirinho, depois retomaram a caminhada. — Mas Juan Remo pertencia à Tribo de Nyx, dos Senhores da Noite, vizinhos dos humanos em Óboroten. Agora que o temos como prisioneiro, não sei se vão colaborar nesta guerra. — Seu protetor estava com uma expressão preocupada, quase triste.

— Eu não entendo nada de guerras, Rufus — disse Verne. — Mas não creio que eles irão deixá-los na mão. Esse tal de Juan é um assassino e, se entendi bem, foi o culpado pela quebra do Tratado Verde.

— Nós, lycans, somos todos fiéis, principalmente uns aos outros. Mas os Senhores da Noite guardam um tesouro, o *Arbac Apuhc*, que lhes é muito valioso. Isso os torna desconfiados e cuidadosos. Numa guerra, isso pode ser um problema, já que o tesouro deles estará em risco. Os gnolls também o desejam.

— Pense que dará certo, Rufus. São seus aliados de sangue, ponto. Faça acontecer. Se demonstrar medo ou receio, os perderá. — Verne pos-tou a mão sobre o ombro de seu guarda-costas, transmitindo segurança.

— Que engraçado, senhor. É o que meu irmão me diria. — Sorriu, satisfeito. – Fiquei tempo longe demais do Arvoredo e dos meus costumes, devo ter enferrujado.

Riram.

Eles chegaram à choça montada para o rapaz, próxima de uma colina repleta de arbustos. O ribeiro passava ao lado do abrigo, indo se findar num agradável som que ele pretendia descobrir em breve o que era.

— Não temos muitos visitantes fora o povo da floresta, patrão — sussurrou Rufus. — Por isso levantamos este abrigo provisório quando recebemos alguém de *fora*. Acreditamos que estrangeiros não se acostumariam a dormir com outras dezenas de lycans à vontade numa grande oca.

— Acho que tem razão. — Riram novamente.

Magma saltou para dentro da choça ao ver um casal de pássaros e passou a persegui-los a partir de então. Parecia nunca se cansar.

— Há água e pão ao lado da cama. Pedi que colocassem plumas de *gansotes* dentro do colchão, para seu melhor conforto. Espero que lhe agrade, senhor.

— Muito obrigado, Rufus! — Ele lhe deu um abraço sincero. O guarda-costas não soube bem como reagir, apenas afagando os cabelos de seu protegido. — Você é um homem bom. Um dos melhores que conheci.

— Agradeça a Lupita, patrão. Todo esse trabalho e cuidado foi feito por ela, com muito carinho. Como disse, ouvi suas conversas. Ela lhe contou muito sobre nossa raça. Fez isso porque o quer perto dela.

O rapaz não escondeu a alegria súbita.

— Fique bem, senhor. Agora preciso rever minha noiva, antes dos preparativos para a festa. Deixarei um vigia para sua proteção.

Rufus partiu. Verne decidiu se banhar somente após o sono merecido: estava muito cansado pela viagem da oca isolada até a Tribo da Garra. Escutou um barulho abafado vindo do alto, galho e folhas chacoalhando.

— Você ouviu o Rufus. Eu fui prendada!

— Há quanto tempo está aí, Lupita? — perguntou ele, descontraído.

— Tempo o suficiente para chamar aqueles velhos lobos da Tribo de Nyx de “os mais neuróticos da floresta”. Tesouro? Blé! — Cuspiu com desdém, divertida.

— Você é minha vigia, suponho? — gritou, já que ela estava muito acima, num galho espesso de um pinheiropreto.

— Sim, sim. Fiz questão. Pedi permissão para o nosso líder carrancudo.

— Oh, quanta honra! Muito obrigado, você também é muito especial! — O rapaz cruzou os braços na frente do corpo. Gostava daquele jogo.

— E você, o morto-que-voltou, acompanharia uma jovem dama à celebração noturna?

— Você gosta tanto assim da minha companhia? Porque posso pensar no seu caso.

— Na verdade, o Hierro está no meu pé há anos. Hoje veio falar comigo de novo. — A moça coçou a nuca, torcendo os lábios para o lado, enquanto olhava para cima. — Ele é bonitinho, sabe? Mas sei lá, acho que agora meu coração é de outro.

Verne corou, não conseguiu evitar. Sentiu o corpo suar mais rápido do que o pensamento lhe permitia. O coração batia forte, trazendo novamente aquela sensação de vida. Arabella sumia numa névoa distante.

— De quem? — ele teve coragem de perguntar.

Lupita Lopez saltou com leveza do galho alto, caindo com graça no solo, uma terra fofa e úmida, salpicada de grama verde-clara. Assim como da primeira vez em que se viram, ela o lambeu na face. O rapaz passeou com sua mão pelo rosto dela, empurrando as madeixas repicadas para o lado, olhando nos seus olhos, ambos apaixonados. A moça o beijou no canto do lábio, mas depois ele mesmo colocou a língua dentro de sua boca. Os dois se despiram e caíram sobre o colchão de plumas.

Magma foi caçar passarinhos para fora da choça, os deixando a sós ali.

20

NO CORAÇÃO DA FLORESTA

Quando Verne acordou, no desabrochar da noite, Lupita não estava mais ao seu lado. Ele tinha sido despertado por Rufus e depois se banhado atrás de sua choça no Lago Espelho, que refletia toda a floresta ao redor como se fosse um vestígio dela em uma dimensão submersa. O vulpo também se lavou. Vestido com a mesma bata e chinelo de antes, o rapaz já se aquecia ao redor de uma grande e esplêndida fogueira, bem ao centro da Tribo da Garra. Vários lycans a rodeavam num enorme círculo ainda não preenchido por completo; machos, filhotes e fêmeas felizes, como se uma guerra não os espreitasse. Três porcellus estalavam em fogueiras menores fora da roda, ressequidos, um fruto em cada boca. Para Verne, aqueles animais lembravam leitões e a imagem lhe encheu a boca d'água. Um lycan cinquentão de nome Aime, forte como Raul, trinchava um porcellu e servia aos demais. A pele quebradiça estalava sob a faca rústica, e da carne jorrava molho quente. Para o rapaz, o senhor serviu um grande pedaço num espeto de madeira fina. Ele o capturou sem delongas e mastigou com prazer, deixando um pouco de óleo e gordura escorrer delgados pelo seu queixo até o colo. Atirava pequenas sobras para Magma, ansioso ao seu lado, regougando de fome. Como era filhote, resolveu maneirar na alimentação do animal.

Logo, chegaram rostos familiares. Equion trotava elegante ao redor do círculo de lycans com Lupita montada sobre ele, puxando suas orelhas em provocação. Verne reparou que ela era a única que tinha o poder de não tirar aquele centauro do sério. E a moça estava linda aos seus olhos, coberta nos seios e cintura por uma seda branca quase transparente, brincos perolados presos nas duas orelhas, sandálias trançadas até os joelhos, pulseiras douradas e uma tiara resplandecente a coroando. Até mesmo Equion apresentava um aspecto diferente, com o pelo penteado, a barba limpa e os cascos polidos. Sobre ele, uma sela de couro almofadado para Lupita. Ambos foram saudados pelos demais num coro, mais um uivo. Depois surgiu uma mulher de ar preocupado com uma criança nos braços e um rapaz ao seu lado, caminhando em sentido contrário ao da dupla. A mulher não parecia mais velha do que Bibiana e possuía a barriga inchada pela gravidez. A criança carregada era muito parecida com a mãe, também de pele e cachos cor de madeira, compridos até a cintura. O rapaz tinha cabelos volumosos e bem distribuídos para os lados, pouco mais novo do que o jovem Vipero, e o olhou de um jeito fulminante. Verne não entendeu, mas sentiu um súbito mal-estar, depois o superou.

Enfim, Rufus e Raul surgiram. Os uivos soaram mais altos e as reverências mais animadas, e canecas de madeira cheias de cevata foram erguidas. Raul Sanchez I estava coberto por uma capa feita de pele negra e felpuda. Ela era longa e se arrastava até depois de seus tornozelos para trás. Mantinha sua expressão serena mesmo em tom festivo. Atrás de si, dois filhotes saltitavam fazendo gracinhas e soltando risinhos, cobertos por um pedaço de pano simples, como se enfiados cada um em um saco de pão. Era um casal de gêmeos e, pela semelhança do nariz e boca, certamente prole do líder lycan, reparou Verne. Junto do irmão, Rufus adentrou o círculo, vestindo as costumeiras batas, agora limpas. Sua capa felpuda era menor, passava um pouco da cintura, e tinha o tom marrom-escuro. Seguindo-o, vinha uma belíssima mulher, mais jovem do que a anterior, de cabelos ondulados castanho-claros, olhos sóbrios como castanhas, lábios e seios fartos que novamente o remeteram a Karolina, e o corpo acobreado e voluptuoso oculto por um vestido largo e comprido, branco como a luz de Nyx. Tal qual Lupita, também usava pulseiras e tiaras que reluziam as chamas da fogueira.

Lycans machos adultos e jovens se levantaram, socando o peito com brutalidade. Então, ergueram o pé direito, depois o esquerdo, um por vez, sem pressa, num movimento peculiar. Começaram a saltar, trocando os braços dobrados em frente ao corpo, um seguido do outro, frente, trás, frente, trás, tomando velocidade ao redor da fogueira. Simultaneamente, as fêmeas adultas e jovens se colocaram de cócoras, ainda em seus lugares, e limparam a garganta longamente para em seguida uivarem com força e vivacidade. O som seguia linear, às vezes ficando mais agudo, depois ressoando baixinho, para então retomar o uivo reto e padrão. Os machos dançavam, as fêmeas uivavam. Entre elas, Lupita e as duas mulheres que tinham lhe chamado atenção também haviam se colocado sobre os calcanhares e entoado o som dos lobos. Somente Raul e Rufus permaneciam imóveis próximos à fogueira, no centro do círculo, assistindo à celebração. Seus braços estavam levantados para o alto, os olhos cerrados. Como visitante, Verne achou por bem ficar como estava, sentado.

— Coração da Floresta! — ladrou Aime, mais alto que os uivos.

— Coração da Floresta! — ladraram os demais machos, em uníssono.

De repente, o xamã estava ali, próximo ao líder lycan e seu irmão. Ochoa levantava um coração pulsante para o alto, o sangue escaldante correndo entre seus dedos, gotejando na fogueira. O velho andava ao redor das chamas, imerso em sua ação, balançando a cabeça como um louco e soltando soluços, ou risadas, ao longo do ato.

Magma havia se encolhido atrás de seu dono desde o início da celebração, vislumbrando curioso com seus olhos pequenos e brilhantes, certa ferocidade misturada a um bocado de medo. Verne se viu maravilhado: aquela raça fazia a vida pulsar dentro de si. Perdido em pensamentos, se imaginou como parte do povo da floresta, abandonando a chata e parada Paradizo.

Os uivos pararam, simultâneos às danças. Num aceno, Raul deu a autorização e Ochoa deixou cair o coração sobrevivo no fogo, onde se estatelou, parecendo gritar por misericórdia, até restar somente o ruído das faíscas e dos gafanhotos na noite. Os lycans voltaram aos seus lugares, sentados no círculo, e Rufus se aproximou, acompanhado da mulher.

— Como está, senhor?

— Estou ótimo, Rufus. Gostei muito da celebração de vocês. — Sorriu, sincero. Magma regougou baixinho como uma buzina.

— Quero lhe apresentar minha noiva, Alejandra Aceves.

Verne se levantou para cumprimentar a bela mulher de cabelos ondulados. Suas feições eram doces e seguras. O sorriso tranquilo nos lábios também era emulado no olhar.

— Agora, se me der licença... — disse Rufus, tomando sua noiva nos braços.

— A noite é sua, amigo. Aproveite bem!

Aime serviu ao rapaz mais pedaços de porcellu e ele comeu uma, três, cinco vezes, até partes queimadas, provando seu apreço pela carne, que acabou concluindo ser mesmo semelhante à de leitão. Em dado momento, enquanto se debruçava para buscar mais um teco, percebeu os olhos penetrantes do jovem que acompanhava a outra mulher. Encarou-o de volta, buscando compreender os motivos daquilo. O vulpo passou a rosnar para o jovem. O vulto de uma mão espalmada passou para cima e para baixo três vezes bem próximo aos seus olhos, fazendo Verne piscar duro até entender quem era. Lupita sentou-se ao seu lado, animada e levemente bêbada pela cevata. Carregava uma caneca cheia em uma das mãos, e uma até a metade na outra mão.

— Não ligue para o Hierro, ele está com ciúmes! — disse ela, querendo rir.

— Ah, o rapaz que gosta de você.

— Pensei que você fosse esse rapaz. — A moça deitou a cabeça em seu ombro.

— Não o provoque, Lupi — falou, já testando a intimidade. — Ele é um lycan, não quero vê-lo bravo. — Engoliu em seco.

— Não seja covarde, Verne! — Lupita o mordeu no ombro com força e o rapaz não pode evitar gritar um "au!".

Verne resolveu desviar o olhar, procurando nos olhos aluarados dela a paz que vinha tendo desde que ressuscitara. Sentia-se merecedor de tudo aquilo, depois do que passou ao chegar a Necrópolis, e também pelo ano mórbido na Terra, e antes dele toda sua vida. Gostava de pensar que a estadia no Arvoredo Lycan era sua recompensa.

— O que é o Coração da Floresta? — tentou desviar também do assunto.

— É isso aqui. —A moça estendeu os braços para os lados, meio desajeitada e cambaleante. Ele a segurou. — O centro desta fogueira, que fica no centro da Tribo da Garra, que está no centro do Arvoredo. Esse é o Coração da Floresta! — Gargalhou sem saber o porquê.

Lupita capturou um pedaço de carne das presas de Magma e lutou com ele por longos segundos até conquistar metade do que queria. O vulpo, vencedor, correu até o outro lado de seu dono, onde estaria em segurança.

— Hoje foi comemoração dupla — disse, depois de mastigar e engolir o porcellu. — Pelo retorno de Rufus e pelo nascimento de Venko, filho de Enriqueta Nunez. — Era a outra mulher que andava à frente de Hierro, concluiu ele.

— Vi que ainda está grávida.

— Nascerá hoje, abaixo da luz de Nyx, sob os olhos da Senhora da Noite. Ochoa fará o parto. — Lupita começou a acariciar o seu rosto, quase vesga de paixão. — Venko será o terceiro filho de Brun, um dos nossos melhores espiões!

— E onde ele está agora?

— Foi enviado há um tempo para Feral para coletar informações sobre as táticas de guerra dos gnolls. — Suspirou sem perceber. — Ainda não voltou.

O rapaz sentiu um frio na espinha. Mulheres grávidas, filhos para criar, um homem que não retorna para casa. Esses pensamentos o incomodavam em tom de mau agouro. Aquela noite morna tinha sido feita para fugir dos problemas. Então, novamente, ele desviou.

— Por que o xamã jogou aquele coração na fogueira?

— Faz parte da celebração — ela respondeu, sonolenta. — O coração simboliza a sobrevida. Simboliza a volta segura de Rufus, o nascimento do filhote. — Bocejou longamente e continuou: — Também simboliza a morte. — Verne já esperava por aquilo, era só questão de tempo até que ela concluísse. — Os gnolls enviaram um assassino para matar nosso líder, duas noites antes de você ressuscitar. Ele foi capturado por Aime e seus guardas e morto.

O rapaz limpou o suor que nascia discreto sobre a testa. Lembrou-se de que estava sendo caçado por Astaroth. Mas estaria seguro entre os lycantropos, não estaria?

— Agora, para reforçar os simbolismos desta celebração, temos o bom retorno, o nascimento e a morte do inimigo, tudo num só. Comemoração tripla. — Gargalhou, desajeitada. — Ah, acho que preciso de água... depois dormir. Me leve para sua cabana — ordenou, e ele nem cogitou negar.

Verne carregava Lupita para fora do Coração da Floresta, na linha do ribeirinho em direção à sua choça. A moça andava quase como uma sonâmbula. Dessa vez, o vulpo não arriscou tomar à frente e seguiu na retaguarda, também cansado. Em certo trecho do caminho, os archotes pendurados se enfileiravam apagados. As sentinelas nas cabines estavam atentas nos topes, ignorando-os abaixo. No céu sem estrelas de Necrópolis, só o breu limpo de luz, com exceção de Nyx, uma camada pesada de escuridão caía sobre os olhos dele. Com pouca visão, o rapaz confiou em seus ouvidos, seguindo o som das águas. Andou por longos minutos, os pés já lhe doíam e Lupita parecia ficar mais pesada a cada passo. Magma regougava em protesto por nunca chegarem. Verne não se lembrava de sua choça ficar assim tão longe. À noite, as estradas se esticavam junto às sombras, diziam alguns.

Sentiu pedregulhos sob as sandálias, um solo mais firme e duro, que lhe incomodava com força. Percebeu subir e descer morros rochosos e concluiu estar perdido.

— Um riacho tem vários braços, seu burro — sussurrou para si mesmo. Certamente havia seguido o braço errado quando a visão lhe faltou.

A moça resmungando em seus ombros, cansada e alcoolizada,

lembrou-lhe Simas. Sem opções, resolveu continuar o trajeto às cegas, dessa vez diminuindo os passos para evitar cair de algum precipício ou em um lago profundo. Temia também as criaturas da mata e percebia que seu animal absorvia cada um dos seus sentimentos.

Verne já estava suado, a ponto de tirar a bata colada ao peito, quando percebeu chegar num terreno fofo de capim molhado que lhe lambia os dedos por cima das sandálias. O som do ribeirinho desaparecera havia muito. Os vultos indicavam folhas baixas e enormes à sua frente, balançando com o vento úmido que sibilava à escuridão e formava um corredor de árvores pequenas adiante. Ele as atravessou com cautela, quase arrastando Lupita, que dizia qualquer coisa de seus sonhos, tropeçando aqui e acolá. Ofegava, queria poder sentar, beber algo e se arrependeu de ter saído da vista de Rufus, que devia ter colocado metade de uma escolta atrás dele. Concordou que merecia uma bela bronca, só queria ser encontrado, e logo.

Sentiu uma mordiscada no mindinho esquerdo. Era Magma. Puxava-o para uma direção. Ouviu as patas do vulpo e o seguiu. A rota era reta e macia; o vento gritando e as folhas se agitando pareciam não o querer ali. O vulto de seu animal ficou mais nítido em dado momento, suas formas e pelos vermelhos ganhando cor. Avistou archotes que morriam no começo da madrugada, não muitos, mas o suficiente para lhe dar a dimensão do cenário. Olhou ao redor, procurando algo familiar. Estava na encosta de um pequeno monte rochoso, que findava aquele caminho. O capim era ralo e os sons das criaturas não chegavam ali, no domínio do vento. Árvores arqueadas de seu tamanho cercavam o outro lado, com folhas semelhantes às de bananeiras, cortando a rota como espinhos num labirinto. À sua frente, metal. Aproximou-se, viu uma jaula de tamanho médio. As grades estavam enferrujadas, o tom acobreado surgindo por baixo do ferro escavado, com ranhuras recentes. O seu interior era mais negro que a noite.

Ele aproveitou para deitar a moça próximo ao declive e descansar os ombros. Magma pulou em vanguarda, sobressaltado, rosnando feroz na direção da jaula. Verne percebeu a movimentação no ar. Ouviu um resfolegar intenso vindo da escuridão. Aproximou-se das grades, curioso. Olhos vermelhos saltaram até ele e um uivo retumbou como a morte, de súbito. O rapaz caiu de costas. Seu coração queria sair pela boca, estava pálido de susto. Um homem magriço como graveto, nu, de aspecto doente, estava agarrado às grades, o encarando com ares insanos, olhos arregalados perdidos em vermelho-sangue sob cabelos desgrenhados e soltos sobre a face. Mostrava-lhe as presas típicas dos lycans de forma agressiva. Faltava-lhe uma, porém.

— Humano... — murmurou, sombrio, a voz quase desaparecendo em sua aparente fragilidade. — Se aproxime. Isso, venha cá.

Verne se pôs em pé e mais uma vez, por instinto, levou a mão à cintura. Prendeu o medo na garganta. Deu um passo, ficando a uma distância segura do prisioneiro.

— Você? — perguntaram ao mesmo tempo.

O vulpo rosnava cada vez mais tenso, mas procurava abrigo atrás das pernas do dono, só a cabeça para frente.

Novamente juntos:

— Verne Vipero.

— Juan Remo.

— O assassino... — concluiu, pasmado. Mesmo sem ter vivido muito entre os lycans nem ter conhecido a menina morta, sentiu um ódio súbito tomá-lo. Era um sentimento familiar. Queria se conter, mas ainda não sabia como. O medo deu lugar à fúria.

— Por aqui sempre me chamaram de Juan, o Violador.

"O Violador", aquele nome lhe ressoou na mente com perturbação. Só de imaginar o que acontecera com a vítima, seu estômago revirou.

— Você vai apodrecer aí, verme! — cuspiu o rapaz entredentes.

— Não, não vou. — Gargalhou. — Não preciso ser profeta para lhe garantir: quando a guerra começar, eu estarei no Coração da Floresta devorando o coração dos irmãos. — Lambeu os beiços ressecados. — Pretende assistir ao espetáculo, humano?

— Verei sua cabeça sobre um espeto!

— Não verá. Eu estarei em campo, lhe garanto — sussurrou um tom mais baixo e andou para o fundo da jaula. Abraçava-se, parecendo sentir frio mesmo numa noite quente como aquela. Andava coxeando.

— Você é um lycan! — Verne gritou sem perceber. Magma se encolheu. — Como pode querer enfrentar sua própria raça na guerra? Haverá gnolls ali, seus inimigos!

— Quem disse que eu me importo? — Sentou-se num canto do outro lado, olhando para a escuridão oposta ao rapaz, os braços ossudos abraçando os joelhos em pele retesada e mole. — Quem disse que os gnolls são meus inimigos? — galhofou fraco.

— Traidor! — Ele tinha sido tomado completamente pela raiva. Quando percebeu, estava grudado nas grades, berrando impropérios ao prisioneiro. "Eu lhe daria uma surra se pudesse", cogitou.

Num instante, o Violador estava diante dele novamente, os olhos vermelhos o cobrindo de terror. Fora tão rápido que Verne mal pôde reagir. Juan Remo o agarrou pelo pescoço, apertando com força, cada vez maior.

— Mudei de ideia, humano — disse, seus olhares rentes um ao outro. — Não vou deixá-lo mais ver o espetáculo. Eu o matarei aqui mesmo. Quebrarei seu pescoço como fazemos com os gansotes!

Veio então um *crac*.

Em outro instante, Lupita estava sobre eles. O pontapé que deu no prisioneiro fora tão forte que o jogou até o outro lado da jaula, o fazendo se estatelar contra as grades, perdendo mais um par de dentes. O Violador cuspia sangue farto, uma mão na boca. Não gemeu, nem reagiu. De joelhos e abaixado, ele apenas a fitou de soslaio, friamente. O rapaz queria compreender quando a moça tinha voltado à sobriedade. Ele se levantou e avançou do pé do monte até a jaula. A velocidade lycan ou o tempo de sua morte nas garras de Juan eram paradoxais, não podiam ser medidas, quis concluir. Ela o ajudou a se levantar. Magma foi se encontrar com o casal, entre suas pernas, buscando aconchego no terror.

O prisioneiro estava imóvel.

— Terá sua sentença, Violador! — ela uivou com toda fúria.

Partiram de lá, atravessando novamente as grandes folhas das árvores baixas. Deram a volta num rochedo, desceram uma colina e chegaram novamente à linha do ribeirinho. A choça brilhava por um archote na entrada, a alguns metros dali. Andaram o restante do caminho em silêncio. Finalmente se deitaram para dormir, exaustos. O vulpo foi o primeiro a apagar.

Na quietude da madrugada, Verne massageava seu pescoço dolorido, estirado de lado sobre o colchão de plumas. Lupita deitara-se de costas para o rapaz. Mas ele a ouvia chorar.

21

O VERMELHO E O VERDE

O velho corpulento com um bigode farto e branco, sentado em posição de lótus, meditava num templo escuro. O ectoplasma púrpura emanava dele com fluência.

— Você precisa detê-lo — disse-lhe o velho.

— Quem? — perguntou Verne.

— Astaroth.

A grande serpente saltou e devorou aos dois.

O rapaz acordou suado com o vulpo lhe limpando a cara com a língua. Parecia gostar do sabor salgado de seu dono. Mais uma vez, Lupita não estava ali.

Foi se banhar no Lago Espelho, buscando a tranquilidade, vendo a si mesmo refletido com nitidez e fidelidade no mundo aquático. Imergiu até a altura do nariz, de olhos cerrados, ocultando o som da natureza com a água sobre os ouvidos. Aquilo pareceu lhe trazer paz por alguns instantes. Toda vez que despertava de um pesadelo sentia-se estranho. Fraco, talvez. As águas não o revitalizavam de fato, mas gostava de pensar que sim.

Solux ardia em brasa na manhã mais quente que sentiu desde que chegara a Necrópolis. Não notou quanto tempo passou imerso. Quando abriu os olhos, vislumbrou uma silhueta agradável, que o encantava de um jeito quase sobrenatural. Primeiro pensou que fosse Lupita, mas não. Ainda assim, ela lhe era familiar. A vista voltava a se acostumar com a luz do dia, meio turva pela umidade. Ele emergiu aos poucos, cobrindo o sexo no Lago Espelho.

Os cabelos ruivos pendiam presos num rabo de cavalo e esvoaçavam para o oriente seguindo o vento morno. Seus olhos verdes como duas pedras de jade o fitavam com interesse. Os lábios carnudos e vermelhos vivos lhe sorriam com muita satisfação. Pouco mais alta que ele, a moça coberta de rubro quase por completo, num tecido colado ao corpo, estava com água até os joelhos, pouco depois da margem. As mãos na cintura reforçavam o orgulho. Suas curvas voluptuosas e os seios e coxas fartos ainda estavam vivos em sua memória. Karolina Kirsanoff.

— Quanto tempo, mocinho! — ela disse, em sua voz suave e firme que ele lembrava bem.

— Karol!

A mercenária se aproximou e o abraçou com carinho, esfregando suas bochechas sardentas contra os cabelos dele.

— Hummm, você cresceu, Verne.

Atordoado pelo efeito forte que só Karolina conseguia lhe causar e envergonhado, o rapaz se desvencilhou com cuidado, corado até onde podia.

— E você... — ele tentou — parece a mesma. Nunca envelhece?

— Quem dera. — A mercenária se virou para sair do lago, seu traseiro uma escultura divina. — Venha, se vista, depois me procure no Coração da Floresta.

Antes de abandonar as águas, Verne lavou o rosto mais três vezes. Encontrou Karolina, Rufus, Equion e Lupita no centro da Tribo da Garra. A lycan tinha as expressões aturdidas. Magma logo o deixou para correr atrás dos gêmeos que brincavam na planície, os mesmos que ele vira na noite anterior.

— Gael e Lorena — lhe disse o guarda-costas, que tinha sua mochila da Terra arrumada próxima aos pés.

— Quem? — o rapaz perguntou, sem entender.

— Aquelas crianças, patrão — continuou, apontando para os gêmeos. — Os filhotes de meu irmão. Órfãos de mãe, mas fortes como o pai.

— Ai, são umas gracinhas! — gracejou a mercenária. — Se pudesse, levava uma delas para criar no meu quarto na Base.

— Elas não são animais de estimação — rosnou Lupita, os olhos para baixo, emburrados.

Karolina a ignorou e continuou a rir. Verne percebeu o quanto Equion suava ao seu lado. Ela parecia quebrar sua postura séria e rígida, mas o centauro era resistente.

— O que está fazendo aqui, Karol? — perguntou o jovem Vipero, enfim.

— Vim buscá-lo. Vamos levá-lo até o Covil das Persentes.

— Foi a pedido de meu mestre, senhor. O mesmo que me pediu que o protegesse. — O rapaz assentiu, ele continuou: — Quando você... *morreu*, enviei um ekos a ele. Depois, quando voltou à vida, enviei outro. Foi então que ele me enviou um, solicitando você.

— Isso, isso — Karolina interveio. — Aí o Rufie me pediu esse favorzinho. — Ela se aproximou de Verne, rodando o indicador no ar. — Como é que vocês chamam lá na Terra? Humm... *chofer*, né? Isso, sou a chofer dos lobos. — Caiu em risadas encantadoras.

— Eu não lhe pediria se não estivéssemos em meio a uma guerra. Eu teria levado o patrão por outros meios.

— Relaxa, meu querido. — A mercenária lhe deu tapinhas nos ombros. — Eu sei, não precisa ficar se justificando o tempo todo. Você sabe que eu sempre te ajudo quando posso. Sua sorte é que a Base me deu uma folguinha de alguns dias após levar o assassino para o Forte Íxion. Não foi fácil capturá-lo.

— Você levou Juan Remo para lá? — perguntou ele, com certo gosto de vitória na boca.

— Não. Os lobinhos não permitiram. Nem mercenários nem militares. O povo da floresta tem direito à sua própria lei. Não sei que destino darão ao Violador.

— O pior deles — sussurrou Lupita, sombria.

— Espero que sim — Verne concluiu.

Rufus apoiou a mão sobre o ombro do Punho de Ferro e disse:

— Amigo, ficarei dias fora. Confio-lhe a tarefa de conseguir convencer a Tribo Lycan a se juntar a essa guerra e proteger nossos flancos.

— Deixe comigo, Sanchez — relinchou Equion. — Tenho amigos lá, não será um problema. A causa é nobre e necessária. Todos virão, sei que virão.

O guarda-costas virou para Lupita e sorriu, na tentativa de acalmar os ânimos dela.

— E a Tribo de Prata, você irá?

— Sim. — Ela não olhava para ninguém, mal conseguia esconder sua frustração. — Hierro pediu para ir comigo. Diz que em Hör há criaturas perigosas escondidas nas árvores.

— Hierro treinou um tempo com os humanos de lá. Será melhor arqueiro do que guerreiro em campo. Deixe que a acompanhe.

Hierro? Uma leve ira se assomou sobre Verne. Ou seria ciúmes?

— Bem... — bradou Rufus a todos. — Antes do Covil, teremos uma parada em Isqueópolis. Farei uma tentativa lá.

— Você... você tentará *ele*, Sanchez? — perguntou o centauro, trotando para mais perto.

— Precisaremos de todas as forças possíveis, amigo. As amazonas estão reclusas em suas ilhas, os orias são pacíficos demais para entrar numa guerra. — Verne sentiu um arrepio gelar sua espinha ao ouvir o nome. — E seus irmãos centauros não nos ajudarão.

— Minha raça é complicada. Só os militares da Esquadra de Lítio conseguem dobrá-los.

— Mas temos você. — Rufus o reverenciou.

O rapaz se aproximou de Lupita. Ela tentou se afastar, mas ele conseguiu abraçá-la a tempo.

— Fique bem — ele disse.

— Você vai... não volta mais, né? — a moça murmurou em tom choroso. Parecia prender a tristeza na garganta.

— Volto sim. Prometo.

Lupita o beijou sem pudor, deixando escapar uma lágrima.

— Ai, que bonitinhos! — zuniu Karolina.

Verne se abaixou, procurando o vulpo na multidão. O animal cuspia pequenos blocos de lava, talvez algum inseto morto e derretido, enquanto Gael e Lorena riam e corriam em volta dele.

— Magma, aqui! — ordenou e ele veio veloz, mesmo com patas tão pequenas. Ele afagou seu pelo, se despedindo dos demais com um aceno e partindo sem olhar para trás.

Encontrou os auxiliares da mercenária, Noah e Joshua, abaixo da sombra de um pinheiropreto. Suavam escaldantes naquele calor, sem nunca abandonar a postura robótica nem o vermelho e preto camuflado dos coletes, botas e boinas. Suas terminatas pendiam atrás das costas. Ele os saudou, recebendo o cumprimento frio típico, já esperado.

Novamente coberto pelo manto puído que lhe ocultava o cheiro para despistar os asseclas de Astaroth, Verne viajava dessa vez como um membro da Tribo da Garra, batas leves e sandália. Calor e frio conflitando em seu corpo. Entre as gran-secoyes para fora do Coração da Floresta, ele avistou o esplêndido e gigantesco construto vermelho enegrecido, pousado sob a umbra das árvores como se fosse um monstro controlado. Feito de metal, cauda, asas e *bico*, o Planador Escarlate respirava.

Verne subiu na cabine, escondendo a cabeça com o capuz. Atravessou pela pele da coluna do transporte e entrou na bolha transparente, toda carne viva, com assentos quentes. Equion, Lupita e Hierro já haviam partido. Magma cochilava em seu colo. Raul não demorou a aparecer e interceptar o guarda-costas antes que esse subisse pelas membranas do gorgoilez.

— Preciso de você aqui! — disse o líder lycan, segurando o outro pelo braço.

— Estarei aqui quando precisar, irmão — respondeu Rufus, tranquilo.

— Por La Oscuridad, Rufus, estamos próximos da guerra! Não podemos ter uma garra a menos no campo de batalha, principalmente a sua, uma das mais poderosas. — Raul o encarou seriamente. Seus olhos quase uma lua nova. — Quero você ao meu lado quando eu estraçalhar o pescoço de Hoärr! Vamos, fique.

— Entenda, irmão, preciso partir. — Desvencilhou-se bruscamente e escalou até a cabine do planador. — É necessário que eu termine o que comecei. Verne será deixado em segurança com o mestre, depois voltarei para guerrear ao seu lado. E também não se esqueça: tentarei uma aliança que pode ser crucial nessa batalha.

— *Ele* não virá! — cuspiu Raul, rosnou e partiu, fitando o rapaz de soslaio, sombrio como a morte.

O auxiliar moreno de cabelos escuros e rasos foi o último a ligar as minúsculas membranas entre seus membros no controle de ataque. Noah fez o Planador Escarlate impulsionar, e a criatura gemeu. Do outro lado, o homem pardo de fios ralos e claros acenou para sua chefe.

— Estamos prontos, senhorita — disse Joshua, impassível.

— Decolemos! — ordenou Karolina Kirsanoff, com uma grande membrana ligada abaixo da pele da nuca e outras nos braços. As mãos sobre as esferas flutuantes, como olhos da cabine.

Bastou um movimento e o construto ascendia. As copas altas das árvores chacoalharam com o forte vento, enquanto as gran-secoyes permaneciam como muralhas intocáveis mesmo naquela ação. O vulpo despertou e protestou pelo forte estrondo que a poluemita, o combustível, causava ao explodir na saída das turbinas laterais. O Planador Escarlate finalmente tomou voo, partindo do Arvoredo Lycan em grande velocidade.

Abaixo, um oceano verde-escuro enchia os olhos de Verne de deslumbre. Por dentro, um frio já conhecido congelava seu coração.

22

CIDADE DAS APOSTAS E DAS TRAPAÇAS

Não houve tempo para que o rapaz se acostumasse novamente com o percurso no planador. A próxima parada não era tão distante da floresta.

Isqueópolis era um lugar de fácil acesso por qualquer via de Necrópolis. Diziam seus habitantes que "todas as estradas levam a Isqueópolis". Ao norte, a cidadela de Hör, para onde Lupita e Hierro se dirigiam. Ao sul, o forte armado do Quartel Militar da Esquadra de Lítio, comandado pelo coronel Alexey Krisaor. A oeste, o Arvoredo; e a leste, um médio istmo, com as perigosas montanhas da Cordilheira de Deimos de um lado e o mar do outro, de lá para a região de Regnon Ravita, domínios da feiticeira Ceres.

A única pista de pouso da cidade era circular e enorme, e comportava pelo menos seis construtos como o Planador Escarlate. Cercando a área, bandeirolas de diversas cores esvoaçavam frenéticas hasteadas no alto, recepcionando seus visitantes com simplicidade. Pelo menos dois homens com uniformes cor de gesso inspecionavam aquela parte, não muito atentos, nem tão preocupados, por baixo de seus bonés. Pareciam apenas fazer figuração, sem real intenção de cumprir o cargo de vistoria. O lugar também era chamado de "Qualquer". *Qualquer um entra, qualquer um sai.*

Ninguém se importava.

Karolina soltou um longo gemido durante o pouso. Ela reagia sempre de acordo com seu gorgoilez, a criatura-planador com quem tinha uma ligação neural. Os mercenários se desligaram das pequenas membranas e todos se colocaram para fora.

— Como está o seu tempo? — perguntou a mercenária para Rufus.

— Curto. Precisamos deixar Verne no Covil na segunda Nyx, no máximo. Depois precisarei voltar ao Arvoredo. Espero eu, com um exército. — Encarou o vazio do começo daquela tarde quente. — Mas acredito que perderemos um dia por aqui.

Ela assentiu e então prosseguiram. Como de praxe, Joshua e Noah permaneceram com o Planador Escarlate, cuidando de sua manutenção, com a atenção redobrada naquele lugar sem dono.

Discreto em seu manto, com Magma o guardando da retaguarda, Verne viu que Karolina carregava sua gigantesca espada nas costas. No botão de Eos, um rubi do tamanho de um olho reluzia Solux de forma polida. O punho era simples e escarlate como a moça, e a lâmina prata, presa a um pano carmesim atado em corte ao tronco, tinha filigranas rubras que revelavam na luz do dia figuras onduladas pela vertical, delineando rosas e um fino chicote de espinhos. Bela e mortal como a dona, ele refletiu.

O trio atravessou uma larga avenida em linha reta, se passando por comuns entre os habitantes. De ambos os lados, mercadores de todo o mundo vendiam suas especiarias. Bagres-de-kolda, leite semi-integral de equinotrota, pele de quimera, esferas mágicas de vidro, tapetes voadores, saliva de dragão verde (boa para curar urticária), espadas e escudos bárbaros, bonecos em miniatura dos Anões-Heróis da Era Arcaica, alga em conserva, raízes de Gaia (alguns alertavam serem falsas), barris de cevata, prostitutas do noroeste, pelugem de cauda de virleono, entre outras centenas de coisas, vendidas aos berros no famoso Mercado do Mundo, como era chamado. Um pequeno velho carunchoso e cinza ofereceu a Verne um espelho triangular, dizendo que este fornecia travessia para os Oito Círculos se refletido nas águas do Rio Ultimo, mas o rapaz o dispensou com um aceno sutil: não queria chamar a atenção para si. Rufus foi abordado por uma mulher bela de cabelos loiros cacheados, que, disforme, tornou-se uma criança vampira, depois um grande homem, e então de volta mulher, agora uma ruiva, como sua companheira. O guarda-costas apenas ignorou a tentação do doppelgänger. Um jovem de cabelos longos, escuros e sedosos, músculos trabalhados como madeira, seminu, realizava uma dança peculiar, enquanto tocava uma flauta enferrujada para Karolina. Ele se aproximou da moça e pediu que ela se despisse, para então concluir seu espetáculo, assistido por uma grande plateia de *qualqueres*. A mercenária lhe quebrou quatro dedos da mão direita e levou seu siso de ouro como recompensa. O pobre jovem agonizava aos berros num canto nas estranhas das barracas.

O mercadão, ou Mercado do Mundo, era extenso, quente e sujo, com pessoas e criaturas para todos os lados. Assaltantes se esbaldavam no meio de madames, casais se agarravam em sombras frescas a olhos nus, enquanto crianças morriam de fome entre um metro e o seguinte. Ao final da grande avenida começava a cidade de fato, com seus prédios altos e lustrosos, chamativos com milhares de lamparinas piscantes mesmo de dia, despontando de ruas planas e se emaranhando num design planejado, pensado para o consumo.

Uma melodia tocou o espírito e o sentimento do trio quando este passou em frente à última barraca. Verne foi o primeiro a procurar pela origem do som, encontrando-o do lado esquerdo. Um garoto sentado num banquinho de madeira dedilhava com destreza sua harpa de porte médio, dourada e lustrosa. Usava uma camisa cândida, que caía folgada pelo corpo magro, mas esbelto. A calça era violeta, também solta nas pernas dobradas, e acabava entre botas brancas e brilhantes. Olhando melhor, acreditaram ser uma garota. Não chegaram a uma conclusão.

— Uma canção para aquietar o coração? — perguntou o, ou a, bardo, numa voz suave como quando a água do ribeirinho encontra o lago.

Verne pediu autorização para Rufus com o olhar. Pela falta de tempo, não a teve, mesmo assim assentiu.

— Por favor.

O bardo andrógino moveu seus cabelos loiros e pálidos para o lado, deixando-os dançar com o vento fresco. Eram lisos e compridos até as costas, e uma franja ocultava o olho esquerdo, ambos índigos e cristalinos como um rio limpo. Ele sorriu para o rapaz. Fez o mesmo com Karolina e Rufus, desconcertados. Moveu com suavidade os dedos esquerdos, cada um com um anel de ouro com uma pequenina pedra incrustada. Nenhum igual nem do mesmo tamanho, todos exuberantes em suas formas. As unhas eram pintadas em um tom mais claro de violeta. Suas mãos encontraram os fios prateados da harpa, desenhada como um U. Ele, ou ela, começou:

Era uma vez uma mulher muito bonita e correta,
ela tinha um marido chamado Bisclavret.
Mas ele tinha um hábito de, três dias em sete,
se mandar sozinho da sua cama. A esposa chorou
e implorou.

Meu marido, você me traiu, mas seja justo
e me conte a verdade que eu já adivinhei.

Ele tentou não responder, mas ela era tão bonita
e correta, que ele pensou em confessar.

Esposa, você não pode dizer para ninguém na
floresta que eu tiro as minhas roupas. Esposa,
você não pode contar para ninguém que eu
caço presas como qualquer lycantropo.
Oh, não... Meu amor, apenas confie em mim
e ninguém saberá que é você quem rouba rou-
pas do marido.

Ela disse para o cavaleiro que assumiu como um
amante que fez como ela pediu naquela noite,
na escuridão.
O lycantropo, uma besta, pensou que poderia
seguir assim para sempre, mas para sua sorte
um lorde caçava por ali. O lycantropo rolava
e fingia de morto para o seu mestre.

Que belo lycantropo para se ter como um ani-
mal de estimação!
Oh, sim...

O lorde armou um banquete meses antes e
convidou o cavaleiro que saiu com uma perna a
menos.

Meus deuses, disse o lorde, que negócios a
resolver existem entre ele e meu animalzinho
gentil.

O lorde enviou o cavaleiro novamente para seu
castelo.
Ele foi com sua amante, que trouxe as roupas
do marido, mas, assim que o lycantropo foi
trazido para conhecê-los, ele arrancou o nariz
dela fora e ela sangrou e sangrou.

Então lembre-se!

Nosso querido animal se vestiu novamente como
Bisclavret, então seu bom lorde o beijou e beijou.
A mulher foi banida e algumas pessoas dizem
que suas filhas e netas nasceram sem nariz
em suas lindas caras.

Querido, pode acreditar
Querido, pode acreditar

E ele o beijou.

O lai não lhes tomou mais do que três minutos, mas Rufus ainda se mostrava aflito pelo curto tempo. A narrativa o tinha constrangido de certa forma também.

— Lindo! Adorei! — bradou a mercenária, em aplausos. Verne não sabia se era com sinceridade ou ironia.

O bardo fez uma reverência para o trio, elegante e peculiar. Parecia ser o único banhado naquele emaranhado de pessoas no vaivém.

— *Bisclaveret* — disse, em tonalidade de voz ambígua.

— Quem? — perguntou Verne.

— É o título deste lai — ele, ou ela, respondeu. — Meu nome é Isis.

Seus ouvintes acharam seguro não se apresentar e Karolina lhe jogou duas moedas de bronze.

— Boa música, Isis — disse a mercenária. — Agora, vá tocar em outras bandas e se esqueça de que nos viu.

Isis lhes reverenciou novamente, dessa vez desdobrando um braço elegante para o lado. Em seguida, caminhou em sentido contrário. Seus movimentos eram esguios como uma dança na garoa.

O jovem Vipero olhou por sobre os ombros, tendo a vaga impressão de estar sendo seguido. Percebeu Magma rosnando para o vazio, do lado direito das barracas, onde não havia nada além de uma armação rudimentar de trapos e paus, com uma bancada cheia de frutos exóticos e garrafas com água. Um homem gordo e suado, que fedia a urina, gritava suas especiarias aos clientes. Nada além.

Solux ardia forte no firmamento quando eles atravessaram o centro da cidade. A fome fazia o estômago de Verne protestar alto.

— Estamos a caminho do hipódromo, patrão. Chegaremos logo e o senhor poderá se alimentar. Todos nós — disse Rufus enquanto viravam uma esquina, onde um casarão chamava a atenção por suas paredes vermelhas vivazes e faixas turquesa.

Nas ruas, avenidas e ruelas, pessoas e criaturas para todos os lados. Quanto mais adentravam o centro, mais burgueses transitavam entre eles. Isqueópolis era uma cidade populosa, mas com problemas nítidos em sua política. Havia uma década, Bigelow Wytt havia assumido a prefeitura, no lugar de seu pai, que governara por cinquenta anos. Não muito depois, seu concorrente de esquerda, Nonato Ovidius, assumiu forçadamente o cargo, o que gerou um conflito sem envolvimento de outros partidários. Com uma disputa política fraca, a sra. Maryza Allak se alçou ao poder, isso havia dois ou três anos. Os habitantes e visitantes de Isqueópolis costumavam dizer que o apelido de "Qualquer" também era dado porque qualquer um poderia governar a cidade, bastava sentar-se na cadeira do prefeito. Isqueópolis era de três e não era de ninguém.

"Uma cidade com muitos donos, a nenhum pertence", dizia outra frase que percorria os corredores entre uma mansão e um cassino.

O hipódromo El-Berit carregava o nome do Deus dos Homens, ou daqueles poucos humanos que tinham uma crença. Ocupava uma área imensa, quase metade da cidade, em uma murada oval com grama bem aparada e terra arada, que ia de uma ponta à outra, inimaginável em cálculos de dimensão. Embora a economia do lugar fosse movida pelo turismo, graças ao Mercado do Mundo, cassinos e outras casas de jogos de sorte e azar, a maior parte da verba vinha de El-Berit, a grande atração de Isqueópolis. Vivia sempre lotado de seres mais aprumados, perambulando aqui e ali, vertiginosos em suas apostas. Rufus pagou em moedas de prata e o grupo foi acolhido com cortesia por dois senhores gêmeos de bigodes frondosos e cabeças tão desprovidas de cabelos quanto um ovo. Verne viu centenas de equinotrotos, de tamanhos e cores distintos, com suas peles rasgadas e retesadas sobre ossos fortes, sempre emulando aquela imagem de cavalos cadavéricos. Relinchavam vorazes e altivos sobre as plataformas, com seus donos enchendo o bolso de ouro real.

As corridas aconteciam dez vezes por mês, com treze páreos por dia. Ocorriam ao todo 48 provas entre os três graus. A área de canchas de corrida tinha 365 acres, com um centro de treinamento de 232 acres, com cinco pistas. Uma das duas pistas principais tinha por volta de uma milha e três quartos de comprimento e 147 pés de largura, com uma reta que permitia corridas de 656 jardas ou 1400 metros usando a diagonal. A outra, inaugurada anos depois, tinha uma milha e cinco oitavos de comprimento com cento e um pés de largura.

— Incrível! — disse Verne, deslumbrado.

— Aqui é lindo, sim, mocinho, mas um lugar perigoso — segredou Karolina. — Trapaceiros e homens de poder caminham lado a lado pelas pistas.

— Estou atento.

— Também senti o cheiro de perigo no mercadão, senhor — murmurou Rufus em meio à plateia, quase impossível de ouvi-lo naquela situação. — Mas não se preocupe, está seguro conosco.

A mercenária sorriu sarcástica, balançando com a mão sua espada presa às costas.

— Onde está a bainha de Eos, Karol? — perguntou o rapaz.

— Guardada no planador. Quis deixar minha lâmina à vista dos pilantras desta cidade. Ninguém vai se meter conosco. — Gargalhou, mas não chamou a atenção dos qualqueres.

Karolina insistiu em pagar o almoço e o trio se banqueteou com um gansote assado com molho picante okeano, recheado com parmesão-d'ouro, estalando acobreado ainda no garfo, quente e macio. Beberam do mais caro hidromel, ali servido como amostra grátis aos novos visitantes, e alimentaram Magma com pedaços de carne de duende frito ao ponto, e água fervida, revigorante para vulpos.

Uma madame enorme e besuntada de suor cálido que brotava de sua pele avermelhada, vestida de rosa e anil, com um chapelão emplumado lhe escondendo de Solux, estava sentada ao lado de Rufus na grande mesa do refeitório do hipódromo, onde todos se alinhavam numa longa fileira dos dois lados da tábua. A mulher devorava cada pedaço como seus dentes serrilhados. Seus óculos escuros, quase do tamanho do rosto, cobriam seus olhos. O guarda-costas lhe pediu licença.

— Pois não? — a madame grunhiu com desdém.

— Onde posso encontrar o sr. Gustav?

Ela olhou para o guarda-costas de esguelha por baixo das lentes e voltou a rasgar um pedaço gorduroso do gansote.

— O que quer com ele? — perguntou, de boca cheia.

— Conversar — respondeu, hesitante. — Somos parentes.

— São parecidos mesmo. — A mulher emitiu um som que Verne identificou como um pequeno arroto. — Sabe que Gustav é um homem muito ocupado, não?

— Sim. Mas é um caso especial. Por favor, minha senhora.

A madame terminou de engolir outro pedaço, virou uma taça de vinho-lírio, limpou os lábios chamativos com um pano e, educadamente, acenou com a cabeça na direção oposta, a duas mesas dali. A ponta do chapéu indicava o destino com mais precisão.

— Fiquem aqui — ordenou Rufus, seriamente. Agradeceu a mulher, se levantou e foi até o outro.

O rapaz percebeu que o lycan não encontrou fácil a quem procurava. Longos minutos se passaram até identificarem na multidão um homem de cabelos pintados de verde-claro, rasos e espetados como estacas, com olhos de lua cheia, rosto quadrado e pele castanha. Ele possuía músculos bem torneados cobertos apenas por uma regata amarela. Correntes exageradas pendiam de seu pescoço grosso, algumas encostando-se à calça preta. Tinha outras no pulso e no tornozelo também, e ornava tribais tatuadas nos ombros. O detalhe que mais lhe destacava, porém, era uma enorme mancha na face, meio arroxeada meio mortiça, que a cobria quase por inteiro. Era feia e repugnante.

Verne se levantou, fingindo que buscaria outro prato de gansote no balcão do açougueiro próximo àquela mesa, mas Karolina percebeu sua intenção e o seguiu.

— Santiago Montoya? — perguntou Rufus, atrás do homem.

— Não atendo mais por esse nome — rosnou baixo. — Aqui, sou Gustav. — findou, sem olhar para o outro.

— Santiago! — O guarda-costas postou seu punho sobre o ombro dele, forçando a atenção. — Sou eu, Rufus, seu primo!

— Não tenho parentes — disse, mas o lycan o balançou com força e ele teve de olhar por sobre o ombro. — Droga! O que quer aqui, homem? — sussurrou, preocupado com uma indiscrição.

Rufus aproveitou o lugar vago ao seu lado e sentou-se. Em seguida, puxou um copo perdido para si. Olhando ambos para nada em especial, conversaram o mais baixo que puderam.

— Lembra-se de Juan, o Violador? Atacou uma menina humana em Óboroten. Ela foi morta, Santiago. Morta! Os gnolls deram o Uivo de Guerra. Uma guerra se aproxima do Arvoredo. Precisamos de você e sua matilha! — Ele tomou um gole daquele copo, sem atentar ao seu conteúdo. Uma tensão nascia no ar. — Não temos número suficiente frente aos canalhas. Eles lutam com armas! E sabe-se lá o que mais trarão para o campo de batalha.

— Rufus, preste atenção. — Gustav tinha uma voz azeda e agourenta, expressando sempre má vontade. — Sou um lycan civil. Minha matilha também. Vivemos em paz, aqui no reino dos homens, jogando e nos enriquecendo. Temos mulheres, ainda melhores do que as fêmeas lycans, elas nos amam. Armamos os esquemas de jogatinas de El-Berit, realizamos as principais apostas, temos o respeito de grandes homens e lordes. Todos aqui ganham. No Arvoredo, vocês sempre perdem. Guerrear é perder. Perde-se a guerra, perde-se um membro, um amigo, perde-se a sobrevida. Isso não vale a pena.

— Santiago, esta é uma questão emergencial. Eu não quebraria sua paz se não estivéssemos em uma situação crítica.

— Eu não me importo! Não tenho a ver com isso! — Ele rugiu alto e algumas pessoas olharam. Karolina, que disfarçava paquerar Verne no refeitório, tocou a lâmina da espada com sutileza. — Eles têm armas? Armem-se! Eles são numerosos? Chamem as outras tribos! — disse, agora mais calmo, o tom da voz quase linear. — Eu e minha matilha não temos mais ligação com o Arvoredo, Rufus. Saímos há vinte anos e prometemos não voltar. A vida de um lycan civil é muito mais segura e próspera do que o convívio no meio do mato com um bando de bárbaros.

O copo explodiu na mão de Rufus. Ele rosnou revelando as presas, irritadiço, e seu rosto enrubesceu. Verne engoliu em seco. Não sabia medir a proporção de uma confusão naquele lugar. Mesmo sem organização, um local que envolve muito dinheiro certamente puniria os arruaceiros.

— Covarde! — proferiu o guarda-costas. — Você e sua matilha, covardes! Se escondem no meio do cimento e das trapaças para seguirem uma sobrevida perdida. Desonrados, abandonaram o próprio povo, a própria cultura, até o nome... Em favor do quê? De jogos? Eu sou realmente um imbecil de vir procurá-lo! Nunca colaborou com nada, sempre nos deixou na mão.

— Meça suas palavras... *primo*. — Ambos rosnaram. O ar já pesava densamente.

— Vou separar um jovem forte para lhe enviar nossas cabeças depois que formos mortos — grunhiu Rufus, pondo-se de pé. A mão sangrava.

— Você me fala de jogos e trapaças, mas luta uma guerra. Não é melhor do que eu. Pelo menos não arranco cabeças, não tiro sobrevidas. — Cuspiu sobre a mesa e voltou a se aprofundar em sua solidão rabugenta.

Verne podia ver a ira em forma de homem na linguagem corporal de seu guarda-costas. Rufus era todo raiva, quase babando de fúria. Afastou-se, antes que cometesse um crime. Encontrou com seus dois amigos próximos dali, num olhar misto de tristeza e frustração. Não se importou de terem ouvido o debate.

— Vamos embora daqui — murmurou, exausto. Parecia não se incomodar com a mão ferida, que se curava lentamente. — Perdão pela cena que assistiu, senhor. Agora o levarei em segurança até o Covil.

O lycan saiu sem esperar resposta, ainda acompanhado de alguns olhares. O rapaz tentou lhe falar, mas a mercenária o impediu: não seria momento para isso.

23

TURFE

No pavilhão 3, os cavaleiros estavam prontos, a postos em seus equinotrotos treinados para velocidade. O próximo páreo do turfe se daria numa pista ovalada de volta fechada, com curvas e retas consideradas as mais perigosas do mundo, principalmente pelos obstáculos no caminho, uma surpresa a cada etapa dos dois mil metros.

Demeteryo Horsus, um cavaleiro de família nobre, campeão de Fravashi, era o favorito entre os vinte competidores alinhados simetricamente. Rajeev Shakti, seu principal adversário, vindo de Kitab Al Azif, tinha menos apostadores, entretanto contava com mais fãs do público feminino. Dispostos no box, cada equinotroto aguardava em seu espaço, com as portinholas fechadas e uma grande expectativa na plateia. A largada finalmente aconteceu quando o executor acionou o mecanismo, fazendo as portas se abrirem. Os cavaleiros dispararam na cancha reta.

Na bacia, ao redor e em volta da pista onde ocorria o páreo, uma jovem magra e muito, muito alta correu até o trio deslocado do agito, que partia. Usava vestido laranja e suas tranças balançavam para trás como se fosse uma cauda. Ofegante, ela parou Rufus no caminho e lhe segredou que Santiago Montoya, também conhecido por Gustav, tinha recebido havia semanas um ekos da sra. Amice, a humana morta junto da neta pelo Violador. Amiga dos lycans, a velha tinha informado através do corvo que uma cesta farta chegaria para o renegado em dias. A jovem disse que essa cesta nunca chegou. Até procurou nos aposentos do amante, mas nada.

Certamente havia se perdido na mata quando Amice fora assassinada.

Rufus não precisou refletir por muito tempo, Karolina logo levantou a questão:

— Por que tanto mistério?

A jovem apenas assentiu e partiu correndo de lá, antes que Gustav a notasse. Mas compreenderam que o segredo não era dele, e sim da defunta. O lycan civil sabia tanto do conteúdo dessa cesta quanto eles.

— Podemos procurar pela cesta na floresta, Rufie — a mercenária sugeriu. — Deixamos Verne com seu mestre e partimos à procura dela. Ainda tenho um pouco de tempo.

— Não. Agora é tarde — ele respondeu, seco. O desapontamento com seu primo era mais forte do que esperava. — Essa cesta não é assunto nosso. Temos uma guerra chegando.

Não disseram mais nada.

Mas onde estava Verne?

Rufus grunhiu de susto quando notou a ausência de seu protegido. Virou aflito para todos os lados, mas ele não estava ali nem acolá. Karolina brandiu Eos imediatamente e gritou pelo nome do jovem Vipero. De repente, o lycan ouviu um gemido surdo. Procurou na farta multidão e encontrou um encapuzado puxando o rapaz para trás já bem longe. Tampava sua boca com mãos verdes. O guarda-costas rugiu e saltou em disparada na direção do captor, a mercenária e Magma o seguindo.

A multidão espalhada pela bacia, indo encontrar seu lugar nas arquibancadas, atrapalhava a perseguição, criando obstáculos para Rufus, assim como a pista fazia para os cavaleiros. Karolina ouviu um baque forte, com um anão levado ao chão junto de seu equinotroto-eumétrico, mais parrudo e de pernas curtas, semelhante a um pônei cadavérico. Ela saltou partes de barracas desmontadas na grama, tentando flanquear o inimigo enquanto o lycan o seguia em linha reta. O vulpo a acompanhava sem dificuldades, regougando feroz.

Rufus usava seus braços fortes para empurrar as criaturas. Verne aparecia, sumia, aparecia, sumia, cada vez mais distante e inalcançável. Demeteryo tomava a frente do páreo com facilidade. Karolina cruzou o guarda-costas, virou uma esquina num vão entre duas arquibancadas e ganhou mais velocidade sem pessoas no caminho. Logo avistou um reptiliano esguio carregando Verne nos braços, uma mão na boca do rapaz, outra no capuz, ocultando a face. Ela sabia onde acertar. Retirou Eos das costas e a girou no ar como um bumerangue, jogando a espada em movimento circular até atingir a cauda comprida de lagarto. O captor se estatelou na grama, ralando escama por escama. Verne rolou no chão e logo foi acolhido por Magma; em seguida, por Rufus.

— Patrão! — gritou o lycan, esbaforido de tensão.

— Estou... bem — o rapaz gemeu, logo se levantando. Seu animal lambia-lhe os pés.

Rajeev emparelhou com seu adversário na pista e a plateia foi à loucura. A criatura grunhia de dor, rastejando no solo para se encostar ao alambrado. Ele fitava a moça com raiva. Seu focinho anfíbio se contorcia em expressões pouco notáveis.

— A cauda — ela disse, apontando-lhe a espada. — Reptilianos perdem o equilíbrio quando atingidos na cauda. O ponto fraco dos fracos.

O captor era quase da altura de Rufus. Magriço, com escamas verde-claras cobertas por um manto negro. Era como um lagarto em corpo de homem. Como uma lagartixa, logo sua cauda cresceu, borbulhando pele e pus na ferida, o tecido e músculo retomando a composição até ganhar a forma renovada.

Ele começou a se levantar, sibilando sarcasmos.

— Astaroth? — perguntou Verne, apreensivo e bravio. Mas já sabia a resposta.

— Sssim!

Num instante, o guarda-costas estava sobre o inimigo, o estrangulando com facilidade. Não se importou de ser visto. Naquela ocasião, pouco provável. Karuzo Ilio, cavaleiro do oeste, também morreu ao tentar saltar um obstáculo com espinhos, que lhe rasgou a barriga e decepou a garganta de sua montaria. Rufus soltou as duas mãos e o reptiliano caiu morto, a língua deitada para fora.

— Vamos mantê-lo a salvo, senhor — murmurou sombriamente.

A multidão se espalhava, esvaziando a bacia e lotando as arquibancadas. Um dardo voou e atingiu o joelho do guarda-costas, que caiu sobre uma perna, se apoiando com dificuldade no morto fresco. Suava e via o mundo se distorcer à sua frente. Uma longa faca foi colocada rente ao pescoço de Verne, surgindo furtiva de suas costas. O rapaz nem cogitou mexer o pomo de adão, ou abriria o pescoço naquela lâmina que parecia cortar até o ar. Vinha de um reptiliano gordo e mais alto do que o anterior, de escamas cinza, com cristas que surgiam grandes no topo da cabeçorra e desciam diminuindo até a cauda média. Lembrava uma iguana.

— Temosss ordensss de matar Verne Vipero! — silvou, agitado.

— Nem pense nisso! — Karolina capturou sua espada da grama e a posicionou em ataque, mas foi surpreendida por outra espada que veio ao seu encontro, colidindo forte contra Eos. Ela cambaleou para trás, atordoada no impacto.

O espadachim também era daquela raça, tão diferente quanto os demais, o que comprovava a teoria de que nenhum reptiliano é igual, distintos e únicos como digitais. Seu focinho alongado e estreito era o maior que a mercenária já tinha visto em sua sobrevida, quase quarenta centímetros de comprimento, com os dentes pequenos e afiados exteriorizados de maneira ameaçadora. Tinha dois metros de altura, e vestia uma bata escura e simples sobre a cintura, com o peito nu revelando a pele verde-cinzenta de crocodilo. Segurada pelas duas garras, uma espada de quase três metros, negra do punho à lâmina. Uma montante forjada em Érebus.

— Este é Gharyal, meu melhor espadachim — revelou uma voz oculta nas sombras. — O da faca é Leguz, e o defunto, Fyzzpt. — Do beco onde antes Karolina havia atirado sua espada, surgiu um velho reptiliano, rastejando os pés sem pressa enquanto carregava seu peso natural nas costas, um enorme casco quelônico.

Sandrovan Kekoo teve de abandonar a prova, depois que seu garanhão simplesmente parou de cavalgar, protestando no forte calor. Um cavaleiro das montanhas, Tummett, tomou à frente de forma repentina, passando Demeteryo e depois Rajeev, para surpresa de todos. Os apostadores gelaram de medo e começaram a tramar a morte do possível campeão. Ele não poderia ganhar.

Karolina Kirsanoff, recuperada, se colocou em posição defensiva, com Eos à frente, reluzindo Solux. As filigranas de rosas e espinhos ardiam em escarlate-vivo. Gharyal passeou com a língua ofídia e comprida pela bocarra, ondulando ao passar pelos dentes. Seus braços de tora estavam inclinados para o alto, os cotovelos dobrados na mesma direção, com a montante negra apontada de baixo para cima na linha dos olhos da mercenária. Magma saltou para perto do dono, mas levou um pontapé de Leguz, indo parar no alambrado, desnorteado. Verne praguejou, cerrando os punhos.

— Eu sou Chelydron e sirvo ao Príncipe-Serpente — disse o mais velho e baixote dos três, quase caquético, com uma mania irritante de piscar segundo a segundo, com certa lentidão.

Com a cabeça achatada e o pescoço retraídos para dentro do tronco e do casco convexo, era cauteloso em sua proteção. Na pata palmada, com os dedos unidos por uma membrana, ele segurava a zarabatana com a qual atacou Rufus. Na outra, se apoiava em um cajado de madeira branca. Sorria de forma serena, os olhos murchos e cínicos, com a pele seca e cinzenta sofrendo naquela cálida tarde. Era como um jabuti monstruoso.

— Nós vamos levar a cabeça desse rapazinho humano para a Fortaleza Damballa e vocês dois podem sobreviver se não reagirem.

— Astaroth é um covarde! — gritou o rapaz, simultâneo ao barulho da multidão ovacionando seu novo campeão. — Por que não vem ele mesmo me matar? Por que envia assassinos? Não quer sujar as mãos? Ou teria o Príncipe medo de mim? — Ele queria ganhar tempo.

Os reptilianos rebentaram em gargalhadas inevitáveis, cada um emitindo uma guizalhada bem diferente da outra.

— Todosss sssempre sssão engraçadosss antesss de morrer! — silvou Leguz.

— Acredita mesmo que o Príncipe-Serpente o teme, rapazinho? — indagou o velho.

— Parece que sim — respondeu baixo, suando mais de medo do que pelo calor.

— Talvez tenha. — Isso pegou o rapaz de surpresa. — Porém ele nos enviou porque não se encontra fisicamente entre nós. Está em outro lugar. Mas está chegando. — Sorriu, alguns dentes faltando, porém ainda assustador.

Rufus ensaiou levantar-se, mas o sonífero rodava forte em seu sangue, e ele só conseguiu cambalear. Resistia para não apagar, porém era difícil.

Um cordame quase invisível, feito de fios de aço, fatiou três equinototos e seus cavaleiros como se fossem manteiga. Mas Tammett, o futuro campeão, previu o desafio e saltou com destreza sobre eles, seguido por Rajeev e Demeteryo, furiosos em seu encalço.

— Um desafio! — bradou Karolina de súbito. — Enfrento seu assassino em troca da vida de Verne — ela propôs, sorrindo pelo sabor da batalha.

— Aceito — findou Chelydron, afastando-se seguramente e indo se recolher em sua carapaça arqueada, decorada com um padrão de polígonos de centro amarelo e desenhos em relevo.

Gharyal não hesitou, avançando sem grito de guerra. Estocou com a montante na direção do ventre da moça, que saltou para trás com força e depois de novo, em tempo de evitar a longuíssima lâmina que parecia nunca ter fim. A espada negra encontrou a grama e abriu uma fenda grossa na terra. Karolina descreveu um semicírculo, e Eos foi se deparar com o flanco do inimigo, protegido no último segundo pelo comprido punho que ele desceu. A moça aproveitou a brecha do reptiliano para lhe chutar o peito desprotegido e jogá-lo a metros dali, ganhando tempo para recuperar sua posição. Verne notou que Chelydron armava sua zarabatana com um novo dardo. Também percebeu a sutil distração de Leguz ao assistir a luta, e viu nisso uma oportunidade.

O espadachim logo estava de pé, sibilando impropérios e estocando, estocando e de novo. A mercenária desviava a montante com graça, em movimentos suaves e equilibrados, a espada escarlate, jogando a lâmina negra para ambos os lados, desajeitada a cada novo ataque. Subitamente, Gharyal virou o corpo e acertou sua longa cauda de crocodilo contra o estômago dela, que voou rodopiando no solo, indo se arrebentar no alambrado. O inimigo gargalhou, passeando com a língua entredentes. Prostrada de quatro, Karolina tentava recuperar forças enquanto cuspia sangue. Sua barriga estava roxa pelo impacto. Eos jazia ao seu lado, derrotada.

Ub Sor estava em quarto na colocação do páreo, ou em terceiro, se considerado que os dois favoritos se alinhavam na corrida, ora Demeteryo na frente, ora Rajeev. Tammett seguia tranquilo bem adiante, antevendo sua conquista na faixa da vitória, já lustrosa a quilômetros daquele trecho da pista. O campeão de Kitab Al Azif retirou um chicote da cintura e o fez estalar no chão, no equinotroto e depois em Ub, amarrando sua ponta no pescoço do homem e lhe derrubando da montaria direto para dentro de um fosso aberto naquela passagem. Seu garanhão correu sozinho mais alguns metros até notar a falta do dono e parar. Demeteryo levantou a corneta pendurada sob a garganta para clamar por ajuda. Um berro sinistro ecoou por todo o hipódromo de El-Berit.

Gharyal caminhou tranquilamente até a moça, jogando-a de costas no chão com um empurrão de sua pata. Mesmo ferida no ventre, ela parecia serena em sua condição. As pernas abertas com os joelhos dobrados num triângulo desenhavam ainda mais seu corpo de escultura sobre a calça colada. A mercenária deixou cair o colete, dando relevância aos seus portentosos seios. Os ombros estavam jogados para trás e os braços como hastes segurando-a inclinada de baixo para cima.

— Você é tentadora, mulher — disse o espadachim, colocando-se sobre os joelhos diante dela. A montante estava segura em suas garras, pronta para qualquer movimento hostil. — Masss conheço sssua fama. É como uma aranha, captura sssuasss vítimasss numa teia. Contudo, eu não sssou uma vítima, sssou um asssasssino. Possso resissstir a você! — silvou, orgulhoso.

Karolina sorriu de volta, mordendo os lábios. Verne ficou atordoado por um instante. O ar denso deu lugar a um mais leve, com sabor doce e convidativo. Leguz tremia com a faca atrás de si, também tinha sido atingido. Parecia excitado, movendo a cauda de um lado ao outro. Até mesmo Magma se levantou, até mesmo Rufus voltou a si. A virilidade despertada nos machos por um *poder* que somente aquela moça era capaz de emitir.

— Agora vou cortar essse ssseu lindo pessscocinho, mulher — ameaçou o assassino. — Você perdeu e morrerá! — Ele levantou a montante na direção oposta, que traçaria um corte seco até a garganta dela com precisão.

Flechas recheadas de fogo choveram sobre Tammett. O cavaleiro conseguiu desviar das primeiras. Sua montaria era a mais veloz e a mais esperta também. Juntos eram um. Conseguiam sagacidade na pista, evitando o perigo. Novamente os arqueiros da ala leste da arquibancada preparam seus arcos e dispararam mais flechas queimadas. Dessa vez, elas o acertaram. Primeiro em seu ombro, fazendo-o gritar de dor, depois no casco de seu animal, que relinchou e levantou, derrubando o dono. O equinotroto morreu primeiro, com três setas escaldantes lhe queimando pele e ossos. Depois, Tammett. O pobre cavaleiro teve um olho perfurado e o peito atingido por fogo. Quando Demeteryo Horsus o passou, ele era quase cinzas. O campeão do norte ganhou novamente e sua plateia berrou de emoção. Agiotas e outros apostadores acertavam o remate. Rajeev Shakti chegou em segundo lugar. Foi ovacionado por garotas de todas as raças e separou três, uma humana, uma anã e uma duende para seus aposentos. Os haras correspondentes de cada campeão recuperaram suas montarias para os cuidados necessários e os dois cavaleiros receberam suas recompensas mais uma vez. Os mortos que não tinham sido destruídos alimentariam as criaturas do fosso.

Chelydron capturou Gharyal pelas costas e com uma força inesperada lhe quebrou o focinho ao meio, dobrando-o para cima. O espadachim caiu sem sobrevida no solo, com a face deformada de um jeito assombroso. Seus olhos arregalados revelavam a surpresa do ato antes da morte.

— Minha princesssa — guizalhou o velho. — Agora sssou todo ssseu. — Ele abanava seus braços roliços na direção dela enquanto extendia sua cabeça para cima, esticando o pescoço bem alto, querendo encontrar os lábios da moça. — Você é toda minh...

Karolina atravessou Eos do rosto a garganta de Chelydron, afundada além do casco. O velho tombou em espasmos, vomitando sangue e demorando a morrer. Foi uma cena horrível, mas não havia tempo.

— Agora, Verne! — ela gritou.

O rapaz desferiu uma cotovelada na boca do estômago de um pasmado Leguz, que cambaleou sem ar para trás, soltando sua vítima. O jovem Vipero rolou até a segurança da mercenária e ambos se colocaram de pé. O reptiliano avançou, mesmo com dor, elevando a faca acima da cabeça contra eles, quando viu o vulto do grande punho de Rufus indo de encontro à sua bocarra, o agarrando no ar e o enfiando na grama, com força suficiente para estourar sua cabeça.

Depois de uivar por instinto, o guarda-costas tombou. Verne e Karolina o levaram de lá, enquanto os fãs do turfe comemoravam com seus campeões. O cheiro de sangue dominando o ar foi o verdadeiro vencedor.

24

GUERRAS ANCESTRAIS

A Hospedaria Boreal havia recebido esse nome quarenta anos antes, quando um terrestre do extremo norte se perdeu, indo parar em Necrópolis. Para sobreviver, vendeu dezenas de fotos das auroras boreais que havia fotografado quando jovem, e que ali valiam como relíquias exóticas. Com o tempo, conquistou moral, prestígio e uma esposa humana que logo faleceu, lhe deixando como herança uma velha hospedaria que não tinha nada de especial, fora o detalhe de ser retangular com dois andares, feita de lenhostral de um lado e pinheiropreto do outro, dando a ela duas cores sutis de madeira. O dono, antes Petr Hoovr, em Necrópolis, passou a ser chamado de sr. Boreal, e sua hospedaria também. Era muito gentil e dava descontos para conterrâneos. Quando descobriu que Verne também era da Terra, lhe reservou o melhor quarto, mas a arrumadeira revelou ao rapaz que aquele de nada se diferenciava dos outros. Pelo menos ele tinha a vista ampla do centro de Isqueópolis do segundo andar. A noite quente de Nyx ameaçava uma chuva que nunca vinha.

— Deveríamos ter ficado com o quarto dos fundos, patrão — gemeu Rufus. — Atrás desta hospedaria há uma muralha que divide a cidade e não correríamos o risco de sermos vistos por outros enviados de Astaroth.

— Não se preocupe, Rufus, vi guardas fazendo ronda nesta rua. — Verne sentou-se em sua cama, ao lado da janela, com Magma dormindo em seu colo. O lycan estava deitado em outra, ao lado, mais próximo da porta.

— Esses guardas não são nossos protetores. O senhor ainda corre riscos. — Ele apertava o peito, reclamando de dor ali, no estômago e joelho. Ainda se recuperava do dardo do reptiliano. O rapaz estranhou, imaginou que lycantropos se regenerassem rapidamente.

— Karol não deve demorar a chegar. Saiu tem uma hora, então nós...

— Patrão, Karolina está dormindo em seu planador. Eles são *ligados*, lembra-se? Ela precisa disso, dessa aproximação. Seus auxiliares fazem a guarda dela. Já nós... Enfim. Deixa para lá.

— Você está tenso desde a discussão com seu primo. Precisa relaxar, descansar. Tem uma guerra chegando. — O jovem Vipero procurou um tom suave nas palavras para evitar exaltação.

— Santiago, o "corrilário" — cuspiu o guarda-costas. — É assim que Gustav é chamado pelo povo da floresta, aquele...

— Corrilário?

— É um desertor, senhor. — Suspirou, enxugando a testa molhada, respirando com dificuldade e com um aborrecimento crescente no timbre.

— Por que ele os abandonou? O que houve? — Verne havia encontrado ali uma forma de desabafo para o outro. Histórias sempre tinham esse poder. Também havia a curiosidade, claro. — Desde que Lupita começou a falar na carroça da primeira vez, sempre quis entender no que vocês estão realmente envolvidos.

Rufus suspirou longamente. Cobriu os olhos com um braço, procurando um mínimo de conforto na cama. Suava mais do que antes sobre o lençol.

— Há vinte anos, quando Juan surtou pela primeira vez, tornando-se o Violador, cinco de nossas filhotes foram atacadas e... Oh, pelo Grande Lobo, uma delas era prole de Santiago. Meu primo evoluiu e quis matá-lo, mas o impedimos. Não é de nosso feitio matarmos um de nós. Aprisionamos o Violador por anos, depois o isolamos em Óboroten, onde aparentemente ele começou a se recuperar. Juan é doente! Sua punição tinha de ser dessa forma, e não com assassinato, entende, senhor?

Verne assentiu, ainda boquiaberto.

— Santiago não aceitou a condição. Eu consigo compreender sua dor, sua frustração. Quando um dia eu e Alejandra tivermos nosso filhote, compreenderei ainda mais. — O guarda-costas mordeu um canto da boca, aflito. — Mas Santiago disse: "Juan violentou e matou cinco de nós e eu só quero matar um, em justiça". Essas palavras ecoam na minha cabeça até hoje, patrão... — Suspirou. — Ah, meu primo, ele sempre pensou como um humano, igual ao pai e ao irmão. Até parecia seguir as leis humanas, que não são como as nossas. Julgamos e agimos diferente. Então, junto de sua matilha, fiel há anos aos Montoya, ele partiu para viver com essa outra civilização. Veio se tornar um lycan civil, abandonando seus costumes. Nessa condição, nossa raça enfraquece, senhor. Mal voltam a se lembrar de como evoluir. É muito triste isso.

— Os Montoya eram a décima terceira tribo do Arvoredo? — perguntou o rapaz.

— Sim, senhor. Uma matilha grande, tanto quanto a da Garra. E a mais feroz das treze. Com eles, poderíamos vencer a guerra. Sem eles, não tenho tanta certeza. — Retirou o braço da face e olhou para seu protegido. — Quando eu voltar para floresta, darei o Uivo de Guerra junto de meu irmão e então ela começará, patrão. Os gnolls já estão à espreita, esperando com ansiedade.

— Lá no hipódromo eu ouvi você acusar Gustav de nunca colaborar com o povo da floresta. Por quê?

— Santiago e eu temos a mesma idade, assim como o irmão mais velho dele, Sancho, e o meu. Há cinquenta anos, Sancho e Raul se enfrentaram pela liderança das tribos. Por pouco, muito pouco, Sancho não venceu. Com meu irmão assumindo a liderança e mantendo os Sanchez pela terceira vez, os Montoya começaram a se distanciar de nós, pouco a pouco. A tribo se manteve, ainda tínhamos bom convívio. Mas Sancho envenenou a mente de Santiago, dizendo que trapaceávamos e, por isso, sempre ganhávamos. Isso inflamou nossas relações. O ataque do Violador foi apenas a gota d'água. Os Montoya sempre foram os mais ferozes, mas também os mais invejosos do Arvoredo. — Bufou, limpando a garganta com catarro. — É complicado.

Magma despertou, regougando em bocejo e saltando da cama direto para o chão, onde um pires com água aguardava por ele. Bebericava, sem notar a tensão das histórias no ar.

— Sancho era o único lycan que tinha uma gnoll como amante, Tradda. Eles pareciam realmente se amar. E ele parecia mais feliz com ela do que com sua antiga e falecida esposa da nossa raça. Então, pouco depois do ataque do Violador, Sancho partiu para morar com Tradda em Feral. — Rufus balançou a cabeça, parecia indignado. — Foi uma péssima ideia.

— Por quê? — Verne sabia que a resposta seria óbvia.

— Lá ele foi morto pelos canalhas. Hoärr enviou um ekos dizendo que Sancho havia adoecido vítima da picada de um poysonfly e falecido. Sabíamos que era mentira, mas não tínhamos como provar. O corpo nunca apareceu. Tradda também havia desaparecido. A família Montoya já estava em ruína.

O rapaz parecia mais desconfortável em sua cama. Fechou a janela e colocou o travesseiro de penas contra a parede, onde se encostou. Ficaram em silêncio por minutos.

— Qual o motivo? — Verne finalmente perguntou. — Qual o motivo da rixa entre lycans e gnolls? Por que isso tudo está acontecendo? — Dobrou os joelhos sobre o colchão, apoiando os braços sobre eles. Encarava seu guarda-costas com seriedade.

— É complicado, patrão. — O lycantropo também se sentou. Mãos fechadas uma na outra, a cabeça inclinada para baixo. Estava exausto, mas a dor parecia estar passando.

— Rufus?

— Isso foi há muito, muito tempo, senhor. Quando Necrópolis ainda era um mundo filhote, o Arvoredo Lycan era apenas o *Arvoredo*. As raças se misturavam. Humanos, gnolls, centauros, lycans, trolls, orias e outros, todos num único espaço. Todos, o povo da floresta. Naqueles tempos, eles eram mais selvagens, não muito diferentes dos animais. Algumas eras se passaram e eles começaram a se civilizar pouco a pouco. Os orias, atuando como druidas e seguindo um caminho pacífico, partiram para uma ilhota com pedaço de mata a noroeste, e a ela deram o nome de Fintal. Os centauros, antes uma raça populosa, dominavam metade da floresta com ferocidade. Já naquela época fizeram com que os trolls, idiotas por natureza, debandassem para a ilha sudoeste, Feral, onde ergueram seus domínios e destruíram toda a sobrevida local. Gnolls e lycans dividiam o outro espaço do Arvoredo, se alimentando de humanos, com um matando o outro quando podiam. Só alguns humanos sobreviviam na região, os outros levantaram cidades para se proteger.

O vulpo terminou de se alimentar e saltou de volta ao colo do dono. Verne, imerso na história de seu protetor, afagava os pelos de Magma de forma desajeitada.

— Naqueles tempos, senhor, minha raça permanecia quase sempre evoluída. A carnificina era grande. Então, os humanos se aliaram a outras raças fora do povo da floresta para se fortalecerem. Apareceram com armas e passaram a nos derrubar. Com isso, os lycans começaram a pensar em estratégias, criando, então, as Tribos Unidas. Gnolls e centauros se juntaram à nossa causa e as três raças conseguiram conviver em paz por séculos. — Rufus se permitiu um sorriso cansado. O rosto coberto pela sombra do quarto. Um candelabro estava aceso do outro lado. — Uma guerra começou e todas as raças perderam muitas cabeças de seus lados. Em dado momento, os centauros debandaram, desistiram do sangue e se isolaram ao norte do Arvoredo, em Espartoi, onde ninguém conseguiria entrar. Por essência, o centauro é uma raça egoísta mesmo. Os humanos continuaram avançando com ferro e fogo, auxiliados por anões e mercenários. O guarda-costas voltou a suspirar com força. O rapaz sabia que ali residia o clímax de seu enredo. — Os gnolls, nossos maiores aliados até então, nos traíram no último momento. Parte dos canalhas armou uma armadilha que impediu o avanço dos lycans, matando muitos de nós. A outra metade se aliou aos humanos como lacaios e ajudou na linha de frente, assassinando outra centena de lycans. Os humanos, com a guerra praticamente vencida, também foram traídos. Os gnolls os atacaram enquanto dormiam no acampamento, devorando cada homem, mulher e criança. Até hoje aqueles malditos chamam essa noite de Banquete Sangrento. Se os lycans são uma raça orgulhosa, os humanos são a esperta e os centauros a egoísta, os gnolls têm no sangue trair e matar. É da essência deles enganar e se deliciar com isso.

— E este foi o fim das Tribos Unidas — disse Verne, se deixando suspirar também. A noite esquentou naquele cômodo.

— Sim, patrão. O que os gnolls queriam mesmo era tomar o Arvoredo todo para si. Sempre tiveram essa intenção. E conseguiram. — Rosnou baixo, sem perceber. — Por trezentos anos os canalhas dominaram a floresta, tendo homens e machos como escravos e tomando mulheres e nossas fêmeas como amantes. Os que tentavam fugir tinham suas cabeças espetadas na muralha cercada que haviam levantado. Outras eras se passaram e os gnolls começaram a se matar também. Entre eles, disputavam liderança e, com isso, se enfraqueceram. Nós decidimos então nos aliar aos humanos e nos fortalecemos para o contra-ataque. Depois de um século de sangue e morte, conseguimos afugentar os gnolls e, em misericórdia, permitimos que ficassem com Feral, mas que não voltassem a pisar no Arvoredo. Na ilha, os canalhas, de alguma maneira, enganaram os trolls, dividindo o território com eles. Passada mais uma era, um líder humano veio até nós propor um acordo de paz. Todos queríamos essa trégua. Lycans, gnolls, trolls, humanos e até mesmo os centauros aceitaram. Um líder de cada raça assinou com seu próprio sangue o papiro feito de folha de gran-secoye.

— Por isso, Tratado Verde.

— Sim, senhor. E o tratado foi enterrado no Coração da Floresta, para ser imaculado, intocável e manter a paz para sempre. Humanos levantaram suas vilas e passaram a caminhar na mata com tranquilidade a partir de então, deixando de ser alimento das feras. Gnolls e lycans não interagiam, mas também não se atacavam. Centauros e trolls continuaram em seu isolamento, tudo estava... em paz.

— Maldito seja o Violador, então! — Verne grunhiu.

— Minha geração nunca lutou uma guerra, senhor. Sabemos guerrear, está em nosso sangue. Sempre treinamos, batalhamos internamente para quando esse dia chegasse. Precisávamos estar preparados. Nossos antepassados passaram cada técnica adiante. Mas os gnolls, que sempre acreditaram serem superiores a qualquer raça, principalmente a humana, se armaram como eles. Ainda que rusticamente, elas são letais e seu alcance, maior. Estamos em desvantagem.

— Mas vocês evoluem, Rufus. Creio que os lycans em forma de lobo são mais fortes e ágeis do que qualquer gnoll.

— E somos, senhor. Mas as armas dos canalhas podem nos subjugar. São lâminas de *prata*, nossa fraqueza. Eles arquitetaram tudo com inteligência.

Verne engoliu em seco.

— O ataque do Violador à menina humana foi uma fatalidade, um acontecimento isolado. Entendo que tenha quebrado o Tratado Verde. Mas vocês não desconfiam que tenha dedo sujo dos gnolls aí?

— Sim, patrão. Isso foi cogitado. — Rufus tirou os olhos do chão, passando a fitar seu protegido. — Mas, sem provas, a guerra continua a crescer no horizonte. Ainda que eu não consiga fazer uma ligação lógica entre Juan e Hoärr.

— Talvez se vocês conversassem com o Violador, ele...

— Não. Ele não diz nada. Já tentamos tirar tudo o que podíamos. E, senhor, veja bem, Juan já havia feito isso há vinte anos, entre nós. Infelizmente, preciso admitir que era só questão de tempo até ele surtar de novo e atacar novamente.

— Que seja. Mas ainda acho muito conveniente ele atacar justo uma menina humana.

— Juan não ganharia nada incitando a guerra. Além de preso, ou morto, ele é apenas um estuprador louco. Você o conheceu.

— E a ligação de Gustav com a mãe da criança? Não lhe parece estranho a menina ser justamente filha dela? Isso não aumenta as proporções?

— Senhor, aonde quer chegar?

— Conspiração, Rufus. Você mesmo disse "os gnolls traem por natureza". O Violador atacou uma humana, filha da mulher que Gustav amou. — Verne jogou seu corpo para frente, apoiando as mãos sobre os joelhos, agora dobrados para os lados como um leque. — Por que não investigam o envolvimento de Hoärr com Juan? Isso pode evitar mortes. Pode evitar uma guerra.

O guarda-costas se levantou, andou pelo quarto, acompanhado pelos olhinhos curiosos de Magma. Depois, parou apoiado sobre a outra janela, fitando Nyx. Pareciam conversar com os olhos. Ele refletiu por um longo tempo. O silêncio lhe ajudou a arrumar os pensamentos.

— Suas palavras fazem sentido, patrão — murmurou sombriamente. — Quando voltar à Tribo da Garra, repassarei esses argumentos ao meu irmão, pedindo por uma investigação antes de darmos o Uivo de Guerra. Direi como se fossem minhas conclusões, assim ele dará mais crédito. — Voltou-se ao seu protegido com um sorriso cansado. — Concordo com o senhor, podemos evitar uma guerra. É isso o que mais quero.

Verne sorriu de volta.

Deitaram-se, o candelabro foi apagado. A noite não esfriou, mas o calor diminuiu. O rapaz viu a necessidade de se cobrir com um lençol mesmo assim. Seu vulpo dormia havia muito entre seus pés. O jovem Vipero se virava dum lado para o outro na cama, completamente inquieto. Quando a madrugada chegou, ele ainda não tinha encontrado o sono.

— As histórias de guerra lhe deram insônia, senhor? — perguntou o lycan, com voz rouca de sonolência.

— Oh, desculpe por te acordar, Rufus. — O reflexo prateado de Nyx refletia no rosto de Verne através da fresta da janela. — A... acho que sim. Ando pensando em muitas coisas faz tempo. A guerra que está vindo, Arabell... digo, Lupita, meu irmão, a minha morte, meus sonhos estranhos, Karolina...

— Karolina?

— O que foi aquilo, Rufus? — O rapaz se apoiou sobre um braço, elevando-se um pouco na cama, olhando para o outro, mesmo sem ver na escuridão. Parecia agitado, com um ar curioso e aguçado lhe brotando dos poros. — Sabe, aquilo que ela fez quando o reptiliano estava prestes a matá-la.

— Senhor...

— Ela... Karol, ela, ela parecia ter *domínio* sobre todos nós. Você não sentiu? Eu percebi que até você ficou diferente, Rufus. Não me diga que não sentiu. — O rapaz sentou-se, ainda mais inquieto. — Sabe, isso já aconteceu antes. Estive aqui ano passado e sentia isso sempre que estava próximo a ela. Parece que nenhum homem é capaz de resistir. Não é normal. — Verne balançava as mãos. O guarda-costas assistia a tudo com seus olhos de lycantropo. — Sabe, já tive outras namoradas. Lindas, atraentes, mas nenhuma delas chegou perto de fazer comigo o que Karolina faz sem esforço. Ve-veja bem, não estou dizendo que sinto algo pela Karol. Não é isso. Karol é minha amiga, gosto de Lupita. Mas poxa... o que é aquilo? O que foi aquilo com os reptilianos? Você a namorou, Rufus, me diga você!

Rufus riu. Verne notou que havia muito seu protetor não ria com tanta leveza. Ele também se sentou na cama, sua silhueta era ainda maior na escuridão.

— Acalme-se, senhor. Está muito agitado.

— Verdade. Me desculpe. Ando dormindo muito mal nos últimos meses. Pesadelos estranhos, eles parecem querer me dizer alguma coisa. Eu... eu realmente me excedi. Desculpe.

— Tudo bem, patrão. De fato, sua questão faz sentido. Karolina tem esse poder sobre os seres de qualquer espécie, machos ou não.

— Oh! — O rapaz fez uma careta cômica sem perceber, balançando a cabeça de um lado ao outro, suspirando com alívio. — Fico... tranquilo em saber que não estou enlouquecendo.

— Karolina exala um poderoso feromônio que, sim, é capaz de *encantar* qualquer um ao seu redor, se assim lhe convir. Geralmente ela aplica isso em situações de risco, como aquela que passamos. Poucos conseguem resistir. Karolina atrai com seu poder para conseguir o que ela deseja na ocasião.

— Como um mecanismo de autodefesa. — Verne refletiu consigo mesmo. —Então, de certa forma, ela enlouqueceu Chelydron para que ele chegasse ao ponto de matar Gharyal, parceiro dele?

— Isso mesmo, senhor. E quando ela exalou seus feromônios, nós também fomos atingidos, porque estávamos mais próximos.

— Nossa! Eu nunca vi uma maneira de perguntar isso para ela nem para ninguém. É bem estranho, sabe?

— Ah, mas poucos conhecem a origem dela, patrão. Poucos poderiam ter lhe contado. Creio que além de alguns mercenários e seus dois auxiliares, somente eu sei quem Karolina realmente é.

— E quem ela é? — ele perguntou, arrastando o lençol para seu colo. Magma veio junto.

— Eu vou lhe contar, senhor. Depois, precisamos dormir. Temos poucas horas antes de Nyx partir e eu ainda queria compartilhar um pouco mais do meu tempo com a Senhora da Noite.

Verne assentiu, curioso e intrigado.

Então, Rufus contou a Verne a origem de Karolina Kirsanoff.

25

O LENHADOR E A NINFA (OU "A HISTÓRIA DE KAROLINA")

Havia um lenhador que vivia no condado de Anima, em Ermo. Seu nome era Kane Kirsanoff e nenhuma árvore era perdoada por seu machado.

Filho único, Kane tinha uma mãe velha e doente, que sempre reclamava de dores no ouvido pelo forte frio. Sua casa de madeira estava apinhada no centro do condado, que ficava no alto de uma montanha, rodeada de árvores sortidas no sopé, onde também jazia o Lago dos Pecados.

Certa manhã, o lenhador desceu a montanha para colher mais lenha na mata. O frio estava chegando. Horas depois, quando arrastava toras de volta para casa, perdeu-se na nevasca que caía feroz. Deparou-se com um bosque no caminho, onde antes deveria existir apenas uma rota. Resolveu desbravá-lo e ficou surpreso com sua beleza. Árvores de todos os tamanhos, filhotes como flores, jovens como uma rapariga de sua estatura ou velhas tão altas quanto cordilheiras arranha-céus. Os troncos variavam do tom madeira para o dourado, prateado, alguns como bronze, cobre ou em tons de vermelho, azul e amarelo. Decerto um bosque exótico até mesmo para olhares incomuns.

Kane Kirsanoff conhecia cada tipo de árvore ou planta de Necrópolis, cada inseto, animal ou criatura. Era um especialista. Porém, jamais vira uma natureza deslumbrante como aquela. Percebeu-se encantado em pouco tempo.

— Se levar uma lenha de cada árvore, poderei conseguir mais prata do que jamais sonhei. Minha mãe será curada, eu serei rico e poderemos nos mudar daquele lugar frio — sonhou consigo mesmo.

O bosque parecia fazer a neve esvaecer a cada passo que o lenhador dava mata adentro. Estivesse onde estivesse, era um belo lugar para se estar.

Kane empunhou seu machado com firmeza e o desceu até um tronco vermelho com a ferocidade costumeira de seus braços fortes. Uma lasca voou. Encontrou dificuldade para retirar a cunha de ferro da madeira, mas a primeira rachadura já era visível. Desceu o machado novamente e daquela vez bateu com mais força, fazendo a fenda aumentar. Depois, ouviu algo que imaginou ser um grito de horror. Assustou-se. Conteve-se. E então continuou.

Bateu com a cunha três, cinco, sete vezes na árvore vermelha e, em cada ataque, ouvia o grito mais e mais alto, até que se tornaram lamúrias. Uma tristeza sem origem tomou o coração do homem. A rachadura na madeira, quase oitenta centímetros de espessura, já balançava a grande árvore. Mais um pouco e ela viria abaixo. Foi então que ele hesitou.

A neve voltou a cobrir sua ostensiva barba ruiva. Suas sobrancelhas grossas congelavam. O frio tomava seu corpo de assalto. Uma mudança repentina de temperatura. O lenhador viu que precisava se esquentar e deu o último ataque contra o tronco. O machado desceu certeiro e quando atingiu a madeira uma explosão de luz o cegou e o jogou contra os arbustos salpicados de ouro.

Kane jamais soube quanto tempo se passou. Havia perdido a noção de horas, dias, meses ou anos. Confuso, finalmente despertou. Parecia o mesmo, nem mais gordo, nem mais magro, a barba farta como antes. Naquele momento, estava quente. Olhou ao redor, sua vista confusa ainda ardia para aceitar aquele cenário. Não somente as árvores e arbustos, mas também as flores e a grama tinham formas e tamanhos diversos. Algumas pareciam falar com ele; outras, respirar. Também ouviam e se moviam. Era estranho, mas fascinante para o homem. Nunca tinha visto nada igual.

Uma libélula de asas coloridas se aproximou, soltando pequenas estrelas cintilantes por onde voava. Outra pequena criatura peluda saltitava de um canto ao outro, com doçura, enquanto assoviava alegrias. Algumas folhas rodearam o corpo de Kane, reverenciando sua presença. Depois, se tornaram diminutas bolhas de luz. O lenhador encontrava-se em uma condição onírica e ficava feliz a cada novo minuto.

De repente, a realidade se distorceu diante dele.

A existência tornou-se mais bela, brilhando nos olhos do homem a mais pura das luzes. Uma silhueta surgiu do outro lado, ostentando um corpo nu lindo e magnífico, atraente e sensual, com curvas jamais sonhadas e nunca vistas em qualquer outra mulher daquele mundo. Reluzia a bronze e os cabelos fartos e compridos mudavam o tom entre o ouro e o anil. Os olhos eram por vezes como safira; em outras, esmeralda. O rosto tinha uma simetria calculada com exatidão para atingir um nível acima da perfeição e a estatura estava sempre correta, adequada em relação ao outro. Os seios tinham o volume ideal para mãos enormes, as nádegas esculpiam uma curva empinada e circundante como um globo bronzeado, enquanto as coxas torneadas tinham músculos que se dobravam sutilmente na altura da perna a cada passo, e, por fim, o cálice e a cintura eram desenhados para deslumbrar, como tudo nela, como de fato ela era. *Perfeita.*

Uma ninfa, descobriu felizmente o lenhador.

— Como devo lhe chamar, humano? — disse com sua voz delicada. O timbre lembrava uma canção, mais encantadora do que qualquer sereia jamais conseguiria atingir.

O homem teve um pavor de início. O coração palpitava forte, imaginou que fosse enfartar. Suava como nunca antes para um habitante das neves. Levantou-se do chão, as gramas ora verdes ora violetas colaborando para o que sentia. Percebeu-se excitado e isso o envergonhou, pois achou desonroso para com a mulher à sua frente. A criatura mais bela que tinha visto em sua sobrevida.

— Kane Kirsanoff — conseguiu responder. Fez uma mesura, ainda que bruta. — E você, senhorita?

— Oriana. — Quando ela falou pela segunda vez, duzentas flores desabrocharam por todo o bosque.

— Onde estou? — Abaixou a guarda do machado, não queria parecer agressivo.

— Em Mellyade. — Em sua resposta, mil sementes brotaram no solo eternamente fértil. Polens esvoaçaram ao seu redor, brilhando ainda mais seu corpo divinal. — O Reino das Ninfas. — Seus lábios eram verdes, mais carnudos que qualquer outros na existência. Lustrosos como um ectoplasma na mais pura essência. — Agora me diga: quem é você?

— Já lhe disse, sou Kane Kirsano...

A ninfa tocou em seus lábios com o indicador em riste, delicadamente. O corpo do homem foi tomado por uma excitação sobrenatural. Ele ofegou forte, quase sufocando com a quentura. A ponta do dedo dela tinha sabor de orvalho e era adocicado, uma delícia. Até mesmo sua alma parecia estar sendo tocada naquele momento.

— Quero que me diga quem é. — Retirou o indicador e lhe sorriu. Mais quinhentas libélulas de asas coloridas surgiram no ar, produzindo dois milhões de estrelas cintilantes em seus rastros. — Entende o que quero saber, humano?

A consciência de Kane parecia clarear para uma verdade antes não óbvia. Parecia compreender tudo mais facilmente. Aquela realidade na presença da ninfa o deixava com a mente aberta para novos conhecimentos, uma riqueza que nunca cogitou possuir.

— Sim. — Ele havia entendido. — Sou um lenhador. Do condado de Anima, em Ermo. Sou um humano de Necrópolis.

—— Mellyade também é uma região de Necrópolis. — Enquanto Oriana falava, surgiam mais oitocentas criaturas peludas que dançavam e assoviam toda a felicidade para o mundo, encantando emoções. — Somente machos de coração puro são capazes de encontrar nosso reino. Mellyade está escondido por um encanto da Ninfa-Rainha. Nenhuma fêmea deste ou outros mundos é capaz de chegar até este reino. É proibido.

Dos céus, desceram pequenos pássaros prateados e amarelados, que guinchavam belamente para agradar a existência daquela ninfa.

— Nenhum ser de Mellyade ousa machucar seres de outros reinos. Isso também é proibido. — Em seguida, outros pássaros, maiores do que os anteriores, desceram fulminantes, rodeando a bela mulher. Depois se transformaram em ectoplasma puro, se unindo àquela existência magnífica. — Então, por que vocês, de outros reinos, vêm ferir nossos iguais? — O nariz dela tinha um formato perfeito modelado à face.

Como antes, Kane compreendeu. Abandonou seu machado no solo, corando de vergonha.

— Me desculpe — disse, cabisbaixo. — Só vim buscar lenha. Mas me perdi e encontrei este bosque. Não sabia ser um reino. O seu reino.

— Seu coração é puro, lenhador. — Oriana sorriu mais uma vez e a cunha de ferro do machado se transformou numa pilastra de cobre. Sobre a pilastra, nasceram e cresceram pequenas folhas azul-celeste, que a cobriram quase por completo, formando um belo ornamento na grama. — Por isso conseguiu adentrar em Mellyade. — Suas orelhas eram pequenas como as de uma criança, redondas e com um furo pequeno no centro, sem detalhes errados.

— O que acontecerá comigo? — Kane indagou enquanto retirava a camisa molhada de suor, o calor o sufocando a cada minuto. Ele revelou um corpo forte como tora e sofrido como o frio. A pele era alva como a neve.

— O propósito de uma ninfa é conceder a mais profunda inspiração ao outro. Mesmo sem saber, você nos procurou, lenhador. — A cada palavra que dizia, Kane sentia mais prazer em seu corpo. Mordia a boca a ponto de cortar os lábios para se conter. — Servimos ao mundo para trazer forças, novas ideias e motivações a criaturas como você. O propósito de uma ninfa dar propósito aos outros.

O ornamento que antes fora o machado naquele momento se tornava uma árvore, inédita em espécie, cor e tamanho. Cresceu e cresceu, se tornando a maior dentre todas as árvores de Mellyeade. A partir dela, passaram a brotar os mais saborosos dos frutos e as mais lindas flores, que desabrochavam uma a uma, sempre esperando a anterior, numa ordem magnífica, que subia pelo tronco em espiralado.

O lenhador se aproximou da ninfa, encarando-a com ternura. Oriana se sentiu diferente pela primeira vez em sua incrível sobrevida. Ela também foi tomada pelo calor humano.

— Eu amo você, Oriana — disse Kane.

— É um sentimento sincero, lenhador. — A ninfa tremia também pela primeira vez. — Posso sentir, é sincero.

— Eu quero você para sempre. — Ele tocou a mão na cintura dela com delicadeza. Sentiu um cheiro agradável vindo dos seios da mulher.

— Nós, ninfas, não envelhecemos nunca. Temos a jovialidade tida como perfeição. — Ela o tocou e uma ruga desapareceu nele, naquele exato lugar da pele.

— Não me importo. Quero viver com você. Aqui ou onde for. — Kane sabia, nunca tivera tanta certeza de algo que dizia.

— Nós nos alimentamos de alegria, de felicidade plena e de sentimentos puros. — A ninfa deslizou sua delicada mão pelo peito do homem.

— Sou sincero e você já sabe que tenho o coração puro. — Sorriu, seu amor era real. — Meu amor, posso lhe trazer toda a alegria deste mundo e fornecer a felicidade que precisa como marido.

— Nós nunca abandonamos Mellyade. O reino é nossa essência e tudo o que somos é o reino. Cada criatura, planta ou luz deste lugar. Somos o todo. — Oriana encostou seu maravilhoso corpo ao dele. Suas peles trocavam suores.

— Eu renuncio a tudo. Ao meu condado, ao meu reino, à minha antiga sobrevida. — Tateou as coxas, depois as nádegas dela. Foi delicado, depois firme, puxando-a ainda mais para si. — Tudo por você, meu amor!

— É proibido — ela disse, em tom triste. Depois feliz. — Mas eu te amo, Kane Kirsanoff. É sincero. Eu te amo. — Oriana encostou seus lábios virginais aos dele.

Enquanto se beijavam, o lenhador sentiu toda sua existência se transformar em alegria infinita, num êxtase da realidade o dominando completamente. O convite era inevitável. O sabor dos lábios dela era doce e molhado como hidromel. A língua passeava com voracidade por dentro da boca, fazendo com que o homem sonhasse com lugares paradisíacos durante a experiência. Depois, despiram-se e deitaram-se sobre a grama.

As libélulas de asas coloridas e os pequenos pássaros amarelos rodeavam o casal, homenageando aquele momento único com estrelas cintilantes e guinchos felizes. A grama deu espaço para seus corpos, transformando o terreno que ocupavam em terra fofa e confortável como um colchão. Flores nasceram ao redor deles, desabrochando segundo a segundo. As criaturas peludas criaram uma música nova, onde aquele momento era a alegria, e a alegria era a essência, e a essência era o amor. O mundo brilhou mais magnífico naquela tarde, onde o tempo parou um pouquinho para observar o romance mais belo de todos. Uma paixão nunca vista antes nem depois.

O lenhador e a ninfa copularam por três dias e duas noites sem parar, dominados pelo tantra. O bosque se transformava para que eles continuassem.

Nunca em Mellyade ninfas procriaram, nem entre si, nem com outra raça. Nunca se apaixonaram por ninguém. O reino era virgem, a terra era pura. Pois a paixão era substituída pela sinceridade e felicidade em seus corações. Era a primeira e última vez que uma situação daquelas ocorreria em Necrópolis. A força, a resistência e o amor do casal eram infinitos e eles jamais terminariam aquele momento eterno, se não tivessem sido interrompidos.

Kane prometeu sua sobrevida e abdicou de muitas coisas em nome de seus sentimentos por Oriana. A ninfa não havia lhe inspirado para escrever uma poesia épica, nem para cantar a mais bela das músicas, muito menos a pintar a mais incrível das obras. A ninfa havia lhe inspirado para o amor. E este amor era de ambos.

Mas era proibido.

Dias haviam se passado e o bosque estava ainda mais formoso, crescendo e se embelezando ao redor do lenhador e da ninfa. O casal finalmente interrompeu o ato quando uma forte presença se aproximou. Mais de uma; eram várias dessas presenças.

Oriana pediu que Kane permanecesse onde estava, sem reagir. De joelhos sobre o solo, ele concordou, apreensivo. No lugar da terra fofa, nasceu uma pequena poça cristalina.

— Não tire os olhos da água, meu amor. Não tire — ordenou ela.

— Por quê?

— Qualquer outra criatura que não seja de Mellyade não é capaz de suportar vislumbrar mais de uma ninfa em sua existência. Se você vir duas ou três poderá ficar louco no mesmo instante, e essa ainda seria a menor das punições dessa natureza. — Oriana suspirou, aflita.

Dez mulheres tão belas quanto Oriana (porque nenhuma ninfa era mais ou menos bela do que a outra) chegaram ao lugar, conflitantes num misto de tristeza, fúria, medo e surpresa. Os pássaros e as criaturinhas debandaram para dar lugar à Ninfa-Rainha e às nove Ninfas-Anciãs, que não eram velhas, pois ninfas não envelheciam, mas assumiam o título para manter a hierarquia do reino.

Kane ainda se fitava na poça, mas ficava a cada segundo mais tentado a apreciar as ninfas adiante.

— Filha de Mellyade e Ninfa-Guardiã da Entrada do Reino das Ninfas, você é a ninfa responsável pela Inspiração do Viver e sabe que deveria ter fornecido a este macho um propósito para continuar com sua sobrevida — disse uma voz imponente, que fez desabrochar dez mil flores naquele e em outros reinos. Solux, nessa ocasião, brilhou como jamais voltaria a brilhar, rasgando os céus de Necrópolis com uma luz intensa que durou um dia e uma noite, intimidando Nyx ao menos uma vez.

— Sabe ser proibido o amor com um macho, em qualquer circunstância, guardiã — cantou uma linda voz, que ecoou como uma magnífica canção por toda a floresta. A música mais bela que um ser vivo ou sobrevivo poderia ouvir. Era a presença da Ninfa-Anciã responsável pela Inspiração da Música.

— Sabe também que não deveria tocá-lo, em nenhum momento, jovem Oriana. — Dessa vez foi um timbre sábio e acolhedor que transformou o lenhador no homem mais inteligente de todos os mundos. Era a presença da Ninfa-Anciã responsável pela Inspiração da Escrita e da Poesia.

— Guardiã, você condenou a si e a este macho quando se amaram — disse uma ninfa mais distante, com voz diminuta e rígida, e naquele momento a floresta foi tingida com novas cores, dando formas mais maravilhosas às criaturas e também ao corpo dele, que ganhou contornos simétricos perfeitos, quase um bibelô. Era a presença da Ninfa-Anciã responsável pela Inspiração das Pinturas e Esculturas.

— Em Mellyade é proibido amar e ser amada, Oriana — falou uma mulher de voz suave, com o mais agradável dos odores. As narinas de Kane foram tomadas completamente, quase um efeito hipnótico. Era o que causava a presença da Ninfa-Anciã responsável pela Inspiração da Natureza e dos Sentidos.

— Uma ninfa, quando se corrompe, perdendo sua pureza e fazendo tudo o que consideramos proibido, é amaldiçoada e ganha o corpo de uma *sereia*, sendo aprisionada ao oceano pela eternidade, onde deverá implorar pelo amor dos homens, que então serão tomados como vítimas. Mas quando uma ninfa perde seus valores com alguém de coração tão puro, a punição é outra. E punida você será, guardiã — bradou uma voz antiga que ventou forte sobre as copas das árvores, fazendo tudo se mover com graça e ferocidade, fazendo plantas trocarem de lugar e criaturas rodopiarem no vácuo, dando ao lenhador um forte desejo de dançar. A presença da Ninfa-Anciã que se movia aleatória e sutilmente desde que havia chegado era atraente mesmo não vislumbrada. Ela era a responsável pela Inspiração da Dança.

— Eu declaro perante as demais irmãs Ninfas-Anciãs sua expulsão de Mellyade, guardiã Oriana! — findou a Ninfa-Rainha, que fez com que a grama sob seus pés crescesse abundantemente, subindo pelo seu corpo fenomenal, tomando cada parte como um detalhe de armadura verde, até coroá-la à altura da cabeça, formando um diadema de folhas aniladas e brilhantes. — Você viverá como uma humana comum, uma necropolitana de propósitos destorcidos. Pela primeira vez, sentirá vergonha de sua nudez. Seu corpo vai envelhecer e você perderá a perfeição. Oriana, você deixará de ser uma ninfa e perderá sua essência para todo o sempre.

Silêncio na floresta. O ventou parou e até as criaturinhas se calaram. Logo, a ninfa amaldiçoada soluçou. O medo humano, o primeiro sinal de sua perdição.

— Nunca quis ser um lenhador — rugiu o humano, repentinamente. — Meu sonho sempre foi me tornar um mercenário, mas o destino me guiou para outros caminhos. Hoje, porém, sou um lenhador orgulhoso, pois amo uma mulher como nunca amei ninguém. E, por ela, tudo farei!

Kane Kirsanoff tentou ali impedir a punição de sua amada, não achava justo e também não compreendia as leis de Mellyade. Ao se mover sobre a poça, ainda que lentamente, agitou a água que tomou uma parte a mais do solo, revelando a silhueta das outras dez ninfas. Mas a presença delas, ainda que através de um reflexo, era demais para sua existência. Seus olhos incharam como o papo de um sapo, ardendo por dentro, até explodirem como bolhas de sabão. Cego, ele caiu novamente sobre a poça, enlouquecido de dor e desespero, gritando impropérios, enquanto contorcia seu corpo nu, que voltava à forma antiga e imperfeita. Não conseguiu mais sentir o cheiro das maravilhas nem ouvir os belos encantos, muito menos perceber a pele arranhando no chão. Perdeu todo o conhecimento e sabedoria. O seu todo era nada. Kane enrijeceu entre água e solo e a floresta o devorou, fazendo poço e grama lhe cobrirem completamente, transformando o lenhador em lenha.

— O macho errou mais uma vez ao quebrar a segunda regra. É proibido ver as ninfas e desejá-las. Agora, ele pertence à natureza de Mellyade — revelou uma voz serena e delicada, que fez com que pássaros e outras criaturas realizassem alguma tarefa em sua presença. Era a Ninfa-Anciã responsável pela Inspiração da Labuta e das Realizações.

Oriana ainda estava em choque.

— Espere a gestação se completar no Tronco Produtivo e então parta, para nunca mais voltar — proferiu a Ninfa-Rainha com desdém. — Nem mesmo sua prole será aceita em nosso reino. Uma criança mestiça de sangue perfeito com sangue impuro é tão inaceitável quanto sua atual condição, Oriana, a humana. — Virou-se finalmente, seguida das outras Ninfas-Anciãs, e sumiu entre a beleza cada vez maior da floresta, derramando suas lágrimas sutis, que formaram um extenso riacho que cortava Mellyade.

Chorando por cinco longos dias diante do pomar que antes fora seu amado, Oriana esperou o processo de gestação. As ninfas geravam seus filhos no Tronco Produtivo, uma árvore de madeira rosada e folhas salpicadas de ouro, que colocou no mundo todas as ninfas e criaturas daquele reino, autorreprodutivas. E onde também, pela primeira vez, nascia o mestiço de um humano e ninfa. Um ser sagaz, mesquinho e esperto como um humano, e belo, encantador e inteligente como uma ninfa.

Quando a gravidez de Oriana chegou ao fim, ela viu, emocionada, a criança no ventre do Tronco Produtivo, ao centro, onde uma bolha transparente sobressaía da madeira, revelando a silhueta do bebê. A antes ninfa retirou o pequeno da bolha, estourando como um bolsão d'água, que jorrava um líquido doce de dentro. Depois, cortou o fino galho-umbilical que ligava a criança à árvore.

— Ó, meu amor. Você se chamará Klint Kirsanoff e herdará a força e o sobrenome de seu pai.

Oriana levou novamente a mão até o tronco, surpresa ao descobrir mais um bebê. Retirou uma linda garota de olhos verdes e cabelos ruivos como o irmão.

— Minha doce menina. Você se chamará Karolina Kirsanoff e herdará o sobrenome do pai, mas permanecerá com a beleza de sua mãe e jamais será uma ninfa de verdade.

— "Que assim seja!" — essas foram as últimas palavras da Ninfa-Guardiã da Entrada do Reino das Ninfas, responsável pela Inspiração da Vida, antes que saísse de Mellyade e se tornasse então humana.

Caminhando para fora de seu reino, ela ouvia as criaturinhas e os pássaros chorarem às suas costas. Oriana levava uma criança em cada braço, sendo reverenciada pelas flores e pela floresta no adeus. Duas magníficas aves trouxeram um colar dourado com um diamante incrustado, colocando-o ao redor de seu simétrico pescoço. Essa seria sua coroa.

Longe do Reino das Ninfas, sentia toda sua essência se perder gradualmente. Ainda era espetacular para uma humana, mas isso foi mudando com o passar das semanas, depois meses. Sentiu vergonha pela primeira vez de sua nudez, então se cobriu. Depois, percebeu as primeiras rugas, notou-se envelhecer. Adoeceu algumas vezes. Sabia ser mais humana do que nunca. Enquanto vagava por Necrópolis, teve a infelicidade de se deparar com homens cruéis, sendo violentada inúmeras vezes e jogada em orgias entre escravas do amor, quase um espetáculo em redoma fechada. Ainda que não fosse mais ninfa, Oriana era bela demais para um mundo comum, e pagou seu preço por isso várias vezes. Porém, sempre manteve sua prole a salvo.

Um ano se passou desde que tinha sido expulsa de Mellyade. Oriana encontrou a Base dos Mercenários a oeste dos Campos de Soísile e entregou seus filhos na mão de Adil Bravos, o antigo líder mercenário. Antes, beijou a testa de Klint e Karolina, abençoando-os, deixando suas memórias para eles, de antes, de agora e do futuro, enquanto ela vivesse. No fundo, sentia que eles precisavam saber de toda sua história para compreender o que viriam a se tornar. Adil aceitou treinar as crianças como mercenários, mas não poderia abrigar a mulher, já uma senhora. Oriana partiu em profunda depressão, mas Necrópolis era cruel demais. Ela nunca mais os veria.

Tempos se passaram e os gêmeos, amamentados com leite de grifo e azeite-baronez, cresceram fortes, belos e resistentes. Klint e Karolina tinham quatro anos quando iniciaram seu treinamento na Base dos Mercenários. Adil foi seu mestre por um longo tempo e desde o princípio notou a menina como um prodígio entre os demais. Antes mesmo de completar onze temporadas de sobrevida, Karolina Kirsanoff já era bela, herança mestiça de sua origem ninfa, e forte como o pai lenhador, o que causava bochichos entre os outros. Por muito pouco, Klint não se equiparava à irmã.

Em uma tarde no campo de treinamento, os gêmeos demonstraram suas habilidades sobrenaturais numa peleja com espadas, surpreendendo a todos mais uma vez. Para os velhos mercenários não restavam dúvidas: os filhos de Oriana deveriam ser consagrados Prodígios, um nível especial na casta da Base. Como premiação, além do título, eles foram levados para conhecer as jaulas. Naquele lugar existia um número restrito de gorgoilez, criaturas disformes que necessitavam do metal para sobreviver e que serviriam como máquinas de combate quando crescidas. Um deles reagiu na presença de Karolina assim que ela chegou. Pequenas membranas foram estiradas contra ela, que não conseguiu reagir, sendo envolvida por completo. O elo entre humano e gorgoilez fora concebido, a criatura pertencia à menina. Em seguida, o mesmo ocorreu com Klint. Os mercenários tinham dois Prodígios entre eles. Nada assim havia acontecido antes.

Certa noite, a menina foi visitada em seu quarto enquanto dormia.

— Boa noite — sussurrou a voz na escuridão.

Karolina acordou assustada, com o homenzarrão empunhando Platinada, a Espada do Mestre, defronte sua cama. Ela puxou o lençol e o cobertor da cama de plumas, enrolando-se neles como se para ficar protegida.

— Senhor!

— Eu passei noites em claro treinando minha filha para ser a melhor guerreira. Para ser a melhor em tudo, como eu.

— Eu sei...

— Era ela quem deveria ser consagrada Prodígio e era ela quem merecia uma ligação com um gorgoilez. — Apertou o punho da espada com aqueles dedos irregulares e trêmulos. — Não você e seu irmão. Mestiços perdidos no mundo.

— Nos desculpe, mas aconteceu. — A menina tremia de medo.

— Agora minha filha não terá mais chances e um de vocês dois logo assumirá meu posto como líder mercenário! Vê como isso é inadmissível? — Ele levantou a Platinada.

— S-senhor... o-o que vai...

— Eu os acolhi, mas não posso expulsá-los da Base. Os outros gostam de vocês, não permitiriam. — Ele se aproximou. — Por isso, os mercenários encontrarão você e seu irmão mortos amanhã de manhã. Terá sido um pequeno acidente de seus treinamentos. Ajustarei tudo para que assim se pareça. — Adil desceu a lâmina.

Platinada encontrou a espada vermelha de Klint, que a estacou com firmeza.

— O senhor deveria aprender com as histórias: o vilão nunca deve contar seu plano nefasto antes de finalizá-lo.

— O qu...

Adil Bravos não conseguiu terminar sua indignação. O garoto cortou-o no meio do rosto, acima da mandíbula. O corpo do homem demorou a cair, lavando o chão de escarlate.

— Minha nossa! — a menina gritou.

— Fique quieta — ele bradou. — Descobri os planos do mestre depois que ele matou meu gorgoilez quando eu não estava em meu dormitório.

— Oh não, Klint... — Karolina chorava, abraçando o irmão sobre a cama. — Eu sinto muito. Você está bem?

— Não. Sinto como se tivessem tirando uma parte de mim. É um vazio... — O garoto cuspiu sangue, de repente. Cambaleou para trás e foi até a porta do quarto. — Acho que alguns homens viram o que fiz, eu não tenho mais como continuar aqui.

— Do que você está falando?

— Fique quieta — ele insistiu. — Agora pegue Platinada para você. Será muito respeitada depois disso.

— Por quê?

— Vê a minha? — Klint colocou sua lâmina rubra na frente dos olhos deslumbrados, deixando-a ser iluminada por Nyx. — Era uma espada qualquer de treinamento, velha e enferrujada. Quando a toquei, ela se transformou. Deve ser um tipo de poder pela nossa origem mestiça, sei lá. Agora ela é vermelha e linda! Eu a chamei de Suno.

— Klint...

— Vou fugir daqui.

— Não! Quando eles descobrirem os planos de Adil, vão poupar você. Esse desgraçado teve o que mereceu, todos compreenderão.

— E quem vai acreditar numa criança? Já ouvi nos corredores fofocas sobre a "nossa intenção de usurpar o posto do mestre" e agora acontece isso. Eu não tenho futuro na Base. Nunca mais me verá, eu sinto muito.

— Não faça isso, Klint — ela suplicou, agarrando-se ao braço dele. — Do que adianta fugir? Não vai mudar o que aconteceu. E eu preciso de você aqui para me proteger.

— Karol, você não precisa de proteção. É a mulher mais forte e incrível que todos conhecemos aqui. — Ele prendeu Suno na cintura. — Mas preste atenção: treine seus feromônios. Eles atraem os homens de uma maneira absurda. Não sei como fará isso, mas tente controlar esse poder e usar somente quando for necessário, você entendeu?

— S-sim...

— Você entendeu? Me diga, Karol, entendeu?

— Sim!

— Então, cuide-se. Sempre te amarei, irmã.

Abraçaram-se, emocionados.

— "Você será a melhor mercenária que este mundo já conheceu, eu garanto!"

Klint partiu naquela mesma noite, deixando Adil ser encontrado no quarto da irmã por outros mercenários. Como previu, foi acusado do crime. Como prometeu, a menina nunca mais o encontrou.

Karolina havia tocado Platinada e a lâmina cinza mudou de forma como seu irmão tinha dito que aconteceria, ficando maior e mais formosa, tornando-se então Eos.

Isadora Bravos, filha do mestre e da mesma idade dos Kirsanoff, jurou vingar o pai quando se consagrasse uma mercenária habilidosa. Mataria o garoto, mas antes pretendia descontar sua ira na menina.

Ainda na época em que havia deixado seus filhos com os mercenários, Oriana voltou a vagar por Necrópolis, sem rumo nem vontade.

Certa vez, quando ela descansava abaixo de uma árvore qualquer num lugar desconhecido, se deparou com uma criança de aspecto diferente brincando com uma espada maior do que poderia carregar. Cortava o ar com destreza. Em dado momento, ela a notou e se aproximou. O coração da antiga ninfa congelou ao ver aqueles olhos amarelos de ofídio. Sentiu a vontade esvair com sua presença.

— O que é você? — sibilou o menino, curioso.

— Hoje, nada. Mas no passado fui uma ninfa. Meu nome é Oriana — respondeu, cabisbaixa. Não conseguia encará-lo.

— Sinto a ruína e a desgraça ao seu redor, mulher.

— Eu fui maltratada e perdi minha essência para homens maus. — Ela começou a chorar e cobriu a face com as mãos. Estava sentada no chão de forma desajeitada, com as roupas rasgadas e sujas.

— Seu colar é muito bonito! — O menino passou a ponta da lâmina pelo objeto. Estava maravilhado.

— É Afrodez. Ele representa minhas lembranças do Reino das Ninfas. — Oriana afastou com cuidado o pescoço um pouco para trás. — O que uma criança como você faz por aqui, sozinho?

— Estou treinando na arte da espada. Dentro de alguns dias, iniciarei a prática do uso da magia sombria também. — O menino olhou para o céu por um breve instante, como se contemplasse o vazio e o além. — E aqui é um bom lugar para se treinar.

— Você... também possui uma coroa. — Ela só notou ao finalmente encará-lo, desconversando.

— Sim, sim — sibilou e passou a andar ao redor dela. — Eu acho que nenhuma mulher deve passar o que você passou e continuar vivendo com essa desgraça.

Oriana fechou os olhos. Não chorou, sentiu-se aliviada. Um peso abandonava o seu corpo. O desejo abandonava sua alma. Juntou os joelhos, colocando as mãos sobre eles. Estava reta, emanando paz. Não tinha mais nada a perder. O menino levantou a espada para o alto e cortou mais uma vez o ar, depois o pescoço da mulher. A cabeça de Oriana rolou pela grama pálida. O sangue de uma ninfa era vermelho como outro qualquer.

— Aqui eu termino com sua perdição — findou Astaroth, o Príncipe-Serpente.

Aos quinze anos, Karolina Kirsanoff tornou-se a primeira líder mercenária daquela idade na Base dos Mercenários. Foi juramentada entre os demais com grandes honrarias no evento de sua celebração. Teve a oportunidade de personalizar suas vestes, treinar jovens guerreiros e equipar com melhorias seu gorgoilez. A criatura evoluiu também. A ela, Karol deu o nome de Planador Escarlate. O mesmo tom de seu uniforme.

Simplesmente porque gostava da cor.

26

DÉBITOS DE SANGUE

Verne sentiu-se estranho quando viu Karolina naquela manhã. Conhecer o passado de uma pessoa de forma tão profunda e sendo essa história trágica lhe deixava um peso que apertava o peito. Sentia uma mistura de pena e curiosidade por ela. Seu ceticismo, seja em que nível estivesse, incitava-o a tentar compreender melhor elementos que antes não lhe fizeram sentido — como o efeito da moça sobre os homens.

A mercenária acariciava o bico de seu planador quando o rapaz e seu protetor retornaram. Obviamente, ela percebeu o olhar de Verne desviando do seu, mas deixou para cobrar a questão em outro momento.

— Vocês demoraram — disse Karolina com doçura.

— Rufus demora muito tempo no banho — Verne tentou brincar.

— Precisamos partir, senhorita — disse Noah repentinamente, como se sempre estivesse ali.

— Está tudo pronto. Estamos preparados para voar — concluiu Joshua, também vindo do nada.

Todos adentraram a cabine em seguida. O jovem Vipero teve de ajudar Magma a passar pelas camadas de carne do gorgoilez e percebeu seu animalzinho um pouco maior. Ficou na dúvida se era só impressão ou se ele realmente estava crescendo. Para variar, mastigava algum inseto, que se tornaria lava minutos depois.

Os mercenários interromperam o processo de decolagem ao ouvirem um som. Karolina o achou familiar.

— Ah, o lai... — lamentou Rufus.

Verne olhou pela bolha da cabine e viu a, ou o, bardo chegando, cruzando a linha do horizonte até aquela pista. Dedilhava sua bela harpa enquanto caminhava como um cisne sobre o lago.

— Bom dia, meus queridos. — Seu sorriso era doce e leve. Os olhos brilhavam de admiração.

Karolina abandonou a cabine, descendo até o bardo, com uma mão sobre o cabo da espada. Não hesitava.

— Eu lhe disse para nos esquecer, lembra?

— A construção de sua frase é confusa, quase dúbia. Mas a achei interessante.

Fez "pling-ding" com a harpa e soprou o cabelo que caía sobre um olho.

Ela retirou Eos da bainha e encostou a ponta da lâmina sobre o nariz dele, ou dela.

— Vá embora. Última chance.

— Vim saudá-los, apenas. — Isis fez uma reverência e se ajoelhou diante da moça. A outra perna dobrada na frente do peito, a cabeça para baixo, sua harpa apertada no tórax.

— Estamos saudados. Agora nos deixe em paz. — A mercenária estava com uma péssima expressão.

— Não pude deixar de vê-los lutando contra os reptilianos no hipódromo. Admirei. Até me esqueci do turfe naquele momento. Vocês são ótimos guerreiros, ótimos mesmo!

— Nos seguiu até lá? Seu, sua...

— Acalme-se, Karol! — Verne interveio, retornando à pista. — Deixe ela... ele falar.

O rapaz não percebia, mas, assim como ela, ele também surtia efeito em Karolina. A mercenária guardou Eos e se afastou. O bardo a irritava e não lhe inspirava confiança.

— Agradeço — começou Isis. — Não os segui, eu estava lá quando aconteceu simplesmente. Eu admiro muitos heróis e narro suas histórias para o mundo. É isso que faço: escrevo épicos e os canto. A de vocês muito me interessa.

— Não devíamos perder tempo com isso, patrão — sugeriu Rufus da cabine.

— Isis. — Verne ignorou o guarda-costas. — Conhece o Arvoredo Lycan? — O bardo assentiu e ele continuou: — Então, siga até lá. Se apresente como meu amigo e leve isso para provar que diz a verdade. — O rapaz rasgou um pedaço do manto puído que carregava e lhe entregou. — Eles vão me identificar pelo cheiro. Diga também que você vai narrar o épico da guerra que virá. Uma batalha que merece ser contada para revelar a traição do Violador e do povo gnoll. O mundo precisa saber.

— Agradeço. — Isis se levantou, com aquele sorriso sem peso nem maldade. — Verne, não é?

— Isso. Verne Vipero — cumprimentaram-se. Ele apresentou os demais, que não foram tão simpáticos.

— Gnolls e lycans, quão interessante isso é. Será o maior lai que cantarei para Necrópolis. Nunca tive a oportunidade de narrar algo tão grandioso. Agradeço, mesmo!

Karolina e Verne já retornavam à cabine, quando o rapaz ainda se voltou para perguntar:

— Como pretende intitular essa história, Isis?

— A Batalha das Feras.

No ar, na direção das Terras Mórbidas, o jovem Vipero teve de ouvir os sermões de seu guarda-costas e da mercenária pela iniciativa tomada, mas da qual sabia que não poderia voltar atrás, nem voltaria, se pudesse.

Algum tempo depois, quando Rufus cochilava com Magma, e Noah e Joshua estavam imersos em suas funções no controle de ataque, Karolina chamou o rapaz para perto de si, no suporte de comando, onde postava suas mãos no ar, sobre duas esferas que conduziam o planador.

— Karol, não é para tanto. Minha proposta para o bardo foi... — sussurrou ele, chegando ao lado dela, enquanto tomava cuidado para não cair no balançar do construto.

— Não é isso. Quero saber por que está estranho comigo.

— Eu?

— Verne, por favor, né.

— É, bem... — Ele corou. Odiava se corar. — Perguntei a Rufus sobre seu passado. Queria entender por que era tão atraente para todos os homens. Me desculpe.

— Ah, tudo bem — disse ela, sorrindo sutilmente enquanto encarava o firmamento.

— Tudo... bem?

— É. Tudo bem. — Ela o encarou, seus olhos verdes o envolvendo de forma única. — Acho até bom que você saiba mais sobre mim mesmo. O presente é o que vale, mas o passado é importante para estruturar uma relação de confiança e amizade. — Karolina deu um tapinha na própria testa enquanto mostrava a língua belamente. — Oh, deuses! Estou sendo empolada. Que patético!

Verne se permitiu sorrir também, ainda constrangido.

— Mesmo assim, me desculpe. Eu não deveria ter me intrometido. Mas concordo com você.

— Relaxa. Você tira um dia para me contar sobre sua infância triste naquele orfanato.

— Bem, não foi exatamente triste.

— Estou brincando, bobinho! — Ela gargalhou, depois voltou à seriedade. — Aliás, não se preocupe: vou tomar mais cuidado com meus feromônios. Quando usar, vou direcioná-los melhor para a vítima.

Eles avistaram as dunas azuladas das Terras Mórbidas nascendo após as montanhas altas e perigosas da Cordilheira de Deimos. Era uma visão deslumbrante, sempre.

— Como se conheceram? — Verne perguntou, olhando para Rufus.

Karolina o olhou de soslaio, quase um deboche, e respondeu:

— Certa vez, pouco depois de me consagrar líder mercenária, fui contratada por Raul para salvar Rufie das amazonas em Temiscyra. Os lycans não queriam problemas, pelo Tratado Verde. O seu guarda-costas foi prisioneiro delas por meses. Ele era mais jovem e inconsequente, e invadiu suas terras para encontrar o totem do Grande Lobo. Alguém lhe disse que esse totem estava perdido em algum lugar em Temiscyra. E você já deve imaginar, né? Elas não gostam muito dos machos pisando em suas terras.

Os olhos de Verne eram todo espanto e curiosidade, como de praxe.

— Pois é. Então, depois de uma briguinha com uma aqui e uma ali, consegui salvar meu Príncipe-Lobo das garras das amazonas estressadas. Foi paixão à primeira vista. Namoramos por alguns meses, até surgir Alejandra e acabar com nossa história.

Karolina expressou profunda tristeza. O rapaz tentou consolá-la, quando ela novamente gargalhou.

— Brincadeira! Minha vida não foi feita para romances, sabe? A química entre nós era forte, mas minha paixão pela função era maior e eu parti. Sempre fomos amigos. Não há mágoas, não. Fique tranquilo, mocinho. — E piscou para ele. Isso ainda o esquentava, não podia evitar.

— Realmente, esses lycans são cheios de histórias para contar. Eu ouço uma por dia, quase — disse Verne, divertido. — Fiz bem mesmo em contratar um bardo para narrar a batalha deles. Logo, pode surgir disso uma série de livros. — Riu da própria piada, mas a mercenária não entendeu.

— Olhe! Chegamos! — Karolina bradou, enquanto ela e seus auxiliares faziam o Planador Escarlate aterrissar.

Noah e Joshua permaneceram no construto, e Verne, Rufus e Karolina seguiam até a bocarra gigantesca de uma naja, construída com concreto esverdeado. Baixaram a cabeça ao passar pelas estalagmites e estalactites que representavam as presas. Estavam no Covil das Persentes.

Solux ardia no céu, queimando o pouco da pele exposta do rapaz, e o sufocando dentro daquele manto. Ele o retirou e foi tomado por um alívio esperado. O lycan tocou seu ombro.

— Patrão.

Assentiram e entraram.

O Covil das Persentes estava praticamente vazio, ainda que o calor recente de uma noite de bebedeira, sexo e música pudesse ser sentido ali. Uma mulher jovem varria cacos de vidro para um montinho de lixo com calma. Tinha um sorriso tímido estampado no rosto, seu olhar sutil perdido enquanto exercia a sua função. Seu vestido longo, verde e preto, se arrastava na sujeira sem ela se importar. Quando notou Verne, acenou com sutileza, nada mais.

— Olá, Maryn-Na — disse, reconhecendo de imediato a esposa do taverneiro.

— Olá, Verne — a mulher respondeu tão baixo que quase não foi ouvida. — Martius logo virá ao seu encontro. Fiquem à vontade.

O rapaz abandonou seu manto numa mesa ao ver um homem sentado diante do balcão, de costas para todos. Usava também um manto, este marrom e limpo, com um cordão amarrado na cintura e o capuz cobrindo a cabeça. Estava inclinado sobre a madeira, com um copo na mão. O odor exótico trouxe a Verne à lembrança do destilado principal da casa.

Rufus se ajoelhou, na mesma postura que usava para outras reverências. De olhos fechados, falou em tom respeitoso:

— Mestre.

O homem não demorou a reagir. Virou-se para eles e retirou o capuz, revelando a pele negra e brilhosa, e aqueles cabelos ralos brancos. Suas expressões estavam tenras e trazia no olhar uma satisfação enorme em rever o jovem que ele ajudou no passado.

— Elói! — Verne sorriu naturalmente, também tomado pela felicidade. — Eu imaginava.

— Se imaginava, por que o espanto? — perguntou Elói, vindo em sua direção.

Abraçaram-se por um longo tempo. Um abraço forte e quente como aquele dia, como de um filho com seu pai. Rufus parecia ainda mais satisfeito em sua posição.

— O famoso Elói Munyr, o *monge renegado* — cantou Karolina de súbito, se aproximando dos dois. — Prazer, sou Karolina Kirsanoff, a mercenária que tentou matar Verne no passado e agora lhe serve como chofer.

— Prazer, dama. — Ele beijou sua mão, como um bom cavalheiro faria na Terra. — Você é famosa também.

Elói voltou-se para Rufus, o capturou pelos ombros e o colocou em pé, olho no olho. O abraçou sem mesuras.

— Meu velho amigo!

— Mestre!

— Nunca mais se ajoelhe perante a mim, isso é uma ordem! — gargalhou o monge, seu bafo de destilado atingindo em cheio as narinas eficientes do outro.

— É sempre um prazer servi-lo!

— Soube da guerra que se aproxima. Desejo sorte e vitória para os seus. — Elói ficou sério. — Diga a Raul que minhas orações chegarão até vocês como uma flecha deve chegar até o coração de um gnoll.

— Agradeço sua benção, mestre. — O guarda-costas o saudou mais uma vez.

— Agora, peço, por favor, que aguardem. Bebam algo, por minha conta! — bradou o monge, enquanto puxava o rapaz para dentro dos corredores do Covil. — Vamos, preciso dar umas palavrinhas contigo.

Chegaram até a cozinha, sempre suja, gordurosa e fedorenta. Ali, o bizarro taverneiro espremia um pedaço de carne crua até o sangue jorrar pelo orifício direto numa grande jarra. Fazia tudo freneticamente, com sua pele amarelada e aquele sorriso perturbador de uma orelha a outra. Os cabelos bagunçados tinham pedaços de algo que caía do teto a cada segundo. A roupa, na dicotomia entre o verde e o preto, estava imunda. Magriço e neurótico, Martius Oly se aproximou.

— Verne, Verne, que bom revê-lo, rapaz, senti saudades de você, fiquei sabendo o que lhe aconteceu ano passado aqui em Necrópolis, sinto muito, não conseguiu salvar seu irmão, mas pelo menos conheceu o vampiro conde Dantalion, ele é estranho, não?, pois é, também não gosto dele ler nossas mentes, essas coisas, e o que dizer do turfe de Isqueópolis, o importante é que você esteja a salvo, agora me diz: aquelas lycans são lindas, elas tem um corpo muit...

— Chega, Martius — ordenou o monge. Verne ficou impressionado. Nunca imaginou que alguém conseguiria calar aquele taverneiro de forma tão eficiente.

— Que bom que está bem — ele conseguiu dizer ao falante, ainda achando graça em tudo.

— Servido de um sangue de orc das montanhas? — perguntou ao visitante.

— Estou — disse Elói.

Martius partiu em disparada pelos corredores, indo preparar o destilado, escorregando pelo caminho, batendo nas paredes, sempre desesperado.

— Acho que tem coisas importantes a me dizer. Mas perto *dele*?

— Verne murmurou.

— Não faz diferença. Qualquer notícia chegará mais cedo ou mais tarde a Martius mesmo. Não se esqueça de que ele é o maior traficante de informações de Necrópolis.

O jovem Vipero puxou uma cadeira e sentou-se, sentindo a gordura tomar sua bata gradualmente. O monge se colocou de cócoras de frente para o seu pupilo, os olhos aflitos, não conseguindo mais esconder a tensão.

— Verne, você tem treinado o controle do ectoplasma todos os dias, como pedi que fizesse?

— Sim, desde a primeira vez, todos os dias. Evoluí muito nos últimos meses.

— Sofreu algum ataque, foi ferido enquanto esteve em Paradizo?

— Não. Rufus disse que me protegeu por um ano. Realmente, nada me ocorreu. Somente quando cheguei aqui e...

— Eu sei. Você sabe que eu sei, recebi os ekos. Aquilo foi um incidente inesperado, mas não tem a ver com Astaroth. O Príncipe-Serpente deve ser sempre nossa maior preocupação.

— Por que Rufus lhe deve favores? Eu não entendo.

— Isso não é relevante agora.

— Elói, por quê?

O monge resmungou.

— Rufus havia se encrencado, quando filhote em outra tribo, com o filho do líder daquele lugar. Na época, quando eu vagava por Necrópolis, acabei tendo exílio entre os lycans e ajudei a resolver a rusga. Alejandra Aceves já era sua prometida na ocasião e acabou sendo ferida mortalmente no embate. Usei alguns recursos e a salvei. Pelas duas questões, até hoje Rufus sente que deve algo a mim, mesmo eu nunca tendo cobrado dele. É da cultura dos lycans serem fiéis àqueles que lhe ajudaram em algum momento.

— Mas quando você voltou para Necrópolis, viu a necessidade de pedir um favor?

— Sim. Foi necessário e foi por você. Astaroth não está entre nós ainda, mas seus asseclas estão sempre à espreita. Não podemos arriscar sua segurança.

— Obrigado, Elói. — Postou sua mão sobre o ombro dele. — Não quero lhe dever nada, sei que fez de bom grado. Eu realmente não estaria vivo sem sua intervenção.

— Tudo bem. Agradeça a Rufus, ele é um grande homem.

Verne se levantou, o monge fez o mesmo. A cadeira fez um estalo quando descolou da bata.

— Por que não o ajuda na guerra? Você tem poderes que, aposto, seriam essenciais nesta batalha!

— Não participo de guerras, Verne. Ainda que renegado, sou um monge. Fiz juramentos e tenho meus princípios. Não acredito que cheguemos a soluções através do sangue alheio. A batalha deve ser a última opção. O discurso sempre é mais poderoso.

— Belo *discurso* — sussurrou o rapaz, com sarcasmo. Depois, quando notou o nível a que sua exaltação tinha chegado, ficou arrependido. — Me desculpe, eu não quis...

— Tudo bem. Voltarei para o salão. Estou exilado aqui há um ano e agora preciso ver com Maryn-Na um modo de alojá-lo também. — Elói partiu, seco.

Verne ficou um tempo olhando para o vazio, refletindo. Inicialmente, acreditou que sua súbita irritação fosse pelo estresse que vinha passando, mas percebeu no momento seguinte que não. Não naquela situação. Rufus havia lhe sido bom e leal, e tal qual todos vinham demonstrando nas últimas semanas, ele também queria devolver os favores. Sentia que deveria.

Retornando ao salão, viu Elói murmurando para Rufus e Karolina. Eles pareceram não lhe dar atenção. De costas para o corredor do Covil, o rapaz sentiu algo se aproximando com velocidade. Antes de levar um corte no ombro, conseguiu ver Martius correndo com uma faca para acertá-lo. Seu sangue jorrou na parede, a dor o fez sentir tonturas. Tropeçou para trás e atravessou a portinhola entre o corredor e o balcão com uma queda, batendo a cabeça contra a madeira. Sentiu a nuca molhada, aquele cheiro de ferro. O taverneiro realizou outra investida e quase atingiu seu joelho. Verne rolou para o lado duas vezes, agradecendo pelo piso engordurado colaborar para isso. O sorriso do outro ficava ainda mais sinistro naquele contexto. O jovem Vipero voltou a ficar em pé e encarou seus três amigos, que não reagiam, assistindo tudo com pouco interesse, nem mesmo Magma.

O que significava aquilo? Traição? A dor dessa possibilidade lhe causou náuseas, amargurando seu coração. Mesmo assim, não teve muito tempo de ficar aborrecido, pois logo Martius saltava sobre ele novamente. Dessa vez, perfurou sua coxa esquerda. Ele se lembrou da seta o atingindo nas Terras Mórbidas um ano antes, no mesmo lugar. Seu mundo girou, ele tombou novamente, indo encontrar o monte de lixo que Maryn-Na havia varrido. Ela, até mesmo ela, pensou o rapaz, não reagia diante daquele ataque. Verne surtou, seus olhos ficaram vermelhos. Sentia o gosto de sangue na boca, estava em cólera. O taverneiro avançou com tudo, a lâmina da faca tingida de vermelho indo na direção de seu pescoço. De quatro no chão, ele espalmou a mão direita para frente. Vermelho.

Nada aconteceu.

Seu ectoplasma não se manifestou. A faca parou rente ao seu rosto, por um fio, interrompida por um alto *PARE!*

Elói se aproximou e assentiu para Martius Oly, que sorriu aquele seu sorriso medonho e abandonou a faca no chão. Maryn-Na correu para o corredor do Covil das Persentes. Karolina e Rufus olhavam seu amigo com preocupação e interesse. Ele nada entendeu.

Então, Verne desmaiou.

27

AUTOFOBIA

Um homem coberto de armas, negro de pele e couro persegue Verne.

O sangue inocente forma sua trilha até o fugitivo.

Uma fera ruge. Uma casa explode. Um globo se perde para sempre.

Todos morrem.

Verne acordou com um grito vazio. Olhos estatelados, observando o nada. Um cômodo escuro e apertado o abrigava. Deitado sobre um lençol empoeirado, ele logo encontrou um copo de água ao lado. No canto extremo do quarto, viu o sorriso branco, quase fluorescente naquele breu. Conforme sua vista foi se acostumando às sombras, notou o taverneiro em pé, hesitante, esfregando as mãos sempre frenéticas, enquanto emitia sons inéditos de um joelho batendo contra o outro.

Ainda mais invisível na escuridão estava o monge. Sentado de forma desajeitada ao lado de Martius, Elói observava o rapaz com paciência, como se o esperasse acordar por séculos. Olhos e sorrisos, uma incógnita.

Confuso, ele se levantou, sentindo a perna esquerda arder. A dor do ferimento mastigava sua carne, mas Verne resistia. Nos passos para trás, pisou em duas ou três ataduras. Percebeu um curativo na perna despida. Notou-se apenas com roupas de baixo. Lembrou-se do ombro e procurou nele outro curativo: achou. Uma ferida menor. Não havia faca naquele quarto, apenas dúvidas prensadas contra o ar.

— Você já melhorou — sussurrou Elói tranquilamente.

O rapaz tocou a parede fria atrás de si, como se encurralado. Encarava-os com aflição.

— Tome da água. Ela lhe fará bem — continuou o monge.

Ele desejou o copo cheio no chão. Hesitou em voltar para frente, pegá-lo rapidamente e tomar um longo e gelado gole. Sentia a garganta seca, como se não bebesse algo por uma vida inteira. Não foi.

— Interessante. Você está acuado como um bicho. — Elói já estava em pé quando disse isso. — Exatamente como eu esperava que ficasse.

De fato, também sentiu que estava. Apertou os olhos. A ira voltava. Na verdade, nunca tinha ido embora.

— A dor não vai melhorar, pelo contrário — sussurrava enquanto se aproximava lentamente. — Vai te consumir. Assim como eu gostaria que acontecesse.

Verne sentia sua ira se transformar em algo que subia pelo peito de forma familiar. Era quente e vivaz, dissolvendo o frio que tinha se instalado antes ali.

— Foi a Maryn-Na que o curou, apenas para qu...

Martius havia finalmente começado a falar, quando a vítima viu tudo em vermelho, cor que enxergava quando entrava naquele estado. O rapaz avançou sobre o taverneiro, o agarrando pela gola e derrubando o copo de água no processo. Ele o prensou contra a parede, começando a levantá-lo do chão, e ouviu um barulho de metal. Aquele lugar estava revestido, quase um bastião. Verne rangia os dentes e babava como um animal. O taverneiro mudou de amarelado para pálido de medo. Seus olhos arregalados, as pupilas dilatadas. O sorriso sumiu.

A mão de Elói puxou Verne com força para trás, o jogando na outra direção. Ele se estatelou contra a parede e cuspiu sangue. Ouviu uma porta batendo, tão escondida nas sombras quanto o restante. Martius não estava mais lá.

— Covarde! — gritou, enquanto socava o chão, também de metal. Os olhos apertados pela fúria.

Quando se pôs de pé, percebeu que ela lembrava uma porta de cabine, ou de um submarino, como dos filmes que assistia. Elói estava entre ele e a saída.

Aprisionado para morrer? Clausura para enlouquecê-lo?

Parou de hesitar, tentou passar pelo monge e chegar até a maçaneta, mas levou uma joelhada na boca do estômago e seu mundo vermelho voltou a ficar sem cores. O breu retomava o lugar, agora em tons de chumbo. Tudo ecoava a metal. Outro chute, agora na face, e Verne achou ter perdido um dente. Conferiu com a língua enquanto se arrastava novamente para a parede fria, a única parte segura. Quando retomou o fôlego, teve uma súbita vontade de chorar. Sentiu vergonha, como poderia chegar naquele estado? Escorregando para cima e manchando o peito nu com mais sangue que deixava escapar pela boca, o rapaz olhou para o outro e temeu.

— Está com medo, Verne? — perguntou Elói, fechando os dois braços na frente do corpo, um olhar sóbrio e a postura segura.

Verne assentiu.

— Acha que vou matá-lo?

— Você vai?

— Provavelmente, sim.

Seu olho verde estava entreaberto. O azul ainda via que era o ectoplasma com magia do monge que iluminava foscamente aquele quarto sem lâmpadas nem frestas. O metal reluzia o tom púrpura.

— Por quê?

— Porque você não é capaz de me derrotar. — Elói abriu as pernas, uma para cada lado, se inclinou para frente e jogou os cotovelos para trás, de punhos cerrados. Era uma posição de ataque. — Você foi trazido aqui para morrer.

Traição. Todos o traíram. A confiança, que antes não possuía, o fez cometer esse grande engano. Nunca mais confiaria em alguém, pensou. Mas do que adiantaria? Estaria morto em instantes.

O ectoplasma do monge, embutido de magia, reluzia ainda mais o púrpura. O mesmo que ele usou no Orfanato Chantal um ano atrás para espantar fantasmas. O mesmo que usou para transportar o jovem Vipero para Necrópolis num ritual complexo. Agora, usaria para agredi-lo.

Elói concentrou energia nas duas mãos, que pareciam emitir pequenas explosões entre os nós dos dedos, faiscando uma massa de poder quase como um círculo de luz. Num movimento ainda mais veloz, ele jogou os punhos para frente e os espalmou. A energia saiu como uma grande esfera. O quarto esquentou. Verne tentou correr e depois abaixar para se proteger, mas não houve tempo, e ele foi atingido em cheio. Sentiu o corpo queimar dos pés à cabeça e, ao mesmo tempo, tinha a sensação de ser eletrocutado. A parede onde estava encurralado afundou para trás como se fosse plástico. O metal se retorceu diante do poder do monge. Depois de passar longos segundos vagando no ar, com a energia púrpura lhe fritando os poros, o rapaz caiu, se arrebentando no chão. Vomitou sangue e o almoço do dia anterior no lençol agora danificado. Não desmaiou. Por mais que quisesse, não conseguia.

— Desista. — A voz de Elói ressoou baixa e sombria. — Pedi a Maryn-Na que aplicasse uma dose forte de *tauryn* junto do curativo.

Essa poçãozinha vai mantê-lo acordado por tempo suficiente. A dor não irá embora tão cedo, é melhor você se acostumar.

— Por quê? — Verne conseguiu perguntar, a voz quase falhando na náusea.

— Porque você é fraco. E porque você tem medo. — O monge voltou à posição de ataque, concentrando seu ectoplasma novamente nas mãos. — O problema aqui é esse. Você é feito de medo, Verne.

O rapaz tentava refletir sobre aquilo, mas não conseguia. Só sentia raiva, dúvida e medo. Medo.

— Pare... por favor.

— Não implore, inseto!

O monge disparou mais uma vez seu ataque. A esfera púrpura voou veloz até ele, mas Verne conseguiu saltar no último segundo para frente, onde estavam os cacos do copo quebrado. A massa de energia atingiu suas pernas. Sua coxa esquerda, ferida duas vezes no mesmo lugar, sangrou. Ele a sentiu queimar de dentro para fora. Berrou de dor. Contorcia-se no chão, deixando lágrimas escaparem e o suor tomar seu corpo friamente.

— Eu ainda estou brincando com você. Não implore nem chore mais. Da próxima, arranco suas pernas.

— O que... você...

— Lute comigo. Lute como um homem. Use o ectoplasma como eu lhe instruí a fazer. É ele quem o está mantendo. Outro na sua condição já teria perecido.

Verne acabou cortando suas mãos com os cacos de vidro ao tomar forças para se levantar. A dor já era sua realidade, quase não sentia mais nada. Limpou as lágrimas, mas não conseguia esconder os três sentimentos do olhar: raiva, dúvida e medo. Medo. Minutos depois, estava em pé, encostado na parede chamuscada. O metal derretia.

— Minha magia aplicada ao meu ectoplasma tem várias propriedades. Curativa, de ataque, também pode ser usada junto com pergaminhos para outras funções. Treinei e pratiquei longos anos com os Monges Sagrados do Monte Gárgame até chegar nesse nível. Tive *tempo*.

O rapaz o encarava. Não queria gastar suas forças perguntando ou conversando. Se tivesse mesmo de lutar contra seu mestre, o faria com toda sua fúria, mas quieto.

— Tempo. Você não o tem! Astaroth está atacando por todos os lados, através de várias vias, é inesperado. Ele matará todos ao seu redor e depois matará você. Não sei os motivos do Príncipe-Serpente e isso não importa agora. O importante é como você fará para se proteger dele. *Como?*

— Eu não... sei... — Respirou profundamente. Dor e aborrecimento tomavam corpo e mente. — Mas... para isso... eu... eu precisarei estar vivo.

— O seu problema não é o tempo. É o medo. O tempo é a sua solução. — Elói assumiu uma postura ereta, saindo da forma de combate. — Você tem pouco, então precisa aproveitar o tempo que lhe resta para treinar ao máximo o uso do ectoplasma. Seu ectoplasma é diferente e é poderoso, Verne. Não deixe isso lhe escorregar entre os dedos.

Verne fazia esforço para se manter sustentado pelas pernas. A esquerda doía muito e sangrava profusamente, formando uma poça sobre sua sombra reluzida pelo púrpura. O metal e o ferro do sangue criaram um novo e desagradável odor.

— Eu lhe... disse. Estou treinando... há um ano. Nos últimos mese...

— Não é o suficiente! — Fez sua voz ecoar pelo pequeno espaço. — Alinhar sua energia é importante, mas não o bastante. O treinamento que realizou em seu quarto na Terra foi apenas o primeiro passo. Sempre lhe instruí a ir além. Você se acomodou.

— Elói, por fav...

— ...e agora ficará coxo das duas pernas!

Foi tudo muito rápido. Elói apenas abriu o punho para frente e uma pequena esfera púrpura, do tamanho de uma bola de tênis, voou até Verne, explodindo em cheio no seu peito. Ele perdeu ar e vomitou mais sangue. Começava a se acostumar com aquilo. A cólera voltou com tudo também. Sentiu o vermelho, não dele, mas de seu ectoplasma, cobri-lo rapidamente. Levantou-se mais uma vez, a perna explodindo em dor, e saltou sobre o monge. Desferiu um soco lento, que foi desviado com facilidade. Levou um chute na virilha e caiu de joelhos. O sangue escorria em sua coxa, mudando a cor do cenário para escarlate. Levantou-se, tentou uma cotovelada saindo de frente para trás, mas ela foi aparada por uma mão segura. A outra, de Elói, o prendeu pelo pescoço, sufocando-o sem pressa. Verne já estava quase da cor do ectoplasma do outro quando resolveu chutá-lo no rosto. Conseguiu, ainda que com pouca força. O monge cambaleou para trás, limpando o sangue do nariz, extremamente aborrecido, uma sombra na face. O rapaz caiu de costas no chão e se jogou para trás, escorregando naquela sujeira, até a parede onde o metal afundou. Elói investiu com tudo, sua energia o tomando por completo, o quarto brilhando purpúreo. Verne conseguiu segurar as duas mãos dele com as suas, num esforço doído, enquanto tentava novamente se levantar. Tentou uma cabeçada, errou, levou outra joelhada no estômago, mas dessa vez não caiu. Correu para frente, tomou impulso na parede oposta e saltou sem cuidado sobre o monge, caindo em cima dele com força.

— *HAAAAAAAAAAAAAAAAA!!!* — Verne berrava e acreditou ser ouvido por toda Necrópolis naquele instante. Sentia seu ectoplasma vermelho dominar o lugar.

Elói rolou ágil para o lado e logo estava em pé, concentrado e sério. Porém, algo em seu olhar indicava medo. Aquele ectoplasma de Verne lhe causava medo. Justo seu mestre, que estava querendo lhe ensinar sobre não o ter!

— Meu vermelho agora vai cobrir seu púrpura para valer! — bradou o rapaz, tomado pela fúria crescente. Meio levantado, meio de joelhos. A energia pulsante ao seu redor.

As duas massas de poder se encontraram em pequenos impactos, causando um turbilhão que batia no metal das paredes e voltava para o centro do vácuo. O calor aumentava, os choques nasciam em novos lugares, a claridade em cores opostas.

— Você usa de palavras de coragem, mas ainda é um covarde! — gritava Elói no meio da confluência de sons, entre o metal e os ectoplasmas. — Você teme seu próprio poder, Verne! Se não vencer esse medo, nunca vai conseguir evoluir a energia que tem dentro de si.

Os olhos do rapaz ficaram vermelhos, por fim. Decidiu que não ouviria mais seu mestre. Precisava descontar toda sua ira sobre ele. Seus ferimentos seriam compensados agora.

— Idiota! — o monge findou e aguardou, com as mãos para trás. Estava estranhamente sereno.

Verne espalmou braços e mãos para os lados do corpo, deixando a energia fluir de um lado ao outro, lampejando com vontade por todos os membros. Sentia-se no domínio do ectoplasma. A sensação era boa, lembrava algumas vezes quando se concentrava no dormitório do orfanato. Mas não, era melhor. Lembrava seu surto no navio pirata. Mas também não, era ainda mais incrível. Ignorou o gosto de sangue na boca, deixou o calor do próprio poder tomá-lo e alçou um braço para frente, disparando uma rajada vermelha contra Elói. Depois, o outro braço, lançando uma nova rajada. As duas explodiram contra o corpo de seu mestre num impacto feroz. Luz e fumaça lhe cegaram temporariamente. A fúria se foi, dando lugar à tristeza. O rapaz começou a chorar, sentindo arrependimento. Gritava pelo nome de Elói, mas mal conseguia se mover. O ectoplasma ainda rugia dentro e fora de si, pronto para mais ataques como aquele. Pulsava, era bom e vivaz. Porém seus sentimentos diziam o contrário. Estava tão confuso.

Victor apareceu para si. Não como niyan, mas na memória. Era um resquício daquilo que um dia fora seu irmão. A tristeza foi ainda maior, lhe dando náusea, pesar. O menino dizia: “No que você acredita?”. Não.

Tinha perguntado isso um ano atrás. Agora, teria dito: "O que você teme?". A morte? A si próprio? Seu poder? Tudo isso, concluiu. As palavras do monge fizeram sentido, talvez tarde demais. Não conseguiu responder a Victor, a voz sumia entre a amargura, o arrependimento e o medo. Sempre ele. Depois da desconfiança, o medo. Grandes pecados que não o abandonavam, simplesmente porque ele não queria se desprender deles.

Refletia, chorava, temia.

Caiu sentado, exausto. Seu ectoplasma só aumentava, era impressionante. A fumaça se dissipou, viu a silhueta de Elói revelá-lo, intacto. Pedaços da bata rasgada aqui e ali, com sua energia púrpura o cobrindo como um escudo de luz. Ainda de mãos para trás, sereno, ele o encarava seriamente.

— Seu ectoplasma não é comum. É vermelho. O dos terrestres é azul, o dos necropolitanos é verde. Passei meio ano pesquisando sobre o prisma dos ectoplasmas de todos os círculos. Com a ajuda de Martius encontrei um papiro antigo no segundo andar da Biblioteca da Coroa. Esquecido e empoeirado, muito teórico. Se você sobreviver a este embate, eu vou lhe mostrar a que categoria seu ectoplasma pertence. Vou lhe mostrar onde você se encaixa.

— Eu sobrevivi — dizia, ofegante. Mal conseguia enxergar algo dois palmos adiante.

— Não, isso ainda não terminou. — Elói deixou seu ectoplasma esvaecer. O lugar agora era somente vermelho. — Você teme seu poder. Você tem muitos medos. Não sabe controlar seu ectoplasma. Eu não preciso fazer nada. Desse jeito, você mesmo vai se matar.

— Do que diabos você está faland...

Verne não conseguiu terminar a frase. Teve uma rápida convulsão. Depois, sentiu o peito arder e o calor descer como brasa até sua coxa. Tudo queimava, da pele às entranhas. O ectoplasma que pulsava dentro de si parecia pressionar seu corpo. Sentia até mesmo o cérebro ser espremido. Não conseguiu gritar, nem pedir ajuda. O vermelho era tudo. Sua energia explodiu, depois implodiu. O rapaz foi alçado ao teto com tanta, mas tanta força, que ele se afundou para cima, também metal como plástico. Depois, voltou ao chão. Sentiu cada parede fria ser esquentada pelo seu corpo, seu ectoplasma e seu sangue. Amassava cada uma com seu poder reagindo contra ele. Então, caiu no centro do quarto. O vermelho se esvaiu, a escuridão voltou.

Silêncio.

Sem saber medir o tempo, o rapaz ouviu a voz de Elói no vazio, perdido no breu.

— Não consegue controlar seu ectoplasma. Eu disse. Não sabe, o seu próprio poder.

Silêncio.

Ouvia sua respiração.

O monge novamente:

— Você teme o poder que tem, por isso não o controla. Se não o controla, não vencerá batalhas. Você morrerá nas mãos de Astaroth assim. Na verdade, morrerá nas mãos de qualquer um nesse estado.

Silêncio.

Viu Lupita sentar-se ao seu lado. Ela estava iluminada mesmo ali. Em seguida, outros chegaram: Arabella e sua tutora, Sofia. Elas o olhavam com preocupação. Rufus também chegou, mas bem distante, aparentemente decepcionado com a falha de seu patrão.

— Astaroth matará a todos. O propósito dele não deve ser só uma vingança. Há algo maior aí. Você precisa ter consciência disso, Verne.

Silêncio.

Sua mãe se aproximou, estava triste. Ícaro, Karolina e Simas não apareceram. Mr. Neagu apenas podia ser ouvido, zombeteiro. A cartomante se afastava pouco a pouco. Magma gemia num canto, o mais escuro de todos. Chax se dissipava no ar.

— O que... devo... fazer? — resolveu perguntar.

Onde estaria Victor? Num momento ali, noutro não.

— Se concentrar. Mas antes, abandonar o medo. E, para isso, deve abandonar tudo que lhe causa isso. Sente-se, faça a posição de lótus que lhe ensinei.

Verne se sentou. Nem percebeu como o fez, mas fez. Cruzou as pernas para dentro e fechou os olhos, deixou ombros e braços relaxados.

Não conseguiu conceber uma imagem concreta de Astaroth. A imaginação não o ajudava.

Onde estaria Victor?

— Agora respire fundo. Não pense no ectoplasma, nem em Victor, nem em Astaroth. Me esqueça. Não pense em ninguém, nem em nada. Abandone seus sentimentos, eles não são importantes aqui.

— Não estou... mais irritado.

— Isso é bom, continue.

— É verdade, eu me acalmei.

— Foi pela luta. Você esvaiu toda a ira que precisava. Não faço nada à toa.

— Você ia me matar mesmo?

— Cale-se. Haja como homem, não moleque.

Verne se calou.

Concentrou-se. Todos que estavam ali se foram. Não ouviu mais a Elói. O quarto de metal desapareceu, se tornou vácuo, nem escuro nem claro. Nada. O tempo o deixou. Não havia ectoplasma, nem sentimentos. Para onde enviaria seus temores? Não deveria pensar neles. Sentia algo pulsando, sim, mas era diferente.

Abriu os olhos e viu uma lixeira. Era grande e estava vazia. No seu peito nu, uma ferida que antes não existia, agora aberta. Não sangrava. Ele colocou sua mão dentro e foi retirando pedaços de carne azul. Achava-as inúteis, então foi jogando-as dentro daquela lixeira, uma a uma. Percebeu-se menos pesado. Um alívio o tomava gradualmente. A lixeira finalmente sumiu.

Victor reapareceu. Sorriu para o irmão, satisfeito.

— O que você teme?

— Perdê-lo — respondeu Verne.

— Você já me perdeu. Agora precisa me encontrar. O que você teme?

— Astaroth.

— Não se teme aquilo que não se conhece. O que você teme?

— Ferir meus amigos. Perder quem eu amo.

— Seus amigos são mais fortes do que você, eles sempre te salvam. Mesmo o mais frágil deles pode fazê-lo, porque você ainda é incapaz. O que você teme?

— A mim.

Victor tornou-se Verne. O nada ficou vermelho.

— Eu tenho medo do que posso fazer. Não confiava antes nas pessoas, porque nunca confiei em mim. Agora eu tenho medo do meu poder, porque me temo.

— E o que fará? — perguntou Verne para Verne.

— Não se foge do medo, acho. Para derrotar o que temo, preciso enfrentá-lo.

— Então pare de fugir de si mesmo.

— De você.

— De você.

— De nós.

— De mim.

— Não fugirei mais. Tenho poder, posso dar conta.

— É assim que se fala. Agora, faça acontecer.

— Como?

— Você sabe a resposta.

Verne, que antes era Victor, desapareceu.

Verne, o próprio, permaneceu. Sentia-se em paz.

O vermelho do todo o envolvia. O rapaz abriu os braços e chamou por ele e o vermelho se foi. Entrou em si, levemente, cobrindo as partes que precisava sem machucar sua carne e sua alma.

Respirou fundo. Estava no quarto escuro. Agora Elói segurava uma vela, sentado diante dele.

— E então?

— Você me machucou feio. Tudo dói.

— Vamos curá-lo.

— Eu ainda tenho medo.

— É lógico que tem. — Elói sorriu.

— Não tenho nada para te dizer. Me deixe mostrar.

Elói se afastou, indo encontrar a porta do outro lado. Assistiu Verne voltar à concentração do ectoplasma, como fazia em suas noites solitárias no Orfanato Chantal, e energizar seu poder. Ele veio irregular, como sempre vinha. Depois tomou uma forma mais segura, cobrindo o corpo do rapaz linearmente. Pulsava, mas não aparentava o descontrole de antes. Emanava paz, um desejo por algo.

— É agora que eu o mato! — bradou o monge e avançou.

Verne aguardou. Quando o outro estava bem próximo de si, ele abriu os olhos vermelhos e empurrou seu mestre para o lugar de onde tinha vindo. Elói se estatelou contra a parede e foi a vez dele amassar o metal. Caiu de joelhos, praguejando.

— Interessante — murmurou Verne, indiferente.

— O quê? — bufou Elói.

— Acho que agora consigo disparar minha energia sem precisar ficar bravo.

— Esse é o ponto. — O monge sorria enquanto se levantava. — O que estava sentindo nesse momento?

— Paz. E felicidade. Me lembrei de Victor, quando ele estava vivo, sabe? Foi bom. E das pessoas que amo, as que eu tinha medo de perder. Eu quero protegê-las, Elói.

— Com esse poder, você pode.

— Eu posso...? Eu posso.

— É assim que se fala.

— Obrigado.

O rapaz fez seu ectoplasma esvaecer, como o mestre tinha feito minutos atrás. Elói lhe tomou nos braços, o ajudando a se levantar. Sorriram.

— Quando você alcançar aonde deve com seus poderes, nem meu ataque mais forte será capaz de arranhá-lo. É neste nível que eu quero que você chegue, Verne. No último.

28

O DIORAMA DE ARCOBALLENUS

Não havia mais dor.

Verne agora estava num quarto iluminado, limpo e grande. Ele numa cama, uma cômoda velha ao lado, um colchão arrumado no chão. A cortina amarela não conseguia esconder Solux pálido, numa provável manhã.

Ele se levantou, meio cambaleante, enquanto esfregava os olhos que ardiam pela claridade inédita. Ainda se sentia zonzo, meio perdido, com as náuseas de antes. Usou a parede como apoio para andar em direção à porta. Parou. Teve receio de abri-la. Hesitou ao imaginar que, ao sair por ela, receberia uma esfera de energia púrpura bem na cara. Seu sangue era todo gelo. O corpo ainda febril.

Reparou nas ataduras por todas as partes. Na coxa, ombro e peito. O sangue seco havia muito estava quase escarlate. Mas não havia mais dor. O rapaz usava um tipo de seda anilada e suave, tinha os pés descalços e o cabelo emaranhado. Abriu a porta.

Viu o longo corredor do Covil das Persentes repleto de sombras conhecidas. Karolina e Rufus foram os primeiros a se aproximar, com Magma correndo à frente deles, vindo lamber seus dedos. O guarda-costas o tomou pelos ombros, sempre seu sustento quando precisava, dando-lhe forças para continuar. A mercenária lhe deu um beijo na testa e pareceu a Verne que seu vigor retornava com tudo, algo que só uma meia-ninfa seria capaz de fazer. Adiante, Martius Oly, com seu bisonho sorriso, estava abraçado a Maryn-Na, com Elói ao lado, de mãos para trás e um olhar satisfeito.

— Nos desculpe pela encenação, Verne — disse o monge serenamente.

— Elói combinou conosco quando o deixou na cozinha ontem — lhe segredou Rufus.

— Foi necessário, mocinho. — Era Karolina, sapeca. — Quando Elói soube do seu uso do ectoplasma no navio pirata e na floresta, ficou preocupado. Viu que você não estava preparado e que precisaria de um treinamento rápido e eficiente.

— Ah, quanto teatro! Martius foi o que mais me surpreendeu... — Verne sussurrou, exausto, tentando ser divertido.

— Desculpe, Verne Vipero, eu também não queria atacá-lo, não é de meu feitio, entende?, só que quando meu mestre pediu, eu tive de fazê-lo, afinal ele é meu mestre, e não sei se você sabe, mas eu já precisei usar uma arma branca no passado, ao lado dos...

— Eu acho que vocês deveriam estudar mais a obra de Shakespeare — findou o rapaz. Todos riram. Com exceção de Elói, porém, ninguém entendeu a piada.

De volta ao salão principal da taverna, Verne e os demais sentaram-se ao redor de uma mesa minimamente limpa. Magma já dormia no colo de seu dono quando Martius e sua noiva voltaram para a cozinha a fim de preparar o sangue de orc das montanhas para todos.

— Foi mais fácil curá-lo agora do que antes, quando lhe cortei os pulsos — disse Elói, capturando os punhos de seu pupilo e olhando as cicatrizes com atenção. — Dessa vez, seu corpo resistiu mais. Um humano comum teria morrido no primeiro ataque.

— Eu sou um humano comum — afirmou o rapaz.

— Você gostaria de ser?

— Não sou?

— Veja isso.

O monge retirou um papiro velho e amarelado de dentro da bata, guardado com cuidado entre as duas camadas de pano no peito, e a colocou sobre a mesa. Verne abriu o papel de ponta a ponta, espirrando devido à poeira que levantou. Magma regougou em protesto e depois levantou o focinho para cima da mesa, curioso. Karolina parecia espantada e se aproximou ainda mais pela lateral, para ver melhor. Rufus se inclinou para frente e se apoiou, também interessado.

— O Diorama de Arcoballenus — disse o lycan.

— Como conseguiu isso, monge? — perguntou a mercenária, encantada.

— Pequenos tesouros não ganham a atenção de caçadores de relíquias — respondeu, suspirando com um gracejo.

Verne vislumbrou o extenso papiro velho e prestou atenção em seus detalhes. O desenho mostrava um círculo dividido em oito cores. Fora do círculo, um nome surgia à frente de cada uma das cores, identificando suas origens. Outras frases estavam anotadas por todo o papel, mas não compreendeu o idioma usado.

— O que significa isso? — Verne quis saber.

— Arcoballenus foi um mago da Era Arcaica de Necrópolis, que viajou entre os Oito Círculos do Universo, fazendo diversas pesquisas, patrão — Rufus se adiantou.

— Essas são as cores do ectoplasma de cada um dos círculos — complementou o monge.

O rapaz voltou sua atenção ao diorama. Conforme colocava o dedo sobre uma cor, Karolina lhe traduzia, dizendo qual a origem da cor daquele ectoplasma:

Negro: *Sheol*
Amarelo: *Sonhar*
Púrpura: *Magia*
Prateado: *Isolação*
Dourado: *Ilusão*
Branco: *Bestial*
Verde: *Moabite*
Azul: *Criação*

— Não há ectoplasma vermelho em círculo algum! — zuniu o lycan, estupefato.

— Eu não me encaixo em nenhum lugar mesmo — fungou Verne. Sentiu a coxa arder.

— Não brinque com isso, Verne. — Era Elói. — Realmente há algo de muito errado com o seu ectoplasma, que precisamos continuar verificando. Eu imaginei que, ao ler este diorama, fosse encontrar respostas. Na verdade, ele apenas levantou mais questões. — Pigarreou, depois se colocou de pé, andando em círculos com as mãos para trás. — Existiria um nono círculo? Duvido muito, apesar de ser uma teoria coerente. Ou seria seu ectoplasma uma fusão de dois ou mais círculos? É nessa que eu gostaria de apostar. Mas... não sei...

— Verne pode estar sendo influenciado pelas energias que vêm do Sonhar e do Ilusão — tentou Karolina. — Amarelo e dourado juntos não dão vermelho?

— Um nono círculo é teoria antiga. O próprio Arcoballenus viajou por todos e constatou que não existia outro além do Criação — refletiu Rufus. — Sim, existem mundos menores. Mundos dentro de outros, que chamamos de *planos*, como o Niyanvoyo que Verne já visitou. Mas, até onde sabemos, eles não possuem uma nova cor de ectoplasma. São as mesmas cores do mundo maior ao qual pertencem. Então...

— Ei, esperem! Esperem! — O rapaz levantou-se, sentindo os músculos protestarem. Magma havia saltado de seu colo havia tempo. — Isso não pode simplesmente ser algo único?

— Não se dê tanta importância, mocinho! — A mercenária lhe mostrou a língua.

— Não — ele continuou. — Eu quero dizer: por quê? Por que isso é tão importante para nós? Meu irmão morreu assassinado por Astaroth. Agora, está para acontecer uma guerra. O que muda meu ectoplasma ser vermelho ou azul?

— Tudo. — Elói parou diante dele, sério. — Quando cuidava de seu corpo desfalecido ano passado, vi você emanando o ectoplasma vermelho algumas vezes e me preocupei. Já conhecia a maioria das cores de outros círculos, então fui atrás deste diorama para constatar. Também há os eventos de suas manifestações com esse ectoplasma entre os piratas, na floresta dos lycans, até mesmo em Paradizo. — Ele postou suas mãos sobre os ombros do pupilo. — Na luta contra o Guardião do Abismo, você *cortou o espaço*, Verne. Cortou!

— Isso não foi meu ectoplasma, foi o athame.

— Mas você me contou que o conde Dantalion lhe disse: o athame se manifestou quando você se aproximou. E a pessoa é a sua energia. Você é o seu ectoplasma, assim como eu sou o meu.

— Então cada cor realiza algo diferente?

— Sim, basicamente. — O monge voltou a se sentar, com a mão sobre o queixo, pensativo. — Eu retiro minha energia do Círculo Magia, que é púrpura. A mesma origem das bruxas e dos magos de todos os mundos. Ano passado e ontem você viu do que eu sou capaz. Seu vermelho não se encaixa em nada muito parecido com o que eu tenha pesquisado.

— E por que está preocupado em eu ter cortado o espaço?

— Com isso, você abriu pequenas fendas na realidade. Abriu *portais* de um mundo para o outro. De pequenos e grandes mundos. — Elói tinha a face afundada numa sombra, apertando seus dedos fortes contra os cabelos ralos.

— Isso não é bom, patrão.

Foi a vez de Verne se sentar novamente. Parecia desconcertado. Ficou pálido e não percebeu mais os ardores pelo corpo. Seu desconforto agora era na alma.

— Aonde vocês querem chegar? — ele perguntou, quase um gaguejo.

— Se Astaroth não está em Necrópolis, ele talvez esteja em outro mundo. Se você abriu portais, ele poderá voltar por um deles — respondeu o monge, sem olhar para o pupilo.

— E o maldito virá atrás de você, mocinho — murmurou Karolina sombriamente. Sua expressão estava tão preocupada quanto a dos demais.

— Então, só me resta estar preparado. — O rapaz falou de um jeito sereno para a condição. Elói ficou surpreso.

— Sim. Por isso te dei uma surra ontem. Vi que não estava. Precisará e não tem tempo.

— Mas superei o medo que tinha de meu poder.

— Não é algo que se consiga superar do dia para a noite, Verne — interveio seu mestre. — Mas é importante que você continue trabalhando nisso. E precisará aprender a lutar!

Magma voltou a se aproximar, já mirando novamente o colo do dono.

— Não foi só o athame — Rufus sussurrou num repente.

— Como assim?

— Vejam. — O lycan pegou o vulpo nas mãos, levantando-o até que fosse visto por todos. O mascote fungou em barulho de buzina, aborrecido. — Ele!

— O que tem?

— Seu ectoplasma diferente não só fez o athame se manifestar como também atraiu esta criatura rara até o senhor.

— Aonde quer chegar?

Magma já mordiscava os dedos de Rufus, numa tentativa falha de ser solto. Ainda pairava acima da mesa.

Elói apertou os olhos. Reflexivo, estava mentalmente distante dos demais.

— Está querendo dizer que a resposta sobre a origem do ectoplasma vermelho de Verne está... nesse bichinho? — perguntou Karolina.

— Estou querendo dizer que o athame e Magma levarão a essa resposta — respondeu Rufus.

— Boa ideia — disse Elói, enfim. — Pesquisarei mais sobre os vulpos e de onde diabos veio esse athame. Para isso, precisaremos falar com o vampiro, Verne. Para isso, precisarei ganhar tempo.

— Tudo bem.

Magma foi solto, correndo pelo salão em liberdade.

Verne sabia, essa resposta os levaria para um buraco muito mais profundo.

29

LÁGRIMAS DE ÁLCOOL

O homem se arrastava pela areia.

As botas desgastadas pelo uso, desbotadas pelo tempo, um passo longo seguido do outro, sem pressa, como se chegar não fosse importante, assim como a partida também não fora. Tomado pela amargura havia um ano, ele rumava sem destino. E seu destino era o mesmo toda semana: o álcool. Ali, afogava suas memórias por duas noites, para não ter o que lembrar no dia seguinte. Mas se lembrava, então retornava. Era o ciclo do vício, o caminho ao qual havia se entregado.

Com o coração perfurado de tristeza e recheado de luto, o homem se arrastava pela areia. Puxava seu corcel pelo cabresto com a mesma insatisfação de sempre. O animal rinchava em protesto, exausto. Na outra mão, o pobre carregava um odre longo como uma bainha cheio de cevata até a borda. Solux castigava a pele por debaixo do couro marrom que trajava, com a barriga em forma de barril pesando em seu trajeto, aquele espesso esfregão castanho que era seu cabelo molhado de suor, e os óculos acobreados protegendo seus olhos do reflexo sobre a areia azulada. A gola alta escondendo o pescoço, ocultando a morbidez impressa no rosto. O ladrão estava bêbado e ia beber mais.

Quando ele chegou ao Covil das Persentes, a taverna estava lotada. Anões brigando por um punhado de carne de porcellus numa mesa, mercenários rasgando o pescoço de um duende só de farra, uma rapariga de seios avantajados deixando um velho feliz num canto pouco discreto, entre outros eventos que começavam e terminavam durante a primeira tarde do lugar. Ele foi direto ao balcão e pediu uma dose de sangue de orc das montanhas, enquanto terminava de esvaziar seu odre, para que logo fosse recarregado com mais cevata. Maryn-Na correu para atendê-lo, e Martius Oly contava a outro cliente como enfrentou dois beosos nas neves uma década antes. O ladrão não lhe deu atenção, nunca dava. Cumprimentou Verne com um aceno bobo e voltou seu interesse para a taça que chegava deliciosa até suas mãos. O destilado tinto era doce no começo, depois descia amargo, para morrer em chamas no seu estômago. Quase entrou em transe, mas estava bêbado demais até para isso.

— Simas! — ruiu Verne, pasmado de alegria e surpresa.

— Eu. — Arrotou.

— Sou eu! Verne! — O rapaz se levantou e lhe tomou nos braços. — Bom te ver de novo!

— Obrig... — Arrotou, sem conseguir terminar a frase. O bafo era forte. Um fravashiano do outro lado da taverna o sentiu e teve de sair para respirar.

— Ah, está bêbado, para variar. Não deve se lembrar do ekos que enviei semanas atrás — lamentou o jovem Vipero. — Ei, Martius, me traga água.

O taverneiro se estatelou de uma parede a outra até chegar ao corredor interno, esbaforido, indo buscar o que lhe foi pedido.

— Bebe uma comigo... amigo? — perguntou Simas, ainda não ciente do retorno de Verne a Necrópolis.

— Como você está?

— Marino morreu. — Começou a chorar. Debruçado sobre o balcão, lavava a madeira nunca limpa com suas lágrimas de álcool.

— Eu sinto muito. — Verne sentiu o costumeiro punho se fechando em seu coração. — Alguns de nós perdemos muito naquele ano.

— Morreu! — berrou o ladrão enquanto a taça já vazia se estilhaçava no piso. Maryn-Na logo chegou com um pano e um rodo. — Marino Will morreu!

O rapaz deixou que o amigo se apoiasse em seu ombro para lamuriar. Afagava seus cabelos sem saber o que fazer. Um ano atrás, tinha visto o estado de Will antes da morte, atingido por duendes com veneno escorpionte. Não houve tempo, não houve cura. Nunca havia tempo, Verne refletiu. Lembrou-se da supervelocidade de Simas e pensou que, mesmo com isso, o ladrão não tinha conseguido fazer nada. A morte era sempre a primeira opção.

— Marino partiu. Victor partiu. Você precisa continuar sua sobrevida, Simas, assim como eu continuo com minha vida — disse firmemente. Por dentro, desmoronava.

— Ele está assim há muito, muito tempo mesmo — começou Martius Oly, carregando uma jarra d'água. — Depois que os ladrões do Vilarejo Leste velaram Will, esse aí surtou e me deu mais lucro do que todos aqueles sete anões juntos, mas, veja bem, ele já bebia bastante muito antes disso, agora só piorou, um alcóolatra é um alcóolatra para sempre, ele não quer se curar, quer viver no luto e na dor, conheço o tipo, quer novas desculpas para beber, agora é a perda de alguém querido, mas poderia ser qualquer outra coi...

— Olha o que eu herdei! — Simas apontou uma pistola de porte médio, o metal reluzindo os olhos azul e verde de Verne. Até mesmo o taverneiro se calou.

— O que significa isso, Simas?

— A arma que... herdei de Will. Pobre, pobre Will! — Levou a outra mão ao rosto, enxugando as lágrimas. O rosto estava molhado e as bochechas coradas.

— Abaixe isso.

— Sempre fui bom com a besta e o Will com a pistola. Lembra-se? — Soluçava e arrotava, numa troca contínua de dissabores.

— Abaixe, Simas! — Verne estava mais aborrecido do que temeroso.

Martius entrelaçava os dedos ossudos e longos um no outro, cogitando clamar por Elói em seus aposentos no fundo da taverna, mas não conseguia se mover. A jarra jazia sobre o balcão. A música alta e a bagunça de sempre distraíam os demais clientes, indiferentes a essa situação.

— Eu matei outros duendes com esse revólver, sabia? — O ladrão movia a arma para cima e para baixo, rente aos olhos do amigo. — Sim, matei sim. Eles mereciam.

— Simas...

— Marino Will reside aqui. Reside nesta arma! — bradou.

Seu dedo escorregou sobre o gatilho, e o disparo atingiu um lustre, quando o punho feroz de Rufus acertou seu pomo de adão em cheio, levando o ladrão ao piso e o tiro ao teto. Atordoado, Simas parecia não estar ciente do que acabara de fazer. O guarda-costas rosnou com ira.

— Calma. Ele é meu amigo — alertou Verne, despejando em Simas a água gelada trazida por Martius. — Este é Simas Tales.

— Opa! — engasgou enquanto voltava a si, ainda estirado no chão. — Você bate forte, hein?

— Rufus, prazer — disse o lycan, ainda hesitante, mas o ajudava a levantar. — Não quis machucá-lo. Eu protejo o sr. Verne.

— Faz bem. — Voltou a arrotar, apoiando um braço sobre a nuca peluda de Rufus. — Esse rapaz só se mete em encrenca! — Gargalhou.

Verne acenou para seu guarda-costas e levou o ladrão para uma mesa em um canto mais tranquilo. A pistola ficou na posse do lycan, desconfortável com ela em mãos.

— Seu reflexo já foi mais veloz, amigo. — Sorriu.

— É falta de cevata no sangue. Preciso de mais!

— Você precisa descansar e precisa voltar à ativa. Esse seu luto vai te matar.

— Meu tio diz a mesma coisa. — Ele voltou a chorar, batendo o cocuruto sobre a mesa circular. — Droga! Droga! Não estamos nos dando bem já tem um tempo. Eu já fui um dos melhores ladrões da vila, mas... mas eu não consigo... não consigo mais!

— Calma, Simas!

Dessa vez, o ladrão quase caiu da cadeira, mas o outro o segurou. Maryn-Na lhe trouxe mais água e eles o forçaram a beber. Aos poucos, suas lágrimas cessaram e seu rosto voltou à cor original.

— Vocês... têm razão. Preciso de novas... *aventuras*. Preciso!

— Antes, precisa superar a dor que tem aí dentro. Não foi fácil para mim também.

— O álcool só a piora, eu sei. Mas... eu gosto tanto. É complicado.

— Não tem que ser fácil, mas algo precisa ser feito. Você também precisa correr, *correr* para valer, isso vai ajudá-lo a voltar ao normal.

— Será? — Fungava o nariz, no último fulgor de choro.

— Quanto tempo deixamos a dor definir nossas vidas? Sair por aí bebendo e nos vingando parece fácil, mas, no final, tudo isso representa uma maneira de lidar com uma grande perda — murmurou Verne, alto o suficiente para ser ouvido no meio da multidão.

— Está falando para mim ou para si mesmo? — Simas agora parecia mais sóbrio do que nunca.

— Eu sempre falo essas coisas para mim. Tem sido a forma que encontrei de superar a falta que sinto de Victor.

— Isso é o que você fala, não é o que você faz. — O ladrão se recompôs. Maryn-Na os deixou. Ele se postava ereto na cadeira, limpando a garganta. — Para superar a sua perda, você foge, se esconde. Sei do Príncipe-Serpente. Ele é o culpado. Você o teme.

— Eu o mataria se pudesse. — Suspirou, enfim.

— Mas você não pode, então foge.

— Agora é o momento em que você me diz que tentar matar Astaroth não fará com que Victor volte à vida, e que a vingança não compensa? — Os dois se encararam.

— Não. — Simas colocou sua mão sobre o ombro do outro. — Agora é a hora que eu digo para você parar de fugir e se preparar para matar o desgraçado. Eu também quero uma fatia desse bolo! — Piscou para o rapaz, soltando uma longa gargalhada em seguida.

— Bom te ver — disseram em uníssono, num abraço ainda mais longo.

Magma saltou sobre a mesa, surpreendendo seu dono pela habilidade antes não demonstrada. De fato, aquela criaturinha crescia um bocado a cada dia. Ele rosnou para o ladrão, na tentativa de afastá-lo de Verne. Simas deu um peteleco no focinho do vulpo, que o fez rodopiar no ar e cair em pé no piso. Furioso, o filhote avançou, mordiscando a grossa bota de corrida do seu algoz enquanto os amigos conversavam sobre a mesa.

— Ah, que bonitinho! — cantou Karolina, de súbito. Elói e Rufus estavam ao seu lado. — O bandido bêbado apareceu para somar ao time! — Seu timbre indicava ironia.

— O que essa chata está fazendo por aqui de novo? — cochichou Simas para Verne, aborrecidíssimo.

— Não comecem! — O rapaz suspirou ao se levantar, ficando entre os dois. Estava com Magma nos braços. — Lembrem-se... — Ele também tentava se lembrar. — ...que o Covil é um *ponto neutro*. Sem desavenças aqui dentro.

— Eu não sujaria minha espada com o sangue podre desse aí! — ela provocou.

— Lá fora não é ponto neutro. Eu poderia socá-la cem vezes numa velocidade próxima à da luz que ela só perceberia uma semana depois! — Ele fechou o punho, rugindo entredentes.

Elói interveio, se apresentou e pediu que Karolina se afastasse. Ela partiu com Rufus para o outro lado sem resmungar. Por alguma razão, a moça não afetava o ladrão com seus feromônios. Simas sentiu ali um gostinho de vitória.

— Sua presença me agrada, ladino — disse o monge. — Você é o vínculo mais forte que Verne tem em Necrópolis, quase como um... *irmão*. Acredito que possa convencê-lo a ficar e não ser imbecil de lutar uma guerra que não lhe pertence.

Simas Tales gargalhou. Elói não compreendeu.

— Verne sempre foi muito teimoso. Mas vou tentar, juro.

Verne se aproximou de ambos dando a volta na mesa e foi sua vez de colocar a mão sobre o ombro do amigo. Nitidamente alheio aos conselhos de seu mestre, ele falou:

— Simas, você é o homem mais rápido que conheci. Sei que conseguirá superar essa perda tão rápido quanto uma corrida daqui até sua vila. — Sorriu.

— Vila? — disse o ladrão. — Ah, não volto para lá tão cedo. Preciso de uma aventurazinha. Conselho seu, lembra?

— Isqueópolis. É um bom lugar para você recomeçar.

— *Qualquer*? Ah, meu bom amigo, lá é a minha segunda casa. A primeira é este Covil! — Mais gargalhadas. Nem mesmo Elói pôde evitar um sorriso. — Mas você tem razão, vou procurar o meu tio e fazer a proposta. Preciso recuperar meu respeito no Vilarejo Leste. Tem muita gente ganhando ouro nas ruas de Qualquer.

Os olhos de Simas Tales brilharam. O sangue voltou a correr vivaz por suas veias, permitindo ao coração pulsar como havia muito não fazia. Do lado de fora, até mesmo seu equinotroto relinchou. Sua próxima grande aventura seria na cidade das apostas e trapaças.

Antes, porém, ele precisava urinar toda aquela cevata.

30

RIVAIS

Joshua e Noah, que haviam se abrigado na cabine do Planador Escarlate durante os quatro dias que Karolina e Rufus passaram no Covil das Persentes, agora completavam a base orgânica que servia de tanque com o combustível poluemita. Pousado desde então em frente à taverna, e depois de ter gerado certa tensão entre a clientela do lugar, o construto estava pronto para partir.

Um corvo chegou logo no início da manhã, quando Solux ainda despontava tímido no horizonte. Ele trazia um ekos para Karolina Kirsanoff. A mercenária terminava de desenhar um trajeto qualquer num papiro gigante, organizando sua futura rota. Eos repousava magnífica ao seu lado, já polida e afiada. Com movimentos delicados, ela permitiu que a ave pousasse sobre sua luva escarlate e lhe transmitisse a informação de uma trupe de desertores do norte que estavam fazendo arrastões em pequenas vilas, não deixando nenhum bronze ou piedade para trás. Cada cabeça valendo duas moedas de ouro real.

Entredentes da naja, Rufus despedia-se de seu mestre e dos demais. Elói o havia abençoado pelo menos três vezes naquela manhã, reforçando uma proteção mágica que acreditava ser necessária para ele enfrentar a guerra que viria. Karolina já bradava por seu nome, acelerando o embarque, quando Verne o chamou de canto, seguramente longe dos outros. Mas foi o lycan quem falou primeiro:

— Foi uma honra servi-lo e protegê-lo, senhor. Apesar de ter quitado uma dívida com meu mestre, realmente sinto ter feito parte de algo maior sendo seu guarda-costas. — Seus punhos se encontraram no ar, com força e respeito. — Patrão.

— Não mais — disse Verne. — Fico tranquilo por libertá-lo de me chamar de "patrão", Rufus. Obrigado por tudo. Mesmo.

— Então?

— *Amigo*. Me chame pelo nome. Ou me chame de "amigo".

Sorriram. O lycan partiu em direção ao planador, ainda lhe chamando de "senhor".

Karolina pulava do outro lado, direcionando sua despedida especificamente para o rapaz e seu mestre, evitando o ladrão, que também não fazia questão de encará-la.

— Vou levar o Rufus, mas a gente volta a se ver, está bem? — gritava a mercenária. — O corvo me trouxe tristes notícias de que minhas férias acabaram. — Ela quase não teve tempo de terminar sua fala.

Um pássaro verde e cinza caiu como um saco de arroz no grande espaço entre Verne e o construto. Uma asa parecia ferida havia muito tempo, enquanto o bico estava rachado em quatro pedaços. O cheiro de sangue seco dominou o ar em segundos. O rapaz reconheceu o defunto: Astonar, o talkye do capitão Joe Crow. Não muito distante, Rufus teve uma má sensação muito particular.

Uma sombra desceu do céu, pousando levemente na duna azul. A forma de garoto ainda causava estranheza, coberta de plumas negras e uma bermuda amarela surrada. As garras de ave de rapina se adequaram na areia fofa, e aqueles olhos escuros, que não expressavam sentimentos, encararam Verne com curiosidade. O nariz que formava um bico tinha o athame preso.

— Ícaro! — disse Verne, em sua costumeira surpresa.

— Finalmente o encontrei, rapaz Verne — guinchou Ícaro Zíngaro depois que retirou a arma da boca e a entregou ao verdadeiro dono. — Senti seu cheiro terrestre assim que chegou em Necrópolis. Voei ao seu encontro, mas você parecia nunca parar no mesmo lugar. Continuei, mas não conseguia encontrá-lo. Sempre e nunca.

— Por... quê?

— Vocês são minha única família. — Ajoelhou-se sobre Astonar, vislumbrando o morto com peculiaridade. — Não são?

— Somos sim, passarinho! — disse Karolina, se aproximando com cautela por trás. Tinha um sorriso apaziguante estampado na face.

— Obrigado, vermelha — ele continuou, sem olhar para ela. — Você levou aquele documento do vampiro aonde deveria, provando minha inocência por feitiçaria. Isso me devolveu a paz.

— Sou honesta até mesmo quando não me pagam bem! — A moça

piscou sem ser vista, mas a boa sensação alcançou o homem-pássaro.

— Rapaz Verne. — Ele se voltou para o outro. — Enquanto lhe procurava, achei que tivesse o encontrado indo para o sul. Mas o cheiro vinha da arma e ela estava com esse talkye.

— Foi você quem o matou?

— Ele tentou me assassinar, eu mastiguei sua garganta. Depois continuei procurando por você. Essa arma lhe pertence.

— Eu pensei que nunca mais veria meu athame novamente. — Ele fechou a mão com firmeza sobre o punho da arma, sentindo-se renovado. — Obrigado, Ícaro!

— Rapaz Verne é um bom humano.

Simas e Elói se aproximaram. Magma foi mais hesitante, chegando pelos flancos, sentindo o odor do homem-pássaro e descobrindo aos poucos que ele não era uma ameaça. Ícaro olhou por cima dos ombros, diretamente para Joshua e Noah no planador e ficou em silêncio, como se sua mente não estivesse mais ali.

— Ouvi coisas boas e curiosas a seu respeito, jovem Zíngaro — disse Elói respeitosamente. Ele fez uma mesura, mas o outro não compreendeu. Piou.

— Você não cresceu nada, hein, corujeiro! — debochou Simas, com um sorriso de canto. Carregava seu longo odre preso à cintura, provavelmente vazio. — O que fez durante todo esse tempo?

— Procurei por Yuka, minha fada-madrinha — respondeu, como sempre inexpressivo. — Ela desapareceu após os eventos do labirinto naquela época, nunca mais a encontrei. Mas... mas aprimorei meu olfato nesse período. — Alguém murmurou um "percebe-se", mas foi ignorado. — Então, acredito tê-la sentido muito próxima a mim nas noites solitárias que passei no Bosque de Meraviglie.

Ícaro, sempre procurando e longe de sua terra natal, Verne refletiu. Não era muito diferente dele, afinal.

— *Carniceiro!* — rosnou Rufus abruptamente, com a face coberta de sombra. Respirava com tensão.

O homem-pássaro ignorou o chamado, como se já esperasse por aquilo, mas se levantou. Preso no estábulo improvisado ao lado do Covil, o equinotroto de Simas relinchou, Magma também reagiu, regougando. Verne voltou a segurar seu athame como fazia antes, apenas por precaução, percebendo que só os animais compreendiam aquela situação. Não era do feitio de seu antigo guarda-costas agir daquela maneira.

— Precisamos partir, Karolina! — tornou a bradar o lycan. — Lutarei ao lado de meu irmão na guerra e não preciso de um mau presságio justo agora.

— Do que ele está falando? — perguntou o rapaz.

— Lycans e corujeiros, hum, como posso dizer? — A mercenária refletiu rapidamente, uma mão no queixo, graciosa. — Não são *compatíveis*, entende?

— Ah, droga! — Verne levou a mão ao rosto, os olhos cerrados. — Já não me basta você e o Simas, agora Rufus e Ícaro. — Ele chegou mais próximo do corujeiro, buscando decifrar sua face apática. — Olha, Ícaro...

— Compreendo por que não consegui identificar seu cheiro com eficácia, rapaz Verne — piou.

— O... o quê?

— O cheiro da pelugem úmida de suor pelo calor de Solux. Um fedor terrível de cão molhado. Isso afetou muito meu olfato.

— O clima ficou instável assim porque os carninceiros negros desceram do alto — latiu Rufus, entredentes. — Aqui não é o lugar de vocês!

— Sei que os zumbis se escondem dos sobrevivos porque sabem qual é o seu lugar — continuou Ícaro. — Os cães fétidos da mata deveriam voltar para suas tocas antes de falarem dos nobres dos céus.

Verne notou as plumas do homem-pássaro se eriçarem como aconteceu no labirinto de espinhos. Afiadas como lâminas, separadas uma a uma para um corte fatal. Os grandes olhos negros se apertando em aborrecimento. Algo no movimento de seu bico ameaçava despedaçar o invisível no ar. Não olhava para trás.

— Certo, parem vocês dois! — Karolina interveio, dessa vez séria. Rufus estava ainda distante deles, próximo ao Planador Escarlate. Joshua e Noah assistiam a tudo com um prazer velado. — Precisamos partir agora.

A mercenária caminhou até seu construto e forçou o rosnador a seguir junto, o empurrando pelas costas, enquanto dava adeus aos demais de forma descontraída. Começaram a entrar pela membrana da cabine.

— Vamos, você precisa beber para relaxar. Por minha conta! — sugeriu Simas, numa tentativa falha de arrastar Ícaro para dentro do Covil.

— Eu dispenso. Beberiquei água das montanhas antes de chegar aqui — respondeu, com a voz inalterada.

Elói estava com os braços cruzados, sério e paciente, como se aguardasse por algo.

— Elói? — Era Verne. — Já acabou. Vamos entrar.

— Não acabou — disse serenamente. — Rufus e Ícaro, eles precisam de um *tempinho*.

Magma buscou na sombra de seu dono um refúgio. Gorgo relinchou mais forte dessa vez.

— Eu não tenho de aguentar isso — Rufus se fez ouvir, interrompendo a entrada no planador. — Os carninceiros negros trazem má sorte.

Eu não deveria ter cruzado o caminho de um deles em meu trajeto. Os lycans não merecem tanta tragédia.

— Os lycans desenharam sua própria tragédia há muito tempo — piava Ícaro. Os dois de costas um para o outro, ocultando cóleras. — Nós, corujeiros, ascendemos, não nos escondemos na mata.

— Vocês são filhos da princesa Eulle, isso por si só é uma tragédia — rosnou. A metros dali, ouviram um guincho. Martius e Maryn-Na vieram até a entrada da taverna descobrir o que acontecia. — Ouvi a seu respeito, carniceiro. Eu, pelo menos, tenho pátria!

Nesse momento, Karolina capturou com firmeza o lycan, o puxando com força para dentro da cabine, dando-lhe um sermão. No instante seguinte, viu um corte profundo na lateral da face dele, como se uma faca tivesse passado por ali sem que ninguém notasse. Rufus tocou o rosto barbudo e percebeu escorrer um sangue delgado. Seus olhos se encheram de ira e ele uivou. Uivou tão alto que Gorgo quase arrebentou a cela e o cabresto que o prendiam. Magma fugiu de lá direto para dentro do Covil. No chão, uma pluma negra.

— Droga, Ícaro! — lamentou Verne. Mas o homem-pássaro já planava a metros do chão, encarando seu desafeto, ainda distante.

A mercenária teve de soltar o lycan, antes que ele o fizesse bruscamente. Latindo e rosnando, avançou curvado para frente, quase assumindo uma postura quadrúpede. O corujeiro voou em sua direção num rasante feroz, cortando o ar com suas asas afiadas.

Os mercenários, o ladrão, o monge e os taverneiros assistiam a tudo com apreensão. O rapaz ameaçou fechar os olhos, mas foi impedido.

— Não! — Era Elói, ainda imóvel. — Assista. Aprenda agora a semelhança entre medo e coragem.

As feras colidiram. Mesmo naquela forma comum, Rufus tinha força e habilidades superiores às de um humano. Penetrou na carne do adversário com suas presas longas, deixando o sangue jorrar profuso, com prazer.

— *Diferença*, você quis dizer. — Verne estava pasmo com a situação. Dois amigos em peleja. Seu coração querendo escapar pela boca.

Ferido no ombro, Ícaro se desequilibrou no ar e, depois de solto, caiu rolando na areia, que amorteceu o impacto. Logo estava em pé, quando o lycan ainda se virava. Viu ali uma oportunidade, estocando suas costas com as plumas feito lâminas. Rufus sentiu duas costelas destruídas e reagiu girando o forte braço em noventa graus, esbofeteando face e bico do corujeiro, que voou ainda mais longe, quicando de duna em duna, deixando um rastro amarelo pelo caminho, cor do sangue de sua raça.

— *Semelhança* foi o que eu disse — pontuou. O monge os assistia, analisando cada movimento.

Rufus correu veloz até o corpo de Ícaro estirado no chão. Saltou e se jogou para cima dele, recebendo de surpresa uma patada dupla no peito, que o derrubou de costas. O homem-pássaro logo levantou voo, rodopiando a si mesmo como um pequeno furacão negro, cortando a pele do outro, que regenerava e logo em seguida era ferida de novo. O lycan rolou para o lado, caindo numa duna segura, onde tomou sua posição. O adversário veio na tentativa de ata-lo, mas ele conseguiu prender o bico com seu grande punho e lhe socar o estômago com a outra mão livre. Mais sangue amarelo se juntando ao vermelho.

— Não são raças em guerra — disse Simas de repente, tão aflito quanto todos. — Mas têm seus problemas pela lenda que protagonizaram. De qualquer jeito, nunca é bom tê-los num mesmo grupo.

— Estão quase no estado *berseker!* — gritou Martius, apavorado.

— Eu preciso impedi-los! — decidiu-se Verne.

— Nem tente — ordenou Elói. O rapaz não teve mais vontade de se mover.

Ícaro estava sendo estrangulado pelo desafeto, perdendo a cor da face, quando recobrou a consciência por um segundo e fechou os braços sobre os ombros do outro. As plumas perfuraram cada lado, a ponto de transpassar carne e músculo. Rufus rugiu de dor e cambaleou para trás, sentindo o movimento dos braços sumir. O corujeiro retirou uma pluma e fez dela uma faca, saltando sobre ele para abrir sua garganta. O lycan espalmou o punho esquerdo, com as garras preparadas para rasgar o tronco do inimigo. Então, veio o vermelho.

O homem-pássaro perfurou o solo arenoso. O cão molhado não estava ali.

Rufus cortou o ar, onde não havia mais o carniceiro voador.

Os demais ficaram cegos temporariamente pela escuridão vermelha que tomou o local.

Elói sorriu.

Quando a energia se dissipou, Karolina já avançava na direção do amigo, pronta para socorrê-lo. Do outro lado, Simas e o taverneiro acudiam o homem-pássaro. Os dois adversários ainda se sentiam mais confusos do que feridos, demorando a reagir aos auxílios.

— O que houve aqui? — perguntou o ladrão em voz alta, com Ícaro nos braços.

— Vocês queriam ver banho de sangue. Verne lhes deu um show menos violento — respondeu o monge.

— O quê?! — indagou a mercenária, sem entender.

— Olhem! — murmurou Maryn-Na, que nunca falava, mas ali todos a ouviram.

O athame veio do ponto onde lycan e corujeiro lutavam, rodando no ar ao chamado de seu usuário. Verne capturou a arma com destreza, seu ectoplasma reluzindo baixo.

— Vo-você cortou o espaço! — Martius estava boquiaberto. — DE NOVO!

— Exato — continuou Elói, ainda imóvel e de braços cruzados. — Verne usou o ectoplasma junto de seu athame para abrir uma fenda na existência entre os dois. Com isso, Ícaro passou pelo portal em vez de atingir Rufus. Depois, Verne abriu outro corte no espaço, distante dali, e Ícaro voltou até nós.

— É quase como se ele tivesse movido o espaço-tempo. Pelos deuses... — Rufus conseguiu dizer, agora calmo e imerso em reflexões.

— Como conseguiu isso, Verne? — perguntou seu mestre.

— Não sei. — Olhou para o athame em mãos, deixou sua energia dissipar. Parecia calmo. — Você tinha razão. Não era diferença.

— Então?

— A semelhança entre a coragem e o medo é que ambos se desafiam.

— Finalmente você entendeu. — Elói sorria, satisfeito, movendo-se em direção ao pupilo. — A coragem não é a ausência do medo, é a resistência a ele. O medo não é covardia, mas a falta de conhecimento sobre si mesmo.

Verne gostaria de acreditar que aquele embate tinha ocorrido para fortalecer seu treinamento do ectoplasma. Mas sabia que fora real. Tentava recompor-se pensando ter colaborado para que a luta não terminasse de forma trágica. E compreendeu que, para o bem ou para o mal, o uso de sua energia vermelha continuaria gerando consequências imprevisíveis.

INTERLÚDIO

PEDRAS NA ÁGUA

Uma montanha se moveu no litoral todo feito de rochedos aguçados e falésias carrancudas. Dos céus sobre a ilhota, como se fosse um sinal da batalha que se aproximava, desceu uma neblina densa e ardósia, mesclando-se às cores do lugar, cinza e sem vida.

A Terra dos Monstros ainda permitia o nascer de algumas plantas e árvores em cantos esquecidos pelos habitantes. Essa vegetação crescia torta e estranha, mais negra do que verde. Um pesquisador, havia muito devorado pelas criaturas, nomeou a área levemente arborizada de *plantae natimortis*. Nasciam para logo em seguida morrer. Os trolls faziam dos troncos das árvores suas clavas.

Urravam como um som de explosão, extasiados e preparados para a guerra. Demonstravam isso socando uns aos outros, copulando com fêmeas e machos, sem distinção nem noção, pois se consideravam pedras ambulantes, algo único, uma extensão do que era Ogres.

Isu, a montanha que andava, causou um pequeno terremoto ao receber a cabeça do filhote que estava na posse de Hoärr. O salteador gnoll, enviado a mando do líder gnorr para dar o "chamado" aos trolls, partiu com seu bote tão logo chegou. Não arriscaria um minuto a mais naquele lugar.

Furiosos por uma *pedra a menos*, os monstros alcançaram o mar, carregando troncos num braço e usando o outro para nadar até o sul do Arvoredo Lycan. Afinal, eram os lycantropos os responsáveis pela morte de um filhote troll. Eles não os perdoariam.

A tempestade começara.

Quarta Parte

SANGUE

A coragem alimenta as guerras,
mas é o medo que as faz nascer.
Émile-Auguste Chartier

31

A MARCHA DE PRATA

A chuva atingia com ferocidade as peles malhadas. Os gnolls gargalhavam durante a faina, ignorando a tormenta sobre as canoas de guerra. Na única galé existente, o líder gnorr recebia um corvo do líder lycan, que trazia o Uivo de Guerra de Raul através do ekos.

Na proa, à esquerda de Hoärr, estava um gnoll alto, com músculos vistosos semelhantes a rochas, protegendo a nudez apenas com um pedaço de pele pendurado na cintura. Carregava um machado do tamanho do corpo e mastigava fumo incessantemente, ansioso e sério, sua bocarra sedenta por sangue. Seu nome era Rhakros. À direita do líder estava Lassadar. Oposto às necessidades do outro, trajava uma armadura completa de metal, com capacete, ombreiras, grevas, peitoral e braceletes, novos e polidos, empunhando uma lança enorme. Incumbidos de proteger Hoärr no campo de batalha, os dois generais tinham em comum o fato de terem sido concebidos durante pelejas entre o povo da floresta. Eram fiéis como cães, por isso guardavam Hoärr e marchariam com ele na retaguarda.

Berrurru seguia na linha de frente com sua guarnição de gnolls espadachins. Ele trajava a bata do couro lycan de Brun Nunez, assassinado semanas atrás. A pele do defunto estava retesada sobre a sua pelugem malhada, um terror em movimento. Uma canoa havia sido reservada somente para ele, devido ao seu largo tamanho e tremendo peso. A tormenta não o atrapalhava. Na formação dos barcos sobre o mar, um triângulo avançava sobre o Arvoredo Lycan, com Berrurru na ponta, à frente de todos. O coronel empunhava duas facas de obsidiana, considerada a lâmina mais afiada do mundo. A técnica de feitura dessa arma era herança de família, havia muito esquecida pelo povo da floresta. Diziam as lendas que essas facas eram capazes de cortar a cabeça de um equinotroto em um único golpe. Diziam os boatos que o gordo gnoll havia feito isso certa vez, apenas para experimentar suas habilidades.

Mais assassinos do que arqueiros, uma tropa menor e ágil de gnolls se amontoava, distribuída em canoas pequenas e esguias, começando a invadir os flancos da floresta, onde eles se espalhariam para o ataque-surpresa, escondidos entre as sombras. Nem mesmo os relâmpagos do céu ameaçador eram capazes de assustá-los. Estavam protegidos com uma toga leve e negra, de um material vegetal que só crescia nos bosques sombrios de Feral. Esses assassinos eram comandados por Amatukki, considerado o melhor arqueiro do seu povo e conhecido por nunca ter errado um alvo.

A galé de casco achatado de Hoärr desafiava as poderosas ondas que subiam metros acima e despencavam destrutivas sobre as criaturas. Alguns botes tombaram no trajeto, com poucas perdas. Evitaram a leva de mantimentos, preocupando-se apenas com suas armas. Nordr não viajou preparado para lutar, ainda vestindo seus trapos pobres, enquanto vivenciava seu medo de entrar em território inimigo. E como os odiava, na cabine da galé, o velho gnoll forjava uma chave-mestra. O líder gnorr também usava uma pesada armadura, completa como a do general Lassadar, porém mais nobre, em dourado e salpicado de prateado, com espigões expressivos despontando dos cotovelos das manoplas e das joelheiras. Dois chifres brotavam pelos lados de seu capacete reluzente, já planejado para se assemelhar a uma coroa, quando então tomaria o Arvoredo Lycan para si e o nomearia como o Arvoredo Gnoll. Hoärr tinha um sorriso estampado na bocarra, de segurança e satisfação pela grandiloquência de seu regimento, planejado por meses para ser eficiente em campo e destruidor na batalha. Oitocentos gnolls contra não mais do que quinhentos lycans, considerando as doze tribos da floresta. E o líder gnorr ainda comandava entre trinta ou vinte trolls que avançavam para dizimar o que restasse das matilhas.

Contudo, ainda possuía outra carta na manga: todas as lâminas tinham sido forjadas durante os dias quentes de Solux. Com *prata*. Nenhum lycan sobreviveria àquilo.

32

A PRINCESA DOS CÉUS E O REI DA FLORESTA

O compartimento era apertado, meio sufocante e emitia um zunido difícil de suportar por muito mais tempo. Os barris de poluemita batiam um no outro, deixando cair um pouco do combustível sobre suas pernas dobradas. Verne estava deitado naquela posição havia quase duas horas, respirando com dificuldade, sentindo seus membros adormecerem pouco a pouco. Seu vulpo dormia tranquilo ao lado. Eles viajavam clandestinamente no Planador Escarlate.

"Essa guerra nada tem a ver com você, não se envolva!" tinha lhe ordenado Elói na noite anterior, quando o rapaz insistira em ajudar, de alguma maneira, na batalha do Arvoredo. Sabia que o mestre se preocupava muito com seu pupilo e havia enviado um guarda-costas e depois um treinamento imediato para que ele pudesse superar seus temores e melhorar no uso do ectoplasma. Mas o que o monge não compreendia era que Verne sentia a necessidade de ajudar o povo que o tinha acolhido e protegido sem julgamentos, fora exceções. Pensava em Rufus, principalmente. Um lycan honrado que dedicou um ano de sua sobrevida a protegê-lo com zelo e eficácia. Havia também Lupita, que aquecia seu coração despedaçado por Arabella e a quem prometeu que voltaria. E Magma, uma criatura rara, que só foi encontrada porque o rapaz estava convivendo com o povo da floresta. O Arvoredo Lycan foi sua segunda casa por muito tempo e lhe presenteou com bons momentos quando mais precisou. Agora, esse mesmo Arvoredo arderia pela traição dos gnolls. Não admitiria isso.

Verne sabia, essa guerra não era sua. Nem precisava. Era a guerra de um povo do qual ele já se sentia parte. Via nessa situação a oportunidade não só de retribuir sua ajuda, mas também de aprimorar seus poderes treinados, colocando-se à prova, testando seu medo e medindo sua coragem. Refletia se estava finalmente amadurecendo.

"Seu ectoplasma é poderoso, diferente e até mesmo perigoso se mal usado. Mas você ainda não está pronto. Precisa de tempo e mais treinamento", lembrou-se novamente de Elói. Mas que tempo? Ele mesmo havia dito que não havia tempo e que os asseclas do Príncipe-Serpente não desistiriam de tentar ata-lo. Verne possuía mais medo de si do que da morte. Principalmente depois de passar por ela.

No dia anterior, quando anoiteceu após a briga de Rufus e Ícaro, todos se recolheram no Covil, antes que este abrisse para a clientela. De um lado, Simas e Maryn-Na cuidavam dos ferimentos do homem-pássaro, com poções de cura derivadas de ervas que o ladrão carregava consigo, compradas de Absyrto, o curandeiro do deserto. Do outro, Karolina e Martius untavam o lycantropo com uma pomada especial para cortes e perfurações, que o taverneiro estocava em seus aposentos. Ironicamente, tanto o lycan quanto o corujeiro tinham capacidades olfativas e regenerativas semelhantes, mas na primeira raça o processo de cura era mais veloz e eficaz. No diagnóstico, Ícaro Zíngaro descobriu que não poderia voar por dois dias. Entrou em pânico, novamente naquela situação, como um ano antes. Clamou por Yuka, pedindo seu auxílio, sua presença. Ela lhe era nitidamente vital.

Mesmo com a rápida recuperação, Rufus Sanchez sabia dos problemas que enfrentaria. Fosse lenda ou não, quando um lycan era atingido por um corujeiro, a ferida demorava a cicatrizar e a dor do golpe durava semanas. Diziam que era porque a Princesa dos Céus, Eulle, havia banhado suas plumas com sangue de lobo antes de falecer. Rufus ficou preocupado, não podia estar inutilizado na guerra. Era essencial para seu irmão e para seu povo no campo de batalha. Um dos lycans mais fortes já vistos, não poderia falhar.

Enquanto isso, no mesmo local, o monge bradava sermões ao seu pupilo, ordenando que não participasse da peleja no Arvoredo. Percebendo o quão difícil era incutir essa ideia no rapaz, Elói apelou para argumentos que acreditava serem mais fortes: "Astaroth sabe tudo sobre você, mas você nada sabe sobre ele. Esse é um grande problema". E de fato era. Porém, Verne se justificava dizendo não ter corrido riscos enquanto esteve entre o povo da floresta. Seu mestre rebatia afirmando que, no Covil, um ponto neutro em Necrópolis, também não. Elói sabia que o humano havia se envolvido mais do que gostaria com os lycans, mas ordens eram ordens.

Verne sentiu um solavanco. Tentou não gemer. O Planador Escalarte talvez estivesse enfrentando alguma região turbulenta. Começou a ficar com náuseas.

Naquela noite, o rapaz havia encontrado Ícaro empoleirado sobre a cabeça da naja. Aos pés do Covil, o jovem Vipero evitava o caos da clientela, enquanto Rufus descansava no construto junto dos mercenários. Simas se esbaldava na cevata, deitado no colo de duas prostitutas do oeste dentro da taverna. Ao mesmo tempo, Elói meditava em seu quarto, nos fundos.

— Rapaz Verne — havia guinchado o corujeiro, fitando o vazio da escuridão das Terras Mórbidas.

— Para onde você vai quando estiver melhor? — lhe perguntara o rapaz.

— Vou para onde tenho de ir. Minha eterna busca, minha grande jornada. Preciso encontrar Yuka.

— Evite lycans pelo caminho então — tentou descontrair, sem sucesso.

— O cão lhe protegeu. O monge me contou toda a história. Eu lamento não ter feito o mesmo. Você me ajudou quando fui acusado daquele crime.

— Karol e Dantalion ajudaram mais.

— Você acreditou em mim. — O homem-pássaro havia suspirado longamente. — Sou uma criatura sem pátria, um pária.

— Você me trouxe o athame, isso foi muito mais do que importante — disse Verne em voz alta, para ser ouvido através do som forte e abafado que vinha de dentro. — Eu o tenho como um amigo, Ícaro. Você e a todos aqui. Como tinha dito, somos uma família mesmo.

O rapaz ouviu relâmpagos distantes. O planador também abafava os piores sons. Sua cabeça já doía.

Verne não havia se despedido de Karolina e Rufus de propósito, pois seu plano estava traçado. Após escrever a carta e implorar aos taverneiros que nada dissessem, ele a deixou sobre a cabeceira da cama onde dormia Elói e o encarou por alguns minutos, vendo no monge uma figura paterna que nunca teve como imaginar. Quase se arrependeu, sentindo o coração apunhalado pelo ato. Mas era necessário. Uma razão maior.

De forma inesperada, fora capturado por Simas quando tentava sair discretamente da taverna. O ladrão o abraçou e chorou penosamente, desejando-lhe muita sorte na floresta. Estava terrivelmente bêbado e provavelmente não se lembraria de muitos detalhes no dia seguinte — e o rapaz contava com isso. Mesmo assim, Verne deixou seus conselhos para o amigo. Reforçou os pedidos para que o parrudo velocista voltasse à ativa, orgulhasse seu tio no Vilarejo Leste com novos tesouros e superasse a morte de Marino Will da melhor maneira, sem se afundar no álcool. Mesmo que ele não recordasse a conversa, em algum momento iria assimilar tudo numa explosão de memórias. Em seguida, o rapaz partiu sem olhar para trás e se escondeu no compartimento de combustível do Planador Escarlate enquanto seus tripulantes dormiam.

No começo da madrugada, o construto decolou.

— Deveríamos ter desconfiado! — bradou Noah ao abrir a portinhola do compartimento que ficava um nível abaixo da parte de trás da cabine.

O rapaz caiu rolando para dentro da película do planador, sem graça. Levantou-se e pediu que o mercenário não o agredisse. Trazia consigo Magma, a mochila surrada, a bata agora lavada por Maryn-Na e o athame preso na cintura.

— Eu o farejei, senhor — disse Rufus, aparentemente exausto, sentado sobre o banco de carne. As feridas que Ícaro lhe causara nos ombros ainda eram bem visíveis.

— Além do mais, você também fez muito barulho! — reclamou Noah, lhe dando um tabefe na nuca.

— E, bem... Você estava clandestino dentro do meu gorgoilez, mocinho. Lógico que eu ia *senti-lo*. — Era Karolina, de costas, com aquela bela visão de sua silhueta, pilotando o planador com as mãos sobre as esferas.

Verne procurou um espaço no banco de carne e se sentou, num silêncio constrangedor. Nem sequer hesitou:

— Vou lutar nessa guerra.

A mercenária apenas balançou a cabeça para os lados, suspirando.

— Senhor, não — o lycan foi incisivo.

— Eu vou. Foi uma decisão minha. Sei das consequências.

— Não o protegi durante todo esse tempo para que depois morresse em batalha.

— Não morrerei.

— Como pode saber, mocinho? — perguntou a meia-ninfa, olhando por cima dos ombros. — Não é porque você morreu uma vez que está imune agora. As coisas não são assim.

— Eu não sei. E não disse que estarei imune. — O rapaz estava decidido, quem via seus olhos sabia disso. — Mas sinto que preciso lutar, tenho meus vários motivos. E eu serei cauteloso, prometo.

Teimosia ou obstinação? Ninguém encontrou uma resposta, mas todos lamentaram. Verne já era famoso por ser obcecado em salvar o irmão.

Joshua e Noah, como sempre, não tomaram partido, fazendo apenas o que era necessário. Cada um em sua posição nos painéis do controle de ataque, conduziam o Planador Escarlate numa velocidade duas vezes maior. Rufus havia insistido pela viagem curta, já que seu tempo também o era. Para isso, desembolsou algumas pratas, que a mercenária recebeu de bom grado. "Um favor bem pago", disse em algum momento.

— O senhor será mesmo inflexível quanto a isso?

— Sim, serei.

O lycan desistiu do assunto, tinha preocupações de fato maiores para lhe ocupar a mente e, de qualquer maneira, ele ainda se sentia servo do humano. Um pouco, mas sentia. Talvez tivesse se acostumado depois de tanto tempo. Afinal, a profissão de guarda-costas lhe fora menos penosa do que a de guerreiro no Arvoredo, administrando problemas constantes ao lado do irmão.

— Ao que vocês se referiam quando citaram uma "lenda" entre corujeiros e lycans? — perguntou o rapaz, tentando quebrar o desconforto na cabine, aliado à sua eterna curiosidade. — Quem foi a princesa Eulle?

Rufus franziu o cenho. Parecia que se lembrar disso o deixava desconfortável.

— Ah, os mercenários mais velhos contavam essas histórias algumas noites por ano — disse Karolina. — A lenda da Princesa dos Céus e o Rei da... Mata.

— Floresta, senhorita — murmurou Joshua num repente. — Da Floresta.

— Isso, isso! — Ela continuou: — A Princesa dos Céus e o Rei da Floresta conta a história de uma corujeira que se feriu durante um voo, caindo sobre a Floresta Sagrada de Necrópolis, que ninguém sabe onde fica. — A meia-ninfa piscou, colocando a língua para fora, sapeca. Verne, lógico, ficava encantado. — Perdida, ela foi encontrada pelo Rei da Floresta, um lycantropo poderoso, que era o guardião de todo aquele lugar, bláblábla, eles se apaixonaram e tiveram um romance secreto, já que o povo dos céus e o da mata não podiam se misturar, cada um com uma ideia de sangue puro que não deveria ser violado, essas coisas. — Karolina moveu sutilmente suas palmas para o lado e as esferas seguiram a condução, virando o planador no ar. Os tripulantes sentiram a pressão sobre a cabeça. — Aí, houve uma guerr...

— Não — Joshua interveio novamente. — Antes, eles tiveram um filhote, senhorita.

— Isso, isso! O casal teve um filhote mestiço, uma fera fortíssima como os lycans e capaz de voar como os corujeiros. Essa situação acabou gerando um monte de problemas e então houve uma guerra entre as duas raças. Como soberanos de seus reinos, eles se separaram para defender cada um o seu povo. Parece que isso foi os afastando aos poucos, uma pena mesmo.

— E... então? — Verne perguntou, bobamente, enquanto Rufus resmungava em seu canto.

— Ah, o filhote deles morreu, eles morreram, foi uma tragédia! — ela revelou, fazendo caretas.

— O filhote primeiro, num acidente de batalha. A princesa Eulle depois, pelas mãos de seu amado, senhorita — Joshua complementou.

— Isso, isso! Ouviu, né, mocinho? — Outro movimento sobre as esferas e o rapaz percebeu que estavam descendo em rasante, o cenário da floresta se expandido, a manhã cinzenta se aproximando. Não muito distante, as nuvens negras da tempestade que chegava do oeste. — Mas não pense você que foi proposital! Não, não. O rei não havia reconhecido sua princesa vestida com armadura de batalha, achou que fosse um inimigo e a trucidou. Foi disso que surgiu a lenda de que lycans se ferem mais fácil com ataques de corujeiros .

— Prata é ainda pior, Karolina — corrigiu Rufus, com uma carranca.

— Sim, Rufie — ela respondeu sem olhar para trás. — Então, o Rei da Floresta pegou o corpo da amada e, junto dele, se atirou no Niyanvoyo, já que a sobrevida não valia mais a pena. Não sem ela. — A palavra "Niyanvoyo" trouxe um arrepio familiar ao rapaz.

— Os antigos defendem que o deus La Oscuridad dos lycans e a deusa Krähe dos corujeiros sejam o Rei da Floresta, veja, e a Princesa dos Céus, Eulle, que ascenderam à divindade depois de viver uma linda história de amor, perder tudo e morrer em tragédia — finalizou Joshua. Verne notou certa emotividade no mercenário. Devia ser só impressão, achou depois.

— Fim — disse ela.

— Não. É só o começo — sussurrou Rufus sombriamente.

— O que quer dizer? — indagou o rapaz.

— Não sentem esse cheiro? — ele insistiu. — Odor de carniceiro. Outro tipo de carniceiro. Daquele que ri enquanto o mata.

— Gnoll?

Todos eles.

33

OS IRMÃOS

Foi Aime que os recepcionou no Coração da Floresta.

Todos estavam exaustos e sujos. A mata já não parecia a Verne tão quente como antes. A tempestade que se aproximava trazia junto o vento do oeste, o frio da morte. Os habitantes da Tribo da Garra estavam aglomerados no centro, fazendo um semicírculo entre ocas e arbustos. O aspecto dos lycans agora era outro: trajavam menos vestes, entre sungas de pelo e batas leves cobrindo o mínimo, dando espaço para a transformação que lhes seria necessária. Aime e seus soldados se encontravam logo abaixo do arco de galhos secos, postados em posição séria, muito diferente do que o rapaz tinha assistido naquela noite de comemorações. Não havia porcellus, nem crianças brincando. As fêmeas com filhotes pequenos já recolhiam poucas trouxas, apressadamente, enquanto alguns machos jovens corriam de um lado ao outro preparando armadilhas no solo. Karolina, escoltada por Joshua e Noah, percebeu um lycan terminando de escavar um enorme buraco, depois coberto por gravetos e pedaços de grama solta. "Ferida na terra" chamavam os nativos.

Os soldados-lobos seguiam inescrutáveis. Os que não lutariam na guerra permaneciam assustados. Ninguém sorria. Rufus suspirou longamente ao vislumbrar esse triste cenário.

— Seu irmão o espera — informou Aime, uma voz gutural e profunda, como se vinda de um fosso. O jovem Vipero não tinha ganhado atenção naquela manhã.

O lycan se despediu dos mercenários, entregando um saco pequeno que tilintava moedas por dentro, trazido por sua noiva, Alejandra. Com ela, partiu Coração da Floresta adentro.

Karolina Kirsanoff voltou-se para Verne e o abraçou. Foi quando ele sentiu seu corpo quente novamente. Imaginava que demoraria para ter algo assim tão cedo.

— Vou partir, mocinho. Promete não morrer de novo? — ela perguntou docemente.

— Farei o possível.

Sorriram.

— Desta vez sem "adeus." — A meia-ninfa o encarou. — Sinto que o verei de novo.

— Você disse o mesmo da primeira vez que estive em Necrópolis.

— Da primeira foi desejo. Agora, me soa óbvio.

— Por quê?

— Pode ser só impressão minha... mas você me parece mais à vontade aqui do que na Terra. Ou está passando a ficar.

O rapaz refletiu sobre aquilo. Fazia sentido, divagou, se não era cem por cento verdade, estava bem próximo dela. Também não havia notado Lupita se aproximando. Ela chegou receosa do outro lado, com os olhos presos em seu amado humano, as mãos juntas próximas à cintura, o andar pausado, uma expressão cansada. A mercenária sorriu aquele seu sorriso malicioso.

— Eis um dos motivos de você estar mais preso a Necrópolis! — ela concluiu, com risinhos.

O casal não se mostrou constrangido, talvez porque não a tenham ouvido com atenção.

— Verne — murmurou a lycan.

— Lupita. — Ele não conseguiu sorrir, ainda pensativo, olhando para ela e para ninguém.

"Verne", ouviu três vezes em sua cabeça. Achou que fosse Chax, mas depois lembrou que seu AI não seria capaz de se manifestar em Necrópolis. Logo, cogitou a oria, mas ela não estava morta?

"Verne", três vezes novamente. Não era voz de menina. Menino. Victor? Seu irmão o chamava. Verne foi tomado pela felicidade. Sentia Victor próximo, de corpo e alma. Como poderia? Apertou o pingente com seu sangue e o dele pendurado no pescoço. Ouviu um zunido surdo em seguida. Depois, mais forte. O som já cortava o ar quando o rapaz voltou a si. Viu um bumerangue rodando veloz de cima para baixo na direção de seu rosto.

Eos cortou a arma em dois, e os pedaços de madeira afiada caíram falhos ao lado do jovem Vipero, pasmado pela situação. O ar subiu forte até seu pulmão e ele finalmente estava de volta em Necrópolis. Ouviu sons de tiro. Joshua e Noah metralhavam duas criaturas que tentaram saltar do alto de uma árvore, enquanto Karolina despedaçava outras duas diante de si. Tripas e músculos voando em sua direção. Lupita já protegia sua vanguarda, rosnando para os mortos.

— Assassinos! — a mercenária revelou.

— Foram enviados pelo maldito do Hoärr! — grunhiu a lycan.

— Por quê? — ele perguntou.

— Não foram os primeiros. Nas últimas horas outros apareceram, mas todos falharam nas mãos dos soldados-lobo — ela continuou. — Hoärr os enviou para assassinar nosso líder e então assumir o comando do Arvoredo. Não é uma tática nova do maldito.

Os auxiliares da meia-ninfa já recolhiam os corpos dos gnolls assassinos para um canto, retirando seus bens como pagamento, quando sua líder se voltou para o humano:

— Presta atenção, Verne. — Dessa vez foi incisiva, bradando broncas como uma irmã mais velha. — Você optou por lutar ao lado desse povo que aprendeu a amar. Isso é lindo, mas a realidade é cruel. Sangue e cabeças vão rolar, você precisa estar preparado!

— Venho aprendendo a lidar com a morte nos últimos meses.

— Não é só isso. — A mercenária pesou suas mãos sobre os ombros dele. — Você estará numa guerra e terá de lutar! Para isso, precisará estar atento a tudo. Agora, quase morreu para um bumerangue! Entende a gravidade, mocinho? Entende?

— S... sim.

Lupita o olhava com frustração, medo e pesar. Os olhos dela eram claros quanto àquela situação: ela não queria que ele lutasse na guerra. Nem ela nem ninguém. Isso estava começando a irritá-lo. Mas se aquietou, encarando os defuntos com frieza, apertando o athame nas mãos. Magma não se manifestou. Era um protesto mútuo.

— Boa sorte! — Karolina o abraçou novamente, mas agora era diferente. De olhos fechados, o coração batia forte. Verne percebeu o medo nascendo nela. — Olha, já perdi um irmão, não quero perder você.

— Não perderá, Karol. — Ele era o único calmo naquele momento, como se não medisse a gravidade de suas escolhas. — Te prometerei uma coisa: não vou lutar na linha de frente. Protegerei as fêmeas e os filhotes em seu refúgio, caso algum gnoll consiga chegar até eles.

— Isso é mais sensato. — Ela deu um sorriso triste.

Karolina se afastou e chamou seus homens para voltarem ao Planador Escarlate. Sem olhar para trás, findou:

— Informantes amigos desconfiam ter visto meu irmão por Necrópolis. Parece que estava andando com uma menina, um virleono e uma criatura estranha, no norte. Preciso averiguar.

— No final, estamos procurando pelas mesmas coisas. Nossos irmãos. — Verne também se permitiu um sorriso triste.

— Espero que sim. E espero que ele ainda seja o mesmo — acrescentou e partiu.

Lupita já o levava do Coração da Floresta quando o construto decolou, atingindo com força as copas das gran-secoyes. Os mercenários partiram para o norte, em direção a Ermo.

34

NA ESTRADA

Elói Munyr e Simas Tales já haviam cortado boa parte do deserto anilado em rumo à Cordilheira de Deimos, desviando de um trajeto entre as dunas, onde seriam presas fáceis de mantícoras ou perturbados por virleonos. O ladrão cavalgava Gorgo, sua montaria fiel, enquanto o monge se mantinha zen sobre um equinopotro, uma versão anã de um equinotroto, que o taverneiro Martius Oly havia conseguido para aquela viagem. Ora se atrasavam porque o animal teimoso não saía do lugar, ora porque ele precisava descansar, com aquelas pernas tão curtas. Solux começava a queimar suas peles no começo daquela manhã.

— Quente no leste, chuvoso no oeste. Tudo ao extremo. Necrópolis está reagindo aos últimos ocorridos — disse Elói serenamente.

— Há muito tempo que este mundo não via uma guerra — arrotou Simas, depois de mais um gole em seu odre. Mesmo com uma montaria mais veloz, tentava segui-lo lado a lado. — A última foi daqueles reis contra o pai do Príncipe-Serpente, não?

— Sim.

— Mas eu entendo seu estresse, não é com o clima. Você está aborrecido com Verne, não é? — Ele não esperou o outro responder. — Não fique. Verne é imprudente como eu, mas tem mais sorte. Os lycans são fortes, vão protegê-lo. Ninguém vai permitir que ele lute nessa guerra.

— Que os deuses te ouçam, ladino.

— Se os deuses soubessem que meu povo não acredita neles, e eu menos ainda, acho que se fariam de surdos. — Gargalhou. Gorgo relinchava em protesto.

— Você não ia parar de beber?

— Foi o que prometi a Verne. Mas não é uma promessa fácil, nem rápida. Aos poucos, vou conseguir. Você vai ver!

O monge assentiu, ainda com a mente distante, preocupado com seu pupilo. Depois de horas de viagem pela madrugada, os dois finalmente chegaram à área rochosa das Terras Mórbidas, onde as dunas terminavam e as montanhas começavam. Os animais trotavam atrapalhados sobre aquele terreno e até mesmo Gorgo, já habituado, encontrava dificuldades. Em certo momento, tiveram de descer de suas montarias e caminharem, com Gorgo e o equinopotro puxados pelos cabrestos.

— O que vai fazer na Capital de Néde, monge?

— Preciso verificar algo na Biblioteca da Coroa. Essa pesquisa pode me levar a resolver outras questões importantes.

— Ah tá! — Arrotou mais uma vez. — É sobre o vulpo, sobre o ectoplasma do Verne, essas coisas, não?

— Sim, mais ou menos.

— Olha... — disse Simas, apertando os olhos contra Solux e suando terrivelmente sob seu couro. — Estou meio bêbado, mas sou esperto o suficiente para saber que você não quis viajar comigo somente pela minha companhia. O que não está contando, monge?

— Verne me narrou a história sobre o passado d'Os Cinco... — pigarreou, procurando as palavras certas. — Bem, há algo ali que muito me interessa. Que pode facilitar a jornada que escolhi percorrer para ajudar o amigo que temos em comum.

— Então, me diga! — O ladrão interrompeu seus passos.

— Lobbus Wolfron, o feroz. Portador do manto negro, Treval.

— Ele desapareceu naquela época. Ninguém nunca mais o viu. Não posso ajudá-lo — disse Simas.

— Talvez possa — o monge insistiu.

— Como? — Simas não estava gostando dos rumos daquela conversa.

— Você se lembra dele na sua infância, certo?

— Sim... um pouco...

— Quando Nyx tomar o lugar de Solux, gostaria que me permitisse fazer uma “ronda” em sua mente. É uma magia simples e nada dolorosa. — Elói sorria para o outro, transmitindo segurança. — Vou hipnotizá-lo, deixá-lo relaxado e vou vasculhar suas memórias. Do resíduo delas, pretendo retirar alguma informação útil.

— Minha nossa, homem! — Simas bradou. — Você é doido? Minha mente?

— Acalme-se. Se não fosse necessário, não lhe pediria. Só você pode me ajudar nesse sentido.

— E como minhas memórias de infância podem te ajudar a encontrar alguém que se perdeu?

— É... complicado. — Suspirou longamente e depois retomou a caminhada por entre as pedras. O equinopotro ameaçou empacar, mas dessa vez o seguiu. Simas e Gorgo fizeram o mesmo. — Apenas confie em mim. Verne confiou, Rufus confiou, Martius confia.

— Ladrões não confiam em ninguém.

— Ébrios muito menos, não é?

— Com ofensas e ironias não conseguirá nada comigo, monge — ele cuspiu.

— Não estou negociando, estou pedindo. Sou um exilado como Ícaro, não tenho dinheiro nem casa. Preciso de favores para fazer o bem.

— O *bem*? — O ladrão gargalhou. Elói não soube se sincera ou ironicamente.

— Você não entenderá, mas o resquício da memória que você possui de Lobbus servirá como uma "bússola" para que eu o encontre. As partes de uma mesma coisa precisam se juntar, então farei com que isso aconteça, tentarei fazer com que uma mesma essência ache a outra. E suas memórias contêm a de outros de seu povo. Tudo está ligado. Através de você, posso ver pela mente deles também, e chegar a mais informações de Lobbus. E esses resquícios serão maiores, facilitando minha busca.

— É, complicado de entender mesmo — resmungou, virando mais cevata goela abaixo. — O que ganho com isso, afinal?

— Você, nada. Seu povo: Lobbus. Se eu o encontrar, é provável que recuperem um dos membros amaldiçoados. Isso seria bom, certo?

— Talvez. — Simas balançou a cabeça, já se arrependendo da decisão que tomaria. — Está bem. Sim. Seria uma boa tê-lo de volta. É lógico, Wolfron seria bem-vindo de novo. Nós, ladrões, somos unidos, não expulsamos os nossos para viver em exílio — provocou.

— Que bonito isso — disse Elói. — Porém, você está aqui, indo em direção a Isqueópolis, para conquistar novos tesouros para esse povo, não? E, com isso, tentar recuperar a moral perdida há muito. Afinal, ladinos vivem do roubo. Se não roubam, não são nada. Nem valorizados, nem queridos entre os seus. Ou estou enganado?

Foi a vez de Simas suspirar por um longo tempo. Procurou sua fuga entre o odre, mas a cevata havia acabado. Tentou não entrar em pânico nem se aborrecer. Respirou fundo, limpou o suor e então falou:

— É, mais ou menos.

— Vou orar para que tenha sucesso em suas aventuras, ladino — murmurou o monge.

— Ah, que ótimo. — O ladrão se aproximou do monge e o pegou de leve pela manga da toga. — Minha mente é sua. Ajude Verne, encontre Wolfron e o traga sobrevivo até nós.

— Farei o possível, lhe prometo. — Elói juntou as mãos na frente do corpo e fez uma reverência.

A dupla começou a atravessar as montanhas perigosas da Cordilheira de Deimos. Em algum momento, o equinopotro quebrou uma das patas ao escorregar por um rochedo polido perto de uma ribanceira. O monge não viu outra saída senão sacrificá-lo. Simas sempre chegava próximo do surto naquelas situações, lembrando-se de Zanzo, o equinotroto de Marino Will, sacrificado por um velho mago n'O Abrigo. Montador e montaria mortos. Essas lembranças lhe davam *sede*.

— Mais uma coisa, ladino: mesmo depois da sessão de hipnose mágica, você sairá ileso. Contudo, eu não. Ficarei bem fraco e agora estou sem montaria. Preciso que atrase sua viagem em um dia para ajudar este velho monge a se recompor.

— Tudo bem, pidonho! — O ladrão lhe deu tapinhas nas costas, transitando entre o estresse e a ironia inevitável. — Mas se eu acordar lesado desse ritual, não vou hesitar em usar esta pistola contra você.

Nem Simas entendeu o porquê, mas Elói sorriu. Aquele sorriso dos sábios.

35

TRIBOS UNIDAS

O casal estava oculto dentro de uma farta moita, bem ao lado da enorme oca que servia de caserna para a reunião dos líderes das doze tribos lycans. Verne não conhecia aquela parte da floresta. Lupita carregava consigo um ramo de flor-de-inodeur, uma planta que crescia somente em algumas regiões do Arvoredo, capaz de ocultar qualquer odor até quinze metros. Com isso, não seriam descobertos pelo eficiente olfato da raça. Magma cochilava próximo aos pés de seu dono, indiferente à situação. De onde estavam, poderiam assistir a tudo por uma fresta conveniente, iluminada por archotes e velas.

Os últimos líderes chegavam ao local, sentando-se em seus lugares e evitando a discussão entre os irmãos. Os rugidos de Raul e Rufus ressoavam altos.

— Como pode dar o Uivo de Guerra sem meu consentimento? — resmungou Rufus, batendo contra a grande mesa de madeira de ligno-nueva, rodeada com doze cadeiras de espaldares altos.

— Você estava brincando de guarda-costas com o terrestre e não tínhamos mais tempo — disse Raul, cofiando seu farto bigode. — As tropas de Hoärr estão a caminho.

Rufus respirou fundo e tomou seu lugar na cadeira ao lado direito do irmão, este na ponta da mesa, com a atenção de todos os presentes. Além dos Vrhovni Volkodlak, os líderes lycans, havia também alguns generais e capitães de cada tribo. Em pé, Aime Ruiz e Equion orbitavam Raul e Rufus, e Hierro Nunez estava próximo à entrada da caserna, com sua ferocidade jovem, carrancudo e de braços cruzados, sentindo-se importante de estar, pela primeira vez, numa situação de grande patente como aquela.

— Dar o Uivo de Guerra aos gnolls era inevitável, sr. Sanchez — disse Paranhos Tercero, líder da Tribo de Prata de Hör, a Rufus. Era um homem muito semelhante a Raul, mas de rosto limpo, sem costeletas nem bigode. Sua bata era prateada salpicada de azul, com adornos em branco. Estava sentado ao lado esquerdo do líder lycan. — Além da minha infantaria, trouxe também arqueiros inigualáveis.

— *Infantaria?* — gargalhou Fajardo Pina, líder da Tribo Lycaon, que fazia divisa com Decarabia. Era um lycan muito gordo, de braços roliços e face em forma de lua. Trajava apenas uma calça negra como sua tez, de pelos espessos distribuídos por todo o corpo. — Aquele amontoado com duas dúzias de machos não pode ser chamado de infantaria!

Paranhos ignorou tranquilamente o líder tribal, voltando a fitar os copos e pratos distribuídos pela mesa. Aquilo sempre irritava Fajardo, pois ele sabia que o outro de fato não se importava com suas provocações costumeiras.

— Basta! — disse Raul, solene em sua posição. — Alguns de meus salteadores avistaram botes e navios vindos de Feral. Os gnolls estão chegando a oeste do Arvoredo. O que você têm, Fajardo?

— Os humanos em Decarabia foram avisados da guerra e montaram sua própria guarnição — respondeu o obeso enquanto quebrava o duro pão em dois. — Não acredito que os gnolls avancem para aquele lado, mas o noroeste está protegido, deixei alguns dos meus por lá. Trouxe outros para guardar os flancos. São ótimos para se ocultar na mata e na terra.

— Ah, que interessante! Que interessante! — zuniu Rico Brício, líder da Tribo de Sangue, de Carceral. Era o mais jovem dos líderes, descarnado, fino como a cadeira que ocupava, com uma face lânguida e olhar abatido. Trajava uma bata folgada, cheia de cordas na cintura, mangas e pernas, para não caírem. Era o sétimo filhote de um sétimo filhote e seus outros seis irmãos haviam morrido em pelejas, dando a ele a liderança. Boatos afirmavam que Rico era doente e não conseguia se transformar. — Mas e sobre o Violador? O que faremos a respeito daquele traidor desgraçado, hein? — perguntou, com um sorriso fino sobre a face, esbanjando arrogância para todos.

— Não é o momento, Rico. — O líder lycan levantou sua mão para o jovem e continuou: — Mas e como a Tribo de Sangue poderá nos ajudar?

— Ah, também estamos protegendo os flancos, lá da ala sul do Arvoredo — respondeu, com os braços cruzados atrás da nuca, se equilibrando sobre os dois pés traseiros da cadeira. — Vocês sabem, sou o líder com o menor número de soldados-lobo. Me poupem. — Soltava risinhos enquanto deixava o longo cabelo negro balançar como um sino.

— Soube que encontrou alguns espiões de nossa tribo — perguntou Rufus, agora mais calmo.

— Sim, sim. Mortos. — Rico voltou seu olhar para Hierro, do outro lado, e lhe mostrou os dentes no sorriso cruel. — O pai daquele ali não foi encontrado. Os gnolls não perdoam mesmo.

— Pobre criança... — murmurou Verne do lado de fora.

— Criança? — indagou Lupita, também cuidadosa com o tom da voz.

— Venko, não é? O filhote que nasceu naquela noite.

— Sim — ela compreendeu. — Irmão caçula de Hierro.

— Nasceu órfão. Esta guerra idiota. Caramba!

— Calma. Guarde sua fúria para a batalha. — Os olhos enluarados de Lupita brilhavam para o rapaz, sua mão sobre a dele.

Ele respirou fundo, olhou para Magma e depois de volta para a lycan.

— Por que não está ali, Lupita?

— Fui ao seu encontro, lembra-se? — Ela fez uma careta. — Eu e Hierro fizemos o que precisávamos, conseguimos contatar a Tribo de Prata. E esses líderes não ouvirão os mais jovens, de qualquer maneira.

Um trovão ressoou próximo. Sentiram o ar umedecer. O vulpo regougou baixinho, sonhando seus sonhos de vulpo.

— Minha tropa está à sua disposição, querido — revelou uma voz de dentro da oca, vinda de Yolanda Aceves, a líder da Tribo da Mata, vizinha à de Sangue. A mulher era quase uma senhora, parruda e de seios fartos, com cabelos encaracolados na altura dos ombros. Usava um vestido longo e marrom com riscas pretas na vertical. — Ordenei que minha matilha se dispusesse por todas as regiões do Arvoredo, não permitindo a entrada nem a saída de ninguém.

— Obrigado, dona Yo — reverenciou Rufus, enaltecendo seu respeito à mulher não somente pela diferença de idade, mas porque ela era a tia-avó de sua noiva, Alejandra. — Aliás, em meu nome e de meu irmão, o líder lycan, agradeço a presença e colaboração de todos vocês, Vrhovni Volkodlaks. Juntos, somos um. Juntos, venceremos essa batalha!

Fora da caserna, Verne sorriu. Dentro, Raul tocou o ombro do irmão, feliz pela postura.

— Tolo! — grunhiu uma voz rouca e antiga. — Diz frases de efeito, mas não vê a realidade. Os gnolls aportarão em nossas terras ao anoitecer. *ESTA NOITE!* — continuava a gritar o líder da Tribo do Pântano, vizinha a Espartoi. Salazar Perón era um velho atarracado, pequeno como um filhote e com a pele mole pendurada sob os membros ossudos. Seus pelos eram brancos e fedidos, e ele se cobria apenas com uma sunga de plumas escuras. Carregava um pedaço de pau cheio de farpas soltas, que usava para batucar o solo, muito abaixo de seus pés.

— Como se organizou, Perón? — perguntou Raul, amurado para reações e sentimentos.

— Eu? Oras! Possuo a terceira maior guarnição de soldados-lobo de todo o Arvoredo! Meus lycans estão sedentos pela batalha para a qual tanto treinaram. Vamos colaborar, não somos como essas *montarias* arrogantes! — resmungou Salazar, fechando o cenho para Equion, que relinchou em protesto, mas se conteve.

— Basta! — o líder lycan teve de se impor novamente.

— Minha tropa também é vasta e se uniu à sua, líder Raul — disse Estevan Escobar, o Branco, líder da Tribo das Neves, ao extremo norte do Arvoredo. Forte e alto, era o único da raça com a pele clara. Todos eram pardos ou negros, mas ele era albino e não tinha condições de sair sob a luz de Solux. Alguns o chamavam também de Lobo-Vampiro. Seus olhos eram vermelhos em vez de amarelados, e pequenos em vez de aluarados. O cabelo branco caía liso sobre a face fina, até depois dos ombros. Vestia um gibão branco de pelugem farta, que lhe protegia o pescoço. Era tão sereno quanto Paranhos e tinha a voz fria como o gelo.

Outro trovão caiu próximo e Magma despertou. Com o olhar, Verne ordenou que não fizesse barulho. O vulpo se aquietou.

— Deixei meus soldados-lobo sobre as gran-secoyes. Pegarão todos os inimigos que passarem abaixo deles! — gargalhou Laguna Fernandez, o maior dentre os reunidos, quase dois metros de força. O líder da Tribo das Árvores tinha a cabeça raspada e os olhos saltados, sem sobrancelhas. Seu corpo era inteiro depilado, segundo ele, para mostrar melhor seus músculos para os inimigos. Usava uma bata apertada, que o delineava ainda mais. À primeira vista, era quase um bárbaro.

— Preciso que você me coloque lá, Lupita! — pediu Verne, aflito.

— Está doido?! — ela bravejou, cuidadosamente baixo. — Por quê?

— Tenho uma teoria sobre a menina morta e também quero apresentar a eles um argumento sobre Hoärr e o Violador. Isso é uma conspiração!

— Verne... — Lupita tocou sua face, a notou diferente, uma barba rala não feita havia dias. — ...eles não o ouvirão. Não ouvirão sobre teorias nem argumentos, ainda mais de um humano, ainda mais de um terrestre.

— Podemos impedir uma guerra com isso! — O rapaz foi fervoroso. — Se eles me ouvirem, ninguém precisa morrer, o sangue não precisa rolar!

— É tarde, Verne — disse, com um olhar triste. — Agora é tarde.

Trovejou.

— Ah, podemos falar sobre o Violador, afinal? — Rico insistiu e foi ignorado.

— Meu senhor está com sua tropa disposta fora desta oca, aguardando meu sinal — disse Federigo Delmar, general da TrvejaVega, que falava em nome do líder Paco Rivera, um idoso lycan desprovido da visão e da fala. Era baixote e parecia um pequeno lobo, com pelos castanhos cobrindo todo seu corpo, um rabo peludo e balançante, o focinho proeminente e dentes pontiagudos expostos. Diziam que havia cem anos ele se transformou e depois se esqueceu de voltar à forma humana.

— Quais as condições? — perguntou Raul.

— Meu senhor gostaria de saber a respeito do Corrilário e seus seguidores desertores — continuou Federigo. Era um pouco mais maduro que Verne, reto como um poste e de físico em evolução. Trajava uma bata escura com ombreiras e joelheiras. O cabelo negro estava preso para trás, de onde nascia uma longa trança até a cintura. Suas expressões eram pétreas.

— Santiago não virá — respondeu Rufus, pontualmente. Aquele assunto, para ele, já estava encerrado, mas ainda o incomodava.

Paco Rivera tilintou seis vezes seus dedos magriços sobre a mesa. Os anéis que usava em todos emitiam um som e sentidos diferentes, só compreendidos por seu general.

— Meu senhor tem um grande apreço pelo Corrilário e estava contando com sua ajuda nesta guerra — continuou Federigo.

— *Ele não virá!* — Rufus foi enfático.

— Tanto faz. Estamos cedendo todos nossos soldados-lobo nesta guerra. Não há *condições* — disse Paranhos, sempre estranhamente tranquilo. — Podemos não ter o Corrilário, mas teremos sua tropa, sr. Rivera. — Olhava diretamente para o Velho Lobo, indiferente à presença de seu general.

— Velho idiota! — rabujou Salazar. — Sempre teimoso, sempre preso ao passado. Ah, por La Oscuridad, dai-me paciência!

— vejaibo Vega é a mais próxima da Vila de Versipelius, onde nasceu a criança assassinada pelo Violador, que nasceu na Tribo de Nyx, vejam só! — provocou Rico.

— Onde quer chegar, filhote? — bradou Hidalgo Parillo, líder da Tribo das Presas, a leste do Arvoredo Lycan. Trajava a pelugem malhada dos gnolls dos pés à cabeça, ostentando com orgulho rígido seu ódio pela raça inimiga. Seus cabelos eram como uma moita negra estofada e suas presas sobressalientes desciam além do queixo quadrado. O corpo era um mosaico de cicatrizes profundas.

— Vocês chamam isso aqui de "Tribos Unidas", eu chamo de "pavio de bomba" — zuniu o jovem líder, mantendo o sorriso largo.

Verne percebeu Aime e Equion murmurando algo num canto. Hierro se mostrava inquieto em outro.

— Temos inimizades dentro do núcleo das doze tribos, temos adversários entre nós — Rico prosseguiu. — Um desertou e fugiu com sua tribo, o outro quebrou o Tratado Verde. Vocês estão aí discutindo estratégias de combate em disputas de ego, mas eu me preocupo em como vamos executar essas ações em campo se discordamos tanto!

— Jovem tolo! — cuspiu Salazar.

— Não se precipite. A maioria de nós é fiel à causa de Raul — revelou Yolanda.

— Isso não é uma causa. Envolve a sobrevida de centenas de lycans. Há muito mais em jogo — disse Zenon Arriola, líder da Tribo Negra, dos habitantes das cavernas da floresta. Tinha os cabelos bem penteados como os de um humano e usava uma toga dourada salpicada de vermelho, com arabescos verdes, lembrando um rústico sacerdote.

Trovejou.

Magma correu para outro arbusto. Uma garoa sutil começava.

— Concordo com Rico — disse Verne. — Esses líderes não se entendem.

— A reunião é necessária para eles se organizarem para a guerra! — Lupita tentou defender.

Dentro da caserna, Laguna se pôs de pé e sua voz grave ecoou:

— Estamos perdendo tempo. Vamos para nossas posições. A guerra está chegando!

— Quem protegerá o Coração da Floresta? — Uma voz profunda e sombria se fez presente, vinda da outra ponta da mesa. O próprio casal não o havia notado, em silêncio até então, fechado em sua obscuridade, analisando cada membro daquela mesa como se fossem presas. — Tenho certeza de que os canalhas virão direto para o Coração. Será o objetivo deles: destruir o Tratado Verde enterrado ali.

Hidalgo rosnou. Salazar praguejou.

— Tem razão. Isso é outro grande problema — concluiu Estevan.

Raul Sanchez mordeu seu pedaço de pão como se fosse um inimigo.

— Nossos soldados-lobo estarão lá, em maioria — respondeu o líder lycan.

— Mas... e as outras frentes? Não podem ficar menos protegidas — indagou o general Federigo, como a voz do Velho Lobo.

— Você e sua matilha podem se preocupar com as outras frentes. Deixe comigo o Coração! — bradou o general Aime, em silêncio até ali. Ostentava todo seu orgulho de lutar naquela guerra.

— Muito bem — voltou a falar a voz sombria. — Então, você e os seus lobos vão enterrar nosso tesouro junto do Tratado Verde no Coração da Floresta. — ordenou Aramis Ximen, líder da Tribo de Nyx, o maior entre os Senhores da Noite. Era um lycan escuro de cabelos cinza e esparsos, de olhos negros e penetrantes como sílex, rosto e corpo duros como osso, meio torto para a esquerda. Sua pele era retesada e sofrida, e tinha dentes pequenos mas pontiagudos, como agulhas num emaranhado. Estava coberto por uma longa capa e capuz negro que lhe ocultavam todo o resto. Nas mãos, um pano preto ocultava um objeto retangular sobre a mesa.

Verne se arrepiou de olhá-lo. Os demais presentes ficavam em silêncio quando ele falava. Era uma presença estranha.

Aime procurou respostas em seu líder com o olhar. Teve o consentimento.

— Sim, Senhor da Noite — respondeu o general.

— Muito bem — disse Aramis enquanto arrastava seu tesouro até o centro da mesa. Aime Ruiz se aproximou com cautela e levantou o objeto respeitosamente. O rapaz e a lycan vislumbraram a caixa de verniz com arabescos esverdeados que reluzia por um archote.

— Espere! — sussurrou Verne num repente. — Não me diga...

Lupita aguardou.

— Ali naquela caixa... o Arbac Apuhc!

— Sim — ela afirmou.

— Qual a importância desse tesouro para seu povo? E por que os gnolls o querem?

— O Arbac Apuhc é considerado o *avatar* de La Oscuridad — revelou a lycan seriamente. — Tem três cabeças e um poder inalcançável. Diz a lenda que, na Era Média, os Senhores da Noite da Tribo de Nyx foram nomeados os guardiões desse avatar e desde então o vêm protegendo como a um tesouro.

— Três cabeças? — O rapaz se esforçava para imaginar como seria.

— Sim. A cabeça de cima é a de uma fera, que chamamos de "A Besta", a do centro lembra um humano, que chamamos de "O Homem", e a debaixo não possui uma forma definida, nem nos remete a nada, nós a chamamos de "O Estranho".

— Se os gnolls também querem esse tesouro é porque o consideram a representação de seu... deus gnoll, talvez? — tentou Verne.

— Hyæne — Lupita respondeu. — O deus gnoll, Hyæne. Eles acreditam que este é o avatar dele. Centauros, orias e trolls nunca cogitaram o mesmo, pois têm crenças bem distintas. Mas, de fato, A Besta é uma fera genérica. Poderia ser tanto La Oscuridad quanto Hyæne. Essa dúvida sempre existiu. Mas, como está em nossa posse desde o princípio, então acreditamos que seja nosso avatar lycan.

— Talvez esse deus seja *um*. — A lycan rosnou para ele, a reação negativa foi instintiva. O rapaz a tinha ofendido sem intenção. — Me desculpe, mas pense: na Terra, alguns acreditam que um mesmo deus apareça para várias raças com formas diferentes.

Trovejou.

— Pare com isso! — Lupita apertava os olhos com a garoa que chegava devagar. — O Arbac Apuhc nas mãos de um gnoll pode ser terrível. O avatar possui um poder que não pode ser medido. Nem mesmo os Senhores da Noite arriscaram experimentar.

O casal percebeu um vulto passando veloz rente às suas cabeças, entrando pela janela alta da caserna. Lá dentro, Aramis levantou o punho, permitindo ao corvo pousar em seu braço.

— Este animal enviado por um dos meus salteadores nos trouxe um ekos perturbador — revelou. A luz local tremeluzia sobre as sombras de sua face. — Trolls nadam em direção ao Arvoredo Lycan, pelo sul.

— Pelo Grande Lobo! — trovejou Salazar, assustado.

— Canalhas! — esbaforiu Fajardo, também se levantando da mesa.

— Era de se esperar que os gnolls usassem da pouca inteligência dos trolls para nos atacar — lamentou Paranhos num demorado suspiro.

— Não se preocupem. Enviarei minha matilha para o sul! — afirmou Zenon.

— Farei o mesmo — foi a vez de Hidalgo.

— Muito bem! — Aramis retomou. — Então, se posicionem, senhores! Só colocarei meus soldados-lobo em campo quando nosso tesouro estiver a salvo.

— Vamos! Vamos! — gritava Laguna.

Uma intensa movimentação começou dentro da oca. Aime e Equion saíram logo agitados, bradando ordens para outros subordinados. Hierro correu para um canto para buscar seu arco e a gualdrapa repleta de flechas. Rufus se aproveitou da baderna para se aproximar de um irritadiço Rico.

— Não se preocupe com Juan Remo.

— Lógico que não me preocupo — disse o jovem líder, em troça. — Ele está preso na gaiola de *vocês!*

— Quando tivermos a oportunidade, levarei o Violador até Hoärr e o farei confessar a conspiração diante de todos. Com isso, provaremos que o Tratado Verde não se quebrou e que eles armaram tudo.

Rico Brício gargalhou alto. Os outros mal perceberam.

— Acredita mesmo que o Violador vai confessar? Ele é um agente do caos, querido Rufus. Não dirá nada!

— Eu o farei falar.

— Ele não falará.

— O que sugere então? — perguntou Rufus.

— Deixe-me matá-lo. Com isso, recuperarei minha honra com a cabeça do Violador sobre um espeto na Tribo de Sangue. Ele nunca mais atormentará nossas fêmeas. Não cometeremos mais os mesmos erros.

— Não posso permitir isso. — Rufus foi enfático, levantando-se para tomar seu lugar junto dos demais líderes. — Rico, ele é a nossa única chance, nossa única testemunha. Pode acabar com isso tudo.

— Você sabe, eu sei, o Violador não falará! — Rico rosnou, arranhando a mesa. — Mas tudo bem, faremos do *seu* jeito, do jeito da Tribo da Garra. Só não o deixe solto por aí. Eu não verei problemas em matar um dos nossos por uma causa maior.

Soldados-lobo entravam e saíam da caserna, numa agitação tensa, enquanto os senhores lycans disparavam ordens. A notícia dos trolls trouxe uma nova e terrível perspectiva ao povo da floresta. E, antes que os demais se espalhassem, Raul se fez ouvir:

— Escutem, Vrhovni Volkodlak. — Todos os olhos se voltaram para ele mais uma vez. — Esta noite canalhas e monstros invadirão nossas terras para derramar sangue. Mas o único sangue derramado será o deles!

— O DELES! — esbravejaram os líderes.

— Os gnolls vão cair e os trolls vão recuar — continuou, poderoso. — Estamos em número menor, mas temos a maior força. Esta guerra é nossa!

— ESTA GUERRA É NOSSA!

Raul Sanchez uivou, seguido de Rufus e os outros. Fora da oca, generais e soldados-lobo também uivaram. O eco se estendeu para além dali, ressoando em todo o Arvoredo Lycan.

A espinha de Verne gelou com o vento da morte que chegava do horizonte.

O amanhecer era escuro.

36

ANTES DA TEMPESTADE

O rapaz colocou o athame sobre suas mãos espalmadas, posicionadas à frente do tronco, mantendo a simetria com os cotovelos para os lados. Cerrou os olhos e passou a expirar e inspirar com mais tranquilidade, colocou os pés para dentro, próximos à virilha, e os joelhos apontados para fora da postura, e se concentrou. Primeiro limpou a mente de qualquer pensamento possível, depois canalizou a energia que sentia nascer em si, originando do estômago, queimando de dentro para fora e subindo pelo peito num nível que o levava ao êxtase. Seus sentidos se desprendiam das coisas materiais, o efeito tomava novas formas no processo e ia além, arrebatando essências pessoais, até alcançar o estado mórbido que o fazia perder por alguns segundos a consciência da própria existência. Então, o athame reluziu seu ectoplasma vermelho, conectando-o àquele mundo e este com a lâmina, permitindo-o alcançar a egrégora. A lâmina brilhava, despejando rajadas escarlates para os quatro cantos da choça onde estava acomodado. Assim que entrava em simetria energética com a arma, ele precisava mantê-la por uma hora, oscilando para mais ou menos.

Verne saiu exausto do cômodo que os lycans tinham levantado para ele, perto da colina com arbustos e ribeirão.

A chuva aumentava, atingindo com força o lago onde se banhava. Ali, aproveitou para refletir. O processo de alinhamento ectoplasmático ainda o cansava, mas não como antes. Não como muitas semanas atrás, em Paradizo, no seu quarto do Orfanato Chantal. O treinamento forçado com Elói, ainda que rápido, parecia trazer resultados mais efetivos naquele momento, ele conseguia notar isso. Uma leve sensação de alívio e satisfação lhe banhava a alma.

"Pling-ding." O rapaz reconheceu o som de imediato.

— Isis? — perguntou, sem avistar ninguém. — Você está aí?

— Oh! — respondeu ele, ou ela. O dedilhar foi interrompido. — Sim, Verne!

O bardo andrógino estava sentado numa pedra que interferia no trajeto do ribeirinho até o lago, segurando a harpa. Seus cabelos loiros e pálidos estavam encharcados, colados em sua face delicada. Os olhos índigos se apertavam pelo incômodo da chuva sobre o rosto. A camisa cândida e a calça violeta, sempre limpas, agora estavam molhadas, com uma projeção de barro subindo pelas botas brancas.

— Desculpe-me, não tive a intenção — cantou Isis. — Estava eu aqui, refletindo na natureza, vendo Solux desaparecer atrás das nuvens tempestuosas. Mas a chuva me acalma e me inspira.

— Sem problemas, Isis — disse Verne enquanto se cobria com a toalha que tinha trazido de seu mundo. — Está preparado para o que virá?

— Sempre. Já cantei outras guerras, outras mortes. Tenho mais sangue nessas solas do que barro. — Ele, ou ela, se levantou, caminhando até o outro, desviando das poças na grama fofa e molhada como se fosse um dançarino. — E, você, está preparado?

Um trovão soou distante.

— Acho que não. Mas estou disposto.

— Isso é um começo. — Sorriu tranquilo.

— Gostaria de ter esse seu espírito calmo, Isis. — Verne vestia uma bata limpa dentro da choça, assistido pelo andrógino da entrada.

— Ainda bem que não tem. Você precisará do espírito guerreiro na hora da batalha. — De repente, a tranquilidade do bardo se esvaiu, dando lugar a uma expressão tensa, meio triste. — E terá de sujar as mãos... — Sua voz quase sumindo.

— Isis tem razão — zuniu Lupita inesperadamente. Molhada, suja e cansada, estava ofegante, como se tivesse corrido até ali. — Agora preciso de você.

Verne recuperou sua mochila, prendeu o athame na cintura e, junto de Lupita, que carregava Magma no colo, atravessou o caminho do ribeirinho até o Coração da Floresta. A tempestade ameaçava no horizonte.

Durante o trajeto, ele viu destacamentos de soldados-lobo se preparando pela relva, tomando suas posições. Em sua maioria, machos, alguns jovens e poucas fêmeas. A lycan lhe revelou que naquela região estavam presentes mais de trezentos guerreiros, prontos para o combate. Os demais haviam se espalhado para outras direções do Arvoredo Lycan. As ocas agora jaziam vazias, não havia mais o som dos filhotes brincando, da cantoria e alegria do povo da floresta, nem do porcellus estalando sobre o fogo. Somente o rosnar dos lycantropos e o barulho empapuçado de suas caminhadas na grama atacada pela chuva incessante.

— Vai soar meio óbvio — disse Verne enquanto seguia a lycan por uma planície nua e castanha abaixo —, mas você me parece mais tensa do que todos nós juntos!

— É a chuva. — Lupita deixou seu olhar se perder por alguns instantes. — Esse clima nublado, o céu encoberto completamente...

— O lamaçal vai prejudicá-los? — Ele escorregou num trecho da descida, arranhando cotovelo e coxa, mas ela o segurou antes que o rapaz estatelasse onde não devia.

— Não. Nosso problema não é a água, é Nyx. — Verne não compreendeu, então a lycan continuou: — A Senhora da Noite tem influência direta sobre os lycantropos. Quando transformados, a luz de Nyx triplica a nossa força. Teríamos vantagem se o céu estivesse limpo. — Ela empurrou uma grande folha de pinheiropreto que lhes atrapalhava e então seguiu por um caminho apertado, com pedregulhos fazendo vez de estrada, machucando seus pés. — Com esta chuva, não teremos influência nenhuma. Justo agora, que mais precisamos!

— Mas foi Raul quem deu o Uivo de Guerra em resposta aos gnolls. Ele poderia ter avaliado o clima, esperado um tempo melhor para guerrear.

— Era a intenção — Lupita revelou. — Mas Hoärr é esperto, um grande estrategista. Enviou dezenas de assassinos para matar nosso líder durante esses dias que você esteve viajando. Com isso, o canalha sabia que Raul reagiria logo. E... Bem, foi o que aconteceu.

Verne praguejou. Realmente os lycans estavam sem sorte. Além da desvantagem numérica, a chuva. Uma péssima sensação devorava seu coração de dentro para fora.

— E o Violador?

— Está protegido por dois guardas do líder da Tribo de Sangue. Rufus e Rico também defendem sua teoria da conspiração de Juan com os gnolls. Então, concordaram em mantê-lo distante do campo de batalha.

— Já é algo. — Ele queria respirar aliviado, mas sabia que era tarde demais para isso e para qualquer outro tipo de boa sensação. — Afinal, para onde estamos indo, Lupi?

— O esconderijo.

O casal chegou até um descampado. O terreno formava um semicírculo e findava num grande pedaço de montanha que subia até um precipício repleto de árvores cobrindo o céu. Estavam muito abaixo do Coração, mais abaixo ainda de toda a floresta. Mas era nos pés daquela montanha que se encontrava a entrada para o esconderijo: um buraco havia muito escavado, com largura para duas pessoas passarem por vez. O jovem Vipero olhou atentamente para o túnel estofado de mantimentos e notou o quão profundo era, num sem-fim de escuridão e terra, iluminado apenas por archotes alocados de modo estratégico.

Avistaram de través o sacerdote rústico. Zenon Arriola, o líder da Tribo Negra, gritava ordens para sua matilha responsável por aquele túnel, enquanto fêmeas e seus filhotes se abrigavam em segurança no esconderijo.

— Arriola deixará metade de seus soldados-lobo guarnecendo este lugar — disse Lupita. — E como você mesmo se dispôs, protegerá junto deles aqui.

— Sim, eu o farei! — bradou o rapaz, tentando trazer a coragem de volta para aquele cenário, apertando o punho contra o athame. Suaria se a chuva não levasse seu suor embora. — Estou... preparado — revelou, sem certeza.

— Não está. Ninguém nunca está — disse ela, triste.

Trovejou, agora mais próximo.

E de novo.

Eles ouviram murmúrios familiares, que depois ganharam formas mais claras. Buscando a origem das vozes, a dupla viu o xamã na presença do líder lycan e outros dois Vrhovni Volkodlak ao seu lado.

— Ih, o Senhor da Noite tem razão! — zuniu Ochoa para os líderes. Estava sentado em posição de lótus sobre a terra úmida, vestindo seus andrajos de sempre, segurando o cajado com tranquilidade. Talvez o único, dentre as tribos, realmente tranquilo naquela situação. — O Coração da Floresta será o foco de ataque do líder gnorr.

— É o lugar mais protegido de todo o Arvoredo, xamã — sussurrou Paranhos Tercero serenamente.

— Matarei o maldito do Hoärr antes dele chegar até o nosso Coração! — vociferou Raul, aflito, quase a fera que viria a se tornar.

— Ih, prestem atenção! — continuou o xamã, indiferente às reações dos líderes. — O Arbac Apuhc não deve ser tocado. Deve se manter enterrado junto do Tratado Verde até o fim desta guerra. Se perdermos, pelo menos ele estará a salvo.

— Não perderemos! — disse o líder lycan novamente, quase um uivo. Verne ficou arrepiado.

— O tesouro já foi enterrado pela matilha do Senhor da Noite, senhor soberano — disse Estevan Escobar, o Branco, respeitosamente. — Muito bem enterrado, muito bem protegido, lhe asseguro.

Ainda era o meio da tarde em Necrópolis, mas já escurecia no Arvoredo Lycan.

— Ih, não é só isso! — disse Ochoa. — Vocês, qualquer um de vocês, só deve usar o Arbac Apuhc em *última instância*. Esse tesouro é uma entidade viva e saberá se for utilizado para fins escusos.

— Não mexeremos nele, Ochoa! — rosnou Raul, já caminhando para longe.

— Ih! Em algum momento, talvez, seja necessário usá-lo. — Sorriu. A água da chuva demorava a descer por sua face, se perdendo entre as rugas. — Mas esse momento ficará claro para o lycan certo, na hora certa.

Paranhos e Estevan pediram a licença do Soberano das Grans e passaram por ele, na direção do Coração da Floresta, bem acima. No caminho, estavam Verne e Lupita.

— Oh! — O líder da Tribo de Prata se mostrou surpreso. — Não é este o morto-que-voltou de que tanto nosso povo falou?

— Sou Verne Vipero, da Terra — afirmou. Postou-se de forma segura, cabeça erguida, com um olhar feroz somente para o líder lycan. Sabia que tinha de se impor perante ele.

— Terrestre. — Era o líder da Tribo das Neves. — Torço para que não morra novamente nesta guerra. — E o cumprimentou com um aceno respeitoso, partindo dali. Paranhos o seguiu.

Raul permaneceu. Ambos se encaravam com seriedade. Sem perceber, Lupita deu longos passos para trás, temerosa. Magma regougava baixinho em seu colo.

— Menino.

— Raul Sanchez I.

Tão logo falou, o rapaz retirou o athame da cintura com velocidade, ajoelhou e enterrou a ponta da lâmina na terra fofa. Abaixou a cabeça e se concentrou em silêncio, com os olhos fechados. O líder lycan e Lupita ficaram curiosos, aguardando o próximo ato. Esperaram.

As gotas da forte chuva começaram a diminuir quando se aproximaram do corpo de Verne, diluindo no ar milímetros antes de tocarem sua bata. Uma fina energia vermelha começava a envolvê-lo, deixando os dois lycans com a pele formigando pela proximidade. Lupita quase interveio, esperando uma má reação. Ele se levantou, abriu os olhos escarlate pelo ectoplasma ativo e deixou o líder da Tribo da Garra sentir o calor de seu poder, agora sob controle. Ou quase.

Então, o rapaz guardou o athame de volta na corda da cintura e sua energia cessou, até dissipar-se gradualmente. A lycan respirou com alívio, e Magma saltou do colo dela, correndo empolgado até os pés de seu dono.

Raul sorriu. Era a primeira vez que ele via aquilo.

— Eu, o morto-que-voltou, humano da Terra, lutarei a sua guerra. Ao lado do seu povo. Não tente me impedir — murmurou Verne com seriedade.

— Você ainda é fraco, ainda é um menino e ainda é um terrestre — rosnou o líder lycan ao coçar o farto bigode. — Mas tem coragem, tem vontade e uma faca brilhante. Isso eu respeito. — Colocou sua enorme mão sobre o ombro do rapaz e o apertou. — Mas, Verne Vipero, no campo de batalha, lute como um lycan. Deixe a besta florescer em você, não perdoe seus inimigos. Eles não o perdoarão.

Verne assentiu. Postou sua mão sobre a de Raul, também com respeito, e disse:

— Sou o seu soldado!

O líder lycan se mostrou satisfeito, retomou a subida até o Coração com os outros líderes e, sem olhar para trás, ordenou:

— Lupita, lembre-se de, após essa guerra, e independente dos resultados dela, dar ao menino o título de lycan-honorário. Depois de tudo, gostaria de tê-lo como um membro do povo da floresta. — E sumiu ladeira acima.

Verne ficou ali, parecendo meio abobado. Mas obteve sua primeira vitória. Conseguiu o respeito de Raul, o irredutível. A lycan se reaproximou, com aquele sorriso triste.

— Que honra, hein? — ela disse.

Trovejou bem ali, assustando os filhotes de dentro do túnel.

— Darei o meu melhor, Lupi. Eu prometo.

Lupita o beijou. Seus lábios estavam quentes, mesmo na chuva fria. Transmitindo sua paixão para a alma do novo guerreiro. Inevitavelmente, Verne se sentiu revigorado. Nunca estaria pronto para a guerra, mas estaria presente nesta, e faria o que achava certo.

Ela depois o encarou profundamente, seus olhos enterrados nos deles, chorosa.

— Espero que essa não seja a última vez que fazemos isso.

As nuvens sufocaram os céus. O dia se tornou noite. A chuva deu lugar à tempestade.

E, junto da tempestade, a guerra chegou.

37

A BATALHA DAS FERAS

O primeiro menino corria carregando oito livros. Fugia sentindo o peso e o desequilíbrio.

O segundo menino assistia a tudo sorrindo enquanto brincava com seu ioiô colorido.

O terceiro menino morria sufocado por uma fumaça preta, definhando aos poucos.

Um lycan, ora negro, ora marrom, mastigava o quarto menino com muita fome.

Verne despertou suado de mais um pesadelo. Ofegava, sentindo-se febril e nauseado. Havia dormido algumas horas, sobre um canto desconfortável próximo à entrada do túnel, fazendo de uma saca de folhas seu travesseiro. Limpou a garganta bebendo qualquer coisa de uma ânfora perdida ao seu lado. Mal teve tempo de processar o sonho e ouviu o primeiro horror:

VUUUOOOOOOOUUUUNNNNNNN!

Era o som dos cornos ressoando e ecoando pelo Arvoredo Lycan, de sul a norte. Os gnolls haviam aportado.

Magma regougou alto de susto. Agitou-se na palha, mas Gael, filhote de Raul, também assustado, o agarrou com força. O dono do vulpo agradeceu o ato e pediu que ele o mantivesse ali. Não queria ver seu animal correndo riscos na futura mortandade.

O rapaz vestiu o gibão preto com riscas vermelhas que Lupita havia lhe deixado para lutar e então correu para fora da montanha, procurando-a. O tecido de sua roupa tinha sido costurado por humanos de Versipelius, um material reforçado com raízes específicas da mata, que o protegeria minimamente de impactos a curta distância. O athame estava embainhado em um coldre adaptado no cinto, e botas de couro resistentes se apertavam em seus pés.

A água caía do céu como agulha, cortando e perfurando cada pele como se fosse papel, transformando o solo em pântano. Onde antes havia terra e grama, cresciam poças, que depois evoluiriam para a lama, dificultando o caminhar.

Verne foi interceptado por um soldado-lobo na saída do túnel.

— Aonde pensa que vai? — perguntou o musculoso lycan que servia a Zenon.

— Vou para a guerra!

O soldado-lobo riu. Trovejou. O som dos cornos ecoou novamente.

— Não pode sair deste perímetro, humano!

Ele deu um empurrão no lycan e seguiu até Lupita Lopez, que se encontrava próxima à ladeira de pedregulhos, olhando de tempos em tempos para a escuridão no alto enquanto ajustava a cela sobre Equion, também inquieto.

— Aonde vão? — perguntou, esbaforido.

— Para o Coração — rinchou o centauro, sem encará-lo.

— Vou com vocês! — determinou.

— Não, Verne! — gritou Lupita na tempestade. — Não! — Ela o afastou com força, nitidamente nervosa. O rapaz escorregou, mas não caiu para trás. — Você prometeu que ficaria aqui, protegendo os que não podem lutar.

— Sim. — Ele ficou cabisbaixo. — Me desculpe.

Mais uma vez, o ressoar assustador dos cornos. Passaram a ouvir rosnados também.

Lupita subiu e montou sobre seu amigo. Ela usava muito pouco, com várias tiras de couro presas nas coxas, braços e peito, e os seios sustentados por um maiô do mesmo material, além do *shorts* curto colado na pele, de elasticidade conveniente para se mover com facilidade.

Equion ostentava adornos mais simples. Além da cela, havia acoplado duas ombreiras de metal e um capacete que lhe protegia queixo, orelhas e testa. Nos cascos, havia alocado ferraduras e, na barba bifurcada, um pequeno sino feito de ferro com o símbolo de sua raça: Kentaurus, o Deus Centauro de seis patas.

— Chegou um corvo para você — ela revelou. — Veio das terras do leste. O pobre quase não conseguiu.

O centauro começou a trotar na estrada de pedras, tomando velocidade.

— Ele está ali naquela árvore. Cuidado com os raios.

O rapaz olhou para a direção apontada. A ave estava ensopada e com ar moribundo sobre um galho.

— Não morra, Verne! — ordenou Lupita, com lágrimas nos olhos.

— Você também... Lupi — disse, com a voz falha. Equion já corria bem acima com ela. Ele não teve certeza se foi ouvido.

VUUUOOOOOOOUUUUNNNNNNN!

Verne caminhou até o corvo e o animal empoleirou em seu braço, revelando o ekos:

Rapaz Verne, não suportei ficar mais um dia na taverna. Saí em busca de minha fada Yuka, mesmo com dificuldades para voar. Aquele seu amigo lycantropo me deixou feridas profundas. Mas essas feridas também deixaram uma ligação, igual à lenda de Eulle e Vega. Voando de volta ao Bosque de Meraviglie, senti o fedor da traição nas correntes de ar. O mesmo que me tocou no passado agora está entre vocês. Um lycantropo foi envenenado por uma cobra, tome cuidado.

A voz de Ícaro Zíngaro sumia aos poucos da mente do rapaz. O ekos lhe trouxe o pavor, ainda maior do que o daquela guerra. Um lycan enfeitiçado por Astaroth poderia ser qualquer um, cogitou. Mas Verne sabia sua própria resposta: Juan Remo, o Violador.

Desesperado, ele subiu correndo a ladeira como podia, lutando contra o lamaçal que descia como uma cascata. O soldado-lobo de Zenon gritou para impedi-lo, mas foi ignorado, junto do corvo que morria de canseira sobre o galho. As botas firmes e bem ajustadas nos pés colaboravam para a escalada sobre os pedregulhos, e a ponta de seus dedos esfolava e ficava em carne viva no esforço com as mãos, mas o rapaz ainda encontrava grandes dificuldades pela extensão do trajeto. Ele precisava avisar a todos. Mais um problema. Outro mau agouro. Enfeitiçado, o Violador poderia ser ainda pior, imaginou.

Verne demorou mais do que gostaria para chegar até o topo, onde reiniciava a mata. Suor e água da chuva se misturavam em seu corpo. Correu por instinto em direção ao Coração da Floresta, trombando com dezenas de soldados-lobo. Enquanto tropeçava em raízes antigas ou afundava em algum atoleiro, ele ouvia:

"Aqui, seis soldados-lobo me acompanhando até a ala sudeste!", ordenou Aime Ruiz, que corria junto de seus lycans para o lado oposto de onde o rapaz tinha vindo.

"Essa chuva é o meu banho da semana."

"Não. Mas destacamos meia matilha para aquela região, senhor."

"Aqui! Aqui! Foram avistados arqueiros do outro lado!"

Trovejou.

"Forniquei sete Solux e sete Nyx com minha fêmea nessa semana. Não sei se voltarei a fazer novamente."

"Não destruam os botes nem o navio! Será bom tê-los depois que fizermos dos gnolls nossos prisioneiros", instruiu Hidalgo Parillo, líder da Tribo das Presas, indo ter em seguida com os outros Vrhovni Volkodlak. O rapaz o seguiu.

Foi somente ao passar pelo arco de galhos secos e entrar no Coração que Verne teve a dimensão de toda situação. Soldados-lobo de todas as tribos se misturavam em posições estratégicas, com a maioria em volta de um perímetro do solo gramado. Ele sabia que ali estavam enterrados o Tratado Verde e o Arbac Apuhc, por mais que nada no local indicasse isso. Um relâmpago fritou uma árvore bem ao seu lado, deixando-o surdo do ouvido esquerdo temporariamente. Saiu andando atordoado em direção aos doze líderes, avistando as silhuetas de Raul, Rufus e, bem mais distante, no alto de um morro pedregoso, a de Lupita ao lado de Equion. Outros conhecidos estavam posicionados à frente também, inclusive Yolanda Aceves e sua sobrinha, Alejandra, com outras fêmeas orbitando-as. As ocas estavam vazias, talvez guardadas para algum recurso de prisão ou ambulatório, ele pensou.

Verne acelerou o passo até alcançar Rufus Sanchez IV, seu antigo guarda-costas. Ali se formava uma fila horizontal, com todos encarando o outro lado do ribeirinho, dando para uma mata ainda mais escura e nebulosa embaixo daquela chuva. O rapaz teve dificuldade de definir as formas, procurando sentido em tudo que olhava. Os rosnados altos se misturavam ao som de trovões e tempestade. Ele finalmente percebeu que os lycans encaravam o inimigo. A gargalheada de um gnoll fez com que vislumbrasse o horror ao notar centenas deles tomando uma ala do Arvoredo, a poucos metros do Coração da Floresta. Sufocou na diástole, encolhendo a íris até o tamanho de um grão na pupila dilatada sobre os olhos saltados.

Hoärr, o líder gnorr, gigante como uma monstruosidade dentro da raça, se posicionava à frente de suas tropas, reluzente na armadura completa. Como todos os gnolls, sorria seu sorriso sarcástico e cheio de más intenções. Estava rodeado de outros três guerreiros temidos pelo povo da floresta: Rhakros, Lassadar e Berrurru.

— Líder lycan — começou Hoärr, fazendo sua voz ser ouvida por todos, muito acima dos relâmpagos —, sua raça quebrou o Tratado Verde. Um dos seus matou uma humana inocente do povo da floresta. Vocês quebraram a paz, agora terão guerra.

— Líder gnorr — foi a vez de Raul impor sua voz sobre a do adversário —, um dos nossos quebrou a trégua, não um povo inteiro. Os humanos de Versipelius sabem de nossas boas intenções. O Violador está preso e podemos negociar sua punição por um bem maior, sem o derramamento de sangue.

— Os humanos são tolos! — grunhiu o líder malhado. — Eles não compreendem a dimensão do problema e quão mortífera é sua raça de lobos. O Violador será punido junto de todos os lycans! — Ele retirou das costas sua arma que estava acoplada à armadura: uma cimitarra tão grande quanto ele, com a lâmina serrilhada, recém-polida, sedenta por morte.

Raul Sanchez rosnou feroz para o adversário, apertando os dentes uns nos outros, seu corpo inclinado para frente, os pelos eriçando-se, mesmo sob forte chuva. Verne notou outros das matilhas tendo reações semelhantes. Tentou se aproximar um pouco mais de Rufus para lhe falar do enfeitiçado, mas não conseguiu. Uma fúria tomava os lycans, de forma bem perigosa. Levou a mão ao athame, indo se proteger próximo ao sopé de uma pedra alta, que depois reconheceu ser uma das rochas cruzadas que davam o título da Tribo da Garra.

O céu trovejou.

O rapaz avistou Isis, a, ou o, bardo a poucos metros dele. Tranquilo, estava a postos com sua harpa em mãos. Imune e preparado para narrar a grande guerra do povo da mata. A Batalha das Feras.

— Tomaremos o Arvoredo de volta. Ele era território gnoll por direito e voltará a ser! — revelou o líder gnorr.

— O Arvoredo Lycan sempre foi do povo da floresta, sempre foi de todos nós — disse Raul enquanto rasgava a bata do peito com brutalidade. — Os gnolls nunca respeitaram isso, nunca souberam governar nem cuidar. Agora, cairão outra vez. Agora, serão punidos com a morte!

— MORTE! — urraram os mais de duzentos soldados-lobo que ali estavam.

Os lycans começaram as rasgar suas batas, até mesmo as fêmeas se despiam. Verne sentiu o sangue correr gelado por sua espinha, subindo pelas costas e virando na direção do coração, o alfinetando intermitentemente. Sentia a adrenalina tomá-lo, passando por cima de seu medo e coragem.

Uma flecha surgiu repentina do outro lado do ribeirinho, voando em curva pelo ar até atravessar a cabeça do coronel Apoinar, que servia à Tribo das Árvores. O lycan caiu morto, com os miolos se esparramando pela grama e se perdendo na lama. Esse era o sinal.

Todas as tropas de gnolls começaram a gargalhadear, com aquele sorriso branco e terrível se destacando na escuridão. Hoärr bradava terrores, acompanhado de grunhidos de seus generais e guerreiros. Avançaram com cólera, pisoteando cada planta e flor como se fosse um inseto, atravessando o ribeirinho como se ele fosse mais um atoleiro. Lâminas de prata em punho, levantadas para o alto, ameaçadoras, reluzindo os relâmpagos da morte, sendo lavadas pela chuva para depois se banharem em sangue inimigo. Mais de seiscentos gnolls.

A matilha uivou. Foi então que Verne ouviu, foi então que ele compreendeu. Uivaram alto, mas tão alto, que até mesmo os trovões se calaram. Ele prendeu seus olhos no antigo guarda-costas, observando atentamente a transformação. Rufus se deitou para frente como um animal, rasgando bata e pele humana, os músculos se movendo como vermes sob a tez, inchando e tomando novas formas. Cada tufo de pelos ganhava uma camada mais espessa e castanha, que crescia sem fim para todos os lados, o cobrindo como uma armadura, escondendo a carne viva que sua parte homem deixava para trás. A calça não suportou a nova anatomia e arrebentou, dobrando a panturrilha para trás, enquanto revelava patas enormes que agrediam o solo em frenesi. A mesma forma tomou suas mãos quando caíram no chão, colocando-o de cócoras. O pescoço, enrijecido, era agora como tora, dilatando sua mandíbula para frente; onde antes havia boca, nascia um focinho com aquela fileira de dentes pontiagudos, suas narinas se abrindo em algo mais canídeo. Os olhos estatelavam-se enormes e insanos, deformando a face humana para dar espaço à de lobo. A cartilagem das orelhas se expandiu pontuda para trás, recebendo pelos e pele animal. Por fim, o peito musculoso se tornou gigante e inchado pelo ar devorado, dando fôlego para a besta uivar poderosamente, a ponto de vibrar e macular aquele cenário.

Foi então que Rufus uivou. Rufus, em sua forma original, de lycantropo. Ele e todos os outros lycans. Mais do que o Uivo de Guerra, o uivo da matilha do Arvoredo Lycan. Verne ficou horrorizado.

A terra molhada transbordava entre os dedos frágeis. Suas patas enxovalhavam o solo com pegadas que desapareciam logo em seguida na chuva. As arvorezinhas arqueadas contemplavam sua chegada sutil. O monte rochoso sombreava a jaula naquela encosta mórbida, esquecida pelo calor da batalha.

O prisioneiro estava protegido por dois guardas do líder Rico Brício, não transformados como os demais, armados apenas com sua força. Muito além das grades e da escuridão, Juan Remo aguardava pacientemente. Sentiu o cheiro da liberdade quando os lycans tombaram com flechas de prata mergulhando certeiras entre seus olhos.

Nordr sorria seu sorriso miúdo a metros da jaula, acompanhado de um arqueiro gnoll.

— Você é o chaveiro? — sussurrou o Violador entredentes.

— Também.

O velho malhado retirou de dentro do andrajo a chave-mestra que forjou na galé. Com facilidade, abriu a fechadura. Juan saiu homem da escuridão, com um olhar estranhamente sóbrio para sua loucura. Avaliou a raça inimiga com cuidado, mas sem preocupação.

— Grato, Nordr.

— Não lhe fiz um favor. O acordo era esse — disse o velho. — Agora vá e nos ajude a matar outros dos seus.

Trovejou.

— Sim, como o combinado. — Sorriu e se transformou.

O que Nordr não sabia era que Juan Remo, quando em forma bestial, perdia o pouco de sanidade que mantinha como humano. O velho só descobriu quando o lycan enterrou sua bocarra na garganta do arqueiro e balançou o pobre como se fosse um espantalho. Ele o devorou ainda sobrevivo. Surpreso e temeroso, Nordr se trancou na jaula, onde não podia ser atingido. Mas até mesmo ali o mais ordinário dos gnolls foi ignorado.

O Violador uivou de prazer e correu até o campo de batalha para matar qualquer um que se movesse.

EQUION

Do alto do montículo, o centauro assistiu às tropas lycans e às gnolls se colidirem.

Os soldados-lobo saltavam metros no ar, caindo ferozes como os raios sobre os malhados, mastigando cada jugular, cada braço e orelha como recompensa, jogando os corpos de suas vítimas para outra matilha trucidar com mais dentes e garras.

Viu Paranhos Tercero, um lobo com pelugem nobre marrom-clara, rasgar o peito nu de um guerreiro gnoll, enquanto seu rabo se enrolava na pata de outro, o jogando para baixo e para cima várias vezes, até seu crânio rachar. Outros dois inimigos saltaram com espadas por trás, mas ele virou no exato instante, como se esperasse aquilo, e arrancou o braço de um com as presas, ao mesmo tempo que cegava o segundo usando as garras.

O general Lassadar urrou uma ordem perto dali e quatro guerreiros malhados avançaram numa justa com lanças sobre o líder da Tribo de Prata. Paranhos usou a vantagem de suas patas, dobrou as panturrilhas ainda mais para trás e deu um impulso tal qual um gafanhoto, saltando sobre eles. Para Equion, o líder parecia meticuloso, como se estudasse cada movimento do adversário, como se soubesse cada ponto cego a atacar. Uma de suas garras cortou a pata de um guerreiro, que foi pisoteado ao cair no atoleiro, dando um novo impulso a Paranhos, que já capturava a lança de outro e a usava contra o usuário, estocando seu abdômen e o abandonando para morrer em agonia. Os dois restantes desceram suas lanças contra ele, mas tiveram seus crânios destruídos um contra o outro pela força de Yolanda Aceves. Caíram mortos e a loba cor de oliva quebrou suas armas de prata para não serem usadas pelos demais. Uivava junto aos trovões enquanto corria nas quatro patas na direção de Lassadar.

O centauro procurava por Lupita no meio do pandemônio, mas ela havia tomado um rumo diferente do choque de tropas quando a batalha se iniciou. Ouviu o zunido de um bumerangue do outro lado e rinchou. Em seguida, viu um soldado-lobo tombar com o crânio aberto e logo outro, da mesma maneira. Um lycan próximo a si no morro pedregoso saltou para capturar o pequeno vulto no ar, mas foi atingido nos olhos e o objeto transpassou sua carne, indo na direção de Equion. Sem surpresa, ele desviou para o lado e o bumerangue de madeira e prata foi atingir uma nova vítima lá atrás. Então, voltou. Em vez de se preocupar com a morte que chegava voando, o centauro se concentrou em encontrar o usuário. Não demorou a enxergar o gnoll no alto de um galho a metros de si. Entre eles, o campo de batalha. Objetivou matá-lo a qualquer custo. Um atirador de bumerangues era tão mortal à distância quanto a própria arma. Se eliminasse este, não seria difícil encontrar os demais. O bumerangue passou rente à sua orelha, voltando à origem.

A líder da Tribo da Mata só conseguiu arranhar a armadura do general gnoll. Ele desferiu um chute com as duas patas contra os peitos dela. Yolanda voou longe, caindo contra um arbusto, golfando sangue. Lassadar se aproximou com cautela e estocou a lança em seu ombro. A lycan berrou de dor. A lâmina fatal lhe corroía por dentro, sem perdão, avançando com elementos químicos até seu coração.

Equion saltou os últimos metros do enlevo alcançando o outro lado, com seus cascos de marreta esmagando duas cabeças gnoll. Roubou uma espada de prata e decapitou mais um inimigo, depois a lançou rodopiando no vento direto nas costas de outro, que mijava em troça em um lycan morto. O corpo do gnoll caiu sobre ele, agora também sem sobrevida. O centauro se empinou ao notar, de repente, estar cercado por cinco malhados com lanças e espadas. Desceu então as patas dianteiras, acertando um tronco, que se quebrou antes da queda. Um guerreiro ousado montou sobre ele, enquanto um segundo avançava com a lança por trás. Levou um coice que destruiu seu focinho. Mais dois vieram pelos flancos, de espada em punho. Equion capturou o montador com as mãos e o jogou no meio de uma matilha no Coração da Floresta para ser trucidado. Um dos espadachins errou seu pescoço e teve a lâmina arrebentada pelo casco como se fosse pão velho, o olhou indignado.

— É o casco — rinchou Equion, com seu sorriso irônico por trás da barba bifurcada. — Por isso me chamam de "Punho de Ferro", seu imbecil! — E lhe afundou o rosto na lama. Mais miolos escorrendo pela grama.

O outro conseguiu cortar sua pele equina com a espada, mas a prata não afetava um centauro como aos lycans. Ignorando a ferida, ele se empinou novamente e explodiu o peito do gnoll, que viu o seu tronco se deslocar da cintura antes de morrer. Por fim, o Punho de Ferro atropelou o último do quinteto e avançou para o campo de batalha, utilizando lanças e espadas que encontrava ou roubava de guerreiros sobrevivos ou mortos. Agora, o atirador de bumerangue estava mais próximo.

Yolanda foi salva no último instante pelo seu querido Rufus Sanchez IV. O lycan chegou voraz, carregando o corpo dela para o outro lado em dois saltos. Lassadar suspirou de frustração e foi atrás, mas no caminho encontrou um homem magriço e de trapos molhados, encarando-o com um sorriso cruel.

— Um humano lutando pelos lycans, quem diria! — gargalhadeou o general malhado, em bufonaria.

— Não sou humano!

Rico Brício, o lycan que não se transformava, uivou como um lobo e avançou.

VERNE

Era difícil correr no pântano.

Verne logo encontrou uma área mais baixa, um mar de moitas que facilitava minimamente sua caminhada para um lugar qualquer. No campo de batalha, ele procurava por Rufus. Não mais para revelar sobre o enfeitiçado, assunto que já considerava irrelevante naquele contexto, mas mais como um porto-seguro.

O rapaz havia escapado duas vezes por pouco do bumerangue que açoitava lycans no Coração. A adrenalina e o medo eram seus combustíveis inevitáveis. Para ele, era muito difícil enxergar naquele brilho-e-escuridão da tempestade. Por entre as moitas, viu Equion escoicear três vezes uma árvore próxima até derrubar um gnoll. Depois, ele o capturou pelo pescoço e o enforcou. O bumerangue que sondava os incautos parou de rodopiar no ar.

Verne Vipero pensou sobre sua posição. Como estariam as fêmeas e os filhotes indefesos no esconderijo que prometeu guardar? E ele ali se escondia, sem nada fazer. Confuso e assustado pelos relâmpagos, correu pelas moitas baixas até identificar uma voz familiar.

— Dona Yo, está bem?

O uivo aflito vinha de Rufus. Não era como sua voz normal. Havia uma diferença selvagem, maculada por um som gutural bem característico. Quando atentou a vozes de outros soldados-lobo gritando ordens ou desespero, percebeu ser uma característica da transformação.

— Eu não morrerei por uma lança! — respondeu Yolanda Aceves, agonizando.

A pelugem de Rufus era castanha como seus cabelos e muito mais espessa que da senhora fêmea. A líder da Tribo da Mata ofegava com dificuldade nos braços de seu sobrinho-genro. Feras como aquelas demonstrando carinho e compaixão era uma visão que o jovem Vipero nunca imaginou assistir.

Percebeu duas sombras silenciosas se aproximando dos lycans e foi tomado pelo desespero. Lembrou-se do treinamento e dos conselhos de Elói. Lembrou-se das palavras de Raul: “No campo de batalha lute como um lycan”. A teoria era sempre mais fácil do que a prática. Ainda assim, se concentrou. A chuva, os uivos e os berros lhe atrapalhavam, mas o tempo ali era curto e precioso. Uma vida era perdida a cada hesitação.

O rapaz precisava engolir o medo, deixar tudo fluir naturalmente para ter seu ectoplasma pleno. Ao mesmo tempo, precisava soltar a fera dentro de si. Como ouvira de Martius no Covil, precisava entrar em estado berseker, ser tomado pela fúria. Uma fúria controlada, talvez? Sentiu a energia correr por suas veias enquanto abandonava os sentimentos com dificuldade. O frio e o calor disputando sua agonia e aquele choque na tez toda vez que emanava sua essência. Abriu os olhos escarlates, brilhando vermelho na escuridão da tormenta, o ectoplasma ativo em um nível que não soube medir. Torcia para que fosse o suficiente. Ouviu os passos dos gnolls aumentarem, ainda que furtivos. Retirou o athame do coldre, achando-se preparado para o ataque, porém não teve tempo.

Os inimigos avançaram contra Rufus e Yolanda, contudo foram surpreendidos por uma loba de fina pelugem terracota. Ela caiu sobre um e mordeu sua garganta, até que ele morresse afogado em seu próprio sangue. O outro fugiu diante de três lycans, mas foi capturado por Sanchez, tendo a costela transpassada pela garra até a barriga, degringolando junto das tripas. A lycan uivou. Era um chamado. Outras chegaram, correndo nas quatro patas, matando guerreiros gnolls com mordidas, rasgadas e patadas. Eram seis abatendo dez, depois quinze, então vinte. Fêmeas ferozes e velozes em campo, surpreendendo uma tropa inteira, que agora jazia no pântano. Uma nova matilha seguiu em carga, trucidando os malhados. Verne assistia com alívio, vendo seu lado vencer. Sentia esperança no lugar do sufoco.

Ainda reluzia o vermelho e não havia percebido que aquilo atraíra inimigos. Três gnolls gargalhadeavam cruéis, com facas na mão. Um deles abriu um corte profundo em seu braço. Ele não gritou, engoliu a dor, os olhos derrubando lágrimas que se confundiam com a chuva. Não teve tempo de sentir pavor ou desespero, muito menos de pedir ajuda. Estava numa situação de risco e precisava resolvê-la sozinho, como se propôs quando insistiu em guerrear com as feras. O mesmo gnoll estocou com a faca, passando rente ao peito humano, mas dessa vez a lâmina foi ineficaz no gibão resistente. Verne resolveu reagir, imitando o movimento do adversário, empurrando seu athame na direção do outro. O guerreiro desviou e lhe acertou um chute na virilha. Caído, recebeu a facada do segundo na costela e finalmente gritou. Sentiu o sangue correr frio dentro de si, para então ser cuspido para fora do corpo. Teve aflição e náuseas. Nunca tinha vivenciado nada igual. Tombou, torpe. O tempo lhe pareceu mais lento, a chuva caindo delgada sobre seu rosto. O primeiro voltou, levantando e descendo a faca para sacrificá-lo, mas recebeu o athame no pescoço, caiu morto e surpreso. Os demais deram um passo atrás, pasmados, urrando de ódio.

O rapaz soltou um berro de coragem, mais para si do que para eles, deixando seu ectoplasma vermelho se expandir à vontade, intimidando até onde podia. E intimidou. Mesmo assim, o gnoll que lhe feriu a costela saltou, descrevendo um arco com a lâmina até sua jugular desprotegida. Verne conseguiu estacar o ataque com sua arma e empurrar o outro contra uma moita. O desequilíbrio em cima dela foi sua perdição. Logo o humano estava lhe perfurando focinho e peito como se fosse uma saca de trigo, sem medir os limites do golpe.

Raul ressoou em sua mente pela segunda vez: “Deixe a besta florescer em você, não perdoe seus inimigos. Eles não o perdoarão”. Deixou.

Mais um gnoll morto aos seus pés. A adrenalina voltava, agora forte, mesclando-se à coragem súbita. Não sentia orgulho, não conseguia, mas, de certa forma, satisfação. Caiu para o lado quando o terceiro malhado deitou sobre ele, praguejando furioso e tentando lhe morder um braço. O rapaz conseguiu pensar no ato e realizá-lo: com o ectoplasma, empurrou energeticamente o adversário para longe, fazendo-o se estatelar a alguns metros, e jogou o athame na direção dele. A arma rodou no ar, certeira, até perfurar o gnoll no pomo de adão. Depois, ela retornou à mão de seu usuário, como quase sempre fazia.

O jovem Vipero se apoiou na árvore mais próxima, despreocupado com relâmpagos fulminadores, retomando o fôlego e a noção. A garganta seca voltou a umedecer quando Verne viu o morticínio ao redor, sangue gnoll batendo como um riacho em suas botas. O sangue que ele havia derramado.

AIME

O general e sua matilha haviam se alocado numa trincheira na área sudeste do Arvoredo Lycan. Defendiam-se de uma trupe pequena de atiradores de bumerangue e arqueiros que disparavam contra eles, tentando proteger a galé e os botes. De onde estavam, os seis soldados-lobo mais Aime Ruiz conseguiam avistar toda a encosta da floresta e o grande oceano enegrecido pela chuva, que levantava ondas terríveis no horizonte distante.

Aime deu a ordem para que seus lycans flanqueassem o inimigo, mas eles avançaram como bestas e dois morreram antes de chegar à praia. A sede por sangue e a fome por batalhas eram instintos negativos que um lycantropo carregava quando transformado. Força bruta demais, estratégia de menos. O general acreditava que isso variava de fera para fera e não era uma realidade generalizada. Então, esperou.

Um dos seus conseguiu derrubar dois malhados com uma patada só. Era truculento e o mais forte do grupo. Já mastigava o terceiro, quando foi atingido na pata. Ignorando o ataque, deu um pontapé para trás que jogou longe o pobre adversário, que quebrou o pescoço entre a areia e o mar. Os dois restantes foram abatidos por Aime e os demais.

— Essa foi fácil — grunhiu o general, com olhar suspeito ao redor.

Um estrondo.

O quarteto que formava a matilha pensou ser um trovão.

Era um tremor.

Procuraram no ar a resposta para aquilo, o olfato mais do que eficaz.

— Cheiro de... *pedra*, senhor! — latiu um dos seus.

Tremor.

— Esses canalhas não protegiam os botes. Estavam aguardando a chegada de algo — concluiu Aime, temeroso.

Do outro lado da encosta, ele teve a impressão de ver o mar se abrindo, depois se fechando. Uma onda formada pelo maremoto repentino subiu alta demais e despencou no solo com agressão. Uma rocha se moveu. Ao lado dela, uma pequena montanha também.

— TROLLS!!! — uivou o lycan truculento, já avançando sobre eles.

Dezenas de monstros saíam do mar, secos em pedra como se não tivessem nadado por dias. De todos os tamanhos, sempre maiores do que dois metros, pisoteavam flores, árvores e terra sem piedade. Urravam furiosos e socavam o peito como gorilas, visando ao distante Coração da Floresta além das copas.

— García, envie um corvo para nossa tribo! — ordenou o general. — Avise que os trolls chegarão ao campo de batalha em pouco tempo!

García correu na direção oposta, ligeiro e aflito, enquanto três soldados-lobo saltavam sobre os trolls. Um deles, Allende, escalou o escarpado que era a perna de um dos monstros e chegou ao ombro, onde desferiu patadas capazes de rasgar qualquer carne. Mas não a pedra, não um troll. O punho gigante capturou o lycan, apertando-o entre os dedos rochosos, esmagando-o de fora para dentro. Allende expelia sangue em profusão, morrendo devagar.

Em cólera, o truculento Munhoz socou a perna do troll, seguidas e seguidas vezes, até a estrutura começar a rachar. Quando as primeiras fendas apareceram, ele estocou com suas garras e cavoucou, enfraquecendo a panturrilha monstruosa. Croot, o troll que assassinara Allende, perdeu o equilíbrio e caiu, desmoronando como uma pequena montanha na areia. Munhoz e seu companheiro, Bernal, montaram sobre a desajeitada criatura e acabaram por trucidá-la ali.

— Certo, derrubamos um. Agora, só faltam vinte e set... — sussurrava Bernal, quando foi atingido por uma tora, usada como arma por Drar, um dos monstros. Voou metros, passando por cima de Aime, que ainda estava no mesmo lugar, e foi se estatelar mais atrás. A pelugem teria resistido a escoriações, mas a queda alta e de forte impacto o matara ao quebrar seu pescoço.

O general teve de ordenar duas vezes para que Munhoz recuasse. O lycan voltou vociferando e espumando de raiva, ao mesmo tempo que chorava a morte de seus companheiros. Aime não via tempo para lamúrias, pois os trolls marchavam em direção ao Coração, destruindo tudo pelo caminho, abrindo uma enorme ferida no Arvoredo Lycan.

O velho xamã era um dos poucos lycans que optara por não se transformar.

Caminhando tranquilamente pela mata imaculada pela guerra, Ochoa sentou-se no centro daquela área, orbitado por dezenas de seculares gran-secoyes. Ignorava a tempestade, ignorava os gritos de dor e de fúria, ignorava a batalha a quilômetros dali. Nada importava, apenas sua sintonia com a natureza, com as Rainhas das Árvores, com seu deus e com sua *anima*.

Anima era o nome que o povo da floresta dava para a magia, como os necropolitanos a conheciam. Não a magia de Magia, o terceiro círculo do universo, mas uma magia rústica, das entranhas da existência. Invocada da essência de Necrópolis, do ectoplasma verde do círculo de Moabite, só capaz de ser realizada em completa sintonia com o ambiente, com a mata e os seus habitantes sobrevivos. Os antigos e os novos, todos eles. O Arvoredo Lycan era como um órgão vivo de anima, de magia tribal, que fornecia energia para o xamã usufruir, não para si, mas para o bem da floresta, para proteger aquilo que era importante.

Ochoa bateu seis vezes seu cajado contra o solo. A natureza reagiu.

Primeiro, as planícies onduladas escureceram com a névoa que nascia ao redor. Depois, plantas ergueram-se à sua volta, altas e flexíveis. Em seguida, as gigantescas raízes se moveram ao chamado. Por fim, os galhos e então as árvores. A primeira gran-secoye abriu três talhos em seu tronco, formando uma face antiga, que lembrava expressões humanas.

— Soberano das Grans — rangeu uma das Rainhas das Árvores.

— Minha irmã — respondeu o xamã respeitosamente.

Trovejou. Mas os relâmpagos não atingiam aquele lugar sagrado.

— O Arvoredo em perigo.

— Sim — continuou. — Por isso clamo pela ajuda de vocês, Rainhas. Um antigo mal vem para nos destruir. E as senhoras sabem qual é.

Ochoa reluzia o verde de seu ectoplasma durante o ritual. Outra raiz se moveu na grama farta e então um galho se estendeu até ele, tocando o cajado, fazendo crescer no objeto folhas cor de lima e vivazes.

— As Rainhas lutarão.

O assassino retesou a corda, disparou uma flecha. Do outro lado do campo de batalha, um soldado-lobo cuspiu uma golfada de sangue.

Amatukki comandava uma horda de arqueiros treinados por ele. Miras precisas, flechas de prata. Derrubando um, três, seis, dez lycantropos a cada meio minuto. O gnoll e seu grupo limpavam os flancos da floresta. Já o haviam feito com eficácia na ala nordeste do Arvoredo Lycan, agora se aproximavam do Coração, matando todos os incautos com flechas surgindo da escuridão.

Um raio fulminava uma árvore vez ou outra, mas eles não temiam isso. O assassino ordenou a três dos seus para saltarem para a direita, indo limpar uma área ainda suja de lobos. O trio gnoll foi de um galho a outro, mudando de uma árvore para a próxima, silenciosos como sombras, até chegarem aonde deviam. Outro aceno sutil da mão, e ele enviou mais cinco para a esquerda, para matar quem chegasse pelo sul. Os seis restantes se espalharam no centro num semicírculo, com o objetivo de derrubar não só soldados, mas também arqueiros inimigos. Amatukki queria os generais e a cabeça do líder lycan. Queria as honrarias gnoll quando aportasse em Feral. Queria ser o novo líder gnorr.

Ele estava oculto dentro da copa de folhas escuras de um altíssimo pinheiropreto que lhe servia de ninho com a visão plena do Coração da Floresta. Examinou as matilhas e seus generais investindo contra os gnolls, agarrou mais firme o arco. Puxou uma flecha da aljava, encaixou-a. Puxou a corda, fez mira. Disparou. A seta encontrou a testa de Javier, general da Tribo Negra. O pobre despencou para trás, a ponta escarlate surgindo-lhe pela nuca. Amatukki pegou uma flecha, encaixou, puxou a corda, disparou. O general da Tribo de Sangue, Agustin, rolou, atingido na garganta, espirrando sangue. Flecha, corda, tiro e Antonita, general da Tribo do Pântano, foi trespassada no estômago, enxergou o sangue e o fedor brotando, caiu. Os soldados-lobo se espalharam correndo, uivando, cortando e mordendo. Duas novas tropas gnolls chegavam se fechando sobre eles, atravessando o ribeirinho, estocando prata contra músculo. Amatukki girava, disparando flechas, matando generais.

O clarão de um relâmpago lhe revelou um imponente lycan de pelugem marrom-escura bufando enquanto decapitava gnolls em grande quantidade, dois ou três por vez, suas garras descrevendo um arco no ar, cortando como lâmina afiada. Ao seu lado, um lobo gordo, cor de aspargo, devorava um companheiro malhado. Este já havia matado três capitães de Feral na última meia hora. O assassino sabia: eram Raul Sanchez I e Fajardo Pina. Retesou a flecha na corda, mirando o olho do desgraçado. Atirou. Um soldado-lobo qualquer tombou, havia passado no lugar errado, no instante errado. O líder da Tribo Lycan identificou o atirador de longe. A chuva atrapalhava o olfato dos lycantropos, mas eles ainda enxergavam bem no escuro. Sem querer, o morto acidental havia revelado a posição do arqueiro gnoll. Amatukki ignorou, puxou outra flecha da aljava, firme no arco, retesou, mirou, atirou. Errou.

Como? Indignado, pasmado, o assassino ficou paralisado. Nunca, em toda sua sobrevida na função, havia errado um alvo sequer. Não conseguia conceber aquela realidade. Deixou-se tomar pela fúria. Seus olhos bons como os de um gavião não viram mais o líder no local, apenas Raul estraçalhando inimigos, e sua seta falha jazendo fincada na grama, sem uma vítima.

"Quem hesita, perde", ouviu de um latido feroz. Voltou sua mente à guerra, abandonando a indignação e a frustração. Viu o líder da Tribo Lycaon escalando o tronco do pinheiropreto com velocidade, se impulsionando com agilidade cada vez mais para cima com as quatro patas. Amatukki não hesitou dessa vez. Retesou, atirou. A seta entrou no ombro do lobo, mas isso não impediu sua escalada. A aljava do assassino ainda estava repleta de flechas. Pegou mais uma, limpou a mente, se firmou no arco, disparou. Acertou o joelho do adversário, mas a fera era insistente. Outra, mirou, atirou, errou. Indignado de novo, praguejou, mas engoliu a fúria. Não podia se desconcentrar. Tarde demais, Fajardo Pina estava sobre ele. Saltou, dando-lhe um tabefe com a garra, que abriu uma tala de carne viva no rosto do gnoll. O assassino cambaleou para trás, dançando torto sobre a copa da árvore, evitando despencar metros abaixo. O lycan uivou de prazer.

— Impressionante, não é? — latiu Fajardo, sorrindo entre presas.

— O quê? — perguntou Amatukki, com sua voz de dragão.

— O mais gordo dos lycans é também o mais veloz. Não conseguiu me atingir de longe, não conseguirá dessa curta distância.

O assassino apertou os olhos de raiva, como se dissesse: "você verá!". O líder avançou com a bocarra aberta para devorá-lo, Amatukki pulou, pendurou-se num galho mais alto, balançou e se jogou para frente, indo parar nas costas do lobo. Retirou uma flecha da aljava, retesou e atirou sem mirar. Daquela distância, como bem lembrou o outro, os detalhes ficavam diferentes. Acertou suas costas com facilidade, mas a vítima ignorou, girou e rasgou metade do ombro do gnoll. Ele recuava e retirava outra flecha. Fajardo tomou impulso em suas panturrilhas dobradas e saltou. O assassino esperou. Quando o lycan estava quase sobre ele, girou e deixou o adversário atingir um galho qualquer. Aproveitou a brecha e lhe estocou uma seta no olho. O líder da Tribo Lycaon grunhiu de dor, mas era resistente e teimoso: retirou-a junto do globo morto, deixou o sangue jorrar e continuou a investir. Amatukki era esguio e ágil, desviava da maior parte dos ataques, mas foi arranhado no joelho e na barriga. Sabia que era inútil lutar corpo a corpo contra um lycantropo, tinha poucas chances, principalmente naquele pequeno espaço. Precisava de uma nova ideia, de uma carta na manga, e rápido.

Foi Fajardo Pina quem lhe facilitou a ação. O lycan estocou com a garra esquerda, ele pulou, e um pedaço do tronco foi atingido. Novamente no alto, o assassino pulou de galho em galho, enquanto o adversário tentava lhe acertar os pés. Pulava também, mas seu peso começou a afetar a estrutura da copa do pinheiropreto e se quebrar. O lobo gordo, sabendo que uma queda daquela altura o tiraria de combate, interrompeu os ataques e aguardou, sentando-se como um cão, o rabo abanando de ansiedade. Amatukki também esperou. Ficaram ali, parados, por minutos. A tempestade seguia feroz, o sangue rolava no campo de batalha, arqueiros gnolls derrubando soldados-lobo, tropa de malhados investindo contra uma matilha mutilada e espalhada. O líder tinha um sorriso no rosto, imaginando que aqueles galhos não suportariam por muito mais tempo o peso do arqueiro. O assassino também sorria, em seu silêncio típico, sabendo que as várias flechas de prata que haviam atingido os pontos vitais do lycan logo despejariam a química vital por sua corrente sanguínea até matá-lo. Estava certo.

A matilha da Tribo Lycan interrompeu as estocadas por um momento. Do Coração da Floresta, assistiam ao seu líder cair morto do grande pinheiropreto.

RICO

Rico Brício esmurrava o focinho de hiena de Lassadar com prazer. O general malhado sangrava, grunhia de dor e mal conseguia se proteger. Perdeu duas presas, encolheu-se num canto, tentando se recobrar. O líder da Tribo de Sangue recolheu os dentes e guardou no bolso de seu andrajo. Passou a mão sobre o cabelo despenteado, o retirando dos olhos para trás, galante. O sorriso cruel nunca sumia de seu rosto.

— Não é possível — sussurrou Lassadar, temeroso.

— Sempre fui prodigioso, um dos mais fortes do clã Brício — revelou com orgulho, a voz fina e incomum para a raça. Posicionava-se como um príncipe diante do inimigo.

— Mas você... não se transformou. Como pode?

— Não sei como se faz e também nunca consegui. Acho que nasci com defeito. — Riu, gracioso, uma mão na cintura, outra na boca para manter a garbosidade. — Não evoluo, é verdade, mas nesta forma humana mantenho a força de um evoluído em tempo integral. — Andou calmamente até o adversário, o encarando com intensidade. — Agora, vou matá-lo.

Uivou.

A tropa da Tribo de Sangue matava e morria ao seu redor. Ela uivou em resposta ao seu líder.

Lassadar não pretendia morrer. Girou o corpo pelo atoleiro e usou sua lança para tomar impulso para o lado, ganhando tempo e espaço para não ser atingido mortalmente. Assim, avançou com a lâmina de prata na direção do rosto do adversário. Rico deitou a cabeça para desviar, capturou a madeira da lança e a quebrou em dois como se fosse um palito. O gnoll engoliu em seco de espanto e viu sua barriga sangrar quando o lycan lhe estocou com sua própria ponta da arma. Agonizando e sangrando como um porco na lama, o general malhado tombou.

— O sangue de vocês é mais doce — disse Rico, passeando com seus dedos de forma sutil pelo ferimento do gnoll e levando-os até a boca para experimentar. Delicadamente, chupou um dedo por vez, saboreando a morte do inimigo.

Lassadar morreu estupefato e corado de vergonha pela derrota nas mãos de um humano.

Rico identificou Alejandra Aceves, a lycan terracota, comandando uma matilha de fêmeas contra uma nova tropa de gnolls que chegava pelo ribeirinho. Tinham menos força que os machos, mas eram mais ágeis e velozes, matando mais rápido e desviando com eficácia das armas de prata. Rufus auxiliava sua noiva estocando e rasgando capitães. Um de seus soldados-lobo protegia a tia da loba, Yolanda, fora de combate.

Uma oca próxima foi destruída. Um gnoll e um lycan saltaram de dentro dela, rolando pelo pântano enquanto se matavam. O lobo amendoado levantou vitorioso. Era grande e jovem, tinha sangue nas garras e um tufo que surgia como trança peluda da nuca. Logo em seguida, um ancião muito diminuto se aproximou, fraco das pernas, e avaliou o defunto, cutucando-o com os anéis dos dedos. Ficou ali por longos minutos. Depois deu o veredicto: meneou a cabeça em aprovação. Era o Velho Lobo e seu general, Federigo Delmar. Rico sempre teve um interesse pelo líder da Tribo Vega. O antigo Paco Rivera era lobo em tempo integral, sem conseguir voltar à forma humana. Enquanto ele, o oposto, jamais conseguia se transformar. Perguntava-se o quanto de humanidade Paco ainda tinha e o quão lycan ele próprio era.

A matilha do Velho Lobo estava espalhada por outras áreas do Arvoredo, não atuando no Coração. O jovem líder desconfiava que ainda aguardavam uma posição do Corrilário, o que era inútil, e temia que não trouxessem toda sua força para a guerra, o que seria uma perda considerável. Enquanto isso, as tropas gnolls só aumentavam.

O líder da Tribo de Sangue teve de voltar sua atenção para o outro lado do campo de batalha, quando um lobo negro e ensandecido avançou veloz, correndo nas quatro patas e matando rápido a gnolls e lobos. Obviamente, era Juan Remo.

— Violador. — Rico sorriu entredentes. — Você veio para que eu pudesse matá-lo. Oh, finalmente!

O general Aragão, da Tribo das Neves, se uniu a Xavier, general da Tribo de Nyx, para interceptar o insano. Posicionaram-se ferozes e avançaram.

Juan Remo tinha acabado de abrir o estômago de um malhado, quando saltou sobre outro, mastigando sua cabeça, amassando capacete e miolos. Em seguida, capturou um lycan surpreso, furando-lhe os olhos, cavoucando seu peito até rasgá-lo. Outro lobo seguiu para ajudar o companheiro e foi morto com uma mordida no pescoço. O Violador matava e matava, sem distinguir as raças, apenas pelo prazer do sangue.

O mesmo prazer de Rico. Eram iguais, mas diferentes. O jovem líder jamais derramaria sangue lycan. Aragão alcançou Juan primeiro e o derrubou de costas em um mata-leão, com aqueles braços peludos do tamanho de um homem. O insano chutava o ar, tentando recobrar sua posição, arranhando o outro onde podia. Abriu um talo na garganta do general e foi solto. Girou e acertou com o rabo no focinho dele. Aragão caiu, mas conseguiu saltar de costas e tomar impulso de novo, dessa vez avançando para morder o lobo negro. Juan desviou por pouco. Suas garras pegaram cada uma das pontas da bocarra e a fizeram abrir. Ele forçou a abertura em V, mais e mais, até que a mandíbula se partiu e Aragão tombou morto, a língua combalida deitada para fora.

Xavier agarrou Juan por trás, perfurando suas costas com as garras. O Violador usou o rabo amarrado à panturrilha do adversário, esticou-o para baixo e deslocou sua perna. O lycan enfraqueceu, mas não desistiu da investida, mordendo seu ombro com força. O insano o pegou no pescoço e o jogou para frente, fazendo Xavier girar no ar até o chão. De ponta-cabeça, ele não teve tempo de se mover e morreu com três estocadas de garra no estômago. Juan uivou, matou mais um gnoll e continuou sua matança sangrenta.

Rico se colocou em seu caminho, sorrindo extasiado pela oportunidade. O líder da Tribo de Sangue fechou os punhos e dançou com as pernas magras no mesmo lugar, os ombros erguidos e a cabeça inclinada para frente. O lobo negro correu em sua direção, esticou uma garra, errou e levou um murro no canto da boca. Tombou rolando para o lado, se enlameando nas poças. O jovem líder pulou alto e desceu com um joelho dobrado, esmagando-lhe uma costela. Depois, desferiu dezenas de socos, um seguido do outro, sem fim, acertando rosto, pescoço e peito, lavando a grama em sangue louco. Rico abriu ainda mais seu sorriso no golpe de misericórdia e esmurrou bem no meio do focinho de Juan. A narina afundou alguns centímetros, o sangue borrifou farto sobre o rosto humano. O Violador ganiu de dor, atordoado, se aquietando, até parar.

— Morto — sussurrou Rico Brício, gargalhando com orgulho.

Levantou-se de costas para o defunto, atirando os braços para o alto, pedindo comemoração de sua matilha de Sangue. Berrava, uivava. Seus soldados-lobo, os que podiam, bradavam do outro lado. Para o jovem líder, matar Juan Remo era a maior das vitórias. Os lycans poderiam perder a guerra para os gnolls, mas ele já havia conquistado a sua vitória.

Vitória? Derrota.

As garras do lobo negro transpassaram sua coluna até a barriga, levantando Rico no alto como um troféu. O Violador latia insanamente, com o focinho destruído e o corpo rígido sobre as duas patas. Surpreso pela recuperação de seu algoz, o líder da Tribo de Sangue amaldiçoou o mundo à sua maneira. Sua cabeça rolou pelo pântano, decapitada por Juan. Quem a viu, disse que ela sorria o sorriso dos derrotados.

BERRURRU

— Eu destruí uma matilha inteira — revelou Berrurru.

— Eu matei dez dos seus — bramiu Hidalgo Parillo em resposta.

O general malhado e o líder da Tribo das Presas estavam frente a frente, numa colina escarpada que levava ao Coração da Floresta. Corpos das duas raças espalhados ali, pisoteados por outros, enquanto lobos e gnolls lutavam ao redor.

— Implore misericórdia e eu terei — disse o gnoll da largura de um tanque. — Vocês estão em minoria, não podem ganhar esta guerra. Sejam meus prisioneiros e deem suas fêmeas como nossas escravas.

— Jamais! — latiu.

O lycan de pelugem borgonha avançou com suas presas de sabre e foi interceptado por quatro guerreiros armados com espadas longas. O primeiro estocou, abriu um talo na coxa dele e continuou, subindo a lâmina até uma costela. Hidalgo não notara os ataques, estava matando o segundo espadachim, mordendo o pescoço até quebrar. O guerreiro não parava. Saltou sobre suas costas e o perfurou três vezes, tingindo a grama de vermelho. O lycan não conseguia capturá-lo naquela posição, então continuou: esmagou o crânio do terceiro gnoll com os punhos e decepou o focinho do último, que sangrou até morrer. Em cima dele, o malhado brincava com a espada por dentro, até fazê-lo tombar. O líder da Tribo das Presas rastejava no lamaçal, deixando uma trilha escarlate para trás. O guerreiro que o venceu se posicionou para o golpe final, mas foi impedido pelo general.

— Você lutou bem, Parillo. — Berrurru passava suas lâminas uma na outra, gerando um som áspero. — E agora está aí, morrendo. Como eu disse que seria. Outros dos seus também cairão.

— Venceremos! — Golfou um bocado de sangue.

— A esperança é um sentimento bobo que pertence aos humanos. Me envergonha ver um lycantropo pensando assim.

Hidalgo Parillo ameaçou mordê-lo, avançando a bocarra com lerdeza. O general riu enquanto chutava seu focinho.

— Calma. Gosto de vê-los morrer. Mas admito: sua matilha foi feroz, porém inútil. Sempre são. — Gargalhou de novo.

Os olhos do líder já começavam a fitar o vazio quando dois soldados-lobo sobreviventes saltaram sobre os malhados. O espadachim fez menção de impedi-los, mas Berrurru autorizou que o alcançassem. Só para morrer.

Enormemente gordo, o gnoll pouco se moveu. Moveu as mãos com destreza para os lados e os lycans caíram, revelando em seguida cortes nos membros e talos profundos.

— C-como? — perguntou Hidalgo, quase se afogando no próprio sangue.

— Obsidianas, vê?

Uma delas já estava enfiada no olho do líder quando o general lhe perguntou. O lycan não berrava de dor. Preferia o sofrimento em silêncio a dar esse gosto a um inimigo.

— Agora, minha tropa vai invadir o Coração da Floresta, encontrar aquele tratado e destruí-lo. Depois, vamos matar os lycans que sobrarem. Já executamos os outros em nosso caminho. — O gnoll gargalhava e encarava sua outra faca. — Estamos limpando o mundo de vocês, entende? Não vai sobrar nenhum. A era dos lobos termina aqui.

Berrurru teve a impressão de Hidalgo Parillo não o ter ouvido até o final, falecendo antes. Retirou a lâmina do olho do lycan e então o cortou em treze pedaços, com tanta facilidade quanto poderia.

Trovejou.

Havia corpos estirados ao redor do líder lycan, dos dois lados da guerra. Os guerreiros gnolls mortos por ele e os soldados-lobo que morriam por ele, entrando na frente de espadas e flechas para protegê-lo dos ataques que vinham das sombras. Isis assistia a tudo com indiferença, erguido.

Fora combinada sua neutralidade no campo de batalha. Os lycans, acolhedores por natureza, o receberam de certa forma bem, dias antes da guerra. Mesmo assim a, ou o, bardo não teve os mesmos benefícios que Verne junto ao povo da floresta. Todos sabiam que pessoas como ela se interessavam mais por boas histórias do que por vidas, sacrifícios ou traições. Bardos eram considerados mais ricos em construção de enredos do que escribas naquele mundo, pois não pesquisavam, não usavam da teoria. Vivenciavam a experiência na carne, para depois cantá-la, moldando a narrativa para algo ainda mais atraente, com seus artifícios criativos inspirados por ninfas, quase uma dádiva.

Os malhados também o ignoravam na batalha, contanto que ela, ou ele, narrasse a vitória dos gnolls contra os lycans. O bardo sabia: escreveria a história em pedras, que não sumiriam com o tempo, e depois o escravizariam, afinal odiavam qualquer raça que não a sua, para que cantasse a Batalha das Feras até o fim de sua sobrevida. Por isso, e também pela paixão que tinha pelo lai de Bisclavret, Isis torcia em silêncio para os lycantropos. Por isso, havia enviado um ekos para além do Arvoredo quando encontrou algo na sua chegada à floresta, semanas atrás. Por isso, torcia pela vitória dos lobos e temia que ela nunca acontecesse, como os resultados ali mostravam.

Raul ofegava de cócoras, visivelmente atormentado, movendo a cabeça de forma estranha. O líder lycan estava frente a frente com seu inimigo, Hoärr, protegido pelo guerreiro de machado, Rhakros. Outros malhados chegavam e morriam, pelas mãos dele ou de seus soldados-lobo, que também chegavam e morriam. A carnificina na divisa da mata, sobre o ribeirinho, era intensa. A água que ali corria passava a descer vermelha, fétida e suja.

Três lycans fêmeas saltaram ferozes sobre cinco arqueiros que espreitavam seu líder. Colomba matou dois de forma rápida. Era filha de Yolanda e estava ainda mais furiosa pelo estado da mãe. Grande como a sra. Aceves, ela trucidava gnolls e suas aljavas com a mesma facilidade. Evita capturou um arqueiro fugitivo e o degolou. Arieta recebeu uma flechada na coxa, mas matou o adversário com um golpe no estômago, depois lutou contra outro, foi ferida no ombro e então o mordeu na face, mastigando o focinho até ele morrer. O último teve o pescoço quebrado por Colomba.

Uma nova tropa de malhados chegou ao campo de batalha, comandados pelo general Berrurru. Todos traziam espadas, lanças e um sorriso largo. A cada minuto, os gnolls suprimiam mais e mais os lycans. Sem hesitar, as fêmeas avançaram contra mais de quarenta guerreiros, derrubando três, sete, dez. Eram fortes e velozes. Arieta conseguiu arrebentar a mandíbula de um espadachim que bradava sua vitória sobre Hidalgo Parillo, mas foi morta por outro pelas costas. Colomba e Evita correram no sentido contrário e ouviram deboches de covardia. Berrurru enviou dez dos seus para capturá-las. Do alto da pedra onde conseguia assistir a quase tudo, e enquanto dedilhava sua mórbida canção, com a letra baseada em suas atuações na guerra, Isis sorriu sutilmente. Sabia o que vinha a seguir.

As lycans fêmeas se dividiram, uma para a esquerda outra para a direita. Cinco gnolls para cada, exatamente como elas queriam. Os malhados caíram nas armadilhas feitas pelos jovens lobos antes da batalha. "Ferida na terra", buracos escavados no Coração, cobertos com grama e gravetos. Alguns dos gnolls quebraram patas e pernas, agonizavam e praguejavam no fundo da terra. Colomba chegou sobre um buraco e jogou uma tora sobre as vítimas, esmagando algumas delas. Evita fez o mesmo, com a ajuda de um soldado-lobo. Arqueiros lycans chegaram até ali, saídos das ocas onde se escondiam, para matar os que sobreviveram no buraco, banhando-os com setas.

Os lycantropos, porém, se mantinham afastados do general Berrurru. Sozinho, ele matava sem parar. Os lobos tombavam diante dele fatiados, mortos antes de atingirem o chão. Suas facas cortavam até o ar. Do outro lado, Rhakros abria crânios e arrancava membros com seu pesado machado de prata sobre qualquer um que tentasse se aproximar do líder gnorr.

Uma flecha passou rente a orelha do bardo. Depois outra, essa mais próxima de atingi-lo. Isis notou que um arqueiro gnoll e um arqueiro lycan batalhavam à distância, com ela, ou ele, no meio do fogo cruzado. Interrompeu sua canção e começou a dedilhar um lai conhecido nas terras do sul, chamado Ορφευς. Em menos de três minutos, malhado e lobo dormiam no atoleiro, abandonando suas aljavas. Ele retomou sua canção.

Enquanto espectador, o bardo viu naquela cena o clímax. Hoärr havia acabado de prostrar Paranhos Tercero, ao decepar uma das suas patas com a cimitarra serrilhada. O líder da Tribo de Prata grunhia de dor à frente do líder lycan.

— Outro que cai por você, Raul! — gargalhou o líder gnorr.

— Pare... com isso! — Algo o incomodava, uma pata tampando a face perturbada. — Você conseguiu me alcançar. Agora... — uivou, tendo um espasmo. Recobrou-se logo em seguida. — Agora... lutemos, só eu e você!

— Como quiser. – Alargou o sorriso no focinho, o prazer pela morte do outro brilhando em seu olhar, impresso entredentes. — Afastem-se, todos. Vou matar esse cão!

— Raul... não! — implorou Paranhos. Sabia que o amigo sofria com algo e estava frágil sem a influência de Nyx, também vendo vários dos seus morrer. Não adiantou.

O lobo marrom-escuro uivou o mais alto que conseguiu, teve outro espasmo, impulsionou as panturrilhas para trás e saltou em estado berseker, com as garras apontadas para frente como lanças. O líder malhado, protegido em sua armadura completa, rugiu e levantou a cimitarra, abrindo um talo do peito à cintura do lycan quando este caiu sobre ele. Os dois rolaram no pântano, se esbofeteando, mordendo, arranhando. O sangue jorrava profuso de ambos, e misturava lycan e gnoll ribeirinho abaixo. A batalha não havia parado, os dois lados morriam ao redor, com mais tropas inimigas chegando ao Coração da Floresta, enfraquecendo a Tribo da Garra e as outras tribos a cada minuto. Mas alguns haviam parado para assistir àquela luta: Berrurru, Paranhos, Colomba, Evita e os arqueiros-lobo. Rhakros tinha sumido. Isis atentava a cada detalhe.

Raul desferia suas garras contra o peito do adversário com a velocidade de um chicote, primeiramente riscando o metal da armadura, depois amassando-a com sua força. Hoärr lhe deu um empurrão com as pernas, jogando-o para trás. Com a queda do líder lycan, ele teve a oportunidade de levantar-se e estocá-lo com a cimitarra em forma de meia-lua, perfurando a barriga, atravessando a lâmina até o pântano. Ele a retirou e mirou o pescoço, mas Raul a bloqueou, ferindo a palma e usando a outra garra para dar um safanão no líder gnorr, tão forte, mas tão forte, que lhe tirou o capacete e uma orelha. Hoärr gritava de raiva e dor, tampando o sangramento, enquanto dava passos largos para trás. Escorregou no ribeirinho, caiu, se levantou. O líder lycan avançou mais uma vez, mordendo sua jugular. A proteção da armadura não foi suficiente, e o adversário teve o pescoço perfurado. Antes que o grande gnoll tombasse novamente, Raul puxou o peitoral de metal com força até despi-lo, e então suas garras cortaram e cortaram, abrindo talhos profundos, como se quisesse retirar sua pele malhada. Uivava em bestialidade assustadora. Hoärr agora era todo vermelho e carne viva. Caído sobre lama e grama, rolava de dor, frustrado. Ainda teve forças para usar sua cimitarra, cortando superficialmente a pelugem do outro, que desviava com facilidade. Com a lâmina, se colocou de pé e saltou sobre o lobo, num ato de loucura. Os dois voltaram a rolar no pântano, se esbofeteando, mordendo, arranhando. Até que caíram num buraco profundo, uma das “feridas na terra”.

Paranhos se arrastou até o fosso e não os viu. O silêncio predominava na escuridão. Os soldados-lobo e os guerreiros malhados que assistiam à peleja irromperam uns contra os outros e a batalha foi reiniciada.

Isis sussurrou o medo pela derrota de forma subliminar em seu lai.

LUPITA

Por entre as árvores, nos flancos do Arvoredo, ela capturava um gnoll pelas costas e o jogava para sua parceira, que o executava. Guadalupe fazia o mesmo e ela também executava, tratando cada inimigo como se fosse um inseto. Assim, Lupita Lopez eliminava os arqueiros malhados que restavam. Não havia mais atiradores de bumerangues sobrevivos. Ela e sua parceira estavam em campo para realizar o que faziam de melhor: surpreender aqueles que surpreendem e matá-los.

Lupita não se cansava fácil. Havia mais de uma hora atuando daquela maneira e sem ter sido atingida por nenhuma flecha, notou que restavam poucos arqueiros para eliminar. Quando finalmente parou para tomar fôlego, viu uma rajada escarlate jogar um gnoll contra um arbusto. Aproximou-se, verificou o inimigo e ali descobriu um defunto. Olhou mais longe, mesmo com o brilho-e-escuro da tempestade lhe afetando a visão apurada, e então enxergou Verne brilhando em campo, disparando raios vermelhos contra os guerreiros. Havia abatido sete e tinha poucos ferimentos visíveis, para sua alegria. Ela procurou não se preocupar com a enorme mancha de sangue que crescia cada vez mais do lado esquerdo dele.

— Verne! — latiu a loba de pelugem ocre.

O rapaz a olhou com estranheza, talvez atordoado pelas lutas, talvez pasmado pela forma peluda de sua paixonite. Fez uma careta, se esforçou e então reconheceu sua voz que vinha áspera por baixo daquela carapaça de fera.

— Lupi!

— Você precisa sair daqui! — ela ordenou, sempre preocupada. — Precisa voltar ao esconderijo, proteger os outros. O Coração é muito perigoso para você!

— Está... — Ele meneou a cabeça, aparentemente debilitado e confuso no meio de mar de moitas. — Está bem!

De repente, o olhar de Verne mudou. Parecia tenso ou apavorado. Sem hesitar, Lupita olhou por cima dos ombros e viu Guadalupe matando um espadachim, montada sobre ele. Não era essa a visão que buscava. Procurou novamente. Viu um vulto se aproximando, uma forma não definida abaixo da forte chuva. Andava mancando e tinha algo na mão. Ela rosnou ao sentir o cheiro do inimigo. Posicionou-se nas quatro patas, pronta para atacar. Uma flecha voou daquela direção e acertou seu peito, ela tombou e rolou a pequena ladeira até as moitas onde seu amado estava. Verne a tomou no colo, retirou a seta apressadamente e viu o sangue sair em abundância pelo pequeno orifício.

— Não, Lupi! Não! — ele gritava em desespero.

A silhueta inimiga tomou a forma de Amatukki. Ferido dos pés à cabeça, ele ainda resistia de pé.

— Você matou os meus arqueiros, vadia! — vociferou o gnoll com voz de dragão. — Agora, vou matar todos vocês!

Ele segurou firme na aljava, pegou uma flecha, retesou a corda e disparou. Lupita fechou os olhos naquele momento. Ouvia somente o som da chuva. Quando os abriu, viu Verne sério, empunhando com segurança seu athame. A seta jazia quebrada ao seu lado.

— Não é possível! — Amatukki estava novamente indignado. – Agora desprezado por um humano? Não, não pode! — Ele pegou uma flecha, encaixou, puxou a corda, disparou. O rapaz mais uma vez usou seu ectoplasma junto do athame para cortar a seta em duas, impedindo-a de atingir seu destino. — NÃÃÃOOO!!!

Outra vez, encaixou, mirou com cuidado, retesou e disparou na direção da testa do humano. A flecha explodiu no ar, as farpas voaram para os lados, a ponta de prata queimou antes de cair na lama. Verne Vipero apontava contra o gnoll. Sua arma bruxuleando escarlate, cheia de energia concentrada. Lupita estava estupefata.

— Insolente! — grunhiu Amatukki e avançou com duas setas na mão, usando-as como facas. Tomou impulso na descida da ladeira e saltou sobre o rapaz.

A rajada vermelha foi disparada, explodindo no peito do assassino, que caiu inerte próximo ao casal. Tremendo no solo frio, numa poça de sangue, Amatukki ainda teve forças para dizer:

— Não é possív...

— Você só sabe falar isso! — bramiu Lupita e o silenciou.

Ficaram ali, os dois, contemplando a morte por alguns minutos. Verne parecia não se sentir à vontade em disparar rajadas, em cortar com o athame, em matar. Ela não conseguia compreender, mas decidiu não argumentar.

— Você está sangrando... — choramingou a lycan.

— Não mais do que você — disse o rapaz, com um sorriso cansado, reluzindo menos o vermelho.

Ele passeava a mão sobre a sua face peluda, reconhecendo os sentimentos dela mesmo através de um olhar de fera. Lupita retomava as forças.

Guadalupe chegou em seguida e a tomou nos ombros.

— Você ainda quer fazer aquilo? — perguntou a parceira.

— Sim. Vou virar esse jogo!

— O que fará, Lupi? — Verne também se levantou.

— Recuperarei Nyx para o nosso povo.

Ela viu que o rapaz não compreendia, mas isso não era importante agora.

A poça sob eles vibrou. Depois, a terra tremeu. Ouviram urros estranhos e profundos, vindos do sul da floresta. Não eram gnolls. Arrepiou-se, ouriçando os pelos molhados.

Do outro lado do campo de batalha, a matilha da Tribo das Neves tombava perante duas novas tropas malhadas que chegavam. O líder corria na direção deles, gritando: "Vamos! Vamos!"

— Verne, preciso ir — disse Lupita, os olhos querendo lágrimas. — Você deve ir até o esconderijo. — Ele concordou. Ela encarou o lobo branco que se aproximava correndo e fez um sinal. Agarrou seu amado, lambeu-lhe o rosto e o jogou como fazia com os arqueiros até Estevan Escobar.

O Branco o capturou no ar e continuou avançando mata adentro.

Sentindo que Verne estava finalmente seguro dos horrores que chegavam ao Coração, Lupita seguiu com Guadalupe até o centro daquele lugar. Seu objetivo: o Arbac Apuhc.

VERNE

Sendo carregado no braço do enorme lobo albino, Verne viu o mundo girar.

Estevan Escobar corria com ele pelos flancos seguros, usando as três patas livres numa velocidade impressionante para seu tamanho, saltando obstáculos habilmente como um equinotroto de turfe. O rapaz percebeu que eles se dirigiam para o esconderijo de onde viera.

A tempestade aumentava, e pegadas mais fundas eram vistas em todo Coração da Floresta, junto de sangue e defuntos. Com dificuldade, ele avistou Rufus, muito longe dali, matando um, quatro, sete, ao lado da noiva, Alejandra, e de outras fêmeas ferozes. Seu peito gelou quando percebeu que estavam em um número menor entre dezenas de malhados. Assustou-se quando um lobo negro derrubou seu antes guarda-costas. O Branco interrompeu a corrida.

— Maldição! É o Violador — sussurrou Estevan Escobar, altivo.

— Precisamos ajudar Rufus! — Verne pediu.

— Não há tempo. Estou indo ajudar os outros líderes no esconderijo. Rhakros desceu e fez um cerco junto de seus canalhas.

— Droga!

Rufus se levantou, cortando Juan Remo com as garras, nunca num ponto vital. Mesmo em forma de besta, ele evitava matar na medida do possível. O Violador revidou, cortando seu ombro e peito na diagonal. Gnolls aproveitaram a distração de Sanchez IV para atacar com espadas e lanças, mas foram abatidos por Alejandra, Colomba e Evita. Equion chegou, escoiceando, mas sempre a uma distância segura de Berrurru e suas obsidianas. Os dois enormes lobos mordiam, rasgavam e chutavam, banhando-se um com o sangue do outro.

— Vamos, agora — disse o Branco.

Verne não teve tempo de recusar e foi carregado novamente. Percebia o pesar nos olhos do líder da Tribo das Neves em deixar seus companheiros de matilha para trás, em prol de outra área em risco.

Um forte gnoll irrompeu em disparada atrás dos dois, assim que os notou. Carregava a maior lança de todo o campo de batalha, com a ponta da lâmina tingida de vermelho. Gargalhava furiosamente a cada estocada que dava, sempre acertando o ar. Estevan evitava com facilidade seus golpes à distância, saltando troncos caídos, desviando de atoleiros, até alcançar a grande ladeira de pedregulhos. O lanceiro se aproximou mais, facilitado pela descida. A alta velocidade fez com que escorregasse nas pedras e caísse rolando até o lycan. Verne escapou do seu braço e também rolou pela ladeira, esfolando cotovelos, joelhos e costas. O gnoll tentava acertar Estevan enquanto caíam e o lobo albino passou a revidar com chutes e garras. Vendo que despencariam, o rapaz surtou e o vermelho apareceu. Um corte no vácuo se abriu como uma passagem oblíqua.

Ele caiu com o rosto no chão, cuspindo a lama ao se recobrar. Havia plumas e um pedaço de papel dobrado ali. Percebeu que estava no semicírculo diante do esconderijo. Acima, as pedrinhas rolavam sozinhas na ladeira e um rasgo escarlate se fechava no ar, gradualmente. Outro, ao seu lado, ainda estava aberto. Estevan e o adversário saíram de lá, quicando no solo, ainda se esmurrando. O lanceiro conseguiu estocar a ponta da lâmina na coxa do Branco, atravessando até o chão, onde se fincou. O lobo albino quebrou a lança em duas num chute, retirou-a da perna com sofrimento e degolou o gnoll em único golpe. Depois, caminhou coxo até o rapaz, que já não reluzia mais o vermelho.

— Terrestre, está bem?

— Sim — respondeu, ofegante. A abertura escarlate se fechava.

Ao redor, soldados-lobo protegiam o túnel na montanha que servia de esconderijo para os inocentes. Um lycan de pelugem rutilante se destacava entre eles, matando gnolls com mordidas na jugular. Sua matilha da Tribo Negra diminuía a cada minuto, com o avanço da tropa de Rhakros.

— Zenon Arriola não terá chance — lamentou Estevan. Voltou-se para o humano: — Preste atenção, terrestre. Vou atrair a atenção deles para cá e tentar um contra-ataque. Você, corra até aquelas árvores e se esconda. — Ele apontou na direção onde o corvo enviado por Ícaro havia se empoleirado.

Sem saber muito bem o que fazer, Verne obedeceu, ocultando-se atrás de troncos finos e escuros. O Branco se fez ouvir num uivo alto de desafio. O general inimigo respondeu ao seu chamado, enviando dez guerreiros até ele.

Em frente ao túnel, Zenon era uma muralha. De dentro da escuridão, filhotes gritavam de pavor e fêmeas choravam em agonia. O líder da Tribo Negra varria os gnolls com patadas poderosas, não permitindo que sequer se aproximassem daquele perímetro.

Estevan Escobar correu de volta para a ladeira, arqueou-se nas panturrilhas e deu um salto, passando por cima dos adversários e caindo atrás deles. Estocava-os nas costas e costelas, matando um por um. Os lerdos malhados perceberam tarde demais. Morriam.

Rhakros decapitou um dos seus de raiva, pelo guerreiro ter falhado em matar Zenon. O próprio general assumiu a função e avançou, descendo seu machado com força. Dois soldados-lobo entraram na frente para proteger seu líder e morreram divididos ao meio. O gnoll bárbaro passou pela carnificina, sem respeito e sem hesitação. Transcreveu um corte na horizontal, mas Zenon desviou para baixo, e a lâmina do machado encontrou a montanha. Ela não ficou presa muito tempo. Logo Rhakros a retirou com facilidade e atacou mais uma vez, acertando o solo. Era forte, mas lerdo demais. O líder da Tribo Negra se aproveitou disso para vencer. Esperou o adversário descer novamente o machado e fincá-lo no chão para subir na arma e chutá-lo longe. Rhakros rolou atordoado. Quando se recobrou, Zenon já prendia os seus membros e o mordia no pescoço, até que, por fim, o executou arrancando seu pomo de adão e uivou em êxtase.

Estevan Escobar sorria seu sorriso de lobo, deixando para trás os defuntos de gnolls. O Branco estava tingindo com o vermelho do sangue alheio. Comemorou até notar o humano correndo das árvores para o descampado, com um malhado em seu encalço. Disparou em seu auxílio.

Verne não conseguia mais concentrar seu ectoplasma. Tinha usado-o demais no Coração da Floresta, então corria. O gnoll gargalheava sadicamente, com a espada levantada para o alto. O rapaz tropeçou, estatelou-se no solo e surtou mais uma vez. O perigo o despertou.

Vermelho.

Acordou.

As águas enchiam o seu pulmão, ele se afogava. Viu o corte vermelho no espaço, muito acima, se fechando. A visão estava ficando turva, afundava. Nadou, forçou os braços para o alto até alcançar a superfície. Tomou fôlego, o ar retornava. Percebeu que estava no Lago Espelho atrás da choça que lhe servira de residência no Arvoredo Lycan. Voltou à terra firme, cambaleando, meio zonzo. Aquele lugar estava longe da guerra, só sentia o fedor dos mortos.

Verne entrou na choça, deitou-se na palha, descansou. Seus ferimentos amainaram. Só pensava em como ajudar os outros no esconderijo. Planejou retomar a energia e voltar. Cochilou por quase meia hora. Acordou de um sonho que reproduzia aquela guerra no onírico, mas com reptilianos no lugar de gnolls e seus amigos substituindo os lycans. Pegou num bolso do gibão o papel dobrado que encontrara no esconderijo, que revelava os planos do líder gnorr pelos punhos do espião Brun Nunez.

Ouviu passos.

Segurou firme no athame e foi até a porta da choça. Ficou paralisado.

Um enorme lobo escuro se erguia nas patas dianteiras, uivando seus terrores.

EQUION

As tropas se espalharam. Ocas e árvores destruídas jaziam junto aos mortos. A tempestade aumentava, o pântano tornava-se cada vez mais difícil de cavalgar.

O centauro trotou até sua amiga, salvando-a no último instante de um gnoll, ao descer seus cacos contra o peito dele. O adversário caiu, perdeu a espada para Equion, que a usou para cortar sua cabeça.

— Cuidado, Lupita! — ele resmungou. — Vá para o outro lado, é mais seguro. Seja lá o que pretende fazer.

Ela agradeceu e correu com Guadalupe na retaguarda. As fêmeas se aproximaram da matilha da Tribo de Nyx, que guardavam o centro do Coração da Floresta. O líder, Aramis Ximen, encontrava-se no meio deles. O lobo cor de ferrugem, de olhos dourados, rosnava enquanto dava voltas sobre os objetos enterrados.

A exagerada proteção indicava ao inimigo a obviedade: ali se encontravam o Tratado Verde e Arbac Apuhc. Mesmo com horas de peleja, os malhados ainda não haviam conseguido se aproximar daquele lugar. Arqueiros da Tribo de Prata e soldados-lobo da Tribo das Árvores se colocavam entre eles, matando e morrendo, embora a tropa de Aramis nada fizesse, a não ser intimidar.

Lupita Lopez avaliava com afinco a melhor maneira de transpor a barreira. Não via nenhuma falha, nenhuma oportunidade. Equion tentava compreender as intenções da lycan enquanto esmagava o crânio de um espadachim.

Novamente o tremor. E outro. Então, vários.

— Maldição! — o centauro praguejou. — O que é agora?

A primeira rocha voou de dentro da floresta até o Coração, esmagando um lobo de Nyx. Aramis latiu, indo cheirar seu morto. Outras rochas voaram, caindo sobre soldados da Tribo de Prata, das Árvores e da Garra. Morriam aos montes de uma vez. Guadalupe transpassou o coração de um gnoll e depois correu para ajudar o namorado, que ficou com a pata presa embaixo de uma rocha. Quando a retirou de cima dele, foi esmagada junto do amado por um pé de pedra. Lupita gritou de desespero e Equion a alcançou.

— Cale-se, menina! — ele ordenou. — São os trolls.

A lycan se empalideceu, escondendo-se sem perceber atrás do centauro.

O primeiro monstro saiu da escuridão, derrubando pinheiropretos como se fossem gravetos em seu caminho. As árvores caíam, esmagando lycans e gnolls abaixo. Yanga tinha mais de três metros. Seu urro podia ser ouvido em todo o Coração e além. Ela desceu a manzorra, capturando cinco soldados-lobo e então comeu suas cabeças. Gnolls gargalhadearam, fechando o cerco contra os lobos, que foram obrigados a se aproximarem do monstro. Yanga desceu outra mão e pegou sete dessa vez, também os devorando.

Um segundo troll saiu da mata, ainda mais gigantesco que o anterior. Em seu pescoço estava agarrado Laguna Fernadez, o maior dos lycans, tentando aplicar um mata-leão. Socava-lhe a face de pedra com seus punhos como se fossem toras. O lobo de pelugem amadeirada não temia aquelas criaturas e com um uivo gutural deu o chamado para sua matilha da Tribo das Árvores atacar, tentando derrubar Turh. Mais de quinze soldados-lobo atracaram sobre as pernas de pedra, apertando, esmagando, tirando o equilíbrio do monstro.

Os poucos arqueiros que restaram da Tribo de Prata dispararam desesperados contra Yanga, mas suas flechas não surtiram efeito na pele rochosa da criatura. Os guerreiros aproveitaram para matá-los pelas costas. Um a um, Equion viu seus aliados morrerem. Colocou Lupita montada sobre ele e cavalgou veloz até as vítimas, procurando sobreviventes. Furioso, empinou-se e explodiu o peito e a cabeça de um, dois, quatro malhados. Enquanto batia, viu que a matilha da Tribo de Nyx finalmente começara a se mover, tendo de abandonar o posto no centro do Coração para se defender das monstruosidades.

Os soldados-lobo de Aramis eram terríveis. Corriam e matavam como os gnolls, sem perdoar o inimigo, gostavam do sangue e da morte. Pareciam se encher de ódio, mas o centauro sabia: eles atuavam sempre em estado berseker. Era a forma de seu líder vencer qualquer peleja. O próprio líder da Tribo de Nyx avançou, mostrando a outras matilhas como deveriam matar: direto nos pontos vitais. Lupita viu nessa ação a oportunidade que precisava.

— Por favor, Qui, me deixe lá!

O centauro rinchou em protesto, mas não havia tempo nem espaço para discussões. A lycan saltou de cima dele direto para o centro, onde ficava o solo alterado. A chuva atrapalhava muito, inundando o local. Lupita era insistente, cavoucava a terra com destreza, e suas garras longas a ajudavam no processo.

Os monstros destruíam mais. Turh retirou um enorme pinheiropreto do lugar e usou a árvore para varrer todos os lycans abaixo. Vinte voaram e foram destroçados, juntos de alguns gnolls. O troll caiu logo em seguida, desmoronando e matando os soldados-lobo da Tribo das Árvores que haviam destruído suas pernas. Yanga urrou pela morte do companheiro e, num soco, abriu um buraco tão fundo quanto aqueles que haviam sido escavados em armadilhas. Soldados das duas tropas, que estavam ali, afundaram juntos, morrendo nas profundezas. Laguna saiu ileso do meio dos destroços do que um dia fora Turh e saltou para cima do outro monstro, socando pescoço e face pedregosas, com força capaz de abrir rachaduras.

Equion se colocou ao lado de Aramis Ximen no meio da tropa dos guerreiros. Coices e garras matavam os que se aproximavam, mas a matilha de Nyx morria pelas costas ou em socos colossais de Yanga. Os lycans perdiam, a chuva aumentava.

Do outro lado do campo de batalha, surgiu o lobo cinzento Salazar Perón. Sangrava muito e vinha acompanhado de apenas seis soldados-lobo da Tribo do Pântano. Trazia na boca o braço de um guerreiro malhado. Aime Ruiz o acompanhava, com García e Munhoz na retaguarda.

— Mais trolls estão chegando do sul! — Aime vociferou o mais alto que podia, para que pudesse ser ouvido no meio da guerra.

— Pelo visto eles não receberam seu corvo — latiu Salazar, cuspindo o braço da bocarra.

— Muitas aves debandaram para longe do Arvoredo Lycan, senhor — disse García.

— Esses monstros desgraçados acabaram com toda minha matilha! — grunhiu, rosnando para seus companheiros. — Vamos matá-los! — ordenou.

Os guerreiros gnolls recuaram quando mais lobos chegaram ao campo. A trupe de Salazar e Aime se uniu à de Aramis na matança dos malhados comandados por Berrurru. Os soldados-lobo da Tribo da Árvore que não foram destruídos pelos golpes de Yanga voltaram a rebatê-la com ferocidade. Laguna Fernadez balançava-a do alto, sem efeito. Munhoz saltou sobre o tronco do monstro, na tentativa de ajudar o outro, mas o troll resistia e aniquilava.

Equion se aproximou de Lupita e escoiceou uma dupla de gnolls que tentava atacá-la pelas costas. Viu as garras da fêmea sujas de terra e sangue e entendeu que ela havia escavado fundo e encontrado o que buscava. O centauro rinchou, furioso:

— O que pensa que está fazendo, menina?

— Liberando o poder da minha raça.

Lupita Lopez levantou o totem com as três faces acima da cabeça e bradou com altivez:

— *PELO GRANDE LOBO, NOS DEVOLVA NYX!*

O Arbac Apuhc brilhou ao chamado dela. Os olhos da Besta, do Homem e do Estranho reluziram um a um em tons verdes de ectoplasma necropolitano. O objeto vibrava nas mãos da loba, fazendo sua pele formigar. Equion relinchou, assustado pelo efeito divino que aquilo emitia.

— Impossível... — ele sussurrou para o vento.

Trovoadas foram ouvidas próximas. Um relâmpago desceu direto até o totem, eletrocutando o avatar e Lupita. O clarão no centro do Coração da Floresta chamou a atenção de Aramis, que ficou boquiaberto com a cena. Sentiu-se furioso pela violação da fêmea e quis matá-la pelo ato, mas estava ocupado demais tentando não morrer pelas mãos de um troll.

Punho de Ferro tomou sua amiga nos braços quando terminaram as faíscas. Havia um círculo negro no perímetro. A grama ao redor havia queimado e as poças, evaporado.

— Menina! — ele rinchava, desesperado. — Menina!

A luz prateada tocou sua face, depois o corpo e então se espalhou por todo o Coração. Equion olhou para o alto. A chuva cessava, as nuvens negras se dissipavam, se abrindo numa espiral reversa e revelando Nyx, a Senhora da Noite, sobre o Arvoredo Lycan.

O centauro não percebeu diferença nenhuma, mas sabia que seus companheiros sentiriam. Ouviu um uivo, depois dez, em seguida trinta. E muito mais. Os lycantropos uivavam, poderosos, mais fortes do que nunca.

Yanga caiu, desmoronando em dezenas de pedaços nos atoleiros. Laguna e Munhoz latiam ferozes, tomados pela satisfação da vitória. Aramis Ximen sorriu. Salazar Perón, recuperado dos ferimentos, se juntou a eles e avançou com Aime e a matilha da Tribo de Nyx sobre os gnolls de Berrurru.

A noite era dos lobos.

VERNE

A choça foi destruída com uma patada.

Verne correu em direção às árvores, protegendo a cabeça, e se escondeu atrás de um tronco de pinheiropreto. A fera chafurdada saiu do meio dos destroços, fungando em sua busca, e caminhou como um animal nas quatro patas na direção oposta. O rapaz aproveitou a deixa para correr de volta ao Coração da Floresta. Lá ele encontraria a guerra, mas pelo menos teria aliados para enfrentar o perigo.

Um uivo ecoou distante. Verne Vipero tinha sido descoberto, precisava correr depressa. Por mais que o sangramento estivesse estancado, a dor ainda lhe atormentava. O uivo parecia agora próximo. Ele saltou pequenos troncos e lamaçais pelo caminho, procurando ajuda nas cabines dos vigias acima, mas obviamente não havia ninguém. Sua nuca esquentou com um bafo. A espinha gelou. O rapaz girou com o athame, cortando o espaço mais uma vez em vermelho. Caiu sentado sobre o pântano e viu o lycantropo novamente sobre as duas patas, interceptado pelo ataque. Entre eles, a ferida no vácuo.

Verne reparou na pelugem escura e suja de lama que cobria o lobo. A fera voltou-se para frente, quadrúpede de novo, fungando com aflição, abanando o rabo felpudo. A baba descia gosmenta entredentes, abaixo da bocarra. Seus olhos estavam estranhamente enevoados.

— O Enfeitiçado! — o rapaz murmurou sozinho, gelado de medo.

Seria o Violador? Da última vez que o tinha visto, o louco lutava contra Rufus.

O céu se abriu, revelando Nyx suprema no firmamento. O lobo se distraiu nesse momento e Verne aproveitou para rastejar para trás, se levantar e tomar impulso para correr. Não fora fácil combater gnolls, mas eles não eram muito diferentes dos reptilianos de Isqueópolis. Contudo, lidar com um lycan seria diferente, ele sabia, e não arriscaria tanto.

Ouviu um uivo, depois outro e um terceiro, ainda mais alto.

Enquanto fugia, o rapaz decidiu se concentrar. Limpou a mente, ignorou o terreno falho, a presença do inimigo e tudo que vivenciara. Então lembrou-se das palavras de Elói e Raul. Fortaleceu-se. Já havia matado, já havia se ferido.

O ectoplasma brilhou. Vermelho. Não conseguia mais correr, a dor lhe impedia de seguir adiante. A fera se aproximou correndo e saltou sobre ele. Verne jogou-se para frente e girou rolando pelo pântano até o lado oposto. Mirou o athame na direção do oponente, energizou e disparou. A rajada escarlate foi expelida com força da ponta da lâmina até o tronco do lycan, explodindo-o. Recobrou-se, ainda cético, esperando a fumaça dissipar. Dela, saltou o lobo escuro, que lhe mordeu o ombro. O rapaz gritou de dor, sentindo as presas fincadas como facas, jorrando sangue sem parar. A fera estava em cima, pesadíssima, e ele viu as feridas se fecharem graças à regeneração natural da raça. Não iria desistir. Antes que fosse morto, estocou várias vezes o athame na barriga do lobo até que ele o soltasse.

O lycan grunhiu, cambaleou, mas não caiu. Verne rolava até o outro lado, com a mão sobre o ombro dormente. Suava de agonia, engolindo o medo em seco. Energizou-se mais uma vez, vermelho. Quando o oponente avançou, o rapaz subiu a lâmina na vertical, desceu na diagonal e depois cortou na horizontal, abrindo fendas no espaço. Quem passasse através delas teria o corpo cortado em centenas de pedaços. A força do ectoplasma não se dissipou rápido. Então, a fera correu para os flancos distantes até as costas dele e lhe abriu um talho profundo acima da cintura. Verne quase ficou de joelhos, mas resistiu e correu, disparando outra rajada para trás, sem olhar. Acertou um tronco e então um arbusto. O lobo escuro conseguiu morder seu tornozelo e foi aí que ele se estatelou no pântano. A dor era tanta que perdeu até a voz.

Jogou o athame com força. A arma passou virando no ar, rente à orelha do animal, sumindo mata adentro. O lycan uivou e se preparou para mordê-lo. Verne sorria, com a mão estirada para frente. Esperou. O athame surgiu decepando um pedaço do ombro inimigo, voltando seguramente até o punho do usuário. Indiferente à dor ou ferimentos, a fera atacou.

OCHOA

Os monstros subiram a colina, desmatando e matando, usando troncos retirados do solo contra as outras árvores. No rastro deles, sangue lycan, sacrificado em vão, tentando impedir seu avanço.

— Ih, chegaram — ganiu Ochoa quando os trolls adentraram seu território.

— Morrer lycan. Todos — fragou Isu, líder troll, o único da raça que falava.

Vinte e cinco criaturas pedregosas e gigantescas formavam um semicírculo diante de um único lycan. Mas o xamã não os temia. Permaneceu em sua posição de lótus, com o cajado sobre o colo, emanando o brilho verde do anima.

— Ih, eu estava esperando vocês. — Sorriu, faltavam-lhe bons dentes. — Mas não passarão daqui.

— Passarão! — urrou o maior dos maiores, tropeçando nas palavras.

— Acrete, por favor, dê as boas-vindas.

Um comprido galho esticou-se como um chicote, atingindo em cheio a face de Drar. O troll urrou debilmente e afundou os passos na grama, tentando capturar seu adversário, mas teve um pé aprisionado por raízes enormes, que o puxavam para o meio das gran-secoyes. O monstro foi arrancado com força do lugar e levando para a escuridão da mata. Não muito depois, pedras foram cuspidas das árvores. Eram os seus restos mortais.

Isu começou a esmurrar um troll menor, de fúria e tristeza, inconformado pela morte de seu igual.

— Morte! — ordenou.

Estesícore, Bruisa e Ereuto reagiram. A primeira gran-secoye usou dois cipós espessos para prender Oinai acima do solo, enquanto usava outro para despedaçar o peito dele ao meio. Jug foi devorado por raízes que cresciam mortíferas dos seus pés até a cabeça, comandadas pela segunda Rainha das Árvores. Ykala foi enforcada por um grande galho de Ereuto.

— Árvores. Sobrevivas — fragou Isu, limpando a baba, sem conseguir entender.

— Ih, isso mesmo! — disse Ochoa, imóvel na batalha entre árvores e trolls. — A floresta está lutando pela sua sobrevida. Não permitirá que a destruam. Eu também não.

Unalu avançou brutalmente com uma tora de pinheiropreto sobre o punho e estourou contra Enante, que despencou morta no gramado. As árvores choraram em rangidos estranhos por toda a floresta. O xamã suspirou profundamente, lamentando o ato cruel.

Oquínoe, a mais impressionante dentre as gran-secoyes, revidou e matou o monstro derrubando-se sobre ele. O colossal tronco contra o gigante de pedra. Irg sentou-se sobre ela, aproveitando a deixa, mas a árvore voltou ao lugar, alçando o troll para longe e para o alto, indo despencar numa montanha, onde se desfez.

— Como. Árvores. Mexem? — perguntou Isu, quase distraído, mesmo na morte entre os seus.

— Ih, foi maldição dos deuses. Coisa antiga — Ochoa revelou. — Quando Necrópolis ainda era um broto, dezoito mênades serviam a um deus louco e caído. Elas foram as mães das ninfas, Senhoras das Florestas. — Ele olhou ao redor, as gran-secoyes não protestaram. — Tsc! Os deuses não gostaram, acharam que elas haviam se desvirtuado do caminho e as amaldiçoaram. Para lhes ensinar a respeitar novamente, transformaram as dezoito em árvores, que deveriam proteger a floresta de seu mundo até o fim dos dias.

— Protegemos o mundo — rangeu Egle.

— Árvores. Não. Mexem — concluiu o líder troll. — Matar!

Leuz abraçou Calícore, e Rand fez o mesmo com Ione. Usavam da grande força para esmagar, mas as Rainhas das Árvores também eram fortes e resistentes. O primeiro teve a cabeça arrancada por um cipó, que se fez afiado com a ação. O segundo foi engolido pela terra ao comando da árvore.

— Matar! Matar! — insistia Isu.

Um a um, os trolls foram destruídos. Bruisa, Eupétale, Cálice e Arpe arremataram os monstros sem dificuldades, com galhos, cipós, raízes e fendas no solo, derrubando seus troncos ou suas copas com voracidade. A elas, se juntaram outras senhoras: Rode, Silene, Mete e Licaste. Lorl se desfez. Ightm teve braços e pernas arrancados. Garw recebeu um rombo no crânio. Ohati se matou desmoronando com loucura sobre Prótoe, que também não resistiu. Por fim, Isu retirou Trígie do chão, arrancando-a com poder, as raízes arrebentando abaixo, os cipós enfraquecendo junto aos galhos. Usou a rainha morta contra suas irmãs. Bateu em Ione, Bruisa e Acrete, matando três irmãs. Oquíone surtou pela ousadia e degolou Sayk, Adh e então Treyr.

Estesícore disparou dois galhos como lanças sobre Hont e Ustg, transpassando seus corpos numa morte imediata. Arpe levantou alto suas raízes e, usando-as como patas gigantescas, esmagou Ulyea e Ooso. Egle arrastou Quint para dentro da mata, onde foi devorado por madeira e arbustos. Licaste prendeu o líder troll pelos membros, crucificado no alto por cipós. A força e a fúria do monstro eram difíceis de conter.

— Lycans. Mataram. Nós.

— Não matamos seu filhote, Isu — revelou Ochoa calmamente. — Sei das tramas de Hoärr, mas foi o líder gnorr o responsável pela morte da pequena pedra.

Isu expressou confusão. Parou de se contorcer. Licaste permitiu que ele descesse e o soltou.

— Temos Hoärr como prisioneiro. Podemos provar que ele armou tudo.

Ochoa não precisava de ekos. Sabia de todos os passos da guerra apenas pela sua conexão com a floresta. O anima lhe fazia revelações além do alcance.

Aquei, Kerl e Crud fizeram menção de atacar, mas o líder troll os impediu com um urro amedrontador.

— Gnolls. Lycans. — Isu se esforçava para falar aquele idioma tão complexo. — Deixem, Ogres.

— Vamos deixá-los em paz para sempre — disse o velho xamã. — Eu prometo.

Isu urrou alto e bateu o pé no chão várias vezes, causando um pequeno terremoto. As Rainhas das Árvores levantaram seus galhos e raízes, mas Ochoa pediu com a mente que não reagissem. Os monstros restantes desceram a colina até o sul, trombando bobamente uns com os outros, como se nada tivesse acontecido. As pedras ambulantes afundaram no mar e voltaram para Ogres.

ISIS

Isis caminhava com mais segurança pelo Coração da Floresta. Poderosos pelo poder de Nyx, um lycan matava dois gnolls por vez, numa bestialidade assustadora. Ela, ou ele, sabia: a influência de Nyx os deixava em estado berseker em tempo integral. Aramis, Salazar e Laguna eram os mais ferozes no campo de batalha. A matilha da Tribo de Nyx e os sobreviventes da Tribo do Pântano e das Árvores trucidavam o inimigo.

O general Berrurru não se intimidou com a força extra dos lobos e cortou dois deles de uma vez. Suas facas faziam novas vítimas a cada minuto. Matou três, seis, dez. Soldados-lobo tombavam aos seus pés. Outro general, Aime Ruiz, se impôs diante dele.

— Seu gordo canalha! — latiu.

— Venha morrer! — gargalhadeou o gnoll.

O lycan esticou o braço, sua garra passou rente. Berrurru desviou e decepou seus dedos. Mal viu os movimentos do outro. Sem reclamar, Aime investiu novamente, girando o rabo, que bateu inerte contra a pança rígida do malhado. As obsidianas cortaram rabo e braço. Ele saltou, tentando um chute, teve o pé arrancado, caiu agonizante. O general ajoelhou diante do derrotado.

— Adoro o olhar de vocês quando estão para morrer. — Lambia as lâminas com prazer. — O sangue lycantropo é amargo.

— Não faça isso... — ganiu Aime.

— Vai me implorar pela sua sobrevida? — Ele encostou as duas facas contra o pescoço do general da Tribo da Garra, e filetes vermelhos escorreram de cada lado. — Que lamentável! Como pretende viver sem os membros? Sem a sua dignidade?

— Não... — Os olhos do pobre estavam molhados.

— Sim. — Berrurru sorriu e enterrou as obsidianas goela adentro, sem pressa, para ver Aime Ruiz morrer devagar.

O lobo teve um espasmo, espumou pela boca e tombou morto.

O estômago de Isis reclamou. Congelava por dentro e se torcia. Era aquela sensação péssima e familiar. Já não conseguia mais cantar. Olhou para o centauro, quase como se pedisse por vingança. Equion deixou Lupita com duas fêmeas num flanco seguro e trotou até o general, capturando a lança de um defunto.

— O que você fez? — rinchou, furioso.

— Eu cortei esse coitado — respondeu cinicamente. — O mesmo que farei com você, *montaria*. — Gargalhadeou alto.

O bardo sabia do receio do centauro com Berrurru. Percebia ele suar mais profusamente do que durante todas as horas de peleja no Coração. Aquelas facas cortavam o ar, cortavam o aço, não perdoavam nada. Um lycan sob influência de Nyx morreu perante elas.

— Alto lá! — se fez ouvir uma voz esganiçada e feroz.

Isis acompanhou o olhar de Berrurru e Equion. Do outro lado, a poucos passos do general, estava Hierro Nunez, com sua flecha encaixada no arco, mirando o inimigo. Era um dos poucos lycans que não haviam se transformado.

— Saia! — ordenou o gnoll com desdém, voltando a encarar o centauro. — Quero matar os filhotes só depois da guerra.

Hierro disparou, sem mais avisos. A seta foi cortada no ar antes de chegar próxima ao alvo. Ele não viu como aquilo aconteceu. Berrurru gargalhadeou.

— Desista.

— Saia, Hierro! — Equion mandou, mas era inútil. Preocupava-se com os mais novos.

O jovem retirou outra flecha da gualdrapa, encaixou no arco, retesou e mirou. O general não o encarava, despreocupado.

— Essa pele que carrega me pertence — latiu asperamente.

— Oh! — Fez uma bufonaria. — Aquele espião imbecil era seu parente?

— Era meu pai! — Hierro apertou os olhos cheios de lágrimas. — Vingarei Brun Nunez!

— Não. — Berrurru começou a andar até o centauro, raspando uma lâmina na outra. Equion engolia em seco, apontando a lança para o gnoll, sem conseguir se mover. — Você morrerá como ele.

— Não. Você morrerá. — E o jovem disparou antes de terminar a frase.

A seta, como Isis previu, foi cortada no ar mais uma vez. Mas o general tombou com outra na jugular.

Curioso, o bardo se aproximou, seguido por Punho de Ferro e Hierro.

— O que você fez, menino? — perguntou o centauro.

— Duas flechas — ele respondeu, sério, com ódio no olhar.

— Não. — Berrurru cuspia sangue, estirado com a pança para cima, as facas perdidas no atoleiro. — Eu vi você retirando apenas uma.

— Você não viu. Nem olhou para mim. — Ele armou o arco com outra flecha, dessa vez bem próximo do inimigo. Mirou.

— Minha morte não será em vão. — Começou a gargalhear. Empalidecia. Retirou um corno pendurado e urrou através dele. — Agora, vocês cairão! — grunhiu insanamente.

— Canalha!

Hierro disparou. A seta foi enterrada no olho do general. O jovem recuperou a pele tirada de seu pai e chorou sobre ela, abandonando o arco e a gualdrapa sobre o solo.

Equion e a, ou o, bardo notaram-se cercados de aliados. Aramis Ximen se aproximou sorrindo por seu tesouro estar a salvo, com a Tribo de Nyx orbitando-o. Salazar Perón caminhava coxo e Laguna Fernandez arrastava Paranhos Tercero, já que ele não podia mais andar. Alguns de seus arqueiros da Tribo de Prata apareceram, escoltando Hierro Nunez. Os sobreviventes da Tribo da Garra, de Sangue, Lycaon e das Presas se juntaram ao redor do Coração da Floresta. Ao todo, não eram mais do que oitenta. Havia ainda outros lycans espalhados pelo Arvoredo, como os da Tribo Vega, Negra e das Neves, mas o número não passava de cem, segundo salteadores informavam de tempos em tempos.

Isis preocupava-se com o chamado do general Berrurru. Não sentia mais os tremores na terra. Não temia os trolls. Mesmo sob Nyx, aquela noite ficou de repente mais escura. Podia ser somente uma impressão turva do bardo, mas seu âmago e instinto indicavam mau agouro.

Do horizonte negro, uma tropa surgiu. Gnolls urravam altivos, com lanças e espadas em punho. Depois, vieram outras. Trezentos e cinquenta gnolls cercaram os lycans.

VERNE

O lobo escuro rasgou o peito de sua vítima. O pano do gibão caiu como folha morta para frente, revelando cortes profundos em sua pele.

Verne utilizava as pequenas árvores como obstáculos para se proteger dos golpes da fera, incessantes, velozes e cada vez mais fortes. Escondia-se entre elas. Pedaços de madeira voavam. Estava cansado. O cenário retardava o avanço do lobo enfeitiçado, mas nunca o suficiente. Somente conseguia tempo para recobrar a energia.

Resolveu cortar o ar novamente, atingindo em cheio o focinho da fera, que grunhiu pela dor, mas logo voltou a persegui-lo. O rapaz corria agora em direção à choça destruída. Atirou pedaços de madeira e pedras contra o lobo escuro, que revidava a tudo com patadas. Saltou no Lago Espelho, procurando firmar seu pé até onde podia. Tinha um plano. Concentrou-se e emanou o vermelho.

A fera chegou ao lago, a água não atrasava sua corrida. Ela latia e uivava de loucura. Verne levantou o athame acima da cabeça, energizando-o com toda sua força. Ondas se formaram ao seu redor, criando um pequeno redemoinho. Antes que pudesse descer a arma, o lobo escuro pulou sobre ele, fazendo-o bater de costas contra a terra fofa da margem. Seu ectoplasma se dissipou e ele foi tomado pelo terror. Uma garra arranhou seu olho direito, o azul, e o extraiu com força. A fera uivava de prazer enquanto o glóbulo de sua vítima rolava para a água.

Verne surtou, tampando o sangue que brotava da face. Primeiro teve um espasmo violento. Depois, passou a enxergar nublado com o olho restante, o verde. Então, reluziu o ectoplasma. Desceu o athame contra as ondas do Lago Espelho que batiam na margem e conseguiu o que queria. O lobo escuro recebeu uma forte descarga elétrica do encontro da energia vermelha com a água, e foi jogado longe, rolando pelo pântano até atingir o tronco duma árvore. O rapaz levantou-se nauseado, mas cheio de adrenalina, gritando de dor e de ódio. Pensou atingir o estado berseker, mas logo a dor do golpe no olho o envolveu, e ele caiu de joelhos sobre a margem, deixando o athame rodar para longe.

A fera voltou a se levantar, rosnando de maneira bestial. Sua pelugem escura e suja se eriçou, e os olhos enevoados se estreitaram com a insanidade. Ela avançou, correndo do ribeirinho até a borda do lago, onde sua vítima agonizava. Verne perdeu as esperanças. Sem forças, nem vontade, só lhe restava a morte.

A morte. A luz de Nyx refletida sobre o Lago Espelho mostrava sua silhueta turva na areia. Ele engoliu em seco e se lembrou. Só havia uma saída.

— Bean-si, pague sua dívida.

O arminho negro saiu como uma lufada de sua sombra e voou fumacento na direção do lycan, transpassando-lhe o corpo, tirando a sobrevida. A fera parou no ar e então tombou pesada em cima do rapaz.

A Sombra da Morte pairou diante dele.

— Você precisou que alguém morresse e esse alguém morreu.

— Sim... — Ele suspirou, sem saber como reagir.

— Cumpri meu dever, paguei minha dívida.

— Sim. — Verne não conseguia falar nem retirar o defunto de cima do seu corpo. — Eu o liberto de sua dívida, bean-si.

— Adeus — sussurrou o arminho negro e sumiu em outra lufada fumacenta no vácuo.

O rapaz ficou aliviado. Não carregava mais a morte em sua alma. Parecia-lhe agora amainar o coração. O peso do lycan começou a diminuir quando ele retornou à forma humana. As panturrilhas dobraram-se para dentro, os pelos espessos caíram, patas voltaram a ser mãos e pés, o focinho novamente boca e nariz.

Verne empurrou o morto para o lado e rastejou pela margem até seu athame. Colocou-se de pé, ofegante, ferido e sujo. Finalmente observou a fera que agora era homem.

Não acreditou ao ver quem havia matado.

HIERRO

Amanhecia, mas Nyx ainda mandava nos céus. A morte chegava fria pelas névoas da manhã.

Hierro Nunez encontrava-se no centro do Coração da Floresta, com a pele do pai sobre os ombros. Fazia parte dos cem lycans cercados pelos trezentos e cinquenta gnolls armados com prata.

— A Tribo Vega falhou — lamentou Aramis Ximen. — Eles deveriam proteger as áreas oeste e noroeste. Fomos avisados que os canalhas atacariam de todos os lados.

— Se o desgraçado do Velho Lobo fosse menos orgulhoso e rançudo, não teria perdido sua matilha para esses malditos! — resmungou Salazar Perón. — E onde estão Estevan e Zenon, afinal?

— Protegendo o esconderijo. Espero que ainda sobrevivos.

— Melhor para eles! — grunhiu, áspero. — Nós é que estamos na pior!

— Lutemos até morrer então! — latiu Laguna Fernandez.

Alguns soldados-lobo da Tribo das Árvores e de Nyx ecoaram o Vrhovni Volkodlak, mas a maioria estava desmotivada sem seus líderes. O jovem ouviu alguns murmurando que preferiam se entregar, viverem como prisioneiros, do que morrer inutilmente. Foi tomado pela raiva. Era honrado e destemido como o pai, não podia admitir uma atitude daquelas. O centauro trotou até seu lado, com a tensão expressada no esterno.

— Pegue Lupita e fuja daqui, menino.

— Não.

— Faça o que estou mandando! — rinchou Equion. Os punhos se fechando com força.

— Não.

— Pretende morrer junto da coragem desvirtuada de Laguna, seu idiota?

— Não — Hierro enfatizou com seriedade. — Não morreremos todos. Lutarei pela sobrevida. A minha e da minha amada.

O centauro acreditou que o jovem estava falando de Lupita, mas isso não o deixou mais tranquilo. O cerco gnoll descia para o Coração da Floresta, fechando o círculo, pressionando os lycans. Os soldados-lobo, seus líderes e aliados formaram outro círculo, menor, de costas um para o outro, encarando o inimigo.

— Maldição! — praguejou o Punho de Ferro. — Não acredito que chegamos a este ponto.

Hierro notou Isis sorrindo e estranhou. Aproximou-se do andrógino, buscando nela, ou nele, o fedor da traição. Não encontrou. Cheirava a algum tipo de flor, mesmo depois de horas abaixo da chuva, da lama e do suor.

Os malhados gargalhavam em uníssono. Laguna uivou, socando o peito como um gorila. Salazar cuspiu sobre o pântano, amaldiçoando a todos. Aramis segurou firme o Arbac Apuhc nas garras e sua matilha orou para La Oscuridad. As lâminas de prata reluziam Nyx com poder. Traziam o sangue de lycans mortos. Os capitães gnolls posicionaram-se, prontos para ordenar a chacina que dizimaria o povo da floresta.

VUUUOOOOOOOUUUUNNNNNNN!

Era o som dos cornos ressoando e ecoando pelo Arvoredo Lycan. Os gnolls entreolharam-se, confusos. Não vinha deles.

Isis tomou a dianteira e usou a harpa para apontar na direção norte. Todos olharam, pasmados. As silhuetas passaram a ganhar formas mais claras conforme amanhecia. Nyx dava-lhes rostos familiares e muito bem-vindos.

— Não... é... possível — murmurou um boquiaberto Salazar.

O cavaleiro com a mancha escura no rosto estava montado sobre um equinotroto coberto de armadura metálica, forte e grande como um garanhão de guerra. Ele próprio, um lobo de pelugem jambo, além de transformado, também trajava uma armadura de ferro, empunhando uma longa lança dourada. Sua matilha estava em formação da mesma maneira, lycans protegidos e armados sobre equinotrotos, fortalecidos por Nyx, sedentos por vingança. Numa das garras, Gustav carregava um papel.

— Aquele... é Santiago — balbuciou Laguna, estupefato de felicidade. — Santiago Montoya!

Os cem lycans cercados uivaram, bradando a chegada inesperada de seu aliado mais valioso.

O líder da Tribo Montoya guardou o documento com cuidado dentro da bata por baixo da armadura e levantou sua lança.

— Obrigado, Isis — gritou distante. O bardo lhe fez uma mesura sutil. — Homens! — Sua tropa de lycans civis se posicionou, desembainhando as espadas.

As tropas gnolls atrapalharam-se na formação. Os capitães, apavorados, ordenavam que os guerreiros se dividissem. Metade para o norte, outra metade para o centro do Coração, costa a costa. Hierro via nascer o medo no olho de cada um dos canalhas.

— VINGANÇA! — vociferou Santiago Montoya.

"Vingança" ecoaram seus homens e também as tropas cercadas. Todos, em uníssono.

A matilha da Tribo Montoya desceu feroz, explodindo contra as guarnições inimigas. Seus equinotrotos escoiceavam com ferraduras de aço, abrindo crânios com a mesma facilidade com que trolls quebravam rochas. Os lycans civis cortavam com espadas, garras, perfuravam com facas, mordiam e retalhavam. Santiago estocava com a lança, matando vários do alto de Sancho. Havia nomeado sua montaria com o mesmo nome do falecido irmão.

Do centro da floresta, Laguna, Aramis e Salazar conduziam seus soldados-lobo contra a tropa menor de gnolls disposta a enfrentá-los. Hierro comandava os arqueiros restantes, derrubando cinco ou dez por vez. Ele mesmo, sete em um minuto. Viu Equion pegando as obsidianas de Berrurru na lama e usando-as para fatiar o inimigo, dezenas tombavam.

Amanhecia no Arvoredo Lycan e os lycans venciam a guerra.

38

SANGUE MESTIÇO

Quando Nyx deu lugar a Solux, o povo da floresta já havia feito seus prisioneiros. Dois capitães sobreviventes imploravam pela sobrevida, entregando-se junto de suas tropas. As demais pereceram no banho de sangue conduzido por Gustav.

Cansados e enfraquecidos, os lobos voltavam à forma humana, um a um.

Estevan Escobar e Zenon Arriola vieram do esconderijo, assegurando que os inocentes estavam a salvo. Paranhos Tercero, Yolanda Aceves e Lupita Lopez recebiam tratamento dentro das ocas que resistiram à peleja, ao lado de outros feridos. Humanos de Versiupelius foram contatados para ajudar no acampamento levantado no Coração da Floresta, trazendo poções que aceleravam o processo de cura dos lycantropos. Paco Rivera surgiu tardiamente, montado no ombro de seu fiel general Federigo Delmar. A matilha da Tribo Vega havia sido dizimada, mas o Velho Lobo estava feliz por reencontrar o estimado Santiago Montoya. Filhotes e fêmeas que não lutaram na guerra puderam finalmente sair do túnel e retomar a rotina, que agora também consistia na reconstrução das tribos do Arvoredo. O xamã Ochoa ordenara uma busca pelos irmãos Sanchez e outros lycans que haviam desaparecido.

Nordr fora encontrado preso na jaula do Violador. Laguna Fernandez e Zenon Arriola torturaram-no até que falasse. O velho gnoll revelou todo o plano de Hoärr, desde a aliança com Juan Remo ao envolvimento com os trolls. Os lycans redigiram um documento no mesmo tipo de papiro usado para o Tratado Verde e fizeram com que Nordr assinasse, atestando a veracidade do que havia narrado. Depois, distribuíram cópias para todo o povo da floresta, dos humanos aos orias, dos centauros às amazonas. Mantiveram o velho preso onde estava.

Os Vrhovni Volkodlak sobreviventes se reuniram na oca que lhes servia de caserna. Mesmo feridos na carne e na alma, precisavam conversar, agora que o líder da Tribo Montoya se encontrava entre eles. Ele sentava-se na ponta da mesa, no lugar de Raul Sanchez I, os demais dispostos devidamente. Equion também estava presente. Santiago retirou o papel da bata e jogou sobre a mesa. Estava sério e visivelmente perturbado.

— Agradecemos seu auxílio nesta guerra, Montoya — começou Paranhos Tercero. Haviam construído uma cadeira de rodas para ele, com madeiras firmes de pinheiropreto. Ele nunca mais voltaria a andar. — Se não tivesse chegado naquele momento, teríamos sido derrotados.

— Eu sei — ganiu baixo, sem olhar para os outros.

— Muito bem. — Era Aramis Ximen, na outra ponta. O Arbac Apuhc estava guardado em segurança novamente na caixa que carregava. — Sabemos do seu descontentamento com o povo da floresta e que tinha deixado claro que não participaria da guerra. Agora, nos diga: o que o fez mudar de ideia e vir nos ajudar?

— Chamem-no! — Santiago ordenou a um de seus homens.

Os líderes não compreenderam. Logo Isis foi levado até a presença de todos. Reverenciou-os delicadamente e colocou-se ao lado de Santiago.

— Este bardo é o responsável por eu ter participado dessa chacina.

— Do que você está falando? — perguntou Laguna Fernandez.

— Senhores — cantou Isis —, se me dão licença, poderei lhes explicar.

Os líderes acenaram em autorização.

— Conheci Rufus Sanchez IV nas ruas de Isqueópolis e o vi lutar, ao lado de mercenários, contra reptilianos no hipódromo El-Berit. Fiquei fascinado, soube da guerra que travariam e me ofereci para narrar uma canção.

— Sabemos disso, menino — rinchou Equion, impaciente. — Aonde quer chegar?

— Pois bem! A caminho do Arvoredo Lycan, perdi-me algumas vezes até encontrar o Coração da Floresta. Em uma dessas ocasiões, senti aquele cheiro de ferro específico, que só o sangue morto exala. E, de fato, tinha mesmo sangue naqueles arbustos. E uma cesta.

— Cesta? — Zenon Arriola levantou uma sobrancelha.

— Sim. Ali nas imediações entre a Vila de Versipelius e Óboroten — respondeu o bardo.

— A... menina Ariel carregava essa cesta. Ela a perdeu quando foi morta pelo Violador — revelou Santiago, suando aflito, as mãos sobre a face.

Isis apoiou sua mão sobre o ombro do homem, consolando-o.

— Há alguns anos, Santiago me contratou para narrar a triste história de amor entre um lycantropo e uma humana, que não deu certo. Ele gostava de ouvi-la todas as noites. Era uma forma de recordar, alimentar esse amor impossível.

O líder da Tribo Montoya encarou o andrógino por cima dos ombros, carregando apenas a tristeza no olhar.

— Sabemos da curta relação que Santiago teve com a humana, oras! — grunhiu Salazar Perón, batucando seu pau velho contra o chão. — Nossas raças não se misturam no campo do amor!

— Arisbe Loup. Era esse o nome dela, não? — perguntou Aramis. Santiago confirmou.

— Interessante. A história do sr. Montoya e da sra. Loup muito me lembra da lenda da Princesa dos Céus e do Rei da Floresta. Amores impossíveis... — refletiu Estevan Escobar.

— A velha Amice, mãe de Arisbe, ainda mantinha contato comigo — disse o lycan civil. — Há alguns meses ela me enviou um ekos dizendo que esperava um resultado para me revelar um segredo.

— E a menina Ariel, pobrezinha, levava a cesta para a avó, sem saber do conteúdo. Ali, carregava o tal segredo — completou Isis.

— Vocês estão sugerindo que o líder gnorr tinha conhecimento desse segredo e mandou matar neta e avó para que ele nunca viesse à tona? — Aramins indagou.

— Duvido muito — Zenon respondeu. — Nordr, que servia a Hoärr, nos revelou os planos do canalha. Sabemos que o líder gnorr fez uma aliança com Juan para que o louco matasse qualquer humano do Arvoredo, e com isso quebrasse o Tratado Verde, incitando a guerra.

— Quando soube do conteúdo deste documento... — O bardo bateu o dedo sobre o papel na mesa. — ...eu enviei um ekos para Santiago. Não tinha intenção de chamá-lo para essa batalha, só acreditei que era importante que ele soubesse.

— Pois é... — rosnou o líder da Tribo Montoya. Engolia em seco e pigarreava cada vez que falava. — E esse segredo me revoltou. Me fez armar todos os meus homens e vir guerrear.

— Maldição! — Salazar esbofeteou a mesa, exaltando, colocando-se de pé. — Que diabos de segredo é esse?

Isis levou uma mão ao peito, cerrando os olhos pelo pesar.

— Ariel Loup, a menina morta pelo Violador, era minha filha — revelou Santiago, lavando o rosto em lágrimas.

Federigo Delmar, o general da Tribo Vega, consolou-o a mando do Velho Lobo.

— O documento era um exame de sangue, que atestava sua paternidade — Laguna concluiu. — Sinto muito.

— Agora eu entendi. A menina era *mestiça*. Meio-lycan meio-humana. — Equion raspou um casco.

Paco Rivera dedilhou seus anéis sobre a mesa e Federigo interpretou, comentando cuidadosamente:

— Ariel Loup foi a primeira mestiça do povo da floresta. Em alguns anos, poderia quebrar o Tratado Verde e a trégua, impondo a paz entre as raças definitivamente. Ela era a prova maior de que criaturas distintas podem conviver e procriar.

Santiago Montoya enxugou os olhos com as costas da mão, levantando-se. Abraçou a, ou o, bardo e saiu da caserna em silêncio. Isis o seguiu. Os demais líderes pareciam espantados pela revelação. Um a um, foram deixando a oca. Equion foi o último. Quando voltou ao Coração da Floresta, o centauro viu uma movimentação e se aproximou.

— Ele chegou faz pouco tempo. Pensei que nunca mais fossemos encontrá-lo — disse alguém na multidão.

Rufus Sanchez IV estava sentado sobre a grama com um saco pesado na mão, respirando com dificuldade. Ao seu lado, a noiva, Alejandra Aceves, e outras duas fêmeas, também exaustas. Todos sujos de lama dos pés à cabeça. Mais atrás, encontrava-se Hoärr, amarrado por várias cordas, trazido pelos recém-chegados.

O amontoado chamou a atenção dos Vrhovni Volkodlak.

— Rufus! — gritou Laguna, indo auxiliar o amigo, tomando-o no ombro. — O que houve com vocês?

Rufus fez uma cabeça rodar do saco até os pés do grandalhão.

— Juan Remo! — grunhiu Salazar.

— Lutamos. Eu o matei — respondeu, sem orgulho. Procurou consolo no olhar de Alejandra.

— Rico teria ficado orgulhoso... — A voz de Zenon quase sumia na lembrança.

— Também tem outra coisa — Rufus continuou. — Eu, minha noiva, juntamente de Madelita e Ivone, passamos horas procurando pelo meu irmão e pelo líder gnorr naquele buraco profundo. Só encontramos o canalha.

Hoärr começou a gargalhar alto para que todos pudessem ouvir seu deboche. Estava com ferimentos graves no pescoço, peito e costela, mas parecia não se importar. Equion e Federigo foram até ele e o puxaram para junto dos lycans. O gnoll deu uma cusparada no rosto do general Vega e voltou a escarnecer.

— Soltem-no! Soltem-no! — gritou Santiago, vindo do outro lado, portando a espada de um de seus homens. Isis o seguia como uma sombra.

Ninguém fez menção de obedecê-lo, então ele mesmo cortou as cordas do prisioneiro. Fazia tudo de forma agitada, com a expressão perturbada.

— Você! — latiu contra o rosto do gnoll. — Você é o culpado disso tudo! — Retirou o exame de paternidade e jogou no inimigo. Deu-lhe um safanão, e o líder gnorr sangrou. — Lute comigo. Vamos, lute agora! — Entregou-lhe a espada. — Me mate. Vamos!

— Montoya, pare com isso! — pediu Paranhos.

— Este canalha é um covarde. É isso o que ele é! — vociferava descontrolado. — Só sabe arquitetar planos, montar estratégias. Mas não é um guerreiro. O maior dos gnolls é uma vergonha!

Hoärr rosnou e avançou com a espada na direção do coração do líder da Tribo Montoya. Santiago desviou sem dificuldades, recuperou a lâmina, girou o punho e a enfiou na garganta do gnoll.

O líder gnorr caiu de joelhos, golfando sangue em profusão, revirando os olhos no espasmo. Demorava a morrer. O lycan civil sussurrou em seu ouvido:

— Você assassinou centenas de lobos, deixou tribos sem líderes, filhotes sem pais, pais sem filhotes. Você matou a minha filha. E, agora, sua raça perdeu e você está morto.

Hoärr tombou sem vida. Santiago Montoya uivou de satisfação, seus homens fizeram o mesmo.

39

CINZAS

Solux diminuía sua luz em Necrópolis. As nuvens negras de chuva avançavam para o sul e a tarde escurecia mais cedo naquele dia.

Humanos e lycans, fêmeas e filhotes, separaram ferramentas, armaram tendas e destacamentos para reerguer o Coração, recuperar aquele monumento do povo da floresta.

Quando Verne chegou pelo trajeto da margem do ribeirinho, foi avistado e acolhido por alguns soldados-lobo que guardavam aquele perímetro.

— Sr. Sanchez, preciso que venha comigo agora — disse um lycan da Tribo da Garra para Rufus, que recebia tratamento nas feridas.

Ele o seguiu até uma oca próxima à entrada do Coração da Floresta. Em seu interior, encontrou o antigo protegido envolto por uma toalha, tremendo febril sobre uma cama de palha, com Magma regougando triste em seu colo. Ochoa lhe passava uma pomada curativa, para amenizar a dor. Algo jazia atrás, coberto no chão.

— Senh... Digo, Verne. Você está bem?

— Ficarei.

— O que houve? Escobar disse que o viu sumir no espaço quando estavam no esconderijo.

— Perdi o controle dos meus poderes — respondeu Verne, sem conseguir encarar o lycan, tampando um lado da face. — De repente estava no Lago Espelho e fui atacado por um lobo.

— Como isso é possível? — Rufus se ajoelhou diante do humano, também estava aflito.

— Achei... achei que fosse o Violador, Rufus. Ele queria me matar e quase conseguiu.

— O que houve? — Apertou os ombros dele sem perceber.

— Eu carregava a Sombra da Morte. Ela... ela estava em débito comigo...

— Verne, diga logo. O que houve? — insistiu.

— Pedi ajuda a bean-si para matar o lobo. Ele... era Raul, seu irmão.

Rufus Sanchez caiu sentado de costas, sem saber como reagir. Ochoa foi para trás da cama e descobriu o corpo ali estirado. O líder lycan tinha ferimentos pela guerra, mas o detalhe bizarro eram as duas pequenas perfurações no pescoço.

— Ih, nosso líder foi atacado por uma serpente de Érebus. Ele foi enfeitiçado — revelou o xamã, apertando o polegar sobre a testa do falecido, em seguida murmurando uma prece.

— Me perdoe. E-eu... eu não sabia. Não sabia que era ele...

Verne retirou a mão do rosto, mostrando um orifício com sangue preto estancado no lugar do olho direito. Rufus se levantou, a face coberta de indignação e amargura, e se retirou da oca. Ochoa pediu ao rapaz que não fosse atrás.

Um dia após a guerra, os lycantropos de todas as tribos se encontravam reunidos no Coração da Floresta. Vestiam batas negras como aquela noite e seguravam velas no luto. Usaram os materiais das ocas destruídas para levantar altares para os seus mortos. Centenas deles. Alguns clãs acreditavam que um nascido no Arvoredo Lycan deveria retornar à terra, fechando assim um ciclo. Com isso, muitos soldados-lobo foram enterrados. Outros tantos, cremados pelos clãs que acreditavam que a alma do falecido deveria encontrar o Grande Lobo, por isso o fogo a levaria em ascensão. Naqueles altares, encontravam-se apenas os corpos dos generais e seus líderes, distribuídos individualmente em um círculo ao redor do Coração. No centro, um altar maior sob Raul Sanchez I.

Ochoa conduzia o ritual, levando o óleo e a fagulha para cada pedaço de pau. Paranhos Tercero foi o primeiro a usar a tocha, acendendo a pira de Hidalgo Parillo. O fogo lambeu a madeira, depois se deitou sobre o líder da Tribo das Presas, consumindo-o até transformá-lo em cinzas. Zenon Arriola acendeu em seguida a pira de Rico Brício e Javier, e Laguna Fernadez a de Aime Ruiz e Apoinar. Estevan Escobar tocou sua tocha no altar do general Aragão, Aramis Ximen no do general Xavier, e Salazar Perón no dos generais Agustin e Antonita. Rufus parou diante do irmão, os olhos molhados, consumido pela tristeza como os outros pelo fogo. Os filhotes de Raul, Gael e Lorena, estavam abraçados em Alejandra, choravam alto.

Verne Vipero assistia ao crematório com seu único olho. O lado direito do rosto coberto por uma faixa. Ao seu lado, Isis cantava uma música triste que ressoava baixinho, tocando o coração de cada um. O xamã movia sua cabeça para baixo e para cima. Ele se contorcia estranhamente, dando voltas entre os altares, emitindo sons incompreensíveis, girando seu cajado no alto. Depois acenou para Rufus e este jogou a tocha, acendendo a pira de Raul Sanchez, o líder lycan.

Lupita Lopez aproximou-se de seu amado por trás, tocando-lhe as mãos em silêncio.

— Bom que você esteja melhor. — Ele virou, com um sorriso triste.

— Você também? — Ela lhe deu um beijo no rosto, próximo à ferida do olho perdido.

O rapaz observou a lycan. Machucada e com vários curativos pelo corpo, ela ainda mantinha o brilho no olhar. Ainda era linda como se lembrava. Passeou com os dedos pela face dela.

— Fique tranquilo — Lupita lhe sussurrou. — O tempo vai se encarregar de fazer tudo voltar ao normal. Rufus não está chateado com você. Ele compreende o engano e o desespero pelo qual passou.

— Mas eu o entendo. Já passei por essa dor — disse, tocando o pingente pendurado no pescoço. — É uma dor infinita, agonizante. Não cicatriza jamais.

— Vamos superar essas dores juntos. — Ela o apertou num abraço.

— Acho que não. Eu viajo pela manhã. Consegui um espaço na carroça que levará Isis para o norte. — Sua revelação foi como um soco no estômago. A lycan o soltou, indignada.

— Não sei se lembra, mas você continua sendo caçado pelos reptilianos do Príncipe-Serpente. Corre riscos fora do Arvoredo Lycan.

— Tomarei providências quanto a isso. — O rapaz aproveitava o lado cego para não a encarar. — Não se trata da minha segurança, mas de nós.

— Eu imaginei que um dia voltaria para Terra. Mesmo assim, nós dois... — A voz dela sumia num soluço discreto.

— Esta nossa relação, ela não é normal. Não vai dar certo. Somos de mundos diferentes — Verne lamentou.

— Não são os mundos que nos separam, mas o seu coração. Ele pertence a outra pessoa, ainda não a esqueceu.

— Como pode saber?

— Você, Verne, não está aqui agora. Você, seus pensamentos e seu coração estão em outro lugar.

— Lupita, por favor, isso não é um adeus. Apenas acho inadequado continuar aqui depois de tudo o que aconteceu.

— E o que aconteceu? Ficamos com cicatrizes de guerra, perdemos muito, agora só temos um ao outro.

— Me desculpe, não estou preparado. Eu sinto muito — ele respondeu, cabisbaixo.

— Eu é que sinto, Verne. Seja feliz — Lupita findou e partiu dali.

Líderes e generais crepitavam, tornando-se cinzas na noite de Necrópolis. Os lycans enlutados uivaram em adeus.

40

NOITES FRIAS

Dandorin era um velho anão criado entre os humanos do sul e viajava o mundo vendendo especiarias em sua carroça enfeitada de badulaques. Com boas barganhas ou um tanto de bronze, ele carregava clandestinos de um lado para o outro.

Quando chegou ao Arvoredo Lycan, recebeu autorização do povo da floresta para adentrar a mata e levar duas pessoas de lá. Isis e Verne o esperavam na entrada do Coração, com suas trouxas penduradas nas costas. A, ou o, bardo havia enviado um ekos ao anão dias antes. Era um viajante recorrente daquela carroça.

O jovem Vipero avistou alguns lycantropos de longe, Lupita e Hierro entre eles. Ela não mais o encarava. O jovem arqueiro parecia mais próximo da lycan. Logo, dona Enriqueta Nunez se aproximou do filho, com a pequena Rosalia ao lado e o filhote Venko no colo. Pareciam uma família recuperada e feliz, o que lhe trouxe uma súbita felicidade.

Os dois novos clandestinos encontraram uma trupe de quatro saltimbancos dentro da cabine. Ela rumaria para Xolotl, onde passaria uma semana apresentando shows circenses. O rapaz assoviou e Magma saltou para dentro. Estava ainda maior do que antes da guerra e parecia crescer com mais velocidade que os outros animais.

— Pelo menos viaja protegido — disse Rufus, aproximando-se repentinamente. Era escoltado por Equion à distância.

— Ah, você se refere a isso. — Verne levantou um pedaço do manto felpudo que os lycans haviam dado a ele havia muito tempo, quando chegara em Necrópolis. O cheiro de lobo que o pano exalava confundia o olfato dos captores de Astaroth.

— Eu o protegi por um ano na Terra, depois em Necrópolis, e agora o senhor viaja de volta ao perigo. O mestre não vai gostar — lamentou. Suas expressões eram indecifráveis para o antigo protegido.

— Depois de tudo o que passei aqui, sei me proteger melhor. Tenho mais controle do athame e do ectoplasma. — Colocou a mão sobre o ombro do lycan.

— Mas não é o suficiente, senhor. — Rufus balançava a cabeça, encarando o chão.

— Não sou senhor nem de mim mesmo. — Sorriu. — Obrigado por tudo, amigo.

— Amigo! — Sorriu em resposta. — Foi uma honra!

Abraçaram-se.

Rufus Sanchez ajoelhou em reverência na despedida.

Dandorin ordenou tração e Buzo, um equinotroto tão velho quanto ele, os levou do Arvoredo Lycan em direção ao norte.

Isis cantarolou durante todo o trajeto, nunca se cansando, sempre inspirada. Os saltimbancos aproveitavam música para trazer alegria àquela longa viagem, brincando com mágica, treinando malabarismo, contorcionismo e acrobacias. O bardo havia dito a Verne que a canção “A Batalha das Feras” estava quase finalizada e que, se um dia ele voltasse a Necrópolis, receberia uma cópia do manuscrito com a lenda. O andrógino se valeu da oportunidade para negociar com os circenses uma futura peça da guerra entre lycantropos e gnolls, já prevendo sucesso e ouro real enchendo os bolsos.

“A melhor história que já narrei”, havia dito.

Os eventos daquela batalha, contudo, haviam corrido o mundo muito antes da canção. Os necropolitanos souberam da vitória dos lobos e da libertação dos malhados feitos prisioneiros, que voltaram para Feral, proibidos para sempre de pisar no Arvoredo, num acordo de sangue com dezenas de testemunhas de diferentes raças. Um capitão gnoll assumiu o comando da ilha, instruindo seu povo a investir na caça e na pesca. Os trolls, agora poucos, haviam se isolado na escuridão de Ogres, temendo as velhas árvores. Nordr, o velho conselheiro de Hoärr, depois de entregar os planos do líder, suicidou-se na prisão. Hierro partira para Hör com Lupita, tornando-se o mais jovem general da Tribo de Prata.

Equion retornara para Espartoi, a fim de reaver a aliança dos centauros com o povo da floresta. Aramis Ximen ordenou que sua matilha levantasse um templo para guardar o Arbac Apuhc, acessível a todas as tribos. O Tratado Verde voltou a ser enterrado em segurança. A Tribo Montoya havia refeito os laços com outros clãs, mas mesmo assim partiu de volta a Isqueópolis, como lycans civis. Seu líder, Santiago, reatou a relação com Arisbe Loup, e juntos sonhavam em conceber outra criança mestiça. Rufus Sanchez IV foi nomeado o novo líder lycan do Arvoredo e casou-se com Alejandra Aceves, que assumiu como líder da Tribo da Mata depois que sua tia, Yolanda, debilitada pela prata no sangue, passou o título adiante.

A carroça de Dandorin fazia paradas nos cantos da Estrada Negra ou em alojamentos amigáveis, com poucas horas para dormir e mais tempo de viagem. Verne acordava em algumas noites frias, percebendo que chorava. As lembranças de guerra o atormentavam. A visão do primeiro gnoll que matou, dos soldados-lobo morrendo diante de seus olhos, da bean-si levando a sobrevida de Raul. Seria ele ainda um lycan-honorário?, perguntava-se todos os dias.

Na segunda semana pela Estrada Negra, atravessando Ermo, Verne aproveitou a parada na estalagem Volez D'ouro para enviar um ekos a Elói, da forma como Rufus havia lhe ensinado.

— Olá, Elói. Ainda está bravo comigo? Espero que não. Bem, acho que só quero desabafar... Karolina tinha dito que eu estava cada vez mais ligado a Necrópolis. Ela desconfiou que fosse pela minha relação com o povo da floresta. Pode ser, não duvido disso. Mas refleti e a resposta me parece mais óbvia: sinto que meu irmão está aqui, em algum lugar, de alguma forma. Necrópolis me aproxima de Victor e é por isso que me sinto cada vez mais ligado a este mundo. E eu voltarei.

O corvo voou em busca do monge, estivesse ele onde estivesse.

Os dias que se seguiram naquela carroça foram tranquilos e sem riscos. Grupos suspeitos de duendes e reptilianos passaram pelos clandestinos, mas o odor do manto de Verne e dos cheiros perfumados do bardo e dos saltimbancos no mesmo espaço ocultavam a identificação do procurado.

O anão finalmente deixou a dupla em Galyntias e partiu com os circenses em direção a Xolotl, com o bolsão cheio de bronze. Isis não revelou os motivos de estar naquela cidade portuária, mas se dispôs a acompanhar o rapaz até a Catedral, uma construção levantada em Necrópolis que servia de portal para o seu equivalente na Terra. Verne achou curioso como a entrada com o corredor de bancos era muito semelhante à oposta, mas com criaturas sobrenaturais transitando em vez de bêbados e mendigos. A, ou o, bardo usou de um lai da sua harpa para amainar os que ali transitavam, dando um pouco de segurança à travessia do colega pelo túnel. O clima frio lhe doía no lugar onde antes teve um olho.

O jovem Vipero reparou no movimento estranho de tropas de homens, que pareciam marchar para o Mundo dos Mortos equipados com fuzis da Terra e espadas de Necrópolis. Duendes e reptilianos se amontoavam em rodas suspeitas, enquanto alguns bárbaros sulistas trocavam sussurros com velhos cobertos por mantos escuros.

— São magos d'O Abrigo. Cuidado. Não os encare — instruiu Isis, sempre com sua voz segura.

Verne evitava, mas não podia deixar de ver. Quando subiam a escadinha que dava para a Catedral da Terra, ele percebeu de soslaio alguém o espiando de longe. Procurou a figura na escuridão do subterrâneo, mas só havia velhos magos indiferentes à sua presença.

— Só posso vir até aqui — disse o bardo quando o ancião Porteiro dos Mundos abriu a portinhola para cima. — Ouvi dizer que o oxigênio dessa parte não faz bem aos necropolitanos e estraga a pele. Acredito que daqui até a porta você não corra riscos. — Sorriu.

— Obrigado por tudo, Isis. Ainda ouvirei seus lais pelo mundo.

— Quando voltar, talvez. — Isis deu uma piscadela e sumiu na escuridão do túnel.

O rapaz atravessou o corredor da Catedral sem olhar para os lados, andando apressadamente até a grande porta, saindo para a antiga praça de Paradizo.

Respirou aliviado ao retornar.

A neve estava derretendo, a noite ali ainda fria. Verne caminhava por uma Paradizo silenciosa, com Magma ao seu lado, de rabos amarrados para parecer um cão normal. Passaram diante do restaurante Disho Plezuro, cruzaram uma esquina, desceram uma ruela, e de repente:

— Amo! — Era seu amigo imaginário do tamanho de uma criança, surgindo em seu ombro, feliz e saltitante.

— Chax! — O rapaz também estava feliz em revê-lo. Quase o esqueceu, depois de tanto tempo.

— Quem é esse aí? — perguntou o AI asperamente.

— Magma. — Verne passou a mão sobre a cabeça do vulpo, que não reagia a algo que não podia ver nem sentir. — Ele vai morar conosco.

— Acho que Sophie não vai gostar disso, hein!

— Está com ciúmes? — Ria. Sentia-se mais humano com Chax por perto.

Assustou-se ao atravessar uma rua, quase atropelado por um conversível preto. O carro parou do outro lado, abaixou o vidro: era Mr. Neagu.

— Desculpe-me, não o vi.

— Tudo bem, não estava muito atento. — Verne cobriu o rosto com o capuz da blusa que vestia desde que tinha saído da Catedral.

— Quer carona?

— Não, obrigado. — Voltou a andar, dando as costas para o desafeto.

— Ah, que isso! É noite, está frio e o orfanato é longe daqui.

Verne não soube lidar com a insistência do homem e estava realmente exausto pelas semanas de viagem em Necrópolis. Queria chegar o quanto antes, rever sua tutora, deitar-se em sua cama, e não tinha dinheiro para o ônibus. Aceitou, sentou-se no banco do passageiro. Magma saltou para trás e ficou lá, quietinho.

— Cachorro novo? — perguntou Mr. Neagu, dando partida.

— Sim.

— Bonito. Suponho que tenha trazido de suas viagens. — O rapaz se contorcia por dentro, odiava os fuxicos que aconteciam naquela cidade. — Que raça é?

— Não sei, não entendo dessas coisas. Ele é de... raça cruzada, sabe?

— Interessante, interessante.

Logo o conversível estacionou. Estava na porta do Orfanato Chantal. Verne desceu do carro assim que ele parou, acompanhado do vulpo. Agradeceu a carona, sem olhar para trás.

— Me diga, Verne — Mr. Neagu praguejou baixo; Chax sempre ficava tenso perto daquele homem —, esse seu cão... foi ele o responsável pela mordida no seu olho?

— N-não — respondeu, tocando a ferida sem perceber. — O animal é dócil. Isso foi um acidente.

— Ah, sim. Lógico que foi. — O rapaz não podia ver, mas sentia que o sorriso de Mr. Neagu era cínico. O que aquele homem sabia, afinal?

Dentro do orfanato, Verne estava novamente aliviado. Respirou fundo, limpou a garganta e foi se encontrar com Sophie Lacet.

Durante o trajeto do Arvoredo Lycan até Galyntias, ele havia pensado em algumas histórias mentirosas para quando voltasse à Terra. Nenhuma delas era muito criativa, mas o rapaz as achava críveis o suficiente, e sua tutora, apesar de inteligente, fazia mais o papel de preocupada do que de interrogadora.

Quando ela o viu na porta do quarto, correu para um abraço, apertando, chorando, dando-lhe broncas por não ter telefonado nem avisado onde estava. Verne insistia na viagem a Wiltshire, Inglaterra, fazendo mochilão. Mentiu que havia ganhado um cachorro de raça cruzada de um estalajadeiro doente. Mentiu sobre a picada de um inseto estranho, que tinha infeccionado o olho e o cegado para sempre. Sophie ainda passaria outras noites frias mimando seu menino, fazendo curativos na ferida, trocando as bandagens, dando-lhe remédios receitados por colegas médicos. Mas Verne tinha retornado e era isso que importava para ela, sua maior alegria.

O rapaz resolveu tirar três dias de folga. Depois voltaria ao batente, na biblioteca do orfanato. Já estava no final de fevereiro e o ano era 2013. Aproveitou aquela madrugada para brincar e conversar com Chax, como sempre fazia. Achava que se distanciava cada vez mais de seu AI, mas depois retirou esse pensamento da mente. Alojou Magma numa colcha ao lado da cama, guardou o athame de volta na caixa de chumbo e colocou o celular encontrado no travesseiro para carregar a bateria. Tudo voltava ao normal.

Quando o aparelho carregou, o barulhinho e a vibração chamaram sua atenção. Dez ligações perdidas de Arabella Orr em datas diferentes, desde que ele havia viajado.

Havia uma mensagem de voz:

Oi, está aí? Não, né? Como você não me atende, resolvi deixar essa mensagem. Olha, me desculpa. Eu não sei o que acontece comigo. Quando tudo está ótimo na minha vida, eu fujo, me afasto das pessoas. Sou assim desde criança. Queria encontrar a culpa em você, mas não achei. Foram ótimos esses meses que passei contigo, você foi incrível comigo. Acho que não estou acostumada a algo bom assim, não sei lidar mesmo. Me desculpa. Você deve estar chateado e tem razão. Se não me perdoar, eu entenderei. Gosto da sua presença, mas não sei ao certo o que sinto por você. Bem, estou viajando com meus pais, na casa de avós e devo voltar logo. Pode me ligar quando quiser, a gente precisa conversar. Se você quiser, claro. Beijos.

Chax empoleirou em seu ombro, enrolando o rabo em seu pescoço. Parecia empolgado.

— Vai, liga.

Verne ligou. A discagem parecia levar uma eternidade. Estava ansioso, aflito. Queria dizer à moça o que sentia. Tinha sido maduro para terminar a relação com Lupita, acreditava que seria outra vez ao revelar a Arabella seus sentimentos sinceros, independentemente das consequências.

O celular tocou e tocou, ninguém atendeu, caiu na caixa postal. Sentiu-se mais corajoso nesse momento:

— Arabellla, eu te am...

— Alou! — ela disse na linha. — Verne?

O rapaz ficou mudo, não sabia o que fazer. Novamente, se achou um idiota.

— Você está aí? Fale comigo!

Seu AI pulava de um lado para o outro, insistindo para que ele a respondesse.

— Eu estou ouvindo, pode falar — disse Arabella, aflita a cada minuto.

Ele lembrou que ainda era caçado por asseclas de Astaroth e que agora não tinha mais um Rufus para protegê-lo. Lembrou-se da movimentação suspeita dentro da Catedral e das mortes que tinha presenciado, algumas delas por suas mãos. Pensou em Sophie, Ivo e Arabella como vítimas, pessoas inocentes que correriam riscos por ele. Pensou numa justificativa torta, numa desculpa qualquer e disse:

— Você está desculpada. Mas não podemos continuar a nos ver. Adeus.

E desligou.

— Você está fugindo. Teme que... — Chax tentou, mas seu amo o interrompeu.

— Não, eu não temo nada. — Uma lágrima escapou. — Apenas coloquei um ponto final nessa história.

Com esse ato, ele sabia: nunca tinha sido tão corajoso.

EPÍLOGO

A mulher desceu num rasante.

Os cabelos eram pálidos como a pele, e as unhas compridas e vermelhas como sangue pareciam lâminas. Asas gigantes de morcego pendiam das costas, bateando forte e voando até ele.

Verne Vipero caminhava febril naqueles campos mórbidos, buscando o seu pingente perdido. Encontrou um corpo e o virou. Era Raul Sanchez morto, a língua combalida para fora. Assustou-se, tropeçou em Ivo Perucci e caiu sentado sobre uma poça escarlate. Do outro lado, Chax sumia com o vento, levado por Orcus para o além.

Um grito.

A mulher o alcançava. Ele girou, desviou. Ela acertou o solo, caiu enfraquecida. Ao lado dela, um bárbaro sulista usava um facão enferrujado para retirar a pele de Magma, que berrava de desespero. O rapaz não conseguia ajudá-lo, correntes espectrais o prendiam.

Ele olhou por cima dos ombros, viu o Juiz da Vida, Gadrel, sentado sobre a lápide do irmão. Brincava insolentemente com o ioiô, despreocupado com a vida e a sobrevida, e sorria com inocência. Simas passou correndo em alta velocidade, não os tinha visto. Enquanto isso, Elói era devorado pela escuridão.

Verne conseguiu se desvencilhar das correntes. Viu Martius, Rufus e Isis mortos, sem os olhos. O Barqueiro navegava longe, levando o glóbulo de cada um, transportando em sua gôndola a oria que o tinha salvado no passado. Dantalion acabava de retirar todo o sangue de Karolina pela jugular quando o rapaz a encontrou, e Elói travava uma luta sem fim com um gnoll do tamanho de um troll.

A mulher com asas de morcego tomava forças, tentando alçar voo, escorregando na lama da chuva invisível. Espectros passaram por ele, tirando sua vontade de continuar. O *Bahamut Caronte* partiu com Bibiana para um redemoinho no mar que depois se tornou o Abismo.

O athame caiu sobre seus pés e Victor apareceu diante dele.

— Isso é um sonho — disse o pequeno, com voz fantasmagórica.

— Não, são os meus temores.

— Cuidado.

— Onde você está?

— Eu não estou.

Não estava mais lá.

Uma mão agarrou seu tornozelo. Era a mulher voadora, havia se arrastado até ele com determinação. Parecia assustada: algo ali a incomodava.

— Ele vai voltar — alertou. — Ele está chegando.

— Quem?

O homem de cabelos compridos a destruiu. Tinha olhos de cobra, um rosto delgado e a pele levemente escamosa. Girou com velocidade, encarou o rapaz e o cortou ao meio com uma grande espada.

Verne Vipero acordou suado na cama. Outro pesadelo. A voz lhe sussurrou um nome:

— Astaroth.

AGRADECIMENTOS

Assim como Verne, que segue em sua jornada épica em busca de salvar a alma do irmão, enfrentando os perigos impostos por Astaroth, eu tive meus óbvios problemas de trajeto, enquanto caminho em minha própria jornada como escritor. Eu não conseguiria... Mas consegui. Como um protagonista, tive meus mestres, os sábios da estrada, me guiando, dando bons conselhos, mostrando a luz no fim do túnel. Essas pessoas merecem este espaço, e são elas:

Bruno Nunes Ribeiro e Henrique Arrais, pelos longos *brainstormings* acompanhados por cafés quentinhos ou muita cerveja gelada; Gustavo Mancha, pelas inspirações de diálogos retirados do mais profundo sentimento; Raphael Fernandes, pelos surtos com unipégasos e uma motivação sobrenatural; Felipe Castilho, pelo apoio incondicional entre um *tour* literário e outro; Eric Novello, pelo uso adequado da balança no equilíbrio das palavras durante o copidesque; Paulo e Rose, por ouvirem a leitura de meus contos sombrios em noites inspiradas; e aos meus pais, ela que ficou, ele que se foi, os fundamentos da minha vida e sobrevida.

Obrigado a você, leitor, que resenhou, comentou, reclamou, apontou, leu, releu e divulgou. Obrigado por continuar me acompanhando. Fique por aqui, ainda tem mais dois livros pela frente.

Obrigado a todos vocês.

E tomem cuidado a partir de agora com seus pesadelos.

Douglas MCT

SIGA O AUTOR E A OBRA NAS REDES SOCIAIS:

INSTAGRAM: @BYDOUGLASMCT

FACEBOOK: DOUGLAS.MCT

X: @DOUGLASMCT

AVEC
EDITORA